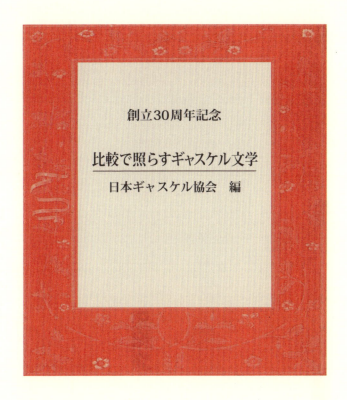

創立30周年記念

比較で照らすギャスケル文学

日本ギャスケル協会　編

大阪教育図書

創立 30 周年記念

比較で照らすギャスケル文学

日本ギャスケル協会編

目　次

注　記 vii

序　文 1

第1部　ギャスケル世界の真価と発展 9

第1章　ギャスケルの『クランフォード』における紳士概念
　　　　──巽豊彦の「紳士像」とニューマンの「紳士論」を基に──
　　　　　　　　　　　　　　　　　　足立　万寿子 11

第2章　『ルース』二つの物語　　　　　　芦澤　久江 27

第3章　『ルース』における家事使用人、サリーの役割
　　　　──「堕ちた女」と「善良な女」の対比を通して──
　　　　　　　　　　　　　　　　　　　西村　美保 37

第4章　円く囲い込まれる物語たち──『ソファを囲んで』再考
　　　　　　　　　　　　　　　　　　　猪熊　恵子 49

第5章　『シルヴィアの恋人たち』と『ルース』における
　　　　水のイメジャリー
　　　　　　　　　　　　　　　　　　　齊木　愛子 63

第6章　Moralization in Elizabeth Gaskell's Later Fiction
　　　　　　　　　　　　　　　Tatsuhiro OHNO 73

iii

第2部　同時代人と切り結ぶ 85

第7章　エリザベス・ギャスケルとリー・ハント
　　　　──『メアリ・バートン』批判の背景
　　　　　　　　　　　　　　　　　　　江澤　美月 87

第8章　ギャスケルとディズレイリ──スコットの影のもとに
　　　　　　　　　　　　　　　　　　　鈴木　美津子 99

第9章　ギャスケルとディケンズ──郵政改革前後の手紙と犯罪
　　　　　　　　　　　　　　　　　　　松岡　光治 113

第10章　二人のフィリップ──『シルヴィアの恋人たち』と『大いなる遺
　　　　産』に見る男性の夢と挫折──　西垣　佐理 127

第11章　女性が伝える物語──「ばあやの物語」と『嵐が丘』
　　　　　　　　　　　　　　　　　　　石井　明日香 137

第12章　GaskellとNightingale姉妹
　　　　──それぞれのヒロイズムと *North and South*
　　　　　　　　　　　　　　　　　　　木村　正子 151

第3部　時空を超えての交流 165

第13章　ハビトゥスとテイストの狭間──劇作家ディオン・ブーシコーの
　　　　『ロング・ストライキ』（1866）のイースト・エンドと
　　　　ウエスト・エンドにおける受容の比較
　　　　　　　　　　　　　　　　　　　松浦　愛子 167

第14章　ギャスケルとロマン派女性詩人バーボルド──愛国心の諸相
　　　　　　　　　　　　　　　　　　　太田　裕子 183

第15章　ギャスケルとアン・ラドクリフ──〈女性のゴシック〉の継承

木村　晶子..........197

第16章　アメリカの奴隷制度廃止に向けて
　　　　──「ギャスケル夫人」と「ストウ夫人」そしてディケンズ

鈴江　璋子..........211

第17章　19世紀文学に描かれるリヴァプール
　　　　──『メアリ・バートン』と『レッドバーン』を中心に

石塚　裕子..........223

第18章　『クランフォード』と『吾輩は猫である』に描かれる喜劇

大前　義幸..........237

第19章　Chinese Modification and Acceptance of *Cranford*
　　　　in the May Fourth New Culture Movement

Bonny LIU（劉　熙）....249

第20章　父親のない子どもを育てる、ということ
　　　　──マーガレット・ドラブル『碾臼』と『ルース』の比較

宇田　朋子..........261

執筆者紹介..........275

編集委員紹介..........276

編集後記..........277

索引..........279

注　記

１．各部の章立ては、原則として、扱われているギャスケル作品の出版年、比較対象作家の生年、および比較対象作品の出版年を基にしている。

２．ギャスケル作品のテキストは原則としてピカリング社版（Shattock, Joanne, et al., eds. *The Works of Elizabeth Gasekll*. 10 vols. London: Pickering & Chatto, 2005-06）を用いたが、執筆者によっては他の版を用いた場合もある。その際には、各論文末の引用文献にテキスト名があげてある。

３．ギャスケル作品のタイトルは原則として全集版（日本ギャスケル協会監修『ギャスケル全集』全七巻　大阪教育図書、2001-06、および同『ギャスケル全集　別巻Ⅰ、Ⅱ』全二巻　大阪教育図書、2008-09）による。

４．書式は、原則として、Gibaldi, Joseph. *MLA Handbook for Writers of Research Papers*. 8th ed. New York: MLA, 2016.および、共同通信社『記者ハンドブック新聞用字用語集』第 12 版　東京: 共同通信社、2014 による。

序　文

鈴木　美津子

　日本ギャスケル協会では、これまで大会、例会の開催、ニューズレター発行、機関誌『ギャスケル研究』刊行などのさまざまな活動を行いながら、協会設立にまつわる記念の年やギャスケルの人生における節目の年には、記念事業として作品の翻訳や論文集の刊行などを行ってきた。創立 10 周年には本格的な邦訳全集『ギャスケル全集』全 7 巻（2000 年）、創立 20 周年記念事業では中・短編小説の翻訳『ギャスケル全集　別巻 I、II』（2008 年）を刊行した。そして、ギャスケル生誕200年には『エリザベス・ギャスケルとイギリス文学の伝統』（2010 年）、没後 150 年にはギャスケルの中・短編小説に焦点を絞った論文集『エリザベス・ギャスケル中・短編小説研究』（2015 年）を出版している。

　本協会は、2018 年 10 月 15 日にめでたく創立 30 周年を迎える。2014 年度第 2 回役員会において、30 周年を 寿 ぐための記念事業の一環として論文集の刊行が提案された。編集委員長には熊本大学教授大野龍浩氏が選出された。氏の穏やかで暖かな陣頭指揮の下、出版計画書が作成された。早速、会員に投稿を呼びかけたところ、思いのほか多くの論文が集まった。没後 150 年記念論文集がまだ完成途上にあったので、論文の集まり具合に一抹の不安を抱いていたのだが、杞憂であった。

　『比較で照らすギャスケル文学』の主題は、「ギャスケルと他の作家、もしくはギャスケルの作品同士の比較を主とした論文集といたします」という出版計画書の宣言にもあるように、比較である。通常は、テーマ、人物造型、小説ジャンル、モチーフなどに焦点を当てて、その類似点、相違点を浮き彫りにしたり、「イングランドの状況」小説、産業小説、歴史小説、地域小説、ゴシック小説など同じ小説ジャンルに属する作品同士をプロット展開や作品構造などに焦点を当てて比較したり、堕ちた女、労働問題、ユニテリアン主義、女子教育、階級問題などの共通のテーマを持つ作品同士を比較検討することによって、ギャスケル作品の発展、深化を検証したりする。

ギャスケルと他の作家を比較考察する場合、一番に頼るのはアイナ・ルーベニアス（Aina Rubenis）の『ギャスケル夫人の人生と作品における女性問題』（*The Woman Question in Mrs Gaskell's Life and Works*, 1950）ではないか。およそ 70 年前に刊行されたものではあるが、緻密で堅固な読みと広範な資料に裏打ちされた優れた論考である。今日でもけっして古びてはいない。とりわけ、巻末に付された「付録 2」（Appendix II）「ギャスケル夫人の作品における文学的影響」（"Literary Influences in Mrs Gaskell's Works"）および「付録 3」（Appendix III）「ギャスケル夫人の他の作家や作品からの引用と言及」（"Mrs Gaskell's Quotations from and References to Other Writers and Works"）は、きわめて有益である。さらに、忘れてはならないのは、ジェニー・ユーグロウ（Jenny Uglow）の秀逸な評伝『エリザベス・ギャスケル──物語の習性』（*Elizabeth Gaskell: A Habit of Stories*, 1993）であろう。ギャスケルの読書経験や多方面にわたる人的交流が、きわめて詳細に記されており、影響関係を探るうえで参考になる記述に満ちている。

　英国ギャスケル協会の機関誌『ギャスケル・ジャーナル』（*The Gaskell Journal*）にも、比較という手法を用いた示唆に富む論文がほぼ毎号のように掲載されている。手当たり次第に挙げてみると、たとえば、第 6 号（1992）には、ピーター・スタイルズ（Peter Stiles）の「恩寵、贖罪そして「堕ちた女」──『ルース』と『ダーバヴィル家のテス』」（"Grace, Redemption and the 'Fallen Woman': *Ruth* and *Tess of the D'Urbervilles*"）、エヴァ・アフスベルグ・ボッロメオ（Eva Åhsberg Borromeo）の「マライア・エッジワース、フレデリーカ・ブルーマーとエリザベス・ギャスケル──『妻たちと娘たち』の原型」（"Maria Edgeworth, Frederika Bremer and Elizabeth Gaskell: Sources for *Wives and Daughters*"）が掲載されている。前者は、「堕ちた女」を切り口にして、ギャスケル作品とトマス・ハーディ作品の類似と相違を検証している。後者は分量的には短いものであるが、エッジワースの『ヘレン』、スウェーデン人作家ブルーマーの『日記』、ギャスケルの『妻たちと娘たち』が間テキスト的関係にあることを指摘していて、非常に興味深い。さらには、第 10 号（1996）には、フランチェスコ・マローニ（Francesco Marroni）の「ダンテの影──エリザベス・ギャスケルと『神曲』」（"The Shadow of Dante:

Elizabeth Gaskell and *The Divine Comedy*”)、ロジャー・S・プラティスキー（Roger S. Platizky）の「『メアリ・バートン』と『フランケンシュタイン』」（“*Mary Barton* and *Frankenstein*”）、波多野葉子氏の「ファニー・プライスとモリー・ギブソン——カントリー・ハウスの伝統を継承する者」（“Fanny Price and Molly Gibson: Bearers of the Country-house Tradition”）が掲載されている。

　ちなみに、エッジワースとギャスケルの影響関係に関しては、『英文学研究評論』（*Review of Englush Studies*）の 1972 年号に掲載されたマリリン・バトラー（Marilyn Butler）の論考「シンシア・カークパトリックのユニークさ——『妻たちと娘たち』とマライア・エッジワースの『ヘレン』」（“The Uniqueness of Cynthia Kirkpatrick: Elizabeth Gaskell's *Wives and Daughters* and Maria Edgeworth's *Helen*”）とジュリー・ナッシュ（Julie Nashe）による『マライア・エッジワースとエリザベス・ギャスケルの作品における使用人と父親的温情主義』（*Servants and Paternalism in the Works of Maria Edgeworth and Elizabeth Gaskell*, 2007）もある。このように、ギャスケルは、時代も国も異なる多種多様な作家達と頻繁に比較されているのである。

　比較に重点をおいた日本における論文集としては、『ギャスケル小説の旅』（鳳書房、2002 年）がある。本書の目的は、編者の朝日千尺氏の言葉を借りれば、「ギャスケル夫人といずれかの作家とを比較対照させながら「読みの旅」を続ける」（朝日 v）ことである。比較の対象として取り上げられた作家は、ジェイン・オースティン（Jane Austen, 1775-1817）、ウィリアム・メイクピース・サッカレー（William Makepeace Thackeray, 1811-63）、チャールズ・ディケンズ（Charles Dickens, 1812-70）、シャーロット・ブロンテ（Charlotte Brontë, 1816-55）、ジョージ・エリオット（George Eliot, 1819-80）、トマス・ハーディ（Thomas Hardy, 18-）、E・M・フォースター（E. M. Forster, 1879-1970）、ヴァージニア・ウルフ（Virginia Woolf, 1882-1941）、D・H・ロレンス（D. H. Lawrence, 1885-1930）、そして日本の夏目漱石（1867-1916）である。時代的には 19 世紀から 20 世紀まで、地域的にはイギリスから遠く離れた明治時代の日本も含まれている。10 人の作家の作品を、いわゆる間テキスト的に論じた最初の論文集と言えよう。

日本ギャスケル協会の機関誌『ギャスケル論集』にも、比較に重点おいた論考が掲載されている。時には、「比較特集号」と銘打っても差し支えないような号もある。たとえば、第 20 号（2010 年）。巻頭論文は海老根宏氏の「船乗りの帰還──オースティン、ギャスケル、ハーディ──」である。海老根氏の示唆的な論考に続いて、シンポジウム「ギャスケルと英国小説の伝統」（日本ギャスケル協会第 21 回大会）における発表に基づいた 2 篇の論考が掲載されている。波多野葉子氏による「オースティンとギャスケルの作品におけるメリトクラシー──異なる階級間の結婚を中心に──」と木村晶子氏の「ゴシック文学とギャスケル──メアリ・シェリーとの比較から──」である。

　第 21 号（2011 年）は、鈴江璋子氏の巻頭論文「『ルース』における恋愛と偽装──ハーディの『ダーバヴィル家のテス』を補助線として」という魅力的な論考を皮切りに、日本ギャスケル協会第 22 回大会におけるシンポジウム「エリザベス・ギャスケルと同時代の女性作家たち」の発表に基づいた 4 篇の論考が掲載されている。市川千恵子氏の「〈癒し〉の表象とジェンダー・ロール」──『ルース』から〈新しい女〉小説へ」、松本三枝子氏の「マーティノーとギャスケル──『マンチェスター・ストライキ』と『メアリー・バートン』」、芦澤久江氏の「シャーロット・ブロンテとギャスケル──社会小説としての『シャーロット・ブロンテの生涯』」、廣野由美子氏の「ギャスケルとエリオット──『ルース』と『アダム・ビード』に見られる作家の道徳的姿勢」である。

　第 25 号（2015 年）には、丹治愛氏の巻頭論文「ナショナル・アイデンティティの変遷──オースティンとフォースターの間で」という広がりのある論考に続いて、シンポジウム「ヴィクトリア朝小説における社会領域とジェンダー」（日本ギャスケル協会第 26 回大会）の報告に基づいて書かれた 3 篇の論文が掲載されている。大石和欣氏による「ギャスケル v. ギャスケル──ユニタリアン男性たちの言説とユニタリアン女性たちの公共圏」、倉田賢一の「『ルース』を読むジョージ・エリオット」、宮丸裕二の「社会小説家と社会的な小説家──ディケンズとギャスケル」である。こうしてみると、活気に満ちたシンポジウムやスリリングな講演のおかげで、本論文集の下地がすでにできあがっていたのだと今更ながらに思うのである。

序　文

　『比較で照らすギャスケル文学』の内容を簡単に紹介してみたい。本書は 3
部構成となっている。第 1 部「ギャスケル世界の真価と発展」では、ギャスケ
ル作品の中で、テーマ、小説ジャンル、人物造形、作品構成、モチーフ、イメ
ージなどが類似する作品を複数取り上げ、比較検討を行っている。足立万寿子
氏は、ニューマンの「紳士論」と巽豊彦の「紳士像」を援用しながら、『クラ
ンフォード』（*Cranford*, 1851-53）に登場する淑女たちの発言・行動・心理に
窺える紳士概念とギャスケル自身の紳士観を分析し、小説の最後では人の価値
は「紳士性」ではなく「人間性」によるということが示されていると指摘する。
芦澤久江氏の論考は、「堕ちた女」の救済問題を扱ったとされる『ルース』
（*Ruth*, 1853）を取り上げ、主人公ルースの自己矛盾、激しい懊悩に焦点を当
てる。同時代のブロンテ姉妹の作品や意識の流れを扱ったヴァージニア・ウル
フの作品と比較しながら、『ルース』がいかに社会小説の範疇には収まらない
作品であるかを論じている。西村美保氏の論考は、「「堕ちた女」と「善良な女」
の対比を通して」という副題がいみじくも示すように、『ルース』に登場する
使用人サリーに焦点を当て、ディケンズやハーディーの作品に見られる女性使
用人表象と比較することにより、作品におけるサリーの役割を綿密に検証して
いる。猪熊恵子氏の論考「丸く囲い込まれる物語たち」においては、短編集
『ソファを囲んで』（*Round the Sofa*,1859）が既出の短編をおざなりに採録し
ただけのものではなく、それぞれの物語群がたがいに響き合い、重なり合い、
溶け合っており、6 作品が円環的に繋がっているのだということを、明確に跡
づけている。齊木愛子氏は、『シルヴィアの恋人たち』（*Silvia's Lovers*, 1863）
と『ルース』の 2 作品から、海や波などの自然に関連する水のイメージを抽出
し、水のイメージが小説の中でどのような役割を果たしているのか、登場人物
たちといかに関わっているのかを、分析している。"Moralization in Elizabeth
Gaskell's Later Fiction" と題された大野龍浩氏の論考は、後期の作品である
『シルヴィアの恋人たち』、『従妹フィリス』（*Cousin Phillis*, 1863）そして
『妻たちと娘たち』（*Wives and Daughters*, 1864-66）を取り上げ、作品の執筆
時期に関係なく、教訓主義（moralization/didacticism）がギャスケルの作品世
界には浸透していることを丁寧に跡づけている。

第2部「同時代人と切り結ぶ」では、ギャスケルと同時代に活躍した作家や
その作品を取り上げ、ギャスケル自身や彼女の作品と照らし合わせたり、比較
検討したりすることによって、ギャスケルの独自性を炙り出している。江澤美
月氏は、出版当初には階級観の対立を激化させていると批判された『メアリ・
バートン』（1848）を取り上げ、ジェイムズ・ヘンリー・リー・ハント
（James Henry Leigh Hunt, 1784-1859）と穀物法との関係を手がかりに、階級
間の対立どころか融和を志向していることを跡づけている。拙論は、ベンジャ
ミン・デイズレイリ（Benjamin Disraeli, 1804-81）の『シビル』（*Sybil*, 1845）
と『北と南』（*North and South*, 1853-54）のプロット展開や使用されている小
説の枠組みなどを分析することによって、両作品がロマン主義時代に構築され
た国民小説の系譜に属する作品であることを指摘し、共通の影響源を探った。
松岡光治氏は、作品の時代が郵政改革以前と以後に設定されているチャール
ズ・ディケンズ(Charles Dickens, 1812-70)とギャスケルの作品、主に『荒涼館』
（*Bleak House*,1852-53）と『ルース』、『妻たちと娘たち』を取り上げ、プロ
ットの仕掛けとしての手紙と犯罪、とりわけ脅迫の問題に焦点を定め、詳細に
分析することによって、両作家の類似点と相違点を明らかにしている。「二人
のフィリップ」と題された西垣佐理氏の論考は、『シルヴィアの恋人たち』の
フィリップの恋と挫折の顛末を、ディケンズの『大いなる遺産』（*Great
Expectations*, 1860-61）と比較考察することによって、ヴィクトリア朝時代の
イギリス社会における男性性確立の問題を浮き彫りにしている。石井明日香氏
は、「女性が伝える物語」と題する論考において、ともに乳母が語り手である
エミリ・ブロンテ（Emily Brontë, 1818-48）の『嵐が丘』（*Wuthering Heights*,
1847）と「ばあやの物語」（"The Old Nurse's Story," 1852）を取り上げ、両作
品の共通点と相違点の分析を通して、女性が繋ぐ女性の（相互協力の可能性の）
物語であることを指摘している。木村正子氏は、ギャスケルとナイチンゲール
姉妹（Parthenope Nightingale,1819-1890, Florence Nightingale,1820-1910）
の親交に焦点を当て、ギャスケルのヒロイズムと姉妹それぞれのヒロイズムが
いかなる点で共鳴し、いかなる点で相容れなかったのかを解明し、ギャスケル
のヒロイズムを問い直そうと試みている。
　第3部「時空を超えての交流」では、ギャスケルとは活躍した時代や国籍が

異なっている作家やその作品が取り上げられている。松浦愛子氏は、アング
ロ・アイリッシュの劇作家ディオン・ブーシコー（Dion Boucicault, 1820/22-
90）による『メアリ・バートン』の翻案劇『ロング・ストライキ』（*The Long
Strike*, 1866）を取り上げ、ハビトゥス概念を援用して、当時の劇評を数多く
分析することによって、イースト・エンドとウエスト・エンドにおける労働者
の受容を明らかにしている。太田裕子氏は、ユニテリアン派に属するアナ・バ
ーボルド（Anna Barbauld, 1743-1825）の詩作品と「私のフランス語の先生」
（"My French Master," 1853）そして『ラドロウの奥方』（*My Lady Ludlow*,
1858）を取り上げ、両作家に通底する社会認識を探り、バーボルドが活躍し
た時期に作品の時代設定をしたギャスケルの真意を考察している。木村晶子氏
は、ユニテリアン派知識人と同じ精神風土の中で育ったアン・ラドクリフ
（Ann Radcliffe, 1764-1823）の〈女性のゴシック〉『ユドルフォの謎』（*The
Mysteries of Udolpho*, 1794）を取り上げ、この作品がギャスケルのゴシック短
編や『北と南』にいかように継承されているのかを、詳細に分析している。
「アメリカの奴隷制度廃止に向けて」と題された鈴江璋子氏の論考は、『アン
クル・トムの小屋』（*Uncle Tom's Cabin*, 1852）の作者「ストウ夫人」（ハリエ
ット・ビーチャー・ストウ［Harriet Beecher Stowe, 1811-96]）と、「ギャスケ
ル夫人」、ディケンズのトランスアトランティックな交流を見事に描き、その
上でギャスケルとストウの気質の違いに着目し、両者の作品の相違を考察して
いる。石塚裕子氏の論文においては、奴隷貿易の拠点であった国際都市リヴァ
プールを舞台にした、ハーマン・メルヴィル（Herman Melville,1819-91）の
『レッドバーン』（*Redburn*, 1848）と『メアリ・バートン』の2作品を取り上
げ、両作品に見られるリヴァプール描写の類似と相違を、黒人の描写があるか
否かなどを手がかりにして、検証している。大前義幸氏は、漱石が『文学論』
(1907)で『クランフォード』をユーモアとペーソスを交えた作品と述べている
ことに注目し、『クランフォード』が『我輩は猫である』（1905-06）にいかな
る影響を与えたか、両作品に共通する喜劇的表現技法とは何かを明らかにし、
両作家とも作品の中で遊ぶことに愉快を感じていたと結論づける。劉熙氏は、
1927年に伍光建（Wu Guangjian, 1867-1943）によって翻訳された『クランフ
ォード』《克蘭弗》を取り上げ、この中国語訳には、五四運動の結果大きな変

革を受けた中国社会に受け入れられ易いように、内容上の修正が加えられていることを指摘し、併せてギャスケルがヴィクトリア朝時代の社会変化に曖昧な態度をとっていたことを明確にしている。宇田朋子氏の「父親のない子どもを育てる、ということ」という論考においては、マーガレット・ドラブル（Margaret Drabble, 1939-）の『挽臼』（*The Millstone*, 1965）と『ルース』を取り上げ、19世紀中葉と20世紀後半と社会状況は違えども、両作品には、テーマ、プロット、エピソードの点で、類似点が見受けられることを指摘している。

　以上の論考は、比較を切り口にして作品を分析することによって、ギャスケル作品の新たな側面を浮かび上がらせたり、思いがけない広がりと奥行きを示唆したり、新たなそして魅力的な読みを提示したりしてくれる。きわめて刺激的でかつ有益な論文集と言えよう。本書が、ギャスケル文学研究に対してのみならず、比較の対象として取り上げた国や時代の文学研究に対しても、些かでも資するところがあることを強く願ってやまない。

　最後に、本論文集の趣意に賛同し、力作をお寄せ頂いた各執筆者、校務でご多忙のなか版下の作成に到るまで細々とした編集作業を献身的に行って下さった編集委員長の大野龍浩氏、そして入試業務などでもっとも忙しい時期に査読に全力を注いで頂いた編集委員諸氏には、心からお礼を申し上げる。

　そして、今回もまた本協会の論文集の出版を快くお引き受け下さった大阪教育図書横山哲彌社長には、この場を借りて深謝申し上げたい。

2018年7月2日

日本ギャスケル協会前会長　　鈴木美津子

第1部　ギャスケル世界の真価と発展

第 1 章

ギャスケルの『クランフォード』における紳士概念
—— 巽豊彦の「紳士像」とニューマンの「紳士論」を基に ——

足立　万寿子

1．序

　エリザベス・ギャスケル(Elizabeth Gaskell, 1810-65) はキリスト教会の中で
も最左翼のユニテリアン派であった。ジョン・ヘンリー・ニューマン (John
Henry Newman, 1801-90) は自身の決意で中道の英国国教会から最右翼のカト
リック教会に転会した。とはいえ、二人が真摯なキリスト者であったことには
変わりない（足立[1]13）。

　拙論では、ギャスケルの小説『クランフォード』（Cranford, 1851-53）に登
場する淑女たちの発言・行動・心理に窺える紳士概念と作者の考えを解明する。
その際、ニューマンの『大学の理念——大学教育の目的と性質』（The Idea
of a University: Defined and Illustrated, 1852 and 1858）に収録されている「紳
士論」[1]、及び巽豊彦著『人生の住処』で論述されている「紳士像」（巽25-32）
に照らし合わせつつ、ギャスケルの考える紳士概念の真髄を究明する。

2．巽の「紳士像」

　ギャスケルの紳士概念[2]を考察するにあたり、英国の紳士概念の歴史的変遷
について、巽による「紳士像」の中で拙論に関係する部分を要約すると次のよう
になるだろう：

　紳士階級（gentry）は家柄・身分の点では貴族階級（nobility）に次ぐ階層で、
直下には自作農階級（yeomanry）が続く。紳士階級に属する者は財産として 1
千〜1 万ポンドの年収を生む土地を保有する。田舎に所有する土地に居住する
彼らは郷紳（country gentleman）と呼ばれ、郷士（squire）として地域の中心

11

となり、住民の面倒を見、生活のために働くことはない。

　紳士は封建時代以来、家柄・身分・所有地という外面要素から規定される存在だが、次第に徳性という内面要素も具えるよう期待されていく。紳士が具えるべき徳目は中世騎士道の伝統に由来する自制、誠意、公正、気品、趣味、貞節、気取りのなさ、真摯、知性、作法、博愛精神などである。紳士階級には他に、専門職従事者（牧師、医師、軍人、作家、教師等）が加えられる。彼らは、社会的地位は郷士に遥かに及ばないにせよ、高度な教育を受けた者たちである。この階級には裕福な商人も加えられ、17世紀には商売蔑視の風潮はない。18世紀には紳士は「働くことなしに食べていける者」（巽32）という定義が通用するようになり、生活の資を得るために働くこと、特に商業によるそれは「卑しいこと、紳士にふさわしくないことのように思いなされ、紳士たることと両立しない」（巽32）とされるようになる。

　一方、紳士概念は時代が下るにつれて重点が外面要素から内面要素に移されていく。18世紀以降はこの内面重視がますます顕著になり、「男女いずれも、出身階級に関係なく、紳士淑女になることができる」（巽31）といわれるようになる。その頂点がヴィクトリア朝（1837-1901）時代である。それを示す一例はニューマンの『大学の理念』中の「紳士論」冒頭にある「紳士とは他人に苦痛を与えない人」（巽27）という定義である。やがて紳士概念の道徳化が一層徹底し、「紳士の模範はキリストなり」（巽27）といわれるまでになる。

3．ニューマンの「紳士論」

　ニューマンの「紳士論」の中で拙論に関係する部分を要約するとこうなろう：

　紳士の定義を「紳士とは決して他人に苦痛を与えない人」（Newman 208）としてよいだろう。真の紳士は一緒になった人々の間に意見や感情の衝突を招きそうなものを用心深く避ける。それは、皆が心安らかにくつろげるようにするためである。彼は一緒にいる人たち皆に心配りする。彼は中傷やゴシップには耳を貸さず、その動機が自分を邪魔しようとする場合には良心的に対応し、これ以上ないほど良いように解釈する。彼は忍耐強い。彼ほど誠実で、思い遣

第1章　ギャスケルの『クランフォード』における紳士概念
　　　──巽豊彦の「紳士像」とニューマンの「紳士論」を基に──

り深く、寛容な人はいないだろう。

4．クランフォードの淑女たちの人の価値基準

　田舎町クランフォードに住む淑女たちは人の価値を判断する基準を「紳士性（gentility）」(4)[3]と「人間性（humanity）」(21)に置く。「紳士性」は家柄、身分、振舞い・言葉遣い・衣装等の外見に関するものである。家柄が古く、身分が高く、振舞い等が上品なほどその人の価値は高くなる。それを詳細に定めているのが「家柄や品位についての厳しい規範（the strict code of gentility）」(77)[4]（以後「規範」と略す）である。氏素性は生まれながらに決まっており、本人の努力では如何ともし難い。他方、「人間性」は出自や身分にかかわらない、人が具えるべき徳性であり、知性、教養、誠実、自制、気取りのなさ、慈愛、親切、思い遣りなどだ。これらを多く具えているほどその人の価値は高くなる。後天的なこれらは本人の考えや努力で身につけられ得る。従って「紳士性」が人の外面を判断する基準であるのに対し、「人間性」は内面を判断する基準といえる（足立[3]220）。

　この「紳士性」は巽論の紳士概念を構成する一つの要素である「外面要素」（家柄・身分・所有地）と、そして「人間性」は巽論のもう一つの要素である「内面要素」（徳性）と一致するといえる。

5．クランフォードの淑女たちの社会的地位順位とメアリの役割

　クランフォードの淑女たちの社会的地位の順位を、人の価値基準のうち「紳士性」に基づいて付けてみよう。但し、この町では、父権制社会であった当時、女性の社会的地位は独身ならば父親の地位に、既婚ならば夫のそれに準じる。父親が死去しても女性が独身ならば亡父の地位に、また女性が再婚しなければ亡夫のそれに準じる。なお、彼女たちの、もう一つの基準「人間性」についても見ていく。

　この町の社会的地位第1位を占める淑女はミセス・ジェイミソンであろう。理由は、彼女の亡夫が故グレンマイアー伯爵の兄弟であること、つまり彼女が伯爵の義理の姉妹であることだ。この町に貴族はいない。親戚に貴族のいる彼女はこの町にはこれ以上高位の女性はいないとして「紳士性」の点では最高で

13

あることを誇り、町の淑女たちを支配して当然だと思っているし、淑女たちもそれを認めている。それは、淑女たちが威儀を正す必要のあるときには彼女を“Honourable Mrs. Jamieson”(4) と呼んでいること、事あるときには彼女に指示を仰ぐことなどに窺える。ただ、淑女たちは必ずしも彼女の考え通りに行動しないこともある。彼女の「人間性」については、食べることと眠ることだけが得意な彼女は知的とはいえないし、利己的な彼女は慈愛や思い遣りなどの徳性は全く持ち合わせていない。

　第2位にいるのがミス・デボラ・ジェンキンズ（以後デボラと呼ぶ）であろう。彼女の父は「国教会教区牧師(rector)」(10) であり、高度な教育を受けた「専門職持ち (professional)」(巽33) として紳士階級に属している。彼女は父亡きあとも独身のため身分としては父に準じる、つまり紳士階級に属する。ジェンキンズ家がピーター・アーリー卿の縁続きだとして彼女はよい家柄を誇り、淑女が生活のために働くときには階級を落とさない教師などなら許せると考える。こういう彼女は「紳士性」を重視し、「規範」を厳守しようとする。一方、「人間性」については、彼女は読書家であり、神学にも通じ、荘重な文体の手紙が書け、裁縫も得意など知性・教養・技芸は優れている。彼女は天涯孤独になったミス・ジェシー・ブラウンを自宅に引き取るなど慈愛の心も豊かだ。彼女は町の淑女たちを指導し、彼女たちからの信頼も厚い。ただ、彼女は本小説の「第 1 話」後、高齢のため死去する。その後、小説は妹ミス・マティルダ・ジェンキンズ（愛称マティー、以後マティーと呼ぶ）を中心に最終の「第 8 話」まで続く。

　亡きデボラに代わる第2位はマティーとなろう。彼女は姉と同じ紳士階級に属し、「紳士性」の点では問題ない。「人間性」については、頭脳明晰な姉と異なって、英語の綴りも曖昧で、簡単な計算にも苦労するなど知性・教養は不十分である。それを本人も認めている。彼女は「規範」厳守の姉の暗黙の支配を受けて姉の思い通り動き、使用人からも思うままに動かされる。自主性がなく、自己主張もしない彼女は姉のように町の淑女たちを取り仕切ろうとは思いもしない。一方、彼女は、石炭配達人が石炭の目方に間違いがないと主張しようとしたとき、「分かっています。誤魔化そうとしたら悪いことしたって、済まなく思うでしょうから」（174）と相手を思い遣り、咎めない。ジェンキンズ家

第1章　ギャスケルの『クランフォード』における紳士概念
―― 巽豊彦の「紳士像」とニューマンの「紳士論」を基に ――

の末子ピーターは弱い者には優しいが悪戯好きで学校を退学させられた。長姉デボラは彼を落ちこぼれとして同情しないが、下の姉マティーは問題児の彼にも優しく、彼もこの姉には心を開く。このように彼女は温かい寛容な心を持っている。

　3位はミセス・フォレスターであろう。彼女の亡父は陸軍士官、亡夫は陸軍少佐であった。夫の死後、再婚しないで、貧民小学校出の家事使用人を一人しか雇えないなど貧しいながらも紳士階級の身分を保っている。彼女は古い名家の出であり、父も夫も軍の上位者であったことを誇り、身分・家柄に固執しすぎる傾向はあるが、家計の許す限り困った人を助けるなど親切である。

　4位はミス・ポールだろう。彼女はジェンキンズ姉妹やメアリ・スミス（この小説の語り手兼登場人物、以後メアリと呼ぶ）の長年の友人であり、デボラ亡きあと淑女たちの実質的リーダーとして行動する。彼女の父の職業は不明だが、ジェンキンズ姉妹など紳士階級の女性たちと親しい彼女がそれに属しているのは明らかだし、銀食器を持っているなど資産はそれなりに豊かだ。彼女は時に一人合点したり、権威者然としたがるが、メアリがこの町を訪問するときジェンキンズ家以外に彼女の家に滞在することから、世話好きの、信頼の置ける女性でもある。彼女は困っている人を見ると身銭を切ってまで助けるなど親切心だけでなく、それを実践する実行力もある。

　5位はミス・ベティー・バーカーだろう。元召使いの彼女は小金を貯めて婦人帽子屋を始め、悠々自適の生活ができる金を作り、淑女社交界入りを果たす。つまり成り上がりの淑女だ。そのため彼女は下の身分の者には尊大に振舞い、上の者にはへつらう傾向がある。彼女が淑女たちを招待してパーティーを開こうとしたときメアリを招くかどうか逡巡する。淑女最高位のミセス・ジェイミソンも招いている場にビジネスマンの娘、つまり平民のメアリを同席させるのを「規範」に反すると危惧するからだ（結局メアリはマティーの親しい友人ということで招待されるが）。とはいえ、他人思いの親切なところもあり、上流階級のノブレス・オブリージュを真似してではあっても貧しい人々に施しするなど「人間性」も具えてはいる。

　6位はミセス・フィッツ・アダムだろう。旧姓はメアリ・ホギンズといい、クランフォード近隣の裕福な百姓の娘であった。彼女はミスター・フィッツ・

アダムと結婚し、長年実家を離れていたが、夫を亡くし、かなりの財産を持ってこの町に定住しにくる。ミス・ベティー・バーカーは上記のパーティーでは彼女を排除した。だが、彼女が淑女の社交界に入りたいのであれば入れてあげようというマティーの思い遣りで、最終的には、「紳士性」一点張りのミセス・ジェイミソンを除いて淑女たちから仲間に迎え入れられる。この町で開かれる少人数のパーティーで、彼女はミセス・ジェイミソンのこれ見よがしな無視の態度に出会っても、深々とお辞儀をし、敬意の念を示す。また、困った人がいたらこっそりと援助の手を差し伸べようとする。

　これら7人のうち上位5人は異論での紳士概念の外面要素の点では間違いなく紳士階級に属する。内面要素も1位のミセス・ジェイミソンを除いて親切心などそれ相応に紳士階級にふさわしいものだ。下位の2人は元召使いの商売人ないし元農家の娘であり、外面要素では淑女とはいえないが、この町では淑女との交際を許されている。

　語り手兼登場人物のメアリについては順位外とする。この町に住んでいた彼女の一家がビジネスマンである家長ミスター・スミスの仕事の都合で近隣の大産業都市ドランブルに引越し、彼女はもうこの町の住民ではないためだ。だが、その後も彼女は頻繁にこの町を訪れる。19世紀当時、生活のために商業で儲ける階層は蔑視される傾向があったため、通常ミスター・スミスは紳士とはいえないが、ジェンキンズ家と旧知の間柄であることと、立派な人柄のため尊敬されている。そのため、その娘メアリは淑女との交際を認められている。このような彼女はこの町の淑女たちの発言・行動・考え方・思い、そこでの出来事を距離的に離れた立場から、また階級的に下の立場から観察できる。しかも淑女たちより一世代ほど若い彼女は年配者にありがちな因襲による束縛もない。こういう立場で読者に感想や意見を述べる彼女は「客観的社会コメンテーター（objective social commentator）」（Flint 35）の役割を果たし、作者ギャスケルはそういうメアリを自分の代弁者としている（足立[3]207）と考えられる。

6．クランフォードの3つの出来事

　クランフォードで起きた出来事のうち次の3件（a、b、c）を取り上げ、作中人物の紳士・淑女度を量る。その際、彼らの発言、行動、心の動きなどに対

第 1 章　ギャスケルの『クランフォード』における紳士概念
——賀川豊彦の「紳士像」とニューマンの「紳士論」を基に——

するメアリの反応に注目し、メアリに託されていると思われる作者の考えを探る。また、それが賀論での紳士概念やニューマンの「紳士論」とどう関連しているかも見ていく。

a. マティーとミスター・トマス・ホルブルックの結婚問題

　ミスター・トマス・ホルブルック（以後ホルブルックと呼ぶ）はクランフォード近隣に住む小地主である。自ら畑にも出る自作農だ。彼が属する階級は賀論でいう「自作農階級（yeomanry）」（賀28）であり、紳士階級には届かない。しかし、詩を正しく理解し、感情を込めて朗読できるなど知的には優れている。ジェンキンズ家のピーター少年に優しく、ピーターから慕われてもいた。当時の小地主は大地主（squire）に成り上がろうとするものが多かったが、彼は「自分の名前は *Mr. Thomas Holbrook, yeoman* だ」（34）と強調し、"Thomas Holbrook, *Esq.*"（34）との宛名書きのある手紙は受け取らないなど身分を上げたがるような紳士気取りの俗物ではないし、見栄を張ることもない。こういう彼は賀論の紳士概念の外面要素からは明らかに紳士ではないが、内面要素ではまさしく紳士に値する。

　ホルブルックはかつてジェンキンズ家の家長ミスター・ジェンキンズと長女デボラに二女マティーとの結婚を申し込んだが、断られた。メアリがミス・ポールにその理由を尋ねたとき、「マティーさんにも結婚したい気はあったと思うわ。でも牧師のお父さんやお姉さんの目からは彼は十分釣り合う紳士ではなかったのでしょう、彼女は教区牧師の娘ですもの」（35）との答えを得る。メアリは苛立ちを覚えるし、「かわいそうなマティーさん」（35）と同情する。メアリのこの反応は人間の価値を量る際の、本人の努力では如何ともし難い外面重視への批判であり、それは作者の考えでもあると推測される。

　結婚話があって3、40年もして、ホルブルックとマティーは偶然再会し、彼は彼女をミス・ポールとメアリと共に自宅に招く。マティーは、彼が今は亡き父や姉を恨んでいないことを感じとる。その後、彼は彼女の家を訪れ、彼女に「パリに旅行しますが、あなたがパリで欲しいものがあれば買ってきましょう」（44）と言う。これは、彼が今も彼女を愛していることを暗に告白しようとした行動なのだろう。しかし彼は帰国後まもなく亡くなる。やがて彼女は未亡人

用らしい帽子を誂えさせて被る。これは、彼が存命だったら求婚し、それを拒否した父も姉もいない今、彼女は喜んでそれを受けるところであった、ということを示唆する行為なのであろう。彼女の彼への思慕は、彼女が結婚についてメアリと語り合ったときの言葉、「ずっと昔、どんなに結婚のことを考えたことか。その時結婚しようと思った方以外どなたとも結婚するつもりはないし、その方はもう亡くなっている」（128）に窺える。父や姉がこの結婚を許していたら彼女は淑女としての身分は維持できないが、自作農の主婦として相思相愛の夫や可愛い子供たちに囲まれた、若かりし頃の願いであった家庭（足立[3]231）を持てたかもしれない。ただ、マティー本人は父や姉を始め誰をも恨まず、すべては神の思し召しとし、友人たちに囲まれた自分の幸せを感謝している。

結婚に関する家同士の釣り合いの問題は、異論でのジェイン・オースティン（Jane Austen, 1775-1817）の小説『自負と偏見』（*Pride and Prejudice*, 1813）に登場するダーシーとエリザベス（異43-48）、またアントニー・トロロプ（Anthony Trollope, 1815-82）の小説『バーセット最後の年代記』（*The Last Chronicle of Barset*, 1867）中のヘンリーとグレース（異73-80）の懸案でもあった。彼らは同じ紳士階級に属してはいたが、身分や所有財産には大差があった。しかし、互いに内面要素に惹かれて結婚に至る。ただ、より高い身分とより多くの財産を持つのは男性側であり、女性側はいわば玉の輿に乗ったことになる。対して、『クランフォード』のホルブルックとマティーの場合は外面要素のうち、属する階級の相違が障害となり、結婚できなかった。この結婚が成立していたとすれば階級を超えたものであり、身分の点では当時の男性優位の父権制社会にもかかわらず、女性側が「上」であったという画期的なことになる。

ホルブルックとマティーの結婚問題から、作者ギャスケルの思い――生まれや性別による差別を当然視する封建的な社会への批判――が読み取れよう。また作者の目線が紳士階級だけでなく、その下の庶民階級にも向いていることが推測できる。

第1章　ギャスケルの『クランフォード』における紳士概念
　　──巽豊彦の「紳士像」とニューマンの「紳士論」を基に──

b. レイディー・グレンマイアーとミスター・ヒギンズの結婚

　レイディー・グレンマイアー（以後レイディーと呼ぶ）の夫はスコットランドの男爵、つまり彼女は男爵夫人であった。夫亡きあと再婚していない彼女は男爵夫人のままである。従って、彼女は巽論での紳士階級どころか、その上の貴族階級に属する。彼女が義理の姉妹であるミセス・ジェイミソンの家に逗留したとき、ミセス・ジェイミソンがレイディーのお披露目のため、メアリを含め淑女たちをパーティーに招く。そのときのレイディーについてのメアリの観察は「朗らかな感じの中年婦人で、若い頃はさぞきれいだったでしょう。今でも感じのよい顔立ち」（91）という好意的なものである。レイディーは身分の高さを誇示するどころか、親の貧しさも隠さず、衣装も質素なものである。メアリは貧乏な貴族もいると知って愉快になる。レイディーは「スコットランドの田舎訛りだが、きれいな声で」（92）話し、メアリは好印象を受ける。レイディーがこの町の淑女たちの好きなトランプの愛好家であることも分かり、一般の貴族夫人のように高尚な趣味をひけらかす気取ったところはない。招待主ミセス・ジェイミソンが客を接待しないので、レイディーはごく自然に使用人に指示してお茶やバターつきパンを運ばせる。淑女たちはレイディーのお陰で初めてミセス・ジェイミソンの家でくつろげる。ニューマンが「紳士論」の中で「紳士は皆がくつろげるようにする」（Newman 209）と述べているが、まさしくレイディーの行動は淑女にふさわしいものだ。淑女たちは、上品である上に、成金趣味がなく、庶民的なレイディーが当分この町に滞在することを知って喜ぶ。

　クランフォードの淑女たちは自分たちの属する紳士階級を誇っているが、さらに上の階級の貴族であるレイディーが自然体で庶民のようなのを語り手メアリはこのように高く評価する。この評価を淑女側に焦点を置いて見れば、メアリが階級を重視する淑女たちを批判していることになる。それは作者からの階級主義者への批判でもあり、また作者の紳士概念が「紳士性」より「人間性」を重視するものでもあることを示唆しているといえる。また、ここでも作者の目線が庶民階級にも向けられていることが推察される。

　ミスター・ホギンズ（ミセス・フィッツ・アダムの弟、以後ホギンズと呼ぶ）はクランフォードとその周辺を診療区域にしている独身の医者である。従

って、異論でいう専門職持ちの紳士ということになる。ただ、親は裕福だとはいえ百姓のため、出自の点では平民である。淑女たちによれば、彼の行儀作法も身なりも紳士にふさわしいものではない。本人も階級をのし上がろうという気は毛頭ないなど外面には無頓着だ。ただ、医者として「腕は確か」（136）だし、「裕福で、気心もよく、親切」（138）である。つまり専門職持ちの外面要素と、親切などの内面要素から異論でいう紳士といえるが、本人の意識では平民だ。この彼に対してクランフォード社会の最高位にいるミセス・ジェイミソンは「彼のはいている靴、本人にこびりついた薬の臭いなど一切が下品なので」（138）彼を淑女たちの社交の輪に入れない。つまり彼は淑女たちの見方でも平民ということになる。

　旅の奇術師サミュエル一家がクランフォード近郊にやってきたとき、彼が病気で倒れ、宿で寝込む。このときミセス・ジェイミソンは使用人らの監督をレイディーに預けて、転地療養に出かけていた。淑女たちは不在の彼女に気兼ねすることなく病人を助けるべく行動を開始する。レイディーは費用一切を負担してホギンズに病人の診察を頼み、彼の指導の下で看病に当たる。ミス・ポール、マティーとメアリ、ミセス・フォレスターは、費用は自分ら持ちで、それぞれ下宿の手配、移動手段、滋養物作りの仕事を分担し、サミュル一家を助ける。レイディーとホギンズは接する機会が多くなり、両人とも紳士概念の外面要素には無関心という価値観も一致してか、婚約に至る。淑女たちは夫婦となる二人と交際すべきか否か迷う。人の価値基準の一つ「紳士性」を重視するミセス・ジェイミソンは当然二人との交際を認めないだろうと考えるためだ。しかし、メアリを含め淑女たちは「ミセス・ジェイミソンは退屈で、もったいぶって、うんざりな人物であり、一方、レイディーは明るく、親切で、愛想よく、付き合いやすい人柄なので彼女が大好き」（139）なことは変わらない。

　二人が結婚し、元レイディー・グレンマイアーであった新婦は貴族の肩書を捨てて、平民のミセス・ホギンズとなる。彼女は貴族の身分から紳士階級を超えて庶民階級へと飛び降りたことになる。淑女たちはこの大胆な行為に驚く。しかし、日曜礼拝のときミセス・ジェイミソンはホギンズ夫婦を無視するが、メアリを含め他の淑女たちは彼女に従わず、新婦新郎の幸せそうな様子に関心を寄せる。

第1章　ギャスケルの『クランフォード』における紳士概念
——巽豊彦の「紳士像」とニューマンの「紳士論」を基に——

　この二人が婚約に至ったことについてメアリは「ミセス・ジェイミソンが使用人の監督を預けていった番犬のレイディーが狼の餌食になった」（138）とミセス・ジェイミソンを面白おかしく揶揄する。町の住民が祝意を表すため新婚夫婦の家を訪問した日には、ミセス・ジェイミソンは祝いに出向く人々の姿が見えないように屋敷の窓のブラインドをすべて下げさせる。メアリは「まるでお葬式のよう」（172）と喩えて、ミセス・ジェイミソンがこの町では葬られた存在、つまり存在価値が無になった（足立[3]245）と手厳しい判断を下す。

　メアリのミセス・ジェイミソンへの風刺は次の出来事にも見られる。ミセス・ジェイミソンは他人には節約を勧め、パーティーで贅沢な食事を出すのは「規範」に反するとして禁止し、自分が開くときには安価な物しか出さない。一方で、淑女順位で最下位から2番目のミス・ベティー・バーカーが開いたパーティーでは、高級なケーキを平然と味わいながら3つも食べる。それを見たメアリは「ミセス・ジェイミソンは、招待主のミス・ベティー・バーカーが上流社会のしきたりを知らないのをお赦しになって、贅沢なものを食べてやって相手の顔を立てておられる。その顔つきは牛がもぐもぐ反芻しているのに似ていなくもない」（79-80）と、彼女について「人間性」の一つ「思い遣りの心」があるように言いつつ巧妙な皮肉の効いたコメントをする。

　ミセス・ジェイミソンがこの町の紳士階級の中でも最高位にいることを盾に「紳士性」を重要視しながら、紳士にふさわしい「人間性」の伴わない人間であることを示すメアリの辛辣な言葉は、階級主義者への作者からの暗黙の非難と思われる。

c. マティーの破産

　マティーは 58 歳のとき、資産のほとんどを出資していたタウン・アンド・カウンティ共同出資銀行の破綻で、僅かな生活費しか残らない危機に陥る。このときの彼女と淑女たちの行動を追ってみよう。

　マティーは貯めていた1ポンド金貨5枚を持って絹生地を買いにメアリと共に洋品雑貨店へ出かける。店では百姓らしい男性が女物のショールを買おうとこの銀行発行の5ポンド札を出す。店員はこの銀行が破綻しそうな噂があるのでその銀行券は受け取れないと言う。マティーは「出資者の一人として誠実に

するだけで、特別のことではありません」（149）と言って、困惑する百姓に金貨5ポンド分との交換を申し出る。百姓は申し出をありがたく受ける。帰宅してメアリが彼女に「この銀行券を持っている人に出会ったら、皆に金貨と交換してあげなくてはいけないとお考えなの？」（151）と口を滑らせる。彼女はメアリを咎めることなく、「自分は頭は悪いが、今回あの気の毒な方のお蔭で当然すべきことが分かってありがたかった」（151）と答える。姉デボラがメアリの父親の警告にもかかわらずこの銀行に出資した経緯があったのに、マティーは姉を恨むどころか、亡き姉がこのことを知らずにいられるのを喜びもする。

　出資銀行破綻確定後、ミス・ポールの呼びかけで、淑女順位第1位だが、人助けに無関心のミセス・ジェイミソンと、淑女順位最下位から2番目のお高くとまっているミス・ベティー・バーカーには声をかけないで、ミセス・フォレスター、ミセス・フィッツ・アダムとメアリがミス・ポールの家に集まり、マティーには内緒で彼女を助ける献金計画を立てる。それを合法的な収入にするために彼女たちは商業界を熟知している、メアリの父ミスター・スミスに相談し、献金額は彼以外誰にも分からないようにする。ミセス・フォレスターは貧しい中から生活費の1か月分も出そうとする。ミセス・フィッツ・アダムは身分の低い自分には畏れ多いので献金は少額にし、他の方法でも助けたいと申し出る。ミスター・スミスは実業界ではあり得ないような彼女たちの思い遣り深い「人間性」に感動する。「思い遣り深さ」（Newman 210）はニューマンのいう紳士の徳性の一つである。

　一方、メアリはマティーが生活費を稼げる仕事を考える。淑女の身分を保てる職業としての教師はマティーの教養では不可能である。そこでメアリは茶葉店を開こうと思いつく。彼女がそれをマティーに言うと、マティーは当惑する。19世紀当時、商人は卑しく、紳士たることと両立しないとされていた。マティーが茶葉店主となると、平民の身分に落ちることになる。しかし彼女の心配は世間体ではなく、商売の才覚の有無であった。

　なお、マティーは銀行の役員等の責任者ではないのに、自分の持ち物や家具を売却して、銀行破綻で損害を被った人々に僅かにせよ賠償したいと考える。これは、目方を誤魔化そうとした石炭配達人や、結婚の機会を奪った父と姉や、

第1章　ギャスケルの『クランフォード』における紳士概念
　　──巽豊彦の「紳士像」とニューマンの「紳士論」を基に──

将来の業績を読み違えた銀行へ投資した姉への彼女の心遣い以上に、「紳士とは決して他人に苦痛を与えない人」というニューマンの「紳士の定義」にあてはまる至高の行為といえる。

7．小説の狙いと手法と、小説最後のメアリの言葉

　マティーは父が教区牧師であったこと、その娘の彼女が独身でいることで、社会的には紳士階級に属しているが、思い遣りなどの徳性は豊かにせよ、およそインテリとは言い難い。作者が自分の考えを託している語り手のメアリは淑女との交際は許されているものの父親の職業上、世間的にいえば庶民階級に属す。

　このマティーを小説世界の中心に据え、このメアリに語らせる作者ギャスケルの狙いは、自分の関心は紳士階級の中でも庶民に近い下の方に位置する人々や庶民階級にあること、また紳士階級を庶民階級の視点から見ていることを読者に印象づけることであろう。その効果を一層上げるために、拙論「5」で述べた「紳士性」に基づく淑女ランク1位のミセス・ジェイミソンが「人間性」の点では最下位であるのに対し、2位以下のどの淑女も彼女らなりに「人間性」を具えているという逆転の手法を使っていると考えられる。

　ここで『クランフォード』の最終部でメアリが口にする最後の言葉、「マティーさんのそばにいると皆「いい人間」（ギャスケル著、小池滋訳 366）になったような気がする」（192）に注目しよう。確固たるキリスト者である作者がメアリに託した言葉、「いい人間」即ち「善人」というのは恐らくキリストのような人を想定してのことだろう。マティーと一緒にいると「キリストと一緒にいるような気がする」ともいえる。マティーは、人の価値を判断する基準「人間性」の慈愛の点では人間離れしているほど豊かであり、巽論での「紳士の模範はキリストなり」というヴィクトリア朝期の究極の紳士概念にもあてはまることになる。

8．結び──ギャスケルの紳士概念の真髄

　ギャスケルは、紳士階級の淑女ではあっても知性・教養の点では庶民並みのマティーをキリストのような慈愛満ちた人物にし、淑女と交際してはいても庶

民のメアリを語り手にすることで、紳士と庶民の両階級にわたる世間に目線を向けて、人の価値は属する階級や身分・地位等の外面要素である「紳士性」ではなく、内面要素である「人間性」によることを示して小説を終えている。他方、ニューマンの「紳士論」はテーマが大学教育であるため、聴講対象者は大学関係者であり、当然彼の目線は紳士階級のエリートに向いている [5]。だが、目線の向きは異なってはいても、両者は紳士概念の真髄の点では一致している。即ち、ギャスケルが示そうとした紳士概念の真髄はニューマンのいう「紳士とは決して他人に苦痛を与えない人」にあり、また、それを凝縮した「紳士の模範はキリストなり」にあるといえる。

注

1 　『大学の理念──大学教育の目的と性質』の前半部は、ニューマンがダブリンに創設されるカトリック大学総長就任（石田 54、長倉 288）にあたって、「大学教育（University Teaching）」（Newman xxiii）をテーマに 1852 年 5 月 10 日から 11 月 20 日の間にダブリンで行った連続 9 講演を翌年 2 月に出版した（Martin 99-100）ものである。「紳士論」はこの 9 講演中の第 8 講演の中の "10"（Newman 208-11）で言及されている。
　　　なお、本書名の和訳は『人生の住処』（巽27）と『大学で何を学ぶか』（J・H・ニューマン iv）を参考にした拙訳である。

2 　拙論では「階級」に関係する場合は性別にかかわらず「紳士」階級とし、「紳士（gentleman）」に対応する女性を「淑女（lady）」とする。

3 　『クランフォード』からの引用は当該直後の（　）内にページ数のみを記す。

4 　"the strict code of gentility" の和訳は「足立[3]219」による。

5 　ニューマンが庶民に無関心であったというのではない。居を定めた大工業都市バーミンガムで、この地の労働者や子どもたちにカテキズムを教え、また病人の看護にあたるなど下層民と親しく交わった（足立[2]140）。

引用文献

足立万寿子「ジョン・ヘンリー・ニューマンとギャスケル夫妻」『ノートルダム

第 1 章　ギャスケルの『クランフォード』における紳士概念
　　——巽豊彦の「紳士像」とニューマンの「紳士論」を基に——

清心女子大学紀要』外国語・外国文学編第 30 巻第 1 号通巻 41 号（2006）: 1-14。……[1]

---.「ニューマンとギャスケル」、日本ニューマン協会編著『時の流れを超えて——J・H・ニューマンを学ぶ——』習志野、教友社、2006、131-46。……[2]

---.『エリザベス・ギャスケルの小説研究——小説のテーマと手法を基に』東京、音羽書房鶴見書店、2012。……[3]

石田憲次『研究社英米文學評傳叢書—47—ニューマン』東京、研究社、1936.

ギャスケル著、小池滋訳『女だけの町（クランフォード）』岩波文庫、1986。

巽豊彦著、巽孝之編『人生の住処』東京、彩流社、2016。

長倉禮子「ニューマンの生涯について」、J・H・ニューマン著、巽豊彦監修、日本ニューマン協会訳『心が心に語りかける——ニューマン説教選——』中央出版社、1991、283-92。

ニューマン、J・H 著、ピーター・ミルワード編、田中秀人訳『大学で何を学ぶか』大修館書店、1983。

Flint, Kate. *Elizabeth Gaskell*. Plymouth, UK: Northcote House, 1995.

Gaskell, Elizabeth. *Cranford*. A.W.Ward, ed. *The Works of Mrs. Gaskell*, Knutsford Edition Vol. 2 in 8 Vols. London: Smith, Elder, & Co., 1906; rpt. New York: AMS Press, 1972.

Martin, Brian. *John Henry Newman: His Life and Work*. New York: Paulist Press, 1982.

Newman, John Henry. *The Idea of a University: Defined and Illustrated*. London: Longmans, Green and Co., 1925.

第2章

『ルース』二つの物語

芦澤　久江

1．はじめに

　ギャスケル（Elizabeth Cleghorn Gaskell）の幾つかの作品において、「堕ちた女」や「非嫡出子」のテーマが現れている。例えば、『メアリ・バートン』（*Mary Barton*）のエスター、「リジー・リー」（"Lizzie Leigh"）のリジーなどがそうであるが、『ルース』（*Ruth*）はギャスケルの作品において「堕ちた女」の救済問題を正面から扱った作品である。しかしこの題材はギャスケルの作家としての評判を下げてしまうことにもなりかねない非常に危険なものであった。なぜなら、性的な問題は当時の人々にとっては受け入れがたいものだったからである。ギャスケルは「ハチの巣」（*Letters* 150）を突っつくことになることはわかっていたし、だからこそ執筆には細心の注意を払ったのである（*Letters* 150）。だがギャスケルは読者の反応を気にするあまり、ルースを弁護しようとして、テクスト上、幾つかの矛盾が生じ、問題作と指摘されることになる（Stoneman 65）。ギャスケルの戦略は一見失敗しているかのように思われるが、そのルースの一貫性のなさにこそ読みの可能性が生まれている。すなわちルースの自己矛盾を分析していくと、『ルース』は単なる社会小説ではないことがわかる。ルースの自己の激しい懊悩は非常にロマン主義的でもあり、無意識の自己という側面から見れば、20 世紀の意識の流れ手法の小説にも通じている。そこで小論では、『ルース』の自己に焦点を当て、同時代のロマン派を代表するブロンテ姉妹（Brontë sisters）の作品や「意識の流れ」手法を扱ったヴァージニア・ウルフ（Virginia Woolf）の作品と比較しながら、『ルース』がいかに社会小説の範疇におさまらない作品であるかを考察していきたい。

２．ギャスケルの弁護とルースの自己矛盾

　よく知られているように、ギャスケルが「堕ちた女」に関心を持ったのは、パスリ（Pasley）[1]という若い女性に出会ったことだった（*Letters* 61）。ギャスケルとしては牢獄のなかにいるパスリに面会し、彼女が新しい人生を歩むことができるように、オーストラリアへ移住させる手助けをした。一度足を踏み外した女性にも生きるチャンスを与えてほしいということがギャスケルの想いだった（*Letters* 61）。またルースという名前の意味が「慈悲」であるということから明らかであるように、「堕ちた女」を救済するには人々の慈悲が必要だとギャスケルは考えていたのであろう。

　前述したように「堕ちた女」を小説に取り上げることは決して簡単なことではなかった。そこでギャスケルは彼女の常套手段として、ヒロインを弁護し、読者が主人公に憐れみや共感をそそるような手法を採った。ギャスケルは『ルース』を書いた二年後、『シャーロット・ブロンテの生涯』（*The Life of Charlotte Brontë*）でも同じ手法を使っている（Miller 50）。シャーロットの父親を徹底的に悪者とすることで、シャーロットがいかに父親の犠牲となっていたかを強調し、読者に憐憫の情を掻き立てた。その結果、読者はシャーロットの悲劇的な人生に憐れみを感じ、同情を寄せることとなり、ギャスケルの戦略はみごと成功したのである。

　それでは『ルース』において、ギャスケルはルースをどのように弁護する手法を取ったのか考えてみよう。まずギャスケルは、花、雪、白といったイメージに関連づけることにより、ルースが純真無垢であることを印象づける効果を狙った（Stoneman 66）。しかしギャスケルは不適当なテーマを扱っているという意識から、表現を一層誇張せざるを得なかった（Stoneman 66）。例えば北ウェールズへ逃避行した後でも、ルースは依然として白いガウンを着続け、何ら変わりなく無垢そのもののイメージを保っている（Stoneman 66）。

　次にギャスケルはルースの外見的なイメージ作りだけでなく、彼女が置かれた境遇を悲劇的なものとして描くことで、ルースの内面もまた無垢であることを強調しようとした。ルースは母親を早くに失くし（31）、女性として大事な教育を施されていなかったため、ベリンガム（Bellingham）との逃避行がいかに危険で、社会的にモラルに反したことだということがわからなかった。つまりギ

第 2 章　『ルース』二つの物語

ャスケルの意図としてはルースの過ちは、ルースの悲しい境遇が引き起こした
ものとして、読者に憐憫の情をそそるように描かれている。

　ところが、ギャスケルがルースを無垢であると強調すればするほど、ルース
の内面は空洞化してしまうという矛盾を抱えることになる。例えば、お針子時
代のルースは自分自身を「きれいだ」(12)と気づいていた。なぜならみんなが
そう言うからである(12)。ルースは自分自身で自分を評価することができず、
他者の意見によって判断している。また池に映った自分の姿を見ても、それを
自分だとは思えなかった（61）。ギャスケルはルースの純粋な心の内を描こ
うとしたのであろうが、それは別の面から見れば、ルースは自分自身がいかな
るものか把握できず、他人の評価のみが彼女の基準となっていることを示して
いるのである。

　シャーロット・ブロンテ（Charlotte Brontë）の『ジェイン・エア』(*Jane
Eyre*)にも類似した場面がある。ジェインは両親に死なれ、伯母の家で暮らし
ていたが、いとこのジョンと喧嘩して赤い部屋に入れられてしまう。赤い部屋
の鏡に映った自分を見て、ジェインは次のように思う。

　　　白い顔と腕が闇に点々と浮き上がって、奇妙な小さな子供がわたしをじ
　　　っと見つめていた。他のものがじっとしているのに、恐怖に光る眼を動
　　　かし本物の幽霊そっくりであった。(12)

　ジェインは鏡に映った姿を自分だとは確認できず、まるで「幽霊」のように
感じている。ジェインもまたルース同様に、自分自身がいかなるものであるか
認識できていないのである。

　ルースは自己の内面を持たないだけでなく、自分の人生も他人任せになって
いる。メイソン夫人(Mrs. Mason)に解雇を言い渡され、ベリンガムとのロンド
ンへ行くことになったとき、ルースは自らが主体となって人生を歩もうとして
いない。

> ルースはベリンガムといっしょにいるというだけで、幸福に思われた。
> 未来については彼が取り決めてくれるであろう。その未来は金色の靄に
> 包まれていた。(47)

　ルースは自分の「未来」さえベリンガムが決めてくれると考え、自分自身で
未来をつかもうとはせず、受け身の姿勢のままである。さらに北ウェールズで
ベリンガムと暮らし始めてからも、ルースは自分を把握することができない。
ルースは山間を一人散歩しているとき、壮大な美しい大地がすべてを吸収し
「自分が動いているのか、じっとしているのか」(54)さえわからないほど、自
然とルースは一体化しているのだが、一方でルースは自分の置かれている状況
がわかっていない。お針子の時から、空を眺めたり、自然を観察して、自分の
世界に浸って空想にふける少女だったが(5-6)、北ウェールズでは一層、社会
と隔離され、その意識は現実逃避をしている。

　ルースは他人の目に対しても無頓着で、人々が自分を詮索しあっているな
どとは思ってもみなかったが(58)、小さな子供から「ふしだらな悪い女だ」
(59)と言われてはじめて、ルースは自分が他人からどのように見られていたか
知ることになるのである。無垢な子供から言われたショックは大きかったが、
それでもここでルースは深く内省したわけではなかった。ルースはベリンガム
の機嫌をとることに夢中になり、彼女の視線は自己ではなく、ベリンガムに向
けられたままなのである(61)。

　その後ベリンガムに棄てられ、妊娠していることに気づいたルースは絶望の
あまり自殺しようとするが、ベンソン(Mr. Benson)に助けられる。ベンソンの
保護のもと、ルースは母親としての自覚に目覚め、更生していくわけであるが、
ここでもまだベリンガムとの軽率な行動を悔悟している様子は見当たらない。
ベンソンはフェイス(Faith)からルースが自殺に至るまでの過程を聞き、ルー
スが「犯した過ちを、後悔して」(101)いたかどうか尋ねると、言葉にならな
かったとフェイスは答えている(101)。言葉にならないということは、ルース
のなかでまだ自分の過ちが整理できていないということである。ルースは自分
の過去を振り返ることもなく、新しい人生を歩もうとしているのだ。ルースが
北ウェールズを去るとき、次のように述べられている。

第 2 章　『ルース』二つの物語

　　今やすべては終わった。彼女は馬車に乗って、恋人のそばに座りランド
　　ゥーまでやってきて、輝かしい現在に生きながら、不思議なほど過去も
　　未来も忘れてしまっていたのだった。彼女の夢は終わり、恋の幻想から
　　目覚めたのだ。(107)

　ギャスケルはルースの過去を簡単に片づけようとして、ベリンガムとの過
ちを「夢」、「恋の幻想」と表現している。まるで少女が失恋しただけである
かのようである。この後、ルースはベンソン姉弟に連れられてエクルストンへ
行くが、その翌日の朝も過去の記憶により陰気な雰囲気になるどころか、「窓
は（家の裏の窓はみんな観音開きだったが）、開いていて、朝の清々しい空気
が入り、東からは太陽の光が射しこんでいた。」(114)
　このようにエクルストンで迎えた朝は何ら暗雲がたちこめることもなく、輝
きに満ち、開放されている。ギャスケルはできるだけベリンガムとの過ちを読
者に思い出させたくなかったのであろう。だから無垢なルースのイメージから、
今度は更生していくルースを作り上げることによって、ギャスケルはルースを
弁護しようとしたのだ。だが依然としてルースが自分の罪をどのように受けと
めていたのか描かれていないため、ルースの内面は空洞化したまま放置されて
いる。罪の認識がなければ、更生もありえないはずである。その問題を直視し
ない限り、大きな矛盾を孕むことになり、その矛盾を抱えたまま物語はクライ
マックスに向かっていくのである。

3．二つの物語
　ベンソン姉弟の助けによって、ルースは家庭教師の道を歩み、善行を積んで
いく。前述したように、社会的にはルースは人々から認められ、更生を果たし
たように思われるが、ルース自身は過去との決別がまだできていない。ギャス
ケルはその問題をこれ以上先延ばしすることはできず、いよいよルースが内面
を吐露するときがやってくる。ルースはベリンガムとの再会によって抑えきれ
なくなった感情を爆発させる。ルースはベリンガムが悪い男だとわかっていな
がら、「わたしはあの人を愛しています、忘れられることができないのです

31

——できないのです！」（222）と神に向かって叫ぶ。これはまさしくルースの心の叫びである。この叫びは内面を見せてこなかったルースの感情の吐露であり、もっともロマンチックな場面の一つである。激しい懊悩、激烈な告白はロマン主義の神髄であり、同時代のロマン主義作家であるブロンテの作品に通じるものがある。『ジェイン・エア』においてジェインはロチェスター（Rochester）に向かって激情を爆発させる場面を見てみよう。

> わたしが貧しく、名もなく、不美人で、取るに足りないからといって、魂も心もないとお思いですか？——あなたは間違っています！——わたしだってあなたと同じだけの魂を持っています——あなたと同じだけの心を持っているのです。(318)

ジェインはこれまで抑えてきたロチェスターへの想いを一気に爆発させ、自分自身の内奥を曝け出している。

また『ジェイン・エア』と同様に、『嵐が丘』（*Wuthering Heights*）においてもキャサリン（Catherine）がエドガー（Edgar）との結婚を受け入れながらも引き裂かれる自己の想いを激白する場面がある。

> 「リントンへの愛は森の木の葉のようなものなの。冬が来れば木が枯れてしまうように、時がたてば変わってしまうってこと、よくわかっているの。ヒースクリフへの愛は地下の永遠の巌のようなもの——目には見えない喜びだけだけど、なくてはならないものなのよ。ネリー、わたしはヒースクリフなの……」(101-2)

三人のヒロインの置かれた状況はそれぞれ違っているけれども、抑圧されてきた自己が抑えきれない衝動に駆られて感情を爆発させる瞬間である。こうしていったんルースの心の吐露がなされると、ルースの懊悩が明らかになってくる。

ルースは北ウェールズの日々を決して悪夢だったとは感じていず、「幸せだった」（240）と振り返っている。ルースはあくまでもベリンガムとの過去は過

第2章 『ルース』二つの物語

ちだという認識がない。それよりもルースの苦悩は驚くべきことに、ベリンガムを悪人だとわかっていながら忘れられないということなのだ。ルースはベリンガムと再会し結婚の申し出を断った時、今は「愛していない」(245)ときっぱり断言している。ところが別れた直後に「あの人をもう一度見たい」(246)という衝動に駆り立てられている。その後もルースは「自分が抱えている悲しみが何なのか」(247)わからず、「過去の恋愛の恐ろしい亡霊に」(247)しつこくつきまとわれている。

　ルースはどれほど自分を抑圧しようとしても、ベリンガムへの想いを断ち切れていない。それどころか彼への想いは増すばかりである。したがって人々から尊敬を集め社会的に認められた自己と過去の過ちを受けとめきれない自己の間でルースは苦悩するのである。これは自己矛盾のように思われるが、わたしはここにこそ読みの可能性が生まれていると思う。

　更生しようとする善の自己と悪だとわかっていながら悪への想いを断ち切れない自己にルースは引き裂かれ、懊悩する。ギャスケルは「堕ちた女」であるルースが人々の慈悲のもと、更生して殉死を遂げるという筋書きにすることによって、人々が「堕ちた女」に同情し、更生する機会を与えてくれることを期待したのであろう。しかしこの作品を更生した聖女の物語としてとらえるのではなく、ルースの引き裂かれた自己の問題として考えると、作品は社会小説という枠を超えて、もっと新たな作品として生まれ変わるのである。

　実際ルースの自己分裂の問題を物語の最終局面であるルースの死と関連づけて考えると、二つの読みの可能性、すなわち二つの物語が生まれる。まず一つ目の物語を考えてみよう。ルースは死の床で「＜光＞が近づいてきます」(361)と言っている。この言葉の意味を文字通り解釈していけば、ルースは、神の赦しを得て天に召され、神の領域にまで辿り着くことができたと考えられる。

　しかしもう一つ、別の物語として『ルース』を解釈することもできる。実はルースは亡くなる前に、半ば意識を失っている(360)。これはルースが自分を見失い分裂してしまった結果だと解釈したら、どのようになるであろうか。前述したようにルースはベリンガムへの抑制できない自分の感情に気づき始め、「過去の恋愛の恐ろしい亡霊に」(247)に取りつかれている。看護師となって

33

人々から崇められる自分は意識される自己であり、無意識の自己はいまだに過去と決別できずにいる。その結果ルースは分裂した自己の間で引き裂かれ、意識を失ってしまったのである。そしてその場合、行きつく先は狂気である。ルースが亡くなる前に精神錯乱になっていることはあまり注目されていないが、ルースは誰の顔を見ても、子供レナード（Leonard）の顔さえ認識できなくなっている(361)。

　ルースのように、『嵐が丘』のキャサリンもまた自己分裂によって死の直前に精神錯乱を引き起こしている。キャサリンは「わたしはヒースクリフ」(102)と自己を認識しながらも、本来の自己を抑圧したままエドガーと結婚するが、抑圧された自己をいつまでも抑えることができず、ついに精神錯乱となってしまう。

　『ジェイン・エア』においては、主人公のジェインが精神錯乱を引き起こしはしないが、狂妻バーサ（Bertha）はジェインの分身だとされている(Gilbert & Gubar 348)。ジェインが理性の象徴とすれば、バーサは情熱の行きつく先、すなわち狂気を体現している。ジェインが感情を爆発させてコントロール不能になると、バーサが出現し、ジェインは現実に引き戻され冷静さを取り戻す(133)。最終的にはジェインの無意識の自己であるバーサは自ら屋敷に火を放ち、狂気のまま亡くなっていくのである。

　前述したように、このようなヒロインたちの分裂した自己の問題は 20 世紀の意識の流れ手法を使った小説に通じているものがある。例えばヴァージニア・ウルフの『ダロウェイ夫人』（*Mrs. Dalloway*）を見てみよう。よく知られているようにこの作品ではさまざまな登場人物の意識の流れが描かれ、表面的にはそれぞれが無関係のように思われる。ところが最終場面で、会ったこともないセプティマス（Septimus）という青年の自殺を知らされることによって、ミセス・ダロウェイはそれが自分の死のように感じられる。

　　　青年が自殺した——でもどうやって？　思いがけず事故の話を聞かされると、いつも彼女はまず体で感じてしまうのだ。ドレスが燃えあがり、体が焼けた。彼は窓から身を投げた。地面がぱっと浮きあがってきた。鉄柵の錆びついた釘が、ぶざまに彼の体に突き刺さり傷を負わせた。脳

第 2 章　『ルース』二つの物語

に、ブス、ブス、ブスと突き刺さって、彼は横たわり、息が詰まって真っ暗になった。(201-2)

　ミセス・ダロウェイは、社会的には何不自由のない下院議員の妻であるが、それは意識される自己である。しかし彼女はセプティマスという他人の死を自分の死であるかのように体で受けとめている。すなわちセプティマスは彼女の分身であり、無意識の自己である。ミセス・ダロウェイはセプティマスのようにつねに死への憧れを持ち、いつ自分が彼のようになってもおかしくないと考えていたのである。このように、ダロウェイ夫人の意識される自己と無意識の自己という問題は、ルースの抱える引き裂かれる自己の問題とまさに同じものなのである。

4. おわりに

　これまで見てきたように、ギャスケルはルースを弁護しようとするあまり、ルースの罪を覆い隠そうとした。そのため、テクストは矛盾を抱えることになるが、そこにこそ読者の読みの可能性が生まれている。「堕ちた女」が更生し、立派に亡くなって人々から崇められるというパターンはギャスケルの小説の典型的なものである。しかし自己の矛盾、いいかえれば分裂した自己について考察していくと、ルースの真の問題はギャスケルの意図を裏切り、別のところに隠れている。すなわちルースの問題点は、過去の過ちに対する悔悟ではなく、聖女としての自己と本能的にベリンガムを追い求める自己との葛藤だったのである。ルースはベリンガムへの衝動を認識さえできていなかった。無意識のうちに抑圧していたために、自分が何に悩まされているのかさえわからなかった。それゆえ抑圧された自己が顔を出すと、ルースはどうしていいかわからなくなってしまったのである。このように解釈していくと、作品はギャスケルの意図とは大きく離れてしまうことになる。しかしテクストは作者のものではなく、読者のものである(Bartes 93-94)。作者の支配から逃れて、解釈することによって、テクストは無限に広がっていく。前述したように『ルース』の懊悩はブロンテ姉妹の作品に匹敵する激しいものであり、ロマン派的側面も持っている。また「堕ちた女」の物語という枠組みから『ルース』を解放し、ルースの無意

35

識の自己に着目して読めば、『ルース』は 20 世紀に登場する「意識の流れ」
を使った実験小説の先駆的作品としても読むことも可能なのである。

注

1. ボナパルトはパスリの身の上とギャスケルの生い立ちが驚くほど似ている
ことを指摘している（Bonaparte 83）。

引用文献

Bonaparte, Felicia. The Gypsy-Bachelor of Manchester: *The Life of Mrs.
Gaskell's Demon*. Charlotteville and London: Virginia University Press ,1992.

Brontë, Emily. *Wuthering Heights*. Ed. Hilda Marsden and Ian Jack. Oxford:
Clarendon Press, 1976.

Brontë, Charlotte. *Jane Eyre*. Ed. Jane Jack and Margaret Smith. Oxford: Claren-
don Press,1969.

Chaplle, J. A. V. and Pollard, Chappelle, eds. *The Letters of Mrs. Gaskell*.
Manchester : Manchester University Press,1966.

Gaskell, Elizabeth. *Ruth*. Ed. Tim Dolin. Oxford: Oxford University
Press,rep.2011.

Gilbert, Susan and Gubar, Susan. *The Madwoman in the Attic*. New Haven: Yale
University Press, 1979.

Miller, Lucasta. *The Brontë Myth*. London: Vintage, 2002.

Stoneman, Patsy. *Elizabeth Gaskell*. Manchester and New York: Manchester
University Press, 1987.

Woolf, Virginia. *Mrs. Dalloway*. Ed. Stella McNichol. Penguin Books, rep. 2000.

ロラン・バルト著　花輪光訳『物語の構造分析』みすず書房、1979 年

第3章

『ルース』における家事使用人、サリーの役割
——「堕ちた女」と「善良な女」の対比を通して——

西村　美保

1．はじめに

　ヴィクトリア時代の終焉から 200 年以上経過して、イギリス社会は大きく
変貌した。他の多くの先進国同様現在では多様な価値観が認められるようにな
り、特にジェンダーに関しては、寛容な態度が望ましいとされる社会風潮があ
る。もっとも、実際には伝統的なジェンダー観を大切に守っている人々が一定
数いるのも確かだ。一方、個性を尊重する一見自由な社会は、混沌とした状態
と新たな問題を生んでいる。

　確かにヴィクトリア時代の階級とジェンダーをめぐる独特で固定的な価値
観が社会を一層倫理的に厳しいものにし、ジェンダーのマイノリティや、倫理
的逸脱者が生きるのは過酷であった。しかし、現代の読者をも惹きつけるエリ
ザベス・ギャスケルの小説を生み出したのも、ヴィクトリア朝社会である。実
際、彼女の小説を通して垣間見ることのできるその社会は、強烈なインパクト
を放っているのだが、それは現代とあまりに異なるからかもしれない。

　ジューン・パーヴィス（June Purvis）がその著書、『ヴィクトリア時代の女
性と教育—社会階級とジェンダー』において指摘しているように、当時の女性
の理想像は階級によって異なり、「中産階級が自分たちの階級の理想的女性像
として称揚したのは『淑女らしい主婦』であった。ところが、労働者階級の女
性に求めた理想的女性像は、『善良な女』になることだったのである。」（パー
ヴィス,7）働かざるを得ない貧しい労働者階級の女性は、せめても「善良な女」
でいることが期待されたが、このことはそれだけ女性労働者たちは道を踏み外
しかねない状況に置かれていたことを示唆する。身内を頼ることもできない中、
単調で低賃金の労働を強いられる日々が続く。純粋な恋愛の結果であっても、
結婚という形に至らずに同棲で終わったり、子供を身ごもった女性は倫理的に

逸脱した女性と見なされ「堕ちた女」のレッテルを貼られた。そして「堕ちた女」と「善良な女」の両方の例を多くのヴィクトリア朝小説に見ることができる。

　本稿では、エリザベス・ギャスケルの『ルース』（1851）[1]を取り上げ、ヒロインのルースが世話になるベンスン家の使用人、サリーに焦点を当てる。というのも、同じ女性労働者でありながら、ルースとサリーは対照的に描かれ、その交流の様が興味深いからだ。ディケンズやハーディの作品に登場する労働者階級の女性たちと比較することで、本作品におけるサリーの役割を吟味する。

2．「善良な女」としての使用人サリー

　非国教会の牧師で、体に障害のあるベンスン氏は、ルースが相思相愛だと思っていたベリンガム氏にウェールズで捨てられた時、助けてくれた男性である。彼は休暇中利用していた下宿へルースを連れて行くが、彼女の容体が悪く、一人では手に負えなかったので、姉を呼び寄せ看護してもらう。そしてルースが少し落ち着いてから、エクルトンの町にある彼らの家に連れ帰ることにした。その際、姉と弟が気になったのは、使用人サリーがどう思うかということだったが、真実は伏せてルースは遠い親戚の未亡人ということにした。

　サリーはベンスン家で長年仕えていることもあり、使用人という身分でありながら、雇い主であるベンスン姉弟に遠慮なく率直に物を言う。彼女はチャールズ・ディケンズの『デイヴィッド・コパフィールド』（1849-50）に登場するペゴティ同様、かつて子守りの時代があり、家族の一員のように扱われる。サリーはベンスン氏の体の異常に少々責任があり、一生を通じて彼に忠実に仕えようと決心することで心の安定を得て、それを実行しているのだった。二人の男性からプロポーズを受けたことがあったが、冷静に判断して断り独身を通している。こうして彼女は身持ちのよい勤勉な女性、「善良な女」として描かれている。ペゴティもまた女主人とその息子、デイヴィッドに忠実に仕えた。男性のプロポーズを受け入れて結婚した点では、ペゴティのほうが柔軟であるが、恋愛に浮かれる様子は描かれていない。一方、彼女の周囲の女性たちは恋愛によって不幸な運命を引き寄せる。女主人は心をときめかせて再婚したものの、窮屈な生活を強いられ、親戚のエミリーはデイヴィッドの友人、スティア

第 3 章　『ルース』における家事使用人、サリーの役割
――「堕ちた女」と「善良な女」の対比を通して――

フォースに惹かれ、駆け落ちするが捨てられてしまう。サリーもペゴティも誠実な男性との出会いの機会を与えられ、無理のない選択をして自分の人生に悪影響を及ぼすようなことには至らないのである。

　しかしながら、「使用人問題」という言葉が示唆するように、実際には世の中には多くの問題ある使用人がいて、支配階級を悩ましてきた。ロージー・コックス（Rosie Cox）がその著書、『使用人問題―グローバル経済における家庭内雇用』（*The Servant Problem : Domestic Employment in a Global Economy*, 2006）の中で指摘するように、「『使用人問題』はイギリスの中産階級および上流階級を悩ませてきた伝統的な悩みの種であり、彼らはたえず、夕食をとりながら、信頼できる使用人を見つけることや保有することの難しさについて議論してきたと考えられていた。」[2] そしてヴィクトリア朝小説は問題ある使用人を数多く提供している。[3]『オリヴァ・ツイスト』（1837-39）の葬儀屋の女性使用人シャーロットは、同僚の少年ノアと雇い主の金銭を盗み二人で脱走する。しかし、ノアにはぞんざいに扱われ、彼女を待ち受けている運命は堕落への一途である。また、トマス・ハーディの『遥かに狂乱の群れを離れて』（1874）のファニー・ロビンは、ある日失踪して女主人に心配と迷惑をかけるが、彼女のもくろみに反して恋人のトロイと結婚できず、彼の子供を身ごもった状態でさ迷い歩く。下級女性使用人は、どちらかというと、こうした判断力とモラルに欠く女性、不運を自ら招く女性として描かれることが多い。[4]

　サリーは情報提供者としての役割も果たしている。よその家の使用人とネットワークがあるので、悪気はなかったが、レナードの洗礼に自分が立ち会うことが嬉しくて、吹聴してしまう。一方、ベンスン家に外の世界からの情報を持ち込むこともある。例えばジェマイマがブラドショー氏の共同経営者、ファーカー氏と結婚するかもしれないという噂をその家のメイドから聞いてくるのである。サリーは外界との懸け橋としても、重要な登場人物である。また、ルースの日々は嘆きと後悔の連続であり、ベンスン家は対外的には彼女を未亡人という扱いにして嘘をついていたので、神経を使う日々を送る。ユーモラスなサリーの存在は張り詰めた物語の展開の中で、幕間の喜劇のように読者をほっとさせる効果を持っていると言える。

39

3．環境と容姿の影響

　当時支配階級の人々は、使用人の前で話すことと話さないこととを区別するのが一般的であったので、ルースについての真実をベンスン姉弟がサリーに話したのには、大きな決断が要ったはずである。リスクを伴うことだったが、ベンスン家では、それだけサリーに信頼を置いていたと言える。やはり同時代に活躍した女性作家、ダイナ・マロック・クレイクは『女主人とメイド』（1862）の中で、使用人に対して真実を伝えるかどうかについて雇い主姉妹が議論する場面を設け、理想的な女主人と女性使用人の関係性を追求している。[5] ギャスケルの描くベンスン姉弟とサリーの関係性もまた、雇い主と使用人の理想的な関係性の具現化と言えるのではないだろうか。

　ベンスン姉弟のためにサリーが預金をして、弁護士を雇って遺言書を作らせるエピソードは、愛情の深さや忠実で倹約家の一面を示すだけでなく、実際的で賢明であることも表している。こうして彼女の職場環境は恵まれていたが、下級の女性使用人とお針子は経済的な面から堕落の危険性のある職種だった。特に後者の労働環境はひどく、リチャード・D・オールティック（Richard D. Altick）がその著書『ヴィクトリア朝の人と思想』の中で指摘するように、「織物産業における女性労働者虐待の最悪の例を工場法が抑制した後かなりたっても、少女も含めた女性労働力は、婦人服、紳士服業界、さらには釘、マッチ製造業などにおいて相変わらず搾取されていたのである。」（オールティック,66）こうした現実は、ルースが働く婦人服の仕立屋の過酷な労働の場面に反映されている。約束の期日に間に合わすために労働者たちの睡眠が犠牲にされた。オードリー・ジャフィ（Audrey Jaffe)は「『クランフォード』と『ルース』」の中で、「堕ちた女」が社会問題になっていた事実を踏まえた上で、『ルース』は「堕ちた女」の救済の可能性だけでなく、彼女たちが実際には美徳ある存在であることを提唱している点を指摘する。そして、彼女たちを雇う側の罪に光を当てる。

　　　その物語［『ルース』］は、現実にいた婦人服の仕立屋の奉公人に対するギャスケルの関心に基づいている。医者が彼女［奉公人］を誘惑することを雇い主がそそのかしていた。罠にかけるそうしたやり方は残って―

第3章　『ルース』における家事使用人、サリーの役割
──「堕ちた女」と「善良な女」の対比を通して──

> ルースの雇い主はなんとも説明がつかないほど、ベリンガムと会うことになる舞踏会に行くべきだと主張する──ルースのナイーブさと相まって、この事実はその［「堕ちた女」になった］状況に至った彼女［ルース］の責任を軽減するように思われる。しかしこうした詳細な部分の影響力は、性的逸脱の結果女性が罰せられるというよくある文化的物語の再生産によって打ち砕かれるのだ。(Jaffe 54) [6]

　ルースは恋人の存在を知られるや否や解雇され、寝る場所も奪われ、ベリンガム氏の誘いに乗ってウェールズへついていくほかなかった。ルースの零落は彼女を取り巻く劣悪な環境の影響も少なくないのは明らかである。

　また、ルースの品位や美しさも彼女の運命に影響を及ぼした要素であり、そのような要素の欠如がサリーに堅実な道を歩ませた要因の一つと言えるかもしれない。サリーの言動は粗雑で、病気など寄せ付けないようなどっしりとした頑強なイメージがある。ペゴティも太っていて、母性あふれる存在である。サリーの勤勉さはぴかぴかに磨かれた台所の描写を通して、ペゴティについては荒れた指先の描写を通して示唆される。「堕ちた女」の表象に伴う美的要素や、死と隣り合わせの雰囲気はサリーやペゴティには感じられない。

　しかしごく普通の健康的でたくましい女性労働者の描写があるからこそ、それと対照的な女性たちの可憐さや気品が際立つ。ペゴティが仕える女主人は青白く気絶しそうな可憐な淑女で、支配的な再婚相手に苦しめられ、早死にする。ペゴティの親戚の元使用人エミリーも可憐な美少女だったが、駆け落ちした挙句捨てられ、外国へ移住することになる。[7] トマス・ハーディの『ダーバヴィル家のテス』において、テスが雇われた先の道楽息子に凌辱されるに至ったきっかけは、攻撃的な女たちから逃れようと彼に頼った挙句の悲劇だった。ルースがまさにそうなのだが、他の女性労働者と一線を画すような美貌を持つ女性だからこそ、支配階級の男性の目に留まり、淑女たちにはない魅力と近づきやすさが相まって、接近を可能にするのだ。[8]

　周囲の人々を魅了するような美貌を与えられたうら若い乙女たちに、その美しさ故の悲運を与え、ヴィクトリア朝の作家たちは多様な角度から彼女たちの皮肉な運命を描いている。しかし、その一方でそのような美貌が備わっていな

かったら、かくも健全な生き方ができたかもしれないという可能性をサリーやペゴティの中に読者は見出すことができるのではないだろうか。

4．「堕ちた女」の救済の支援者および目撃者として

　サリーは決しておとなしい扱いやすい使用人ではない。ルースが妊娠していて出産するまでベンスン家にいることを知り、また着いた翌日朝食に遅れてやってきたりしたので、彼女につらく当たる。その日、ミス・ベンスンはブラドショー氏の妻の訪問に備え、ルースを二階へ呼び、祖母の古い結婚指輪をルースの指にはめた。同じ日の夕方サリーが急にいなくなったが、夜になってルースの前に「目のあらい布地で作った、ごく普通の未亡人用の帽子を二つ持って」現れ、ルースを怪しいと思っていると正直に言った。そして「未亡人っていうのは、こういう帽子をかぶって、髪の毛は切ってしまうんだ。未亡人が、結婚指輪をしてようがいまいが、髪の毛は切ってしまわなくちゃならない」（*Ruth*, I:107）と大胆にもルースの髪を切るのだった。

　この場面はサリーとルースの地位の差異を決定的に表面化していると言えるのではないだろうか。サリーの役割の一つは、「堕ちた女」の地位がいかに低いものかを表すことかもしれない。サリーは、子守りの時期があったが、一人ですべての家事をこなしているので、この時点では雑役女中であり、女性使用人の階級では底辺に位置している。しかしながら、お針子という同じ女性労働者であったルースは道を踏み外したために、今やそれよりもはるか下にいる。サリーに無理やり髪を切られなければならない屈辱を味わうしかないのだ。しかし、髪を切った後、ルースの威厳のある従順な態度を見て、サリーは良心の呵責を感じ、「あんたはこんな髪を切られるほど、悪い人じゃなかったんだよね。」（*Ruth*, I:108）と言う。そして翌日の朝、帽子を忘れずにかぶるよう注意して去って行く。それはサリーからのプレゼントだった。がさつだが、心優しい非常に魅力的な人物である。

　実際、サリーの愛情深さが一番あらわれているのは、ベンスン氏がルースの息子、レナードを鞭打とうとした時に救うシーンである。レナードが5歳くらいになり、嘘と真実の区別がつかないのか、まじめな顔で作り話をするので、話し合った後ベンスン氏が鞭で打つことになった。彼がレナードを呼び鞭打と

42

第3章 『ルース』における家事使用人、サリーの役割
——「堕ちた女」と「善良な女」の対比を通して——

うとした時、サリーがやってきて救うのだった。ベンスン氏自身可愛いレナードを鞭打つなどしたくなかったが、理性的に判断してのことだった。しかし、サリーは理性よりも感情が優先し、レナードをかばうのだった。この時一番ほっとしたのは、ベンスン氏かもしれない。

ルースは救貧院に行かずに済んだが、「堕ちた女」と救貧院はヴィクトリア朝小説において密接に結びついている。[9] 多くの小説上の「堕ちた女」たちは、子供を亡くしたり、本人が救貧院で亡くなったりして、子育てできずに終わるが、ルースは温かい家庭で保護され、信仰の目覚め、勉強、そして子供の力によって彼女自身の成長が促進され救済への道を辿る。そして秘密が暴かれて誰からも雇われなくなった時には、流行病にかかった病人の看護という道が開かれ、誰もが嫌がる仕事を引き受け、最後までやり遂げることで、人々の尊敬を勝ち取るのである。こうして「堕ちた女」は「善良な女」の平穏な幸せには恵まれなくとも、劇的な一生を送り、一気に名誉を回復するのである。

本作品は劇的なストーリー展開であり、またセンチメンタルであるかもしれないが、モラルの厳しい社会を舞台に「堕ちた女」が強力なプロットの構成要素となりうることを実証している。そして、サリーはルースという女性が失意のどん底からいかに回復して精神的な成長を遂げ、自らを高めていったか、傍らで見続けた目撃者なのである。ルースの死後、ダン氏（ベリンガム氏）が訪ねてきて、サリーに案内されてルースの美しい死に顔を見る。

　　「何という美しさだ！」彼は息をひそめて言った。「人間は死ぬとみんな、こんなに平和な、こんなに幸福な顔になるのかな？」
　　「みんなでは、ありません」サリーが泣きながら答えた。
　　「生きている間に、ルースほど善良で、優しかった人は、ほとんどいません」そう言うと彼女は、全身を震わせて、むせび泣いた。

（Ruth, II:333）

この後、サリーはルースに対して親切でなかったと自分の行為をすべて否定的に捉え、極端なまでに自分を責める。読者は彼女がここで言うことすべてに同意はできないだろう。しかし、サリーに個人的な後悔の念や、懺悔や嘆きを

吐露させる中で、ギャスケルが最も言わせたかったことは、次の一言だったのかもしれない。「それに、世の中全体がそうだったんだ。」（*Ruth*, II:334）しかし、世の中を恨むような言葉は続かない。上の一言で十分だったのだろう。というのも、ジョージ・ワット（George Watt）がその著書、『19世紀イギリス小説における堕ちた女』（*The Fallen Woman in the 19th-Century English Novel.* London: Croom Helm, 1984）の中で指摘するように、「ギャスケル夫人が堕ちた少女を高貴なヒロインへと成長させたのは嵐を巻き起こすに十分なものだった。そしてその反応はその小説が何百というブラドショー氏によって読まれることを考えると容易に説明がつくのである。」（Watt 40）

5．終わりに

　本稿ではベンスン家の使用人サリーに焦点を当て、他のヴィクトリア朝小説における女性使用人の表象と比較しながら、『ルース』におけるサリーの役割を吟味してきた。健全な判断力と倫理観を備え、勤勉で主人思いの忠実な女性使用人サリーはまさに「善良な女」の権化である。一方で彼女の粗雑さや、美しさや品位や優雅さの欠如、頑強なイメージなどがルースの美しさを一層際立てる効果を持っている。それだけでなく、そうした美徳の欠如がサリーに健全な道を歩ませた一因とも言える。サリーは「堕ちた女」の地位がいかに低いものかを示しただけでなく、外界との懸け橋となって情報を提供し、さらには、ルースの生きざまと世間の冷たい仕打ちについての証言者でもある。そして最後に、ギャスケルが世間全体に対する間接的な抗議の言葉を社会の片隅で生きるこの女性使用人に語らせていることに注目した。サリーの嘆きは、彼女自身もまたその世間の一部であり、影響を免れなかったことから来るものである。

注

本論考は「平成29年度　JSPS科学研究費補助金　基盤研究（C）（課題番号17K02503）ヴィクトリア朝の「堕ちた女」の研究：その実態と文学表象について」によって遂行した研究の一部である。日本学術振興会からの研究助成に感謝申し上げる。

第3章　『ルース』における家事使用人、サリーの役割
──「堕ちた女」と「善良な女」の対比を通して──

1. 本稿における *Ruth* からの引用はすべて Deirdre d'Albertis (ed.), *The Works of Elizabeth Gaskell,* vol.6: *Ruth (1853)* (London: Routledge, 2017) からのものである。訳文は日本ギャスケル協会監修、巽豊彦、『ギャスケル全集　第3巻　ルース』（大阪教育図書、2001 年）を参照した。

2. Rosie Cox, *The Servant Problem :Domestic Employment in a Global Economy* (London: I. B. Tauris, 2006), p. 9.

3. 「使用人問題」とは使用人を雇う側が問題ある使用人に対して抱く悩みのことである。トマス・ハーディの『エセルバータの手』（*The Hand of Ethelberta*, 1876)においても「使用人問題」がテーマとなっている。詳しくは拙論「『エセルバータの手』における使用人の表象─文化的アプローチ」『ハーディ研究　日本ハーディ協会会報　No.37 』2011 年を参照されたい。

4. ヴィクトリア朝小説における下級女性使用人の表象については、拙論『ヴィクトリア朝小説における女性使用人の表象─ディケンズ、ブロンテ、ハーディ─』（博士論文、武庫川女子大学大学院文学研究科、2013 年）で論じた内容をもとにしている。女性使用人の階級において、ハウスキーパー、コック、乳母などは上級に位置し、ハウスメイドやパーラーメイドなどは下級の女性使用人とされた。雑役女中は底辺に位置し、最も一般的だった。ただ一人しか女性使用人を雇えないような経済状態の家で雇われたため、大変な労働を強いられた。

5. 『女主人とメイド』の中で、リーフ姉妹（セリーナとヒラリー）は、エリザベスという女性使用人の前で家の事情を隠すべきかどうか議論する。「何も隠さないような家族をどうやって彼女は尊敬できるの？」と言うセリーナに対して、ヒラリーは、「すべてを隠さなければならない使用人をどうやって尊敬できるの？」と言い返す。ヒラリーが持ち出した使用人を尊敬するという概念にセリーナは驚かされる。長女のジョアンナがヒラリーに賛同して、エリザベスを信用しようと提案して、この場は収まる。（*Mistress and Maid* 161-62）

6. Audrey Jaffe, "*Cranford* and *Ruth*" in *The Cambridge Companion to Elizabeth Gaskell,* ed. Jill L. Matus (Cambridge: Cambridge University Press, 2007), 54. 訳は本稿執筆者によるものである。

7. ナンシー・ヘンリーは「エリザベス・ギャスケルと社会改革」の中で「堕ちた女」の国外への移住に対するギャスケルの姿勢について述べている。「・・・ギャスケルは『ルース』において国内の『堕ちた女』に対する社会の態度を変えることを目指しているが、彼女は実際に誘惑された女性に唯一救済される頼みの綱として移民を勧めた。チャールズ・ディケンズは堕ちた女たちに対する移民計画に積極的だった。そして 1850 年ギャスケルは彼に宛ててオーストラリアへ移住するのを手助けしたいと思う誘惑された少女について書いた・・・。その出来事が『リジー・リー』(1850) や、『メアリー・バートン』におけるエスタや、『ルース』に影響を与えたと思われている。誘惑された登場人物は誰も移住しないが。」(Nancy Henry, "Elizabeth Gaskell and social transformation" in *The Cambridge Companion to Elizabeth Gaskell,* ed. Jill L. Matus ((Cambridge: Cambridge University Press, 2007)), 150.訳は本稿執筆者によるもの。) ディケンズは『デイヴィッド・コパフィールド』においてエミリーを移民船に載せ、作品に現実性を持たせている。一方で、『ルース』の中でギャスケルが描く救済の道は現実の社会では難しく理想に近いものであったのかもしれない。

8. 女性労働者が支配階級の男性から性的搾取のターゲットになりやすかった背景には、当時の性道徳のダブル・スタンダートと労働者階級の女性に対する先入観が大きく影響しているように思われる。エリック・トルージルによれば、「紳士がはなはだしくふしだらだったり、町で愛人を誇示したり、スキャンダル、つまり離婚や姦通罪の訴訟を引き起こす原因であることは良くて無作法であったし、最悪の場合――関係する女性が淑女の場合――名誉やプレスティージにダメージを与えることになるというものだった。」(Eric Trudgill, *Madonnas and Magdalens: The Origins and Development of Victorian Sexual Attitudes* (New York: Homes & Meier, 1976), 162.) それは、社会が中産階級の女性を「救済の使者」とか「家庭の天使」として見なし、「マドンナ」のように崇拝する雰囲気があったからである。一方で、相手が労働者階級の女性の場合はそうしたタブーがないので、紳士の行動に規制がかからなかった可能性がある。

第3章 『ルース』における家事使用人、サリーの役割
――「堕ちた女」と「善良な女」の対比を通して――

9. 『オリヴァ・ツイスト』で、救貧院で出産した直後に亡くなるオリヴァの母親はその一例である。『遥かに狂乱の群れを離れて』の勝気なヒロイン、バスシバは他に何も怖いものはないが、最も恐れるのが救貧院である。そして彼女のもとで働いていたファニーはバスシバが最も恐れた運命―救貧院で亡くなる―を迎えてしまう。救貧院のイメージは暗く、恐れられる場所である。

引用文献

Cox, Rosie. *The Servant Problem :Domestic Employment in a Global Economy*
London: I. B. Tauris, 2006. Print.

Craik, Dinah Mulock.   *Mistress and Maid: A Household Story*, *Good Words*.
1862. Print.

d'Albertis, Deirdre. (ed.) *The Works of Elizabeth Gaskell,* vol.6: *Ruth (1853).*
London: Routledge, 2017. Print.

Dickens, Charles. *David Copperfield*. Ed. Jerome H. Buckley. New York: W.W.
Norton & Company, 1990. Print.

_____. *Oliver Twist*. Ed. Fred Kaplan. New York: W.W. Norton &
Company, 1993. Print.

Hardy, Thomas.   *Far from the Madding Crowd*. Ed. Robert C. Schweik. New
York: W.W. Norton & Company, 1986. Print.

_____. *Tess of the d'Urbervilles.* New York: W. W. Norton & Company,
1965.   Print.

Matus, Jill L. (ed.) *The Cambridge Companion to Elizabeth Gaskell.* Cambridge:
Cambridge University Press, 2007. Print.

Trudgill, Eric. *Madonnas and Magdalens: The Origins and Development of
Victorian Sexual Attitudes.*   New York: Homes & Meier, 1976. Print.

Watt, George. *The Fallen Woman in the 19ᵗʰ-Century English Novel*. London:
Croom Helm, 1984. Print.

オールティック, リチャード・D.   『ヴィクトリア朝の人と思想』   要田圭治,
大嶋 浩,田中孝信 訳, 音羽書房鶴見書店, 1998 年。

ギャスケル，エリザベス．『ギャスケル全集　第3巻　ルース』日本ギャス
　　ケル協会監修，巽　豊彦 訳，大阪教育図書，2001年。
パーヴィス，ジューン．『ヴィクトリア時代の女性と教育―社会階級とジェン
　　ダー』　香川せつ子訳，ミネルヴァ書房，1999年。

第 4 章

円く囲い込まれる物語たち——『ソファを囲んで』再考

猪熊　恵子

1．はじめに

　エリザベス・ギャスケル（Elizabeth Gaskell）の『ソファを囲んで』（*Round the Sofa*）は、1859 年 3 月、ロンドンの出版社サンプソン・ロウ（Sampson Low）によって世に出された。その直前の同年 2 月、ギャスケルは義妹アン・ロブソン（Ann Robson）に宛てた書簡の中で、自らの「新作」を以下のように評している。

> 「もうすぐ私の本の宣伝を目になさるでしょうけど、だまされてはダメよ。『ハウスホールド・ワーズ』に載せた話をいくつか再出版するだけなんですから。今回は、あくどい出版社から出すんだけど（サンプソン・ロウという、ストウ夫人の本を出版した会社なの）、そこが新作という触れ込みで売り出そうとしているわ」（*Letters*, 414）

ギャスケルの言葉通り、新作という謳い文句で世に出た『ソファを囲んで』は、『ハウスホールド・ワーズ』（*Household Words*）に既出の四つの中・短編——「呪われた種族」（"An Accursed Race," 1855）、「一時代前の物語」（"Half a Life-Time Ago," 1855）、「清貧のクレア会修道女」（"The Poor Clare," 1856）、『ラドロー卿の奥様』（*My Lady Ludlow*, 1858）——、および『ハーパーズ・ニュー・マンスリー・マガジン』（*Harper's New Monthly Magazine*）に既出の「グリフィス家の宿命」（"The Doom of the Griffiths," 1858）、さらに唯一の書下ろしと言ってもよい「異父兄弟」（"The Half-Brothers," 1858）の計六作を二巻に編んだものである。すでに世に出た作品を新作という謳い文句で出版し、新たな収入の糧とする。出版にあたっては「あくどい」出版社と渡り合わねばならない。こうした背景を鑑みれば、ギャスケル自身の気のない批評も驚くに

はあたらない。事実、ウィニフレッド・ジェラン（Winifred Gérin）は『ソファを囲んで』を、ギャスケルが必要としていた資金の獲得という点以外に、特に見るべきところもない短編集であるとして、素っ気なく切り捨てている（Gérin, 206）。

　出版前後のギャスケルの生活に焦点を絞ってみても、作品と向き合い、その執筆に苦悩する作家の横顔を見出すことはできない。かわりに浮かび上がってくるのは、雑事に忙殺され、精神的にも肉体的にも疲弊し、それでもまとまった額の収入を必要とした一人の女性の姿である。『ソファを囲んで』出版からさかのぼること 2 年前の 1857 年 3 月、ギャスケルは『シャーロット・ブロンテの生涯』（*The Life of Charlotte Brontë*）を出版する。しかし脱稿の安心感を得る間もなく、ロビンソン夫人（Lydia Robinson）をはじめとする関係者からの猛烈な抗議にさらされ、大幅なテクスト改定作業を余儀なくされる（Easson, 147-50）。年が変わってもギャスケル家に平穏が戻ることはなく、今度は次女ミータ（Meta）の婚約解消という新たな心配の種を抱え込んでしまう。詮索好きな人々の噂の的となることを避けるため、またなにより傷ついたミータの心を癒すため、ギャスケルは娘たちを連れ、1858 年 7 月シルバーデイルの地へと旅立つ。それでもなお、「人々の口さがないおしゃべり」から逃れるに十分ではなかったのだろう（Chapple, 76）、一行はいったんプリマス・グローブに戻ったあと、9 月からヨーロッパ大陸のハイデルベルグへと足を延ばし、実にクリスマス直前まで 3 か月近くもの日々をドイツで過ごしている。

　このような流転の日々にあって、長編の作品に取り組むだけの時間的・精神的余裕がなかったこと、そしてドーバー海峡をまたぐ長期の傷心旅行のために、まとまった額のお金を必要としたことは想像に難くない。そうであってみれば、既出の作品群を編みなおした『ソファを囲んで』はたしかに、ギャスケル家を囲い込む多くの騒動や葛藤から生まれた急ごしらえの産物であるかに思える。しかしながら一方で、慌ただしい日々のみに目を向け、新作ではない点ばかりに気を取られて、批評家たちは『ソファを囲んで』を囲い込む周辺の物語やそのダイナミズムに、正面から向き合ってこなかった、とも言える。実際、『ソファに囲んで』の中の作品群を、元の雑誌連載形式で読むときと、二巻本として読むときとでは、その色合いは大きく異なる。本稿はこの問題意識を出発点

第4章　円く囲い込まれる物語たち——『ソファを囲んで』再考

として、『ソファを囲んで』の枠物語と、その枠に囲われた作品群の再考を目指すものである。

2．枠物語の内と外

　『ソファを囲んで』は、既出の作品を並べただけの本ではない。テーマも長さもそれぞれに大きく異なる個性豊かな中・短編を一つの作品としてまとめるべく、ギャスケルは巻頭およびそれぞれの作品間に枠物語の構想を挿入している。そしてこの「枠」からはなぜか、病の気配が色濃く漂う。「枠」部分の語りを引き受けるミス・グレイトレックス（Miss Greatorex）は、なんらかの病気の治療のため（病の詳細は明らかにされない）、ガヴァネスを伴いエディンバラへとやってくる。まもなく主治医の姉であるミセス・ドーソン（Mrs Dawson）の知己を得るが、彼女もまた四肢に障害を抱え、ソファに寝たきりの生活を強いられている。しかしその生活は、不遇をかこつ病人の日常とは程遠い。身体の自由が利かないとはいえ、豊かで満ち足りた生活を送る才気煥発な彼女の周りには、エディンバラの知識人の多くが集う。その集いに加わったミス・グレイトレックスの前で、ミセス・ドーソンをはじめ彼女のソファを囲む面々が順繰りに物語を披露し、既出の六つの中短編作品が紐解かれる。こうしてドーソン邸の物語サロンが、『ソファを囲んで』の「枠」となるのである。
　病によって可動性を奪われた人々が言説空間を構築するという枠組みは、ヴィクトリア朝期を生きた知識人の周囲に、フィクション、ノンフィクション双方の地平で数多く展開した。ハリエット・マーティノー（Harriet Martineau）のもとにジェーン・カーライル（Jane Carlyle）ら多くの文化人が訪れ、そこでの議論や書簡のやり取りの多くが彼女の作品に昇華されたことはよく知られているし（Henderson, 78-82）、1841年に出版されたディケンズの『ハンフリー親方の時計』（*Master Humphrey's Clock*）でも、身体の不自由な老人の家で開かれる物語サロンが作品の舞台となっている。また、フローレンス・ナイチンゲール（Florence Nightingale）、ロバート・ルイス・スティーヴンスン（Robert Louis Stevenson）、エリザベス・ブラウニング（Elizabeth Barrett Browning）、チャールズ・ダーウィン（Charles Darwin）など、ある種の障害を抱えながら、その状況について書いた作家も少なくない（Frawley, 3）。しか

51

し、こうした系譜のなかで『ソファを囲んで』を特徴づけるのは、病人を囲ん
で展開する言説空間が、単一の地平で展開するのではない、という点だろう。
むしろ『ソファを囲んで』が提示するのは、幾人もの病人にまつわるさまざま
な言説空間が複雑に絡み合い、密接に関わり合いながら展開していく複層的な
ダイナミズムである。

　この複層を一つ一つ確認するために、第一の〈病人〉として、ギャスケル母
娘の存在に注目したい。『ソファを囲んで』を書いたギャスケルは、心身とも
に疲弊しており、そのそばにはやはり傷心の娘ミータが寄り添っていた。『ソ
ファを囲んで』の枠物語は、この母娘の姿を写し取るように、ソファから動く
ことのできない語り手のミセス・ドーソンと、そのそばで物語に耳を傾ける若
いミス・グレイトレックスを描き出す。さらに興味深いのは、ギャスケルの姿
が、語り手のミセス・ドーソンのみならず、聞き手のミス・グレイトレックス
とも重なり合う点である。ミセス・ドーソンのモデルは一般に、エディンバラ
の裕福な未亡人ミセス・フレッチャー（Mrs Eliza Fletcher）だとされるが
（Chadwick, 178-79）、20 歳のギャスケル（当時はまだミス・クレグホーンだ
った）がミセス・フレッチャーと知り合ったとき、いみじくも夫人の年齢はミ
セス・ドーソンと同じ 60 歳であった。フレッチャー夫人とギャスケルとは、
母娘以上の年の差にも関わらず非常に通じ合うところが多く、きわめて親密な
間柄であったという。これらの点を考え合わせれば、『ソファを囲んで』を書
いたギャスケルが、年長女性としての経験値の多くをミセス・ドーソンと共有
しながらも、自らが若かりし頃に敬愛した年上女性との関係性をミス・グレイ
トレックスに託すという、両義的な立ち位置にあることがわかる。

　続いて枠物語の内側、ミセス・ドーソンによって実際に語られる物語へと視
点を移してみよう。ミセス・ドーソンがサロンで語り聞かせるのは、『ソファ
を囲んで』に収録される六つの作品のなかで最も長い『ラドロー卿の奥様』で
ある。物語冒頭、若き日のミセス・ドーソン（以下マーガレット）は、牧師で
あった父親に先立たれ、困窮する一家の負担を減らすため、いわば口減らしと
してラドロー令夫人の屋敷に身を寄せる。しかし気の毒なことに、ハンベリ
ー・コートでの穏やかな暮らしを始めた矢先、ふとしたことから足腰を痛め、
ソファの上での生活を余儀なくされる。そしてソファという不動の定点に自ら

第4章　円く囲い込まれる物語たち──『ソファを囲んで』再考

の視座を据えたまま、ラドロー令夫人とグレイ氏（Mr. Gray）のやりとりを見聞きし、令夫人の昔話に耳を傾け、ガリンド嬢（Miss Galindo）のおしゃべり相手となるのである。

　以上のようにまとめてみれば、『ラドロー卿の奥様』は、『ハウスホールズ・ワーズ』に連載された時点と、『ソファを囲んで』に再録された時点とで、その語りの色合いを微妙に、とはいえ決定的に、変化させていることがわかる。『ハウスホールド・ワーズ』に初出の際は、ミセス・ドーソンが自らの過去をたどる回想録の形態を取っていた。しかし、同じ物語が『ソファを囲んで』に挿入され、先述した枠物語に外側を囲まれると、語りの構成はきわめて複層的で興味深いものとなる。ソファに根を張ったまま、周囲の人々の言説を消化し、それらを記録する受容体として機能していた若き日のマーガレットは、長じてミセス・ドーソンとなる。そして今度はミス・グレイトレックスという若きコンパニオンを傍らに得ることによって、自ら語り手へと転じるのである。

　マーガレット／ミセス・ドーソンを巡る聞き手から語り手への転換に付随して、マーガレットとラドロー令夫人の関係がミス・グレイトレックスとミセス・ドーソンの関係とまったく相似の関係にある点も興味深い。ハンベリー・コートで暮らすマーガレットは、ラドロー令夫人から読み書きについてさまざまな形で指導を受ける。ラドロー令夫人は労働者階級が読み書きを体得することに正面切って反対しており、「字が書ける召し使いは決して雇わない」（152）。もちろん、マーガレットをはじめとする「家柄の良い」娘たちは、この規則の適用外だが、それでも好きな本を好きなように読む自由は与えられておらず、令夫人が是とする「教訓的な本」（たいていは「ミスター・アディスンの『スペクテイター』」、ある年には「ドイツ語から翻訳された『シュトゥルムの内省』」、そのほかには「『ミセス・シャポウンの手紙』と『ドクター・グレゴリーの若いレディたちへの忠告』」）しか手にとることができない（158）。さらにマーガレットが、身体の障害ゆえに精神的に落ち込んでいるのを見て取った令夫人は、自分の「引き出し付き書き物台」（169）で、こまごまとした手紙や書類の整理をまかせるようになる。若き日の寄る辺ないマーガレットはこうして、ラドロー令夫人のかたわらで、読み書きの範囲と種類をさまざまな形で規定される。

53

しかしそんな彼女も、のちに裕福な医師である弟と何不自由のない暮らしを送る身となり、ミス・グレイトレックスと出会い、彼女が味気ないエディンバラでの暮らしや先の見えない治療の日々に気落ちしていることを見抜いて、『ラドロー卿の奥様』を語り聞かせる。一方のミス・グレイトレックスは、ミセス・ドーソンの語り聞かせる内容をそのまま書き起こして『ソファを囲んで』の原稿とする。つまり若き日のマーガレットの経験は、そのままミス・グレイトレックスによって引き取られ、一方そんなミス・グレイトレックスを得ることによって、ミセス・ドーソンとなったマーガレットは、在りし日のラドロー令夫人の経験を踏襲することができる。つまり『ラドロー卿の奥様』という物語の語り手マーガレット・ドーソンは、『ソファを囲んで』という枠物語を得ることによって、受動的で未熟だった年若い娘から、しなやかで優しい年長の女性へと変容する。さらに聞き手のミス・グレイトレックスも、最終的に『ソファを囲んで』の枠物語を提供する「語り手」となることで、ミセス・ドーソンと同様に聞き手から語り手への変容を遂げる。ラドロー令夫人に目を転じてみても、彼女はただミセス・ドーソンの描写の対象となるだけの存在ではない。次節で詳説するように、見聞きしたいくつもの断片的な情報をつなぎ合わせて、フランス革命期の悲劇の物語を再構成する令夫人もまた、マーガレットを傍らに得てはじめて、「語り手」としての地位を獲得するのである。

言い換えるなら『ラドロー卿の奥様』は、『ソファを囲んで』の枠物語に囲まれることによって、ラドロー令夫人、マーガレット・ドーソン、ミス・グレイトレックスという三人の女性を円く繋いでいく。その円環のなかで、若く、寄る辺ない女性たちは、年長の女性の傍らで傷を癒され成長する。そしてこの三人の女性を囲む〈語り語られる鎖〉のなかで、世代ごとに語り手と聞き手が入れ替わることによって、成長と癒しの図式は繰り返し提示される。ここに、『シャーロット・ブロンテの生涯』執筆前後の騒動で疲れ果てたギャスケル自身と、婚約破棄によって心に傷を負った若い娘ミータの存在を思い起こしてみれば、傷ついた女性たちが他の女性たちの傍らで癒されていくという構図が、またひとつ層を重ねる様子に気付くだろう。したがって『ソファを囲んで』は単に、既出の作品群を再録しただけの短編集ではない。むしろユーフェルマンが指摘するとおり、『ハウスホールド・ワーズ』に連載された時点では、連載

第 4 章　円く囲い込まれる物語たち——『ソファを囲んで』再考

が進むごとに完成へと向かっていくような「直線的」構成を取っていた作品群が、『ソファを囲んで』に周りを囲まれ、並置されることで「円環的」構成をなすように変化しているのである（Uffelman, 31）。

3．直線的時間軸と円環的反復

　「円環的」な構図が『ソファを囲んで』の語りに見出だせるとしたら、『ソファを囲んで』内部に収録される作品群が、さまざまな形で〈繰り返し〉や〈原点回帰〉、ときに〈先祖返り〉や〈強迫的反復〉をモチーフとしていることもまた、偶然ではないだろう。そしてその円環が持つ意味も、遡及的に『ソファを囲んで』という作品自体が持つ円環性と響きあうものとなるはずである。本節では、『ラドロー卿の奥様』、「清貧のクレア会修道女」（以下「クレア」）、「グリフィス家の宿命」（以下「グリフィス」）を取り上げ、その内部に見られる反復や回帰のイメージを確認しながら、繰り返されるエピソードが何を意味しているのか、考察していきたい。

　まずは『ラドロー卿の奥様』から始めよう。前節で確認した通り、この作品はミセス・ドーソンが若き日を振り返る回顧的視点から語られる。その冒頭で語り手マーガレットは、不可逆的な時の流れに洗われて変化する個人や社会の様子を描写する。

　　わたしはもう年老いた女ですし、世の中もわたしの若い頃とはずいぶん事情が変わりました。その頃は、わたしたちは旅行をするとなると、車内に六人乗れる大型の四輪駅伝乗合馬車で旅行しました。それだと、今なら耳をつんざくような鋭い汽笛を鳴らしてびゅーんと素早く二時間で突破できるところを、二日掛かりの旅になるのでした。（145）

ここでは、産業革命による技術革新によって社会構造が大きく変化し、それに伴って個々人の時空間意識も抜本的に変容していくさまが語られる。シベルブッシュが「時空間の消滅」という言葉で表現したように、ヴィクトリア朝を生きた人々は、鉄道や郵便システムが既存の時空間認識を無効化していくさまを目の当たりにし、従来とは大きく異なる新たな参照の枠組みのなかで時空間を

捉えなおすことを強いられた（Shivelbush, 10）。つまりマーガレットの若き日の〈時〉と、年老いて語り手となった彼女を取り囲む〈時〉とは、もはやまったく異なるものであり、過去の〈時〉のありようへと立ち返ることは許されない。

　こうして始まるマーガレットの語りに、入れ子的に挿入されるラドロー令夫人の語りもやはり、不可逆的な〈時〉の流れと、それがもたらす〈終わり〉を強調する。友人であるフランス貴族、ド・クレキー（de Créquy）親子に関する悲劇の物語を語り終えたラドロー令夫人は、その救いのない結末を悲しむマーガレットに対して、「ほとんどの人はわたし位の年になれば、必ず多くの人生や多くの運命の始まり・真ん中・終わり」を見るのだといって諭す（228）。この言葉が、アリストテレスの言うフィクションの「全体」像――「全体には、始まり、中間、そして終わりがある」（Aristotle, 13）――を受けたものであることは、付言するまでもないだろう。そしてこの直線的な時間感覚は、神によって創生され、アポカリプスへと向かっていくキリスト教的世界の時間軸である、と考えてよい（Kermode, 45-47）。事実、『ラドロー卿の奥様』の最終局でマーガレットは、ラドロー令夫人とグレイ氏の死に言及して物語を閉じ、個人の命の〈終わり〉と物語の〈終わり〉を一つにする。

　しかし一方で興味深いのは、マーガレットの語りがしばしば、直線的に流れる〈時〉やその経過に伴う変化を根底から否定してみせることである。『ラドロー卿の奥様』を語り始めるマーガレットは、直線的時間の流れの不可逆性を説いたラドロー令夫人に対抗するかのごとく、これから自分が語り聞かせるのは「始めも真ん中も終わりもない」、話とも呼べないものだとあっさり言い放つ（145）。そして実際、彼女の語りの構造を詳細にひも解いてみれば、そこに立ち現われるのは、発展的かつ着実に展開していく直線的な語りではなく、同じモチーフやエピソードに繰り返し立ち返る循環的な語りである。

　まずはマーガレットの入れ子構造的な語りのなかで、最も古い／深い層に位置するフランス革命時代のエピソードに注目してみよう。そもそもこのエピソードがラドロー令夫人の口からマーガレットに語られるのは、ハリー・グレグスン少年（Harry Gregson）が、グレイ氏から令夫人宛ての手紙を勝手に読んでしまったためである。この出来事をきっかけにして、令夫人はヴァルジニ

第4章　円く囲い込まれる物語たち──『ソファを囲んで』再考

ー（Virginie）の手紙を盗み読みしたピエール（Pierre）を思い出す。つまり、フランス革命によって歴史が不可逆に変化しているにも関わらず、そのエピソードの前と後において、〈労働者階級の若者が貴族階級の人間の私信を盗み見る〉というほぼ同様のエピソードが、二回繰り返されているのである。言い換えるなら、〈不可逆な歴史的事件〉を挟み込むようにして、時の流れに左右されることのない人々の営みが、まったく相似した形で繰り返されている。

　さらにここに、『ソファを囲んで』が出版された当時の状況を当てはめてみれば、相似のエピソードが再度繰り返される様子を見て取ることができる。労働者の教育に正面から反対するラドロー令夫人は、一見してきわめて硬直的でアンシャン・レジーム的価値観の持ち主に思われるが、一方でヴィクトリア朝中産階級知識人の多くが、依然として彼女と同種の不安を抱いていたことも否めない。ヴィクトリア朝直前の 1814 年にコールリッジ（Samuel Taylor Coleridge）が出版した *Lay Sermon* や、ヴィクトリア女王即位と同時に John Stuart Mill が『ウェストミンスター・レビュー』（*Westminster Review*）に寄せた "On Civilization"、そしてヴィクトリア朝中期の 1858 年にウィルキー・コリンズ（Wilkie Collins）が『ハウスホールド・ワーズ』に寄せた "The Unknown Public" はすべて、労働者階級を無差別に教育することの危険性を論じている（Coleridge, 35-36; Mill, 16; Collins, 222）。サン・ジョー＝リーが指摘する通り、こうした文脈に照らして『ラドロー卿の奥様』を考えてみれば、19 世紀の識字率向上に怯える中産階級読者たちの姿は、そのままラドロー令夫人のそれに重なりあうものと解釈できる（Sun-Joo Lee, 94）。つまりフランス革命期、ラドロー令夫人の現在、マーガレットの現在、そしてヴィクトリア朝読者の現在という複数の位相において、労働者たちの読み書きを自らの監視下に置きたいと考える中産・上流階級の欲望と、その規律を逸脱して知を得たいとする労働者階級の欲望とが、ひそかに、しかし繰り返し立ち現われるのである。

　それだけではない。ラドロー令夫人の語りが、自らフランスで見聞きしたことのみで構成されるのではなく、ピエールの語り、庭師のジャック（Jacques）の語り、ド・クレキー家の過去の使用人の語りを総合して形成されている点もまた、マーガレットの語りの構成と照らして綺麗な相似関係を成している。マ

ーガレットは肢体の障害によってソファに定位置を据えている以上、多様な状況に立ち会って直接何かを見聞きすることができない。したがって彼女の語りはラドロー令夫人のそれと同じく、令夫人のフランス革命期のエピソード、ミス・ガリンドの噂話、グレイ氏の話などを総合して形成される。そしてさらに彼女の語りを囲い込む枠として機能するミス・グレイトレックスの『ソファを囲んで』にしても、マーガレットによる『ラドロー卿の奥様』、ミス・ダンカン（ミス・グレイトレックスのガヴァネス）による「グリフィス」、セニョール・スペラーノによる「クレア」、ミスター・プレストンによる「異父兄弟」、ドーソン医師による「呪われた種族」などの原稿を統合する形で成立している。つまり『ソファを囲んで』という作品は、収録した各短編の過去と現在、そしてそれらの短編群を囲む枠物語の内と外という複数の位相において、誰かが他者の言説を蒐集し、並置するさま、そして自らが語り手となってそれらの言説群を物語に編んでいくさまを、繰り返し提示する。

　「クレア」や「グリフィス」の内部においても、同様の〈繰り返し〉のモチーフを見出すことができる。「クレア」において、最愛の娘と別れ失意の日々を送るブリジッドは、娘の形見の犬を殺した若者を恨み、その係累に呪いをかける。その呪いによって、若者の娘であるルーシーは邪悪なドッペルゲンガーの影に憑りつかれる。復讐を遂げたはずのブリジッドはしかし、ルーシーが自分の娘の産んだ子である、つまり血を分けた孫娘であるという事実に直面し、過去の自分の呪いを解くために残りの人生をささげることになる。ここでも、過去の悪行への報いが後世に呪いとなって返ってくるという単純な回帰の図式のみならず、祖母ブリジッドと孫娘ルーシーとが、ほかならぬ自分自身と闘わなくてはならないという構図が明確に繰り返されている。また「グリフィス」においても、九代前の先祖の過ちの因果を引き受けるオーウェンが、父のロバートを手にかけるというエピソードが軸になっている。そしてオイディプス・コンプレックスや（継）母の介在によって断たれる父子の絆というハムレット的構図が繰り返される一方で、確たる殺意もないままに、いわば過失として孫を殺してしまったロバートが、一族のそもそもの悲劇の原因を作った祖先の経験をそのまま写し取っているという皮肉な繰り返しもまた、ひそかな形で提示されている。

第4章　円く囲い込まれる物語たち──『ソファを囲んで』再考

　つまり『ソファを囲んで』に囲い込まれる物語群は、一見して水が高いところから低いところへ流れ落ちていくように、容赦なく流れていく直線的な時の流れを提示する一方で、流れ続ける時に洗われても決して消し去られることのない人間の業を、さまざまな形で前景化させる。そして複雑な形で織りなされ、重ねあわされていく層のなかで、暴力的で革命的な事態が引き起こす痛みや悲しみは、その角を丸くしていく。例えば、フランス革命期のド・クレキー家にまつわる悲劇の物語は、庭師のジャック、ド・クレキー家の過去の使用人ら、狂乱の革命期をその身でくぐり抜けた者たちによって語りの素材を提供される。その生々しい語りは、ラドロー令夫人の言葉で再構成され、さらにその話をソファに横たわって聞いたマーガレットが語り直す。さらに、「クレア」や「グリフィス」などの物語群とともに、ミセス・ドーソンのエディンバラのサロンの一つの物語となる。こうして、幾重にも異なる語り手の層に覆われ、他のゴシック物語と並置され、洗練されたヴィクトリア朝のサロンから提供されることによって、19世紀には依然として身近な脅威であった革命期の恐ろしい物語は、その血なまぐささを拭い去られた「物語」となる。つまり、『ソファを囲んで』という物語の枠に囲い込まれることで、あらゆるエピソードや事件は、他のエピソードや出来事と繋がれ響き合いながら、その不可逆な〈一回性〉や〈革命性〉をはぎ取られていく、と言い換えてもいいかもしれない。マリオン・ショーが指摘する通り、これは「唐突な始まりや終わりを持つことなく、重ねあわされた層を一つまた一つとひも解いていくような」ギャスケルの歴史観とも、通じるところがあるのだろう（Shaw, 78）。戦争や革命、裏切りや殺戮によって移り変わる盛者必衰の男性的な歴史の裏で、ギャスケルの物語には、流れる時に洗われても変わることなく繰り返される営みと、その営みのなかで癒されていく傷がある。

４．終わりに──巡る円環のなかで癒されるもの

　『ソファを囲んで』はたしかに、練りに練った長編ではない。収録された作品群も、新しく書き下ろされた力作群ではない。それでも、既出の作品をただ再録しただけの短編集ではない。エディンバラのドーソン邸の応接室において、ソファを囲んだ者たちが紡ぐ物語群は、各々それぞれに響き合い、重なり合い、

溶け合っている。そしてその繰り返しのなかで、語る女性の過去も、耳を傾ける女性の心の傷も、少しずつ癒されていく。

『ソファを囲んで』を出版した当時のギャスケルは、『シャーロット・ブロンテの生涯』出版にまつわる騒動で疲弊していた。そして女性として執筆業を生業とすることの困難を痛烈に感じていた。その疲労感と葛藤のなかで、ギャスケルが導き出した答えとは、決して直線的でクリアーな解決策ではなかったのだろう。巡り巡るソファの周りの物語たちが、それぞれに干渉し響きあいながら少しずつその形を変えていくように、ギャスケルの悩みも痛みも、ただ物語を繰り返し語り聞かせ続けることによってのみ、その角を丸くしていく。そして読者もまた、『ソファを囲んで』に収録された六作品の円環的なつながりを読み解きながら、知らず知らず、自らのうちに、新たな糧を得るのかもしれない。

引用文献

Aristotle. *Poetics*. Trans. and Intro. by Malcolm Heath, Penguin, 1996.

Chadwick, Esther Alice. *Mrs Gaskell: Haunts, Homes and Stories*. Sir Issac Pitman and Sons, 1910.

Chapple, J. A. V. *Elizabeth Gaskell:A Portrait in Letters.* Manchester University Press, 1980.

Coleridge, Samuel Taylor. *Lay Sermons. The Collected Works of Samuel Taylor Coleridge*. Vol. 6. Edited by R. J. White, Princeton University Press, 1972.

Collins, Wilkie. "The Unknown Public." *Household Words*, vol. XVIII, 1858, pp. 217-22.

Easson, Angus. *Elizabeth Gaskell*. Routledge & Kegan Paul, 1979.

Gaskell, Elizabeth. *The Letters of Mrs Gaskell*. Edited by J. A. V. Chapple and Arthur Pollard, Mandolin, 1997.

Gérin, Winifred. *Elizabeth Gaskell: A Biography.* Clarendon Press, 1976.

Frawley, Maria H. *Invalidism and Identity.* The University of Chicago Press, 2004.

Henderson, William. *Economics as Literature*. Routledge, 1995.

Kermode, Frank. *The Sense of an Ending: Studies in the Theory of Fiction with*

第4章　円く囲い込まれる物語たち――『ソファを囲んで』再考

a New Epilogue. Oxford University Press, 2000.

Martineau, Harriet. *The Life in the Sick Room*. Edited by Maria H. Frawley, Broardbview Press, 2003.

Mill, John Stuart. "On Civilization." *Westminster Review* vol. XXV, 1836, pp. 1-28.

Shaw, Marion. "*Sylvia's Lovers* and Other Historical Fiction." *The Cambridge Companion to Elizabeth Gaskell*. Edited by Jill. H. Matus, Cambridge University Press, 2007, pp. 75-89.

Sun-Joo Lee, Julia., *The American Slave Narrative and the Victorian Novel*. Oxford University Press, 2010.

Uffelman, Larry K. "From Serial to 'Novel': Elizabeth Gaskell Assembles *Round the Sofa*." *The Gaskell Society Journal*, vol. 15, 2001, pp. 30-37.

Schivelbusch, Wolgang. *The Railway Journey: the Industrialization and Perception of Time and Spce in the 19th Century*. Berg, 1986.

エリザベス・ギャスケル.『ギャスケル全集別巻Ⅱ（短編・ノンフィクション）』日本ギャスケル協会監修（大阪教育図書、2008）

第5章
『シルヴィアの恋人たち』と『ルース』における
水のイメジャリー

齊木　愛子

1．はじめに

　ギャスケル（Elizabeth Gaskell）がリアリズムを基本とする作家であり、彼女の評価の一つとして「描写の詳細さ」が挙げられることはこれまでも指摘がなされてきた[1]。作品内の場面や事物のイメージを読み解いていくことは、ギャスケルが伝えようとしていることを考察する上で欠かせないことである。ギャスケル自身もイメージに関心があったことを伺える言葉を残しており[2]、ボナパルト（Bonaparte）は「ギャスケルが創り出すイメージは、小説の中で多くの異なった形をとる。比喩的表現として働くこともあり、形をとって人間になることもあり、劇化されてプロットになることもあり、場所の特徴となって物語の背景になることもある。天候でさえも、暗喩によって生み出されるのが通例である。」(14)と指摘をしている。例えば短編作品「曲がった枝」に出てくる金銭のイメージは、親子の愛情の執着・授与・強奪・放棄のイメジャリーへと繋がっている(齊木 60)[3]。様々なイメージが彼女の作品内で用いられるが、その中でも自然に関連するイメージは頻繁に登場する。本論ではギャスケルが扱うイメージの中から特に「水」に関連するイメージを取り上げる。今回は『シルヴィアの恋人たち(Sylvia's Lovers)』と『ルース（Ruth)』の二作品を比較し、水のイメージがどのように登場人物たちと関わっているのかを考察したい。

2．水のイメージの分類と傾向

　水のイメージの使用にどのような特徴があるかを分析するために、今回はAntConc[4]を使用して電子テキスト[5]から語の抽出を行い、さらに修飾語句が付いているものを中心に分類する。水のイメージとして、自然に関連する水（海・川・天気を含む）、人体に関連する水（涙など）、家事に関連する水（飲料

水など）などが考えられるが、今回はその中から特に自然に関連する水のイメージをいくつか取り上げて提示していきたい。ここでは「depths, ocean, pond, pool, rain, river, sea, stream, tide, water, wave(s)」といった十一種類の語を挙げることにする。表1・表2はそれぞれ『ルース』・『シルヴィアの恋人たち』において出現する「修飾語句＋水に関連する語」をまとめたものである⁶。見出しの語句の右側にある数字は、修飾語句の有無に関係なくその語句の作品内での出現数を示している。

表1：『ルース』における「修飾語句＋水に関連する語」の例

Ruth

depths (4): horrid depths

ocean (1): wide ocean

pond (5): clear bright pond

pool (7): deep pool (2), deep black pool, lonely pool

rain (24): blast-driven rain, summer rain,

river (9): brown-foaming mountain river

sea (21): great broad sunny sea, fatal pursuing sea, relentless sea, salt sea

stream (8): little mountain stream, shallow stream,

tide (6): loud stunning tide, receding tide, roaring tide, in-coming tide

water(s) (57): deep transparent water, glancing waters, heaving waters, shallowest water, soft running waters, running waters (3), shallow waters, syren waters, transparent water

wave(s) (8): receding waves, salt sea waves

表2：『シルヴィアの恋人たち』における「修飾語句＋水に関連する語」の例

Sylvia's Lovers

depths (2):　None

ocean (14): blue ocean (2), blue ripping ocean, deep tideless ocean, German Ocean (2), inanimate ocean, vast ocean, wide ocean

pond (0):　None

pool (1):　None

rain (17): continuous rain, dark rain, driving rain,

第 5 章　『シルヴィアの恋人たち』と『ルース』における水のイメジャリー

river (29): bright shining sea, dancing heaving sea, <u>wide full river</u>, widening sea

sea (115): advancing sea, blue sea, country sea, dark sea, <u>great dreary sea</u>, great swelling sea, enduring sea, everlasting sea, great open sea, <u>mother-like sea</u>, neighbouring sea, <u>open sea</u> (3), placid sea, sunny sea (2), <u>tempestuous sea</u>, vast sunny sea, vast unseen sea, wide illimitable tranquil sea, wintry sea

stream (11): full stream, quiet rippling stream, rushing stream, small stream

tide (19): afternoon tide (2), early tide, ebbing tide, highest tide, incoming tide, lashing leaping tide, morning tide, rushing tide, uprushing tide

water(s) (59): <u>advancing and receding waters</u>, baffled waters, blue water, blue trackless water, <u>bubbling merry flowing water</u>, cool rushing water, deep water, deep waters (2), foaming waters, fresh water, fresh bubbling water, good green water, high water (2), <u>rushing waters</u>, salt water (2), still waters, very waters, vexed waters

wave(s) (32): advancing waves, breaking waves, ceaseless waves (2), <u>cruel waves</u>, crisp curling waves, <u>dark waves</u>, <u>distant waves</u>, <u>great waves</u> (2), great sea waves, <u>hungry waves</u>, last wave, terrible big waves, threatening waves

　上記のように同じ語で二作品からイメージを抽出してみると、それぞれの特徴が見えてくる。物語の長さは『シルヴィアの恋人たち』の方が『ルース』よりも多少長いが、前者は物語の舞台が港町であることやシルヴィア(Sylvia)が恋をする相手であるキンレイド(Kinraid)が銛打ちであることなど、物語の至る所で海が深く関連しているため、水のイメージの中でも「海」に関連する語「sea、wave(s)」の出現数が多い。特に波(wave)は作品中に繰り返し登場する代表的な水のイメージの一つであり、プロットと深く関わっている。海や波に共起する語の多くは、事物がどのような状態なのかを客観的に表す外的意味を持つ語句であるが、それ以外にも「うら悲しい大海原(great dreary sea)」(231)、「飢えたような波（hungry waves）」(494)といった主観性が強い内的意味を含む語句もある。「depths、pond、pool」といった語に関しては、修飾語句がつく組み合わせは見られなかった。対して、『ルース』は海に関連す

る語は少ないものの、表 1・2 を比較したときに特徴的なことは、『シルヴィアの恋人たち』とは対照的に「depths、pond、pool」といった語に修飾語句が見られ、これらの語で「恐ろしい深み(horrid depths)」(323)や「寂しい池(lonely pool)」(52)など内的意味を含む語との組み合わせが見られることである。『シルヴィアの恋人たち』での水のイメージは「流動する水」が中心であり、『ルース』では『シルヴィアの恋人たち』ではあまり見られない「停滞する水」のイメージも出現する。

3．水のイメージの役割

　ここでは前セクションで示した表をもとにいくつかの例を取り上げて、『シルヴィアの恋人たち』と『ルース』で出現する水のイメージがどのような役割を果たしているのかを考察する。

　第 8 章でシルヴィアが父親と共にキンレイドのいる場所に向かう時、「遠くの波の長い単調なうねり(The long monotonous roll of the distant waves)」(87)が一面に広がっていく。単調な波のうねり・規則正しい動きは彼女を幻想の中に引き込む(87)。シルヴィアは単調(monotony)であることを退屈に感じる傾向がある(97)。「単調な規則正しさ(in monotonous regularity)」(114)、「静かで単調(quiet and monotonous)」(189)であることは、彼女にとっては 息苦しいものなのである。同じような描写がシルヴィアの従兄であるフィリップ(Philip)にも見られる。彼はロンドンへと向かうために海辺の道を行く。その時「押し寄せては引く波(the advancing and receding waters)」の単調さが、彼を夢想の世界へと引き込む(213)。彼らが現実の世界と空想の世界との間を揺れ動く時、繰り返し寄せて返す単調な波のイメージはその状況と繋がっている。

　一方、『ルース』において波は「寄せては引く(advancing and receding)」ものではない。第 24 章でルース(Ruth)が過去の恋人であったベリンガム(Bellingham)と再会するときに指定した場所は砂浜だった。その場面での波や潮は「引いた波(receding waves)」(295)、「波がゆっくりと引いていく(the waves were slowly receding)」(295)、「引いていく潮(receding tide)」(300)と描写される。ルースはベリンガムと決別するためにこの場所へとやって来る。彼女はベリンガムに対して「どうしてあなたを愛することができたのか、と不

第5章 『シルヴィアの恋人たち』と『ルース』における水のイメジャリー

思議に思いました。」(302)と言う。ルースがベリンガムに対峙した時に過去に引き戻されずに現実を見ている時、波や潮は繰り返し寄せずに引いたままである。しかし、ルースはこの浜辺での再会の後に夢を見る。その夢の中に現れる水のイメージは「唸る潮流(roaring tide)」(310)や「逆巻く黒い大きな波(great black whirlwind of waves)」(310)である。夢の中で彼女はこの波に飲み込まれる前に、息子のレナード(Leonard)が連れ去られないように陸へと投げる(310)。この波のイメージがベリンガムと重ねられていることは間違いなく、この時のルースにとっては、波(海)は危険なものであり陸は安全(safety)のイメージとして描かれる。ルースは陸にいること、すなわち家庭に囚われて生きることを苦痛とは捉えない。第34章で、レナードが成長しルースの心身も回復してくると、数年前にベリンガムと再会した地へと再び向かう話が出た際、ルースの心情は「アバマウスで待つ潮風と海の美しさを思うとうきうきしてくる」(436)と描写される。この場面から、ベリンガムという脅威がなければルースにとって海は危険なものとして描かれていないことも分かる。しかし、結果的にルースは再び海へ、すなわち水の傍へと行くことはないままに死を迎える。

　シルヴィアはルースとは対照的に、物語の始まりから海(水)に魅かれる。海を眺めてキンレイドに想いを馳せ、街で暮らし始めても海へ足を運ぼうとする。『シルヴィアの恋人たち』において海についてのすべての描写は、抑圧された自我の暗喩と結びつくとボナパルトは言及している(195)。シルヴィアは本来、奔放で抑圧を好まない。少女時代のシルヴィアが足を洗えば水は跳ね上がり(12)、彼女が見る海は「サファイアを敷き詰めた平らな舗道(the sea, like a flat pavement of sapphire)」のようであった(14)。シルヴィアは海の男であるキンレイドが仮に死ぬとしたら、その場所は当然海だと考えている。幸せな時には、「不吉な暗い波(the dark waves of evil import)」(208)の予感はないと考える。キンレイドが行方不明になった時、シルヴィアは彼が死んだのではなく強制徴兵隊に連れていかれたのではないかという期待感を抱く。その時の彼女は寂しそうに、「軽やかに湧きあがり、楽しげに流れる水(the bubbling, merry, flowing water)」(328)を見下ろす。キンレイドが海で死んでしまったと信じてからは、「残酷な波(cruel waves)」(360)が彼を海の底にさらってしまったと考え

67

る。フィリップと結婚をしてから息苦しさを感じる彼女にとって町(陸)での生活は「居間での何不自由ない幽閉(the comfortable imprisonment of her 'parlour')」(350)であり、シルヴィアはそこを抜け出し「海の静かな広がり(the wide still expanse of the open sea)」(350)を眺めることが喜びである。こうした「母のような海の眺めや音(the sight and sound of the mother-like sea)」(350) に憧れることを、彼女は町の女性たちと自分を比べて恥ずかしく思う。対して、ルースにとっての家庭(陸)は「安息所—嵐の避難所(the haven of rest—the shelter from storms)」(311)である。夢の中でルースには湯が沸く音は「無情な海鳴り(the roaring of the relentless sea)」(311)として聞こえ、彼女へと迫りくる脅威を描写するために水の音が関連付けられている。同じ「轟き(roaring)」でも、シルヴィアにとっては脅威ではなく心を落ち着かせるものとして描かれる。一人になりたいと思った彼女は外へと出ていく。激しく泣いている彼女が見ている海は「荒れ狂う(rose and raged)」海であった。内陸からの風が「大波(the great waves)」(369)に対抗しようと格闘する姿は、街の女性としての自分と本来の海のそばで暮らし自由に生きていた自分との格闘である。そして、一瞬その強風が鎮まると、波が激しく襲い掛かり、砕けて跳ね返り、大砲の轟音のような音を彼女は聞く。シルヴィアはこのような「自然の騒動(tempest of the elements)」を聞いて気持ちが落ち着くのである(368–69)。ここでは、普段シルヴィアが町にいて押さえつけている本当の自分が姿を現われている。そして、シルヴィアが少女の頃は希望や恋を予感させた水は物語が進むにつれて、抑圧や死のイメジャリーを強めていく。

　シルヴィアの場合は、死んだと思い込んでいる恋人のキンレイドへの憧憬の念や現在の抑圧された状況からの解放を望む時に水のイメージが「merry、open、mother-like」のようなプラスの意を持つ修飾語を伴い、彼女が望みを失った時には「cruel」などマイナスの意を持つ修飾語が用いられている。ルースの場合は元の恋人が出現し彼女の状況を脅かそうとすると「relentless」といったマイナスの意を持つ修飾語を伴った水のイメージが用いられる。すなわち、シルヴィアの心理状態や状況に応じて彼女と関わる水のイメージは修飾語の意味も様々に変化するが、ルースに関わる水のイメージは彼女の心理状態や状況が思わしくない場面で登場する傾向がある。

第 5 章 『シルヴィアの恋人たち』と『ルース』における水のイメジャリー

　ギャスケルは水のイメージを死と関連付けて用いるが[7]、彼女の作品では未遂の場合も含めて自殺するものの多くが死に場所を求めて水のある場所へとたどり着くと指摘されている(Bonaparte 284)。シルヴィアもルースも入水への誘惑に駆られる場面がある。死んだと思っていたキンレイドと再開を果たした時、シルヴィアは町の方へと走り出し、その途中で彼女は「大きな川(the wide full river)」に身を投げて「激しい川の流れ(the rushing waters)」の下に沈んでしまいたいと思う(378)。また、ベリンガムから見捨てられ一人残されたルースは、絶望に打ちひしがれて水が勢いよく流れ落ちる「深い池(the deep pool)」へと身を投げようとする(96-97)。その場に居合わせたサースタン・ベンスン(Thurstan Benson)によってそれは妨げられたが、しばらくの間ルースには「サイレンの海(the syren waters)」（100）や「無情にも暗く深い沼へと消えてしまった(she fled, relentless, to the deep black pool)」(101)といった死を暗示する水のイメージが用いられる。両者とも入水への衝動という点は共通しているが、シルヴィアには川という動的な水のイメージ、そしてルースには池という静的な水のイメージが用いられている。

　二人の女性たちと同様に男性の登場人物の描写にも水のイメージが用いられている。『ルース』でベリンガムはルースと共に北ウェールズに滞在した際に雨で部屋に閉じ込められる。ルースにとっては「雨でさえ喜び(Even rain was a pleasure to her.)」(65)であったが、ベリンガムにとって雨は自分たちを閉じ込める邪魔なものでしかない。彼は雨を喜ぶルースの姿に苛立ち(impatience)を覚える。『シルヴィアの恋人たち』では、フィリップは彼女の海に対する愛着に嫉妬(jealous)を覚える。彼にとっての海は「死んだ海（inanimate ocean）」(360)であり、彼女が海に魅かれるのは海が以前の恋人であるキンレイドと結びついているからだと考える。しかし、彼はシルヴィアと同様に水の魅力に惹きつけられる。シルヴィアに真実を隠していたことが明るみになった時に彼は家を出ていくが、その道すがら川に出た際、「水には誘惑する力(a luring power)があり、絶え間ない単調な響き(perpetual monotony of sound)の中に不気味な約束がある」(388)とフィリップは水の誘惑を覚える。以前は夢想の世界への橋渡しだけであった水は、彼にとって次第に死の暗示を強めていく。フィリップは水の誘惑に駆られながらも、眼下に「陽光が照り輝く広大な海(the vast sunny sea)」(388)を見ると「強い嫌悪(loathing)」(388)を感じる。水のそばにいることに心地よさを感じる女性たちに対して、彼女たちと恋人もしくは伴侶として深く関わる男性たちは水に対して嫉妬や嫌悪、苛立ちといった感情を持つ。ベリンガムとフィリップが異なる点は、フィリップは水の誘惑を感じてそれを最後まで断ち切ることができなかったことである。名を変え仮初めの海の男となったフィリップは、最終的には娘を助けるために海へと飛び込み、それが原因で命を落とすことになるが、臨終の間際にシルヴィアと互いに赦し合ったことで彼の最後の顔は「明るい微笑み(bright smile)」(500)をたたえていた。愛した女性が愛する海(水)のイメージは、フィリップにとって死だけではなく、人生の贖罪のイメジャリーにも繋がっている。『シルヴィアの恋人たち』で、フィリップの死は波(海)という動的な水のイメージを伴っていたが、『ルース』においてルースの死は水のイメージを伴わない。臨終の際に「美しくて歓喜に満ちた微笑み(lovely, rapturous, breathless smile)」(443)を浮かべていたという描写はフィリップと共通した点も見られるが、彼女の描写では水の気配を伴うことなく家庭の中で皆に見守られながら息を引き取る。これは、「堕ちた女性(fallen woman)が入水で命を落とす」という図式から彼女を外し、罪が赦されたことを示すためであると推察される。

４．まとめ

　『シルヴィアの恋人たち』と『ルース』においての登場人物たちを見ていくと、以上のようなイメージの役割が考察された。まず言葉そのものに注目すると、『シルヴィアの恋人たち』では海に関連する語が、また『ルース』では前者にはあまり表れなかった流れのない水のイメージが物語の要所で出現する。これらの語には外的もしくは内的意味を表す修飾語が付くものが多数あり、特に内的意味を表す修飾語が付くものは、登場人物たちの細やかな感情の揺れ動きに結びついている。シルヴィアは物語の始まりから喜怒哀楽において水のイメージをまとうが、ルースは悲しみや拒絶・絶望が描かれる際に水のイメージが用いられる傾向がある。彼女たちを取り巻く男性たちにもまた程度の差はあれど水のイメージが使用される。ギャスケルはあらゆる事物をイメジャリーと

第5章　『シルヴィアの恋人たち』と『ルース』における水のイメジャリー

して使用するが、その中でも今回注目した水に関連するイメージは、彼女の作品の世界観を考察する上で今後もさらに深く追っていく価値があると考える。

注

作品中の和訳は、鈴江璋子訳『シルヴィアの恋人たち』(大阪教育図書)、阿部幸子ほか三名訳『ルース』(近代文芸社)を参考にしている。参照頁数は引用文献内の Oxford 版による。

1.　ボナパルトは「ギャスケルは極めて視覚的であり、イメージするものは何でも詳細に鮮やかに描いている」(10)と述べている。

2.　ノートンにあてた手紙の中でギャスケルは「私は連想することが本当に好きなのです―それらは香りのようで、花において私はそれをとても大切にしているのです("I do like associations—they are like fragrance, which I value so in a flower")」(*Letters* 492)と書いている。

3.　イメジャリーとは、ある要素によって想像力が刺激され、視覚的映像などが喚起される場合、そのようなイメージを喚起する作用のことを指す広い意味での比喩的表現である。ひとことでイメジャリーと言ってもその働きには様々なものがあり、働きによって「メタファー」、「象徴」、「アレゴリー」などと呼び方が変わる(廣野 81)。イメジャリーの範囲や限界は個人差があるが、どのようなイメージが使われ、またそれが他の作家と比較してどのような違いがあるのか、イメジャリーを統計という方法で積極的に研究に取り入れたのが、シェイクスピア研究者の一人、スパージョン(C. Spurgeon)である。

4.　AntConc はローレンス・アンソニー(L. Anthony)が開発した多言語対応コンコーダンサーである。http://www.laurenceanthony.net/software.html

5.　電子テキストは Project Gutenberg (http://www.gutenberg.org/)のものを使用。

6.　冠詞・指示代名詞・代名詞および名詞の所有格のような限定詞は除外している。また、複数の修飾語が付いているものは分けて表示し、同じ組み合わせが複数出現するものは語の右側に括弧書きでその出現回数を表示している。「water(s)」に関しては、表示している出現総数には自然に関連する意味以外

の使い方のものも数として含まれているが、表内で「修飾語句＋water(s)」として提示する際には除外している。（例えば、"a basin of cold water"などの"cold water"という表現は今回の表内には含めていない。）表内で下線を引いている語は本論中で言及しているものである。

7. fallen woman の歩む道は、不義の子を抱えて貧困に苦しみ入水自殺をするという図式が一般の人々にあり、溺死をする娘には『ハムレット』のオフィーリアのような美化されたイメージがあった(松岡 58-59)。

引用文献

Bonaparte, Felicia. *The Gypsy-Bachelor of Manchester: The Life of Mrs. Gaskell's Demon*. Charlottesville: UP of Virginia, 1992.

Chapple, J. A. V, and Pollard, Arthur, Ed. *The Letters of Mrs. Gaskell*. Manchester: Mandolin, 1997.

Gaskell, Elizabeth. *Sylvia's Lovers*. Ed. Andrew Sanders. World's Classics. Oxford: Oxford UP, 1999.

—. *Ruth*. Ed. Alan Shelston. World's Classics. Oxford: Oxford UP, 2008.

阿部幸子・角田米子・宮園衣子・脇山恵子訳　『ルース』東京：近代文芸社、2009 年。

齊木愛子　「「曲がった枝」におけるイメジャリーの使用」『エリザベス・ギャスケル中・短編小説研究』大阪：大阪教育図書、2015 年、51-62。

—.「『ルース』における閉ざされた世界」『熊本大学英語英文学』、54 号、1-14。

鈴江璋子訳　『シルヴィアの恋人たち』大阪：大阪教育図書、2003 年。

廣野由美子　『批評理論入門』東京：中央公論新社，2014 年。

松岡光治編著　『ギャスケルの文学』東京：英宝社，2001 年。

宮崎幸一訳　『引き裂かれた自我―ギャスケルの内なる世界』東京：鳳書房、2006 年。

第 6 章

Moralization in Elizabeth Gaskell's Later Fiction

Tatsuhiro OHNO

1. Introduction

The purpose of this chapter is to argue that Gaskell's moralization or didacticism, in spite of critics' assertion of its decrease in accordance with the development of her artistic skills, permeates her works regardless of the time of their production.

"Didacticism is deleterious to art only when the non-artistic, that is, the social, political or moral involvement, is not met by a commensurate commitment to esthetic and artistic values" (Marie Bacigalupo 62-63). Critics agree that Gaskell's didacticism decreases as her career develops. Edgar Wright, for example, observes that "all of these stories ["Libbie Marsh's Three Eras" (1847), *Mary Barton* (1848), "Lizzie Leigh" (1850), *Ruth* (1853), and *North and South* (1854-55)] contain injections of religious didacticism. Yet the element of 'message' steadily diminishes as the novelist of the individual and his relationships becomes more aware of her natural bent as a social observer" (*Mrs Gaskell* 14); he also claims that "The concluding stage in Mrs. Gaskell's development is the dropping of the didactic element" (*Mrs Gaskell* 47). Aina Rubenius presumes that, had she lived longer, Gaskell would have been more interested in character study and the Jane-Austen-style domestic realism than in the social condition: "Her books did, indeed, change from her first novel, *Mary Barton*, with serious intensity of purpose, to the last, the sparkling delightful *Wives and Daughters*, written to amuse, not to instruct or reform" (*Woman Question* 87). Barbara Hardy also makes a comment of the similar purport: the "great novella [*Cousin Phillis* (1863-64)] takes its place between the two great novels of the artist's maturity [*Sylvia's Lovers* (1863) and *Wives and Daughters* (1864-66)], in which her moral and political didacticism is totally assimilated to character, feeling and setting" ("The Art of

Novella" 27). In my view, however, Gaskell's moralization is prevalent through-out her career irrespective of it being early or late.

2. *Sylvia's Lovers*

My view is shared by Emma Louise Carroll, who argues that Gaskell "ac-tively seeks to be both religious and artistic throughout her writing" ("Abstract," *Faith and Art* ii; *Faith and Art* 3). Gaskell's moral teachings appear constantly even in the works written in the later stage of her career. In *Sylvia's Lovers*, the reconciliation scene between Philip Hepburn and his beloved wife Sylvia in the concluding chapter is filled with Christian moral teachings. The "serious-looking" (*SL* 25) "shopman" (*SL* 135) determines to hide from his "beautiful little cousin" (*SL* 26) the fact that her secretly-engaged hero Charley Kinraid asked Philip, the only witness to the scene of his kidnap by the press-gang, to tell Sylvia that he would "come back and marry her afore long" (*SL* 220). Since the "handsome" (*SL* 206) specsioneer was known to be "fickle-hearted" (*SL* 247), Philip, who had been loving Sylvia since she was "a girl of twelve" (*SL* 490), felt "like a mother withholding something injurious from the foolish wish of her plaining child" (*SL* 233). Philip's enduring love for his cousin is expressed in his repeated readings of the Old Testament episode: "Many a time during that summer did he turn to the few verses in Genesis in which Jacob's twice seven years' service for Rachel is related, and try and take fresh heart from the reward which came to the patriarch's constancy at last" (*SL* 246, 247-48; Gen. 29.18-30). Nonetheless, this selfish judgment leads him to his heartbreaking catastrophe. Her fiancé's painful disap-pearance, her father's unanticipated death by hanging, her grieved mother's men-tal as well as physical decline, and Philip's tenderness towards her weakening mother trigger Sylvia's acceptance of her cousin's proposal (*SL* 324-26). Three years after the kidnapping (*SL* 377) and one year and nine months after her mar-riage to Philip (Tatsuhiro Ohno, "Revised" 132-36), Charley comes back to her as "a navy-lieutenant" (*SL* 372) to marry her, which brings Philip's "self-seeking lie" (*SL* 413) to the surface. Condemned by Charley and Sylvia for his "cruel and base" (*SL* 413) deceit, and cursed by the latter—"I'll never forgive yon man, nor

第 6 章　Moralization in Elizabeth Gaskell's Later Fiction

live with him as his wife again. . . . He's spoilt my life . . . for as long as iver I live on this earth" (*SL* 383)—, Philip secretly leaves his home in great remorse to be enlisted as a marine.

Two years after (Ohno, "Revised" 136-38), he comes back alone to his home town, wounded in the war at the Middle East. His fatal saving of his daughter from the waves brings his two-month (Ohno, "Revised" 138-39) surreptitious life to the end to make him reunite his wife, who has become humble enough to understand the true value of her husband's enduring love: "Oh, Philip! My Philip, tender and true" (*SL* 501). His "constancy and endurance" are "two basic tenets of Unitarianism" (Verzella 38). The mutual forgiveness depicted in his death-bed scene is a manifestation of the author's deep faith in God, or the Unitarian principle of divine "tolerance and forgiveness" (Tracey Marie Nectoux 16, 19, 62, 102; Kay Millard 5). Philip says, "I did thee a cruel wrong. . . . In my lying heart <u>I forgot to do to thee as I would have had thee to do to me. And I judged Kinraid in my heart</u>" (*SL* 495-96; emphasis added). Sylvia replies, "Them were wicked, wicked words, as I said; and <u>a wicked vow as I vowed.</u> . . . Thou thought as he was faithless and fickle . . . and so he were. He were married to another woman not so many weeks at after thou went away" (*SL* 495-96; emphasis added). In answer to her doubt as to whether God will forgive her, Philip articulates his Christian belief: "you and me have done wrong to each other; yet we can see now how we were led to it; <u>we can pity and forgive one another. . . . God knows more, and is more forgiving than either you to me, or me to you.</u> I think and do believe as <u>we shall meet together before His face; but then I shall ha' learnt to love thee second to Him</u>; not first, as I have done here upon the earth" (*SL* 496; emphasis added).

Philip's regret about his selfish judgement reflects his learning of such Christ's teachings as (a) "all things whatsoever ye would that men should do to you, do ye even so to them" (Matt. 7.12), and (b) "Judge not, and ye shall not be judged: condemn not, and ye shall not be condemned: forgive, and ye shall be forgiven" (Luke 6.37). Sylvia's remorse for her wicked avowal—"I'll never forgive

75

yon man, nor live with him as his wife again" (*SL* 383)—is the result of her learn-
ing the teachings of Apostle Paul's, Christ's, and Apostle James's: (c) "Let no
corrupt communication proceed out of your mouth, but that which is good to the
use of edifying, that it may minister grace unto the hearers" (Eph.4.29), and (d)
"Swear not at all" (Matt. 5.34; Jas. 5.12). Philip's testimony of divine forgiveness
towards sinners as well as of human beings' capability of mutual forgiveness is a
reflection of Christ's testimony: (e) "if ye forgive men their trespasses, your heav-
enly Father will also forgive you" (Matt. 6.14). Philip's belief in his reunion with
Sylvia in front of Heavenly Father corresponds with Apostle John's record of what
will happen in the next world: (f) "Behold, the tabernacle of God is with men, and
he will dwell with them, and they shall be his people, and God himself shall be
with them, and be their God" (Rev. 21.3). His penitence for Sylvia's idolization
comes from his recollection of the biblical commandments: (g) "Thou shalt have
no other gods before me" (Exod. 20.3) and "keep yourselves from idols" (1 John
5.21).

The Christian messages incorporated into this reconciliation between the
two sinners indicate that *Sylvia's Lovers* can be construed as mirroring the motif
of the Biblical parable of the prodigal son (Luke 15.11-24) whose keynote is di-
vine forgiveness for repenting sinners.

3. Cousin Phillis
The idyllic novella *Cousin Phillis* also carries Christian messages especially
in the closing scene where Bessy the old servant gives preaching to the 19-year-
old heroine Phillis Holman for her slow recovery from the wound of her unre-
quited love: "we ha' done a' we can for you, and th' doctors has done a' they can
for you, and I think the Lord has done a' He can for you, and more than you
deserve, too, if you don't do something for yourself. If I were you, I'd rise up and
snuff the moon, sooner than break your father's and your mother's hearts wi'
watching and waiting till it pleases you to fight your own way back to cheerfulness"
("CP" 244). The purport of Bessy's teaching "Look ahead" is the reflection of
such biblical messages as "look not behind thee" (Gen. 19.17), "Let thine eyes

第 6 章　Moralization in Elizabeth Gaskell's Later Fiction

look right on, and let thine eyelids look straight before thee" (Prov. 4.25), and "this one thing I do, forgetting those things which are behind, and reaching forth unto those things which are before" (Phil. 3.13).

The heroine's words of comfort for Paul, her 21-year-old second cousin, are also filled with Christian compassion and integrity. He reproaches himself for his "blundering officiousness" ("CP" 231) in having told her how his 27-year-old senior railway engineer Edward Holdsworth loved her, and how he hoped on his return from Canada that she might be his wife ("CP" 216), because his careless action which was made simply to "assuage" her suffering ("CP" 215) turns out to hurt her as Holdsworth married a French girl in Canada. Then, Phillis says to Paul, "I think we need never speak about this again; only remember you are not to be sorry. You have not done wrong; you have been very, *very* kind; and if I see you looking grieved I don't know what I might do;—I might break down, you know" ("CP" 224). Her emphasis on his innocence and kindness signifies her being an observer of such biblical teachings as "be ye kind one to another, ten-derhearted, forgiving one another, even as God for Christ's sake hath forgiven you" (Eph. 4.32) and "Thou shalt love thy neighbour as thyself" (Lev. 19.18, Matt. 5.43, 19.19, 22.39, Mark 12.31, Luke 10.27, Rom. 13.9, Gal. 5.14, Jas. 2.8). Her entreaty to Paul for making no further mention of this topic and for showing no sympathetic looks of grief which cause nothing but her bewilderment unveils her maiden pride to conceal her acknowledgement of love for Holdsworth and her pain of unrequited love. The subsequent development of the storyline which draws Phillis's suffering from the pain, her "mental and physical collapse" (Alan Shelston 135), her showing the will of recovery, and her sign of spiritual growth accords with Apostle Paul's explanation of the meaning of trials and tribulations of everyday life: "we glory in tribulations also: knowing that tribulation worketh patience; And patience, experience; and experience, hope" (Rom. 5.3-4).

About "ten days" after this dialogue ("CP" 229), Phillis falls into a serious "brain fever" ("CP" 238). For a few weeks until she shows a sign of recovery, not only every person but also even every beast in Hope Farm, the basis of the

Holmans' livelihood, go "grieving and sad" ("CP" 238). The narrator Paul's summary of the situation—"in these silent days our very lives had been an unspoken prayer" ("CP" 243)—betokens the Hope Farm community's sincerity in life and its unwavering faith in God, since prayer is one of the crucial means for purifying our spirits through communicating with God. Its importance in our life is stressed by Apostle Paul: "Pray without ceasing" (1 Thess. 5.17), "Rejoicing in hope; patient in tribulation; continuing instant in prayer" (Rom. 12.12), and "Continue in prayer, and watch in the same with thanksgiving" (Col. 4.2).

Cousin Phillis is actually a story of the morally-controlled life of the Holman family in Hope Farm, as Bacigalupo correctly proclaims, "In a masterwork like 'Cousin Phillis,' the serenely beautiful lifestyle of the Holmans is itself a form of religious expression" (*Short Fiction* 128). Gaskell's "obviously symbolic" (Anna Unsworth 82) naming of the farm denotes that "the peaceful world of Hope Farm, in perfect harmony with nature and the cycle of the seasons" (Francesco Marroni 7), is "permeated with lived religion" (Wendy Craik 73).

4. *Wives and Daughters*

Even over the so-called "domestic" novel (J. G. Sharps 13; Emma Karin Brandin 33) *Wives and Daughters*, moral teachings are scattered. The protagonist Molly Gibson's integrity is depicted in contrast to her mother-in-law Hyacinth's untruthfulness throughout the novel. Walking alone, for instance, the 18-year-old (Ohno, "Chronology" 42, 57) Molly reflects upon "the distortions of truth" having permeated her household since her father's remarriage: "At first she made herself uncomfortable with questioning herself as to how far it was right to leave unnoticed the small domestic failings—the webs, the distortions of truth which had prevailed in their household ever since her father's second marriage. She knew that very often she longed to protest, but did not do it, from the desire of sparing her father any discord; and she saw by his face that he, too, was occasionally aware of certain things that gave him pain, as showing that his wife's standard of conduct was not as high as he would have liked" (*WD* 380; emphasis

第 6 章　Moralization in Elizabeth Gaskell's Later Fiction

added). Molly's discretion in refraining from protesting against Hyacinth's de-
fects mirrors Christ's teaching of passing no judgement upon others: "Judge not,
that ye be not judged. For with what judgment ye judge, ye shall be judged: and
with what measure ye mete, it shall be measured to you again" (Matt. 7.1-2).

When Mr Gibson, "the highly-esteemed surgeon at Hollingford" (*WD* 440),
is requested during his absence from home to come to see the death of Osborne,
the elder son of the neighbour Hamleys, his wife utters a practical but unsympa-
thetic remark: "Dead! Osborne! Poor fellow! . . . But Mr. Gibson can do nothing
if he's dead" (*WD* 580). In contrast, Molly expresses her warm-hearted determi-
nation to call on Hamley Hall from her tender heart for Squire Hamley: "I am
going. I must go. I cannot bear to think of him alone. When papa comes back he
is sure to go to Hamley" (*WD* 581). The above two different responses to the
news of Osbourne's death spotlights the commonality between Molly Gibson and
her father whose thoughtfulness for others is tied to such high ethical standards
as depicted in the Bible verses: "all things whatsoever ye would that men should
do to you, do ye even so to them" (Matt. 7.12), "by love serve one another" (Gal.
5.14), and God's "tender mercies" for His children (Ps. 51.1, 145.9; Jam. 5.11).

Molly is sensitive enough to notice her sister-in-law Cynthia's indifference
to her mother, and feels "almost sorry for Mrs Gibson, who seemed so unable to
gain influence over her child" (*WD* 232). Sensing her thought, Cynthia explains
that the cause of her aloofness from her mother lies in her negligence in child-
rearing: "I cannot forgive her for her neglect of me as a child, when I would have
clung to her. . . . A child should be brought up with its parents, if it is to think
them infallible when it grows up" (*WD* 232). Molly's reply—"But though it may
know that there must be faults . . . it ought to cover them over and try to forget
their existence" (*WD* 232)—not merely reflects the Unitarian belief in God's "tol-
erance and forgiveness" (Nectoux 16, 19, 62, 102; Millard 5), but also reminds us
of a scene in Charlotte Brontë's masterpiece which highlights Helen Burns's
teachings on Christian morality to Jane Eyre, who accuses her mother-in-law Mrs
Reed of her hard-heartedness. In reply to Jane's insistence on her belief in the

principle of retaliation—"I must resist those who punish me unjustly. It is as natural as that I should love those who show me affection, or submit to punishment when I feel it is deserved" (Brontë 57-58)—, Helen tells her to read the New Testament and follow Christ's examples of tolerance: "It is not violence that best overcomes hate—nor vengeance that most certainly heals injury. . . . Love your enemies; bless them that curse you; do good to them that hate you and despitefully use you. . . . Life appears to me too short to be spent in nursing animosity, or registering wrongs" (Brontë 58; Rom. 12.19; Matt. 5.27). The narratorial comment on Molly's innate respect for goodness is inserted in her dialogue with Cynthia: "'goodness' . . . seemed to her to be the only enduring thing in the world" (*WD* 229), and, as J. G. Sharps correctly presumes, this is probably the expression of the novelist's own belief (497). Since goodness is the attribute of God (Ps. 107.8-9), this insertion betokens not only Gaskell's emphasis on Molly's good nature, but also her design to incorporate her belief in the everlasting existence into her last novel by means of her protagonist.

Her religious messages are conveyed through the integrity of Roger Hamley, the younger son of the Squire, as well. When Molly is crying alone on "the ash-tree seat" (*WD* 117) in the garden soon after hearing from her own father about his remarriage, deploring her plight: "he was going to be married—away from her—away from his child—his little daughter—forgetting her own dear, dear mother" (*WD* 116), Roger happens to find her, but attempts to walk away at first, considering "it would be kinder to leave her believing unobserved" (*WD* 116). However, "whether it was right or wrong, delicate or obtrusive, when he heard the sad voice talking again, in such tones of uncomforted, lonely misery," he cannot help turning back, and approaches her at last (*WD* 118). He says to his mother's guest, "I couldn't go on when I saw your distress. Has anything happened?—anything in which I can help you, I mean; for, of course, I've no right to make the inquiry, if it is any private sorrow, in which I can be of no use" (*WD* 118). There may be many people perhaps who feel sympathy towards such a young lonely girl in grief as Molly, but there should be rather few who can show

第 6 章　Moralization in Elizabeth Gaskell's Later Fiction

it in such a discreet, humble, and wise way as Roger, who resembles Joseph, a son of Jacob the prophet and "an unequalled example of faith, chastity, and personal purity" ("The Bible Dictionary" 673), in that "there is none so discreet and wise as" he is (Gen. 41.39). After knowing "the sources of her tears and sobs" (*WD* 116), Roger tries to console Molly by telling her a story of his female acquaintance who had a similar experience to hers: "Harriet thought of her father's happiness before she thought of her own" (*WD* 120). In answer to his surmise that Mr Gibson's "future wife may be" as kind as Harriet's new mother, the "seventeen"-year-old (*WD* 34) Molly murmurs, "I don't think she is," recollecting Hyacinth's careless treatment of her given several years ago (*WD* 120). Roger's reply is an echo of biblical messages: "It is right to hope for the best about everybody, and not to expect the worst. This sounds like a truism, but it has comforted me before now, and some day you'll find it useful. One has always to try to think more of others than of oneself, and it is best not to prejudge people on the bad side" (*WD* 120-21; emphasis added). His advice which he calls "sermons" with a mixture of humour and modesty (*WD* 121) consists of Christian teachings—"do not judge, that ye be not judged" (Matt. 7.1), "not to think of himself more highly than he ought to think" (Rom. 12.3), and "Thou shalt love thy neighbour as thyself" (Matt. 22.39). Roger's integrity spotlighted in this "ash-tree seat" scene soothes Molly's spirit in depression so much as to be recollected two years later (Ohno, "Chronology" 52, 59) by her, when she praises his virtue to her sister-in-law Cynthia, who has secretly engaged herself to him, "what a great thing it is to be loved by him!" (*WD* 460).

Another example of the "three-and-twenty"-year-old (*WD* 404) Roger's integrity is found in his generosity towards his fiancée in setting her free during his two-year research abroad: "I am bound, but you are free. I like to feel bound, it makes me happy and at peace, but with all the chances involved in the next two years, you must not shackle yourself by promises" (*WD* 393). He knows the changeableness of human heart as is suggested in the biblical verses such as "He that trusteth in his own heart is a fool" (Prov. 28.26), "It is better to trust in the

Lord than to put confidence in man" (Ps. 118.8), and "Neither shalt thou swear by thy head, because thou canst not make one hair white or black" (Matt. 5.36). After he leaves their house, Cynthia confesses to Molly her honest feeling of doubt about their marriage: "Perhaps, after all . . . we shall never married. . . . in two years how much may happen" (*WD* 397). Molly, who knows Roger's sincerity and truthfulness, articulates a piteous remark of regret about Cynthia's faithlessness, "he cares so much for you!" (*WD* 397), and later feels as if she could thank "her father aloud" for his "testimony to the value of him" when Mr Gibson praises Roger to his daughter-in-law in a serious manner, "I hope you are worthy of him, Cynthia, for you have indeed drawn a prize. I have never known a truer or warmer heart than Roger's; and I have known him boy and man" (*WD* 406). Roger's goodness in character is acclaimed by his elder brother Osborne also, "He is a fellow in a thousand—in a thousand, indeed!" (*WC* 244), while Molly's goodness is praised by Squire Hamley in the same phrase, "Molly is one in a thousand, to my mind" (*WC* 411). The unfinished novel's supposed ending with the marriage of the two protagonists of unwavering integrity—Molly and Roger—(*WD* 683) is no doubt a sign of Gaskell's hidden authorial meaning for this novel as a vehicle for conveying Christian messages.

Rubenius writes, "one indication of" the diminution of didacticism "is that the Bible quotations so profusely used in *Mary Barton* to emphasize moral exhortations have almost entirely disappeared in *Wives and Daughters*" (87). A sort of "Bible-focused, or Christian" reading of her texts, however, reveals Gaskell's references to the Bible verses or Christian morality are still prevalent even in her last novel.

5. Conclusion

Straightforward, emotional, and melodramatic expressions of moralization or didacticism may seem to submerge in her later works for the artistic purposes, yet the biblical reading of Gaskell's texts reveals mild as well as strong moralization is consistent in her works throughout her career, probably because they are the medium for expressing her Christian faith.

第 6 章　Moralization in Elizabeth Gaskell's Later Fiction

Because of the space limitation, this chapter discussed only the three major works written later in Gaskell's career. A biblical reading of her shorter fiction, however, has produced the similar result, which shall be published somewhere else in the near future.

Works Cited

Bacigalupo, Marie D. *The Short Fiction of Elizabeth Gaskell.* Diss. Fordham U, 1984. Ann Arbor: UMI, 1985. 8506315.

Brandin, Emma Karin, "Domestic Performance and Comedy in *Cranford* and *Wives and Daughters.*" *The Gaskell Journal* 24 (2010): 30-46.

Brontë, Charlotte. *Jane Eyre.* Ed. Margaret Smith. Oxford: Oxford UP, 2008.

Carroll, Emma Louise. *Faith and Art: Elizabeth Gaskell as a Unitarian Writer.* Diss. University of Birmingham. 2012. PDF file.

Craik, Wendy. "Lore and Learning in *Cousin Phillis* (1)." *The Gaskell Society Journal* 3 (1989): 68-80.

Gaskell, Elizabeth. "Cousin Phillis." *Cousin Phillis and Other Stories.* Ed. Heather Glen. World's Classics. Oxford: Oxford UP, 2010. 156-244.

---. *Sylvia's Lovers.* Ed. Andrew Sanders. Oxford: Oxford UP, 1999.

---. *Wives and Daughters.* Ed. Angus Easson. Oxford: Oxford UP, 2000.

Hardy, Barbara. "*Cousin Phillis*: The Art of the Novella." *The Gaskell Society Journal* 19 (2005): 25-33.

Marroni, Francesco, "The Shadow of Dante: Elizabeth Gaskell and *The Devine Comedy.*" *The Gaskell Society Journal* 10 (1996): 1-13.

Millard, Kay. "The Religion of Elizabeth Gaskell." *The Gaskell Society Journal* 15 (2001): 1-13.

Nectoux, Tracy Marie. "The Selected Short Stories of Elizabeth Gaskell: Gothic Tradition, Forgiveness and Redemption, and Female Friendships in Mrs. Gaskell's Short Fiction." MPhil Thesis. U of St Andrew. 2001. PDF File.

Ohno, Tatsuhiro. "The Revised Chronology for *Sylvia's Lovers.*" *Kumamoto Studies in English Language and Literature* 48 (2005): 117-40.

---. "The Chronology for *Wives and Daughters*." *Kumamoto University Studies in Social and Cultural Sciences* 4 (2006): 41-66.

Rubenius, Aina. *The Woman Question in Mrs. Gaskell's Life and Works*. Uppsala: A.-B. Lundequistska Bokhandeln, 1950.

Sharps, John Geoffrey. *Mrs. Gaskell's Observation and Invention: A Study of Her Non-Biographic Works*. Frontwell, Sussex: Linden, 1970.

Shelston, Alan. "Review of *Victorian Disharmonies: A Reconsideration of Nineteenth-Century English Fiction*, by Francesco Marroni, *The Gaskell Society Journal* 25 (2011): 134-36.

"The Bible Dictionary." *The Holy Bible*. 583-746.

The Holy Bible. King James Version. Salt Lake City: Intellectual Reserve, 2013.

Unsworth, Anna. "Ruskin and *Cousin Phillis*." *The Gaskell Society Journal* 10 (1996): 77-82.

Verzella, Massimo. "Tracing the Linguistic Fingerprints of the Unitarian Ethos: A Corpus-Based Study of Elizabeth Gaskell's Short Stories." Francesco Marroni, Renzo D'Agnillo, and Massimo Verzella, eds. *Elizabeth Gaskell and the Art of the Short Story*. Bern: Peter Lang, 2011. 35-48.

Wright, Edgar. *Mrs. Gaskell: The Basis for Reassessment*. London: Oxford UP, 1965.

第2部　同時代人と切り結ぶ

第7章
エリザベス・ギャスケルとリー・ハント
――『メアリ・バートン』批判の背景――

江澤　美月

1．はじめに

　エリザベス・ギャスケル（Elizabeth Gaskell, 1810-1865）がマンチェスターの貧しい織物織工の生活を描いた小説『メアリ・バートン（*Mary Barton*）』（1848）は、発表当初多くの耳目を集め、トーリ党系雑誌やマンチェスター織機所有者から批判を受けたことが指摘されている[1]。例えば、この小説を強く批判したことで知られる『ブリティッシュ・クォータリー・レビュー（*British Quarterly Review*）』は（Chapple and Pollard 68n.1）、この小説の叙述は一面的であること（Easson 113）、特に、この小説に登場する織工の一人、ジョウブ・リーが、経営者が労働者の不幸を助長しているように思えると述べた部分に反発し（Easson 113）、階級間の対立を激化させていると批判している（Easson 111）。しかし本論文では、ギャスケルを評価した同時代人のうち、雑誌『エグザミナー（*Examiner*）』の編集者であるジャーナリスト、ジェイムズ・ヘンリー・リー・ハント（James Henry Leigh Hunt, 1784-1859 通称リー・ハント）[2]に注目することで『メアリ・バートン』におけるこの階級間の対立を再考したい。『メアリ・バートン』の中で、工場主の息子殺害という直接行動に出たメアリの父ジョンがチャーチストであることはよく指摘されることであるが（Coriale 347）、ギャスケルの同小説には、直接行動を巡りチャーチスト運動と袂を分かつが、トーリ党の政策に反発して反穀物法同盟の一員となったサミュエル・バンフォード（Samuel Bamford, 1788-1872）（DNB）[3]の詩「神よ助け給え貧しき者を（"God Help the Poor"）」が引用されている（96-97）[4]。そしてリー・ハントはバンフォードの詩集『織物少年工（*The Weaver Boy, or, Miscellaneous Poetry*）』（1819）を『メアリ・バートン』に先立ち高く評価している（Kucich and Cox 201）。ギャスケルはまた、マンチェスターの反穀物法論者ウィリアム・ジ

87

ョンソン・フォックス(William Johnson Fox, 1786-1864) (DNB)を介してリー・ハントと会ってもいる。以上、ギャスケル、リー・ハントと穀物法との関係を手掛かりに、階級間の対立を激化させているという『メアリ・バートン』批判の背景を考察する。

2．穀物法とリー・ハント

　はじめに穀物法が、自由貿易主義に対し、保護貿易主義の性格を持つこと、同法の成立が、地主階級優遇政策としてトーリ党によって進められたことに注目する必要がある。ナポレオン戦争中、皇帝ナポレオン・ボナパルト(Napoléon Bonaparte, 1769-1821 第一帝政 1804-14)による大陸封鎖と飢饉による穀物価格上昇の恩恵を受けたのは、農業生産者であり、彼等から地代収入を得ていた地主であった(金子『イギリス』23-32)。そのため戦争が終結に向かい、アメリカやバルト海諸国から穀物の輸入が見込まれるようになると(金子『イギリス』30)、穀物価格が下落し、深刻な農業不況に陥る危険性があった(金子『イギリス』32)。こうした状況下において、トーリ党のリヴァプール内閣(1812-27)は、ナポレオン戦争末期の 1815 年 3 月、国内の小麦の価格が 80シリングを越えるまで、外国産の小麦の輸入を禁止する穀物法を制定したのである。

　その結果、政権与党のトーリ党に対し、高価な食糧購入を余儀なくされた労働者階級のみならず、労働者の生活費上昇による人件費増大により、経営を圧迫された中流階級からの批判の声が高まる原因になった(川北 272)。そして戦後経営難に陥った経営者の中には、労働者の解雇、および、労働者賃金の低下に踏み切る者が現れ、折からの不作と相まって労働者の生活を圧迫したのである(川北 272)。

　穀物法反対の気運が高まる中、1819 年 8 月 16 日、治安当局が、民間人 11人を死亡させた「ピータールーの虐殺」事件は、議会改革運動と穀物法反対運動が結びついたものとして注目される。リー・ハントは、9 月 5 日の『エグザミナー』でこの時拘束された自分と同名の急進論者ヘンリー・ハントを擁護する記事を掲載し、集会で用いられた幟の中に「穀物法反対」の文字があったことを伝えている(Kucich and Cox 211)。彼はまた、事件直後の 8 月 22 日の『エ

第 7 章　エリザベス・ギャスケルとリー・ハント
——『メアリ・バートン』批判の背景——

グザミナー』で、集会がたとえ不法なものであったとしてもそれを不法として
阻止することなく、幟に書かれた刺激的な文言が不法妨害の嘆願であったとし
ても、幟を道で奪うこともせずに軍隊を出動させ登壇者を逮捕させたと批判し
「権力という厚かましい仮面を被った男たち」は、巡査や兵士が民間人の死傷
者を出しても、遺憾の念を示さないだろうと、トーリ党の閣僚を激しく批判し
た(Kucich and Cox 205-6)。彼は、その後、選挙法改正を巡りトーリ党とホイ
ッグ党の攻防が激しかった 1832 年トーリ党を批判し(Shelley, *Masque* x)、
1842 年旧トーリ党（保守党）のロバート・ピール(Robert Peel, 1788-1850, 首
相 1834-35, 1841-46)が六年振りにホイッグ党から政権を奪回した際にもトー
リ党を批判している(Shelley, *Masque: To Which* 4)。そしてこのピールの内閣
で、1846 年穀物法は廃止され、旧トーリ党は分裂した（川北 290）。
　このように、リー・ハントの活動は、穀物法廃止とトーリ党の分裂に貢献し
たように見える。

3．ギャスケル、リー・ハントと穀物法

　ギャスケルはトーリ党批判も穀物法反対も鮮明にしていないが(Chapple and
Sharps 30)、1841 年 6 月 12 日、自分がこれから住むことになるマンチェスタ
ーを、六年程前に訪れたことがあるユニタリアン派の牧師、ジョン・ピエルポ
ント(John Pierpont, 1785-1866)に宛て、穀物法のことで大きな争いが起きて
いること、製造業者階級、すなわち経営者側と、その下の階級、すなわち労働
者側、双方の困窮状態に心を痛め、両者の対立を懸念する手紙を送っている
(Chapple and Shelston 24-25)。当時マンチェスターは、自由貿易を求める産業
資本家の主導のもとに、1839 年の「反穀物法同盟」に先駆け、「反穀物法協
会」がつくられるほど反トーリ色が強い土地柄だった。「反穀物法協会」の活
動は、1832 年の選挙法改正で定められた有権者登録制度を利用して各地の選
挙区で有権者を増やし、反穀物法論者を議会に送ろうとする中流階級の活動で
あり(川北 286)、チャーチスト運動が労働者階級中心であり、男子普通選挙権
を要求している(川北 285)ことと対照を成しているようにみえる。しかし、
1842 年のプラグ・プロット暴動でチャーチストの暴力的側面が明らかになる
と(Handley 41; Rudé 187)、労働者階級の中には、リー・ハントとギャスケル

89

が共に高く評価したバンフォードのように、過激な抗議行動についていけない者もいた。

　他方、中流階級の中にも、労働者階級の中に反穀物法で意見の一致を求める動きがあった（金子「穀物法」84）。その一例が、ギャスケルが 1842 年秋、マンチェスターに移住後交流を深めた、地元の反穀物法論者フォックス（DNB）である。実は、フォックスは、1837 年リー・ハントに、自分が所有していた反穀物法を推進する改革派のユニタリアン雑誌『マンスリー・リポジトリ（*Monthly Repository*）』の編集を任せている（Morrison 331; Gleadle 33）。ギャスケルがマンチェスターに来た翌年、彼は反穀物法同盟の活動を始め、彼女の『メアリ・バートン』(1848)出版と時を同じくして、労働者側の主張を議会に届けるために、オウルダムの議員になった（DNB;ODNB）[5]。オウルダムの労働者の窮状については、『メアリ・バートン』の中にも、経営者側の中産階級から穀物法反対の声が挙がるきっかけとなったワーテルローの戦い後の不況（川北 272）で、手織り機職工の賃金が急落したことを嘆く労働者を描いた民謡「オウルダムの機織り」（366 n.41）の中で歌われている（35-36）。そしてこのフォックスを介して、ギャスケルはリー・ハントとの面会を果たしている（P.G. Gates 315 n.95）。リー・ハントは、1852 年 12 月 28 日、フォックス宛てに出した手紙で、今までギャスケルに会わなかった非礼を詫び、仲介役のフォックスの労を労っているが（Hunt, *Correspondence* 149）、これは、ギャスケルが 1850 年 8 月 17 日、知人メアリ・カウデン・クラーク（1809-98）への手紙で既に明かしていたように（Chapple and Pollard 122）、会うことをあきらめかけた頃だった。

　こうしたリー・ハントの慎重さの裏には、反穀物法と言っても労働者階級と共闘するか否かを巡り、一括りに出来ない複雑さが存在する。そうした中で、リー・ハントは、ギャスケルが彼に三篇の短編を送ったことを契機に始まった書簡のやり取りの中で、彼女と意見の一致を見ているようだ。1850 年 9 月と推定されるリー・ハントの返信は、主に「マンチェスターの生活――リビー・マーシュの三つの祭日(“Life in Manchester: Libbie Marsh’s Three Eras”)」(1847)についてのものであり、彼は次のように書いている。

第7章　エリザベス・ギャスケルとリー・ハント
――『メアリ・バートン』批判の背景――

　魅力的なお話で、どれも心から共感して読み進めましたが、一節気に
なるところがありました。これを申し上げたからといって、私のこと
を偉そうだとか、いけ好かない奴だとお考えにならないでください。
鳥籠のことです。御存じのように私はかつて監獄に二年間拘束されて
いたことがありますので ⁶、あなたの[作品で]気の毒な、幼く病弱で
家の中に閉じ込められている子供のための贈り物が、「別の囚われ人」
を生み出しているのを、心穏やかに見ていられないのです。私はあな
たのことを物がわかる方だと思っておりますので、此の点について私
が 30 年前に書いた寓話をお送りさせていただきます。私は慣例が慣
例化していることを承知しておりますし、その慣例が貧しいマンチェ
スターの労働者の中でまかり通っていることを知っています。神は彼
等をお慰めになるでしょう！しかし私は、彼等が、それが慣例だから
といって、彼等が慰めを受け容れることを、到底望むわけには参りま
せん。そして私は、あなたが慣例にがんじがらめになっていない女性
であると思っているのです。

（E. M. Gates 498 鍵括弧の強調は原文によるもの）

　「マンチェスターの生活」には、主人公リビーが、近隣に住む体の不自由な少
年に鳥籠に入れたカナリアを贈る場面がある。リー・ハントが注目したのは、
たとえ体の不自由な少年という弱い立場の者を支えるためにであっても、彼を
慰めるために、さらに弱い立場の者、この場合は籠の中のカナリア、が犠牲的
に生み出されていることである。ここでリー・ハントが言及した寓話は「鳥に
飼われた歌う人間(“The Singing Man Kept By the Birds.”)」であり(E.M.Gates
497)、この話の中では傑出した歌手であり、常日頃ヒバリを飼育することは
非人道的であると考えていた人間が、巨大な鳥に捕まって歌うことを強要され、
鳥たちにそのような酷い仕打ちを止めさせることが出来ないまま、重労働に耐
えかねて死んでしまう(Hunt, “Singing” 182-184)。さらに彼は、このことをマ
ンチェスターで慣例的に行われている労働者搾取と結び付けて考えている。こ
のようなリー・ハントの指摘に対し、ギャスケルは、彼の手紙の到着後 1850
年 9 月 13 日に次の手紙を書いた。

もし私が[自分の作品を]より良くしたいと望み、水準を高くより高く保つことを望むならば、私の[作品の]どこが洗練されていなくて間違っているかを言ってくださる方の御意見を拝聴することによってでしょう。あなたは私に「考え」させてくださいました。ここでは鳥を飼い[鳥の様子]から[自分たちの置かれている]状況を引き出そうとすることが習慣になっておりますので、私は完全に納得したわけではなく、状況を伝えるために実際のものから描こうとしているので、納得していないのかもしれませんが、一言の断りもなしにそのことを持ち出すと、[鳥を飼う]慣例に裁可を与えることになることは承知しております。　　　　　　　（Chapple and Pollard 131　強調は原文によるもの）

ここにはギャスケルが共に困窮状態にある二つの階級のうち「より下の階級」、すなわち「より弱い立場の者」へ対するまなざしを持ち合わせていたことが示されている。ギャスケルは、リー・ハントの指摘に対し、マンチェスターではカナリアを飼うことが慣例であることをさり気なく主張しながらも、不満を言えない状態の相手に対し、その習慣を強要し、事の是非を不問に付すことは誤りであると認めている。反穀物法論者フォックスを介した二人の面会は、このような二人の見解の一致を背景に可能になっている。

4．『メアリ・バートン』と穀物法

　以上のことを踏まえた上で『メアリ・バートン』を反穀物法の視点から見ると、この小説の序文に、経済学や貿易の理論は知らないと断りつつも(8)、上述のリー・ハントと一致したギャスケルの見解が示されていることに気づく。

雇用する側と雇用される側が、従来のように利益を共有し、互いに固く結び合わさって一体になっているこの不幸な状況を思案するにつけ、私は、この自分たちの声を効果的に聞かせることが出来ない人々の激しい苦悩や、幸福な、いや彼等が誤って幸福だと信じている人々の同情を知らずに苦しんでいること、を話させたいと思うようになった。

第7章　エリザベス・ギャスケルとリー・ハント
——『メアリ・バートン』批判の背景——

> (中略)不幸な誤解をしている労働者の誤解を解くために、法的整備の過程で可能な公的努力は何でも、慈愛の行為の一環で可能な私的努力は何でも、速やかに行う必要があり、[たとえそれが]「寡婦の賽銭」となる実効性の少ない愛であっても、与えるべきである。
>
> (7-8　強調は原文によるもの)[7]

「マンチェスターの生活」でリー・ハントに指摘され、病弱な少年のみならず、籠に入れられたカナリア双方の拘束状態を認めたように、ここでギャスケルは、雇用する側(少年)と雇用される側（カナリア)双方ともに苦境に置かれていることに注目している。その上で、ギャスケルは、雇用する側である経営者(少年)に、労働者(カナリア)の声なき声に耳を傾けると同時に、自分たちは経営者(少年)に搾取されているという労働者(カナリア)の誤解を、あらゆる手段を講じても解く必要性があると訴えている。

　自分たちが搾取されているという労働者の誤解が、苦境に置かれている経営者側の説明不足によることは、『メアリ・バートン』の本文では、海外市場で競争力のある商品を製造するためのコスト削減の必要性を背景に、次のように描かれている。

> 粗悪品の注文が新しい外国の市場から来た。それは大量注文で、その種の製品を製造しているすべての工場の稼働を始めることになったが、迅速に、出来るだけ低価格で仕上げる必要があった。(中略)[同時発注された大陸の]ライバル製品が比肩するもののない市場の占有を成し遂げることを懸念したのだ。明らかに、綿花を安く買い、賃金を可能な限り低くすることが、経営者の関心事だった。そして長い目でみると職工が利益を得ることになるだろう。(中略)
>
> 　しかし経営者たちは、こうした状況を[職工に]知らせることを選ばなかった。(145)

ここには工場製品を大量に安く提供することで貿易において国際競争力を獲得しようとする経営者側の試みが述べられているが、ギャスケルの作品に特徴的

なのは、短期的には、経営者側の利益追求のみに還元されているように思えるこの問題も、中、長期的な視座に立てば、労働者側も経営者側が得た利益の恩恵に浴することが出来るとの見方を示していることである。

　この上で、『ブリティッシュ・クウォータリー・レビュー』に労使間の対立を激化させていると批判されたこの小説に登場する職工、ジョブの発言を見ると、彼は中流階級の反穀物法論者が目指す自由貿易を労働者の立場から主張している。彼は、贅沢な生活をしている議員に自分たちの作ったキャラコのシャツを買い取ってもらおう、と即効性のある景気回復策を主張する仲間の職工のビルをたしなめ、中、長期的な景気回復策を打つことを議会に求めるよう、請願者としてロンドンに赴くチャーチスト、ジョンに提案している。

> 私が言うことを、ビル、怒らないで聞いてくれ。たくさんのシャツを着る議員は何百人に過ぎない、しかし世の中には毎日何マイルもの長さのキャラコを製造しているのに、一枚のシャツしか持たない何千何万という貧しい職工がいて、シャツがボロボロになっても、買うめどがつかないでいる。おまけにたくさんのキャラコが倉庫の中で眠っている。希望の買い手がつくように、貿易を抑えているからだ。ジョン、私の忠告を聞いて、議会に貿易を自由に出来るように頼んでくれ。そうすれば職工がまずまずの賃金を稼ぎ、年間に二、三枚のシャツを買えるようになるにつれて、職工業が活気づくだろう。(78)

最も廉価な市場で購入し、最も高価な市場で販売する保護貿易の原則(金子『イギリス』27)を崩し、国際競争力をつけた自由貿易で、利益を得るのはまず経営者である。そのため、ジョブの主張は、前の引用で確認した海外市場でのシャツ需要を背景に、経営者側に利益が出れば、労働者側にもその利潤が回ってくるとの見方を示している。彼のこの提言は、生活の窮状を訴えることを先決とするチャーチスト、ジョンによって一旦は退けられる(78)。しかし、経営者の利益は、労働者の利益と表裏一体であるというジョブの考えは、物語の後半で、議会への請願が退けられたことから非難の矛先を経営者に転じ、経営者の息子を殺害するとの直接行動に出たジョンの動機を巡る背景説明の中

第7章　エリザベス・ギャスケルとリー・ハント
――『メアリ・バートン』批判の背景――

で、経営者と労働者の関係改善策として再び復活している。労働者の不満を解消する力が自分にあるかどうかを自問する経営者カースンを前に、ジョウブは次のように答えている。

　　　私はあなたを苛立たせるつもりで申し上げるわけではありませんが、私がお話ししているのは、[あなたに不満を解消する]力が不足しているということではないのです。私たちが皆骨身に染みて感じているのは、経営者の皆さんは自由に操業を止めて痛くも痒くもないように見えるのに、時折工場現場を植物の胴枯れ病のように襲う不幸を助長しようしているように思えることです。もし経営者の皆さんが私達のために救済策を打とうとして下さっているのがわかれば、たとえそれを打つのに長くかかろうとも、たとえそれが何にもならなくて、おしまいに「すまない、こんな事を言うのは申し訳ないが、あらゆる手段を尽くしても、救済策を打つことは出来なかった。」と言っていただけるだけでも、私達は男らしくひどい景気を耐えるでしょう。（319）

引用の上から四行目から六行目が『ブリティッシュ・クォータリー・レビュー』によって批判された箇所である(Easson 113)。しかし、経営者が労働者の不幸を助長しているように思える、というジョウブの指摘の先をみると、彼は、この二つ前の引用でこの作品の語り手が指摘していた経営者の説明責任放棄を改めて労働者自身の声として指摘し、経営者と労働者が対立するのではなく、労働者より上の階級である経営者が下の階級である労働者を思いやるノブレス・オブリージュの精神を持って、互いに歩み寄れる環境を整えることが大切であると説いていることがわかる。さらにジョウブが自由貿易論者であることを考えると、彼の言葉は、労働者の立場から穀物法の廃止による自由貿易へ向けて経営者側との協力関係を示唆したものになる。

5．おわりに

　本稿は、トーリ党が、支持母体である地主階級の利益擁護のため制定し、その結果、中流階級の不満と労働者の困窮を招いた政策、穀物法の廃止を背景に、

ギャスケルが『メアリ・バートン』を制作したことを考察した。ギャスケルが1842 年から移住したマンチェスターは、1819 年、トーリ党政権が、議会改革による穀物法の廃止を求めてセント・ピーター広場に集結した民衆を、力によって制した「ピータールーの虐殺」事件の舞台であり、全国に先駆けて反穀物法同盟が結成された反トーリ色の強い土地柄である。その一方で、マンチェスターは工業都市であることから、製造業経営者である中流階級の不況による経営難のあおりを受けた労働者階級が存在し、チャーチストが反穀物法の活動家と直接行動を巡り対立する、プラグ・プロット暴動のような衝突も起こっている。

　第 1 節で触れたように、労働者階級の困窮を描いた『メアリ・バートン』に対する批判が、穀物法を巡り反トーリであるはずの製造業経営者、つまり中流階級から出た背景には、階級闘争的なチャーチストの活動が存在する。しかし本稿は、『メアリ・バートン』を高く評価したリー・ハントが、労働者階級の反穀物法論者バンフォードと中流階級の反穀物法論者フォックスを高く評価していること、彼等とギャスケルとの関係から、この作品が、階級間の対立ではなく、階級間の融和を志向していること、経営者と労働者が共に、自由貿易に向けて反穀物法運動を展開していく方向性を示していることを明らかにした。

注

1.　Gaskell, Elizabeth. *Mary Barton.* Penguin, 1994. の巻頭文参照。

2.　ハントの通称に関しては、本稿でも言及する同時代の急進的活動家ヘンリー・ハント(Henry Hunt, 1773-1835)と区別するためリー・ハントの通称を用いる慣例に本稿も従う。なお、リー・ハントが『メアリ・バートン』を高く評価したのは 1850 年に上梓された自伝(*The Autobiography of Leigh Hunt*)に於いてである(271)。

3.　Stephen, Leslie, editor. *Dictionary of National Biography.* London: Smith, Elder, 1885-1900. 以下、この人名事典の参照は DNB の略号で示す。

4.　本稿では『メアリ・バートン』の引用は Pickering 版を用い、括弧内の数字で頁数を示している。

第7章　エリザベス・ギャスケルとリー・ハント
──『メアリ・バートン』批判の背景──

5.　Matthew, H.C.G. and Brian Harrison, editors. *Oxford Dictionary of National Biography*. Oxford UP, 2004. 以下、この人名事典の参照は ODNB の略号で示す。

6.　この手紙でリー・ハント自身が言及した二年間の拘束とは、ジョージ四世（George IV, 1762-1830）の摂政時代（1811-20）、歯に衣着せぬ提言を行い摂政の名誉棄損を行った廉で投獄された過去を指す（Holden Ch.3, 4）。

7.　引用中の訳は、日本ギャスケル協会監修『ギャスケル全集2　メアリ・バートン』直野裕子訳、大阪教育図書株式会社、2001 年を参考に筆者が訳した。なお、「寡婦の賽銭」については新約聖書　マルコによる福音書 12: 41-4, ルカによる福音書 21: 1-4 参照（363n.4; Gaskell, *Mary* 416 n.4）。

引用文献

Chapple, J. A. V. and Arthur Pollard, editors. *The Letters of Mrs Gaskell*. Manchester UP, 1966.

Chapple, J. A. V. and J. G. Sharps editors. *Elizabeth Gaskell: A Portrait in Letters*. Manchester UP, 1980.

Chapple, J. A. V. and Alan Shelston editors. *Further Letters of Mrs Gaskell*. Manchester UP, 2003.

Coriale, Danielle. "Gaskell's Naturalist." *Nineteenth-Century*, vol.63, no.3, December 2008, pp.346-75. *JSTOR*, www. jstor.org/stable/10.1525/ncl. 2008.63.3.346.

Easson, Angus, editor. *Elizabeth Gaskell: The Critical Heritage*. Routledge, 1991.

Gaskell, Elizabeth. *Mary Barton.* 1848. Edited by Shirley Foster, Oxford UP, 2008.

Gates, Eleanor M. editor. *Leigh Hunt: A Life in Letters: Together with Some Correspondence of William Hazlitt*. Falls River, 1999.

Gates, Payson G., editor. *William Hazlitt and Leigh Hunt: The Continuing Dialogue*. Falls River, 2000.

Gleadle, Kathryn. *The Early Feminists: Radical Unitarians and the Emergence of the Women's Rights Movement, 1831-51*. Macmillan, 1998.

Handley, Graham. *An Elizabeth Gaskell Chronology*. Palgrave Macmillan, 2005.

Holden, Anthony. *The Wit in the Dungeon: The Remarkable Life of Leigh Hunt—Poet, Revolutionary, and the Last of the Romantics*. Little, Brown, 2005.

Hunt, Leigh. *The Autobiography of Leigh Hunt*. Vol. 3, London: Smith, Elder, 1850.

---. *The Correspondence of Leigh Hunt*. Vol.2. [Edited by Thornton Hunt.] London: Smith, Elder, 1862.

---. "The Singing Man Kept by the Birds." *Table-Talk. To which are added Imaginary Conversations of Pope and Swift*. New York: D. Appleton, 1879, pp.182-184.

Kucich, Greg and Jeffrey N. Cox editors. *The Selected Writings of Leigh Hunt*. Vol. 2, Pickering and Chatto, 2003.

Morrison, Robert editor. *The Selected Writings of Leigh Hunt*. Vol. 3. Pickering and Chatto, 2003.

Rudé, George. *The Crowd in History, 1730-1848*. John Wiley & Sons, 1964.

Shelley, Percy Bysshe. *The Masque of Anarchy: A Poem*. Edited by Leigh Hunt. London: Edward Moxon, 1832.

---. *The Masque of Anarchy: To Which Is Added Queen Liberty; Song to The Men of England*. Edited by Leigh Hunt. London: J. Watson, 1842.

金子俊夫『イギリス近代商業史――反穀物法運動の歴史』白桃書房、1996 年。

---.「穀物法問題と Manchester 自由貿易運動の登場」『経営論集』第 69 号、2007 年、75-88 頁。

川北稔　編『新版　世界各国史 11　イギリス史』山川出版社、2011 年。

第8章

ギャスケルとディズレイリ——スコットの影のもとに

鈴木　美津子

1．はじめに

　ベンジャミン・ディズレイリ（Benjamin Disraeli, 1804-81、首相在任 1868, 1874-80）とエリザベス・ギャスケル（Elizabeth Gaskell, 1810-65）の影響関係を論じる際には、もっぱら産業小説、社会問題小説、「イギリスの状況」小説などという観点から、ディズレイリの『シビル、または二つの国家』（*Sybil; or, The Two Nations*, 1845、以下『シビル』と略記）がギャスケルの『メアリ・バートン』（*Mary Barton*, 1848）や『北と南』（*North and South*, 1855）に与えた影響を考察することが多い（D'Albertis 192-93; Shrimpton xxiii）。

　本稿では『北と南』と『シビル』を取り上げ、これら二作品のプロット展開、作品の枠組みなどを分析することによって、両作品がシドニー・オーエンソン（Sydney Owenson,1776?-1859）、マライア・エッジワス（Maria Edgeworth, 1767-1849）、サー・ウォルター・スコット（Sir Walter Scott, 1771-1832）などによってロマン主義時代に構築された歴史小説・国民小説[1]の特徴をもった作品であることを指摘する。次いで、ディズレイリとギャスケルが、具体的に何に触発されてかくも類似した作品をそれぞれ執筆することになったのか、影響源を探ってみたい。

2．国民小説とは

　『シビル』と『北と南』を具体的に考察する前に、国民小説のプロット展開、国民小説に固有の二つの枠組み、すなわち「異郷への旅」と「背景の異なる者同士の結婚」、がいかなるものなのか、国民小説の嚆矢となったオーエンソンの『奔放なアイルランド娘、あるいは国民小説』（*The Wild Irish Girl: A National Tale*, 1806、以下『奔放なアイルランド娘』と略記）を例にとり、確認

比較で照らすギャスケル文学

してみよう。小説の時代は、統一アイルランド人連盟（1791-98）が活躍していた 1790 年代。舞台はイギリスの植民地支配下にあるアイルランド北西海岸コナハト地方。小説の政治的背景としては、1798 年に政府転覆を謀って武力闘争に立ち上がったアイルランド暴動が描かれている。さらに、オリヴァー・クロムウェル（Oliver Cromwell, 1599-1658）のアイルランド征服と土地の収奪（1649-52）がしばしば言及され、過去の過酷な植民地支配が小説の現在に暗い影を投げかけている。

　国民小説の主人公は、様々な理由で異郷の地への旅に出る。『奔放なアイルランド娘』では、イングランド人貴族の次男でプロテスタントのホレイショーが父の厳命で先祖伝来の所領があるアイルランドのコナハト地方へとしぶしぶ出かけていく。ヘンリー・モーティマーという偽名を用い、画家であると身分を詐称する。ホレイショーは、アイルランドに根強い偏見を抱いているが、しばらく滞在するうちに、アイルランド固有の風景、風俗、伝統、歴史などに魅せられていく。カトリックでゲール系アイルランド人族長の末裔であるイニスモア大公、彼の娘グローヴィナ、ジョン神父などの助けを借りて、当初抱いていたアイルランド観を徐々に是正し、その過程で自己認識に至る。ここまでが「異郷への旅」の枠組みである。

　ホレイショーは、民族楽器のアイリッシュ・ハープを奏でながらアイルランド古曲を歌い、アイルランドの歴史や伝統などを熱く語るグローヴィナに心を奪われていく。彼女は知的で、高い教養と学識があり、積極的に政治的発言をおこなう。アイルランド文化を体現するような女性である。この後、紆余曲折を経て二人は結婚する。グローヴィナは、ホレイショーと結婚することにより、ホレイショーの先祖によって奪われた先祖伝来の土地と財産を、間接的にではあるが取り戻す。イングランドの植民地政策により、古の昔に没収されたゲール系アイルランド人一族の土地財産が奪回され、過去の確執に和解がもたらされるのである。以上が「背景の異なる者同士の結婚」の枠組みである（鈴木 2008 105-52）。

　国民小説は、ロマン主義時代の作家に政治的メッセージを発する場を提供していた（Lew 42-43）。カトリック解放を唱える熱烈なホッグ党支持者のオーエンソンは、『奔放なアイルランド娘』において、イングランドの変革を求め、

第8章　ギャスケルとディズレイリ——スコットの影のもとに

変革なくして併合におけるアイルランドの自由はないと主張した。オーエンソンは、テリー・イーグルトン（Terry Eagleton）が論じているように、結婚という仕掛けを用いて、過去の対立に和解をもたらし、過去の喪失を象徴的に修復しようとしたのである（Eagleton 179）。

3．国民小説としての『シビル』

　ディズレイリの『シビル』の舞台は、最初はロンドン、作品が進むにつれて、イングランド北部の産業都市モウブリー（マンチェスターがモデル）、ふたたびロンドン、そしてモウブリーと移り変わる。小説は、1837 年から始まり、1844 年頃で終わる。政治的・社会的大事件としては、チャーティスト請願運動の挫折（1839）と暴力化、ランカシャー、バーミンガム、そしてマンチェスターなど北部産業地帯を中心とした暴動とストライキ、具体的に言えば、バーミンガム暴動勃発（1839）、「ボイラー栓引き抜き」暴動（1842）、工場や屋敷の襲撃が描かれる。過去の大事件として、ヘンリー八世（Henry VIII, 1491-1547 在位 1509-47）による修道院解散（1536-40）と名誉革命（1688）がしばしば小説上に浮上する。

　「異郷への旅」の基本的設定は、宗主国イギリスからアイルランドやインドなどの植民地へ旅するというものであるが、『シビル』では、貴族階級出身者が同じ国内にある労働者階級の住む地域に旅をするという形に変更されている。『シビル』において、旅に出るのは伯爵家の次男チャールズ・エグリモント。兄のジョージ・マーニー卿と口論の末、兄の領地の北方にある産業都市モウブリーに出かけて行く。エヴァンズという偽名を用いてアイルランドを旅する、エッジワスの国民小説『不在地主』（*The Absentee*, 1812）の主人公コランブル卿や先に見た『奔放なアイルランド娘』のホレイショーのように、エグリモントもフランクリンという偽名を用い、かつ身分もジャーナリストと偽る。「ロンドンの人達は地方の実情についての情報を欲しがって」（119）いるので、産業都市モウブリーの「労働者の状況を知りたくてこの地方にまいりました」（153）と、この地に来た理由を説明する。かつて、兄の地所の近くで会ったことのあるウォルター・ジェラードとシビル父娘に再会し、ジェラード家の近くに居を定め、親しく交際するようになる。ジェラードは、カトリック教

101

徒のトラフォード氏が経営する工場の職工長で、暴力派に属する請願運動の指導者である。貴族階級出身のエグリモントにとって、労働者階級の人々の用いる言語、生活習慣、習俗などは、いわば完全な異文化である。国民小説では、旅人に地元の習俗、伝統、文化などを紹介し、理解を深める役目を担う人物が必ず登場する。『シビル』においては、ジェラード、娘のシビル、「モウブリー・ファランクス」という新聞を発行しているスティーブン・モーリー、そして英国国教会の牧師オウブリー・セント・リースである。牧師のセント・リースは、エグリモントを貧しい機織り職人ウォーナーの家に連れて行き、職人の生活がいかに困窮を極め、悲惨な状況にあるかを説明する。ジェラードはエグリモントに「イングランドは征服する者と征服される者に分かれている」（148）と述べ、労働者の窮状を憂い、労働者の諸権利獲得のために闘わねばならぬと熱く語る。請願運動の理性派に属するモーリーは、イギリスは「貧しい者と富める者」（60）、つまり「二つの国家」（60）に分断され、「その間には交流もなければ共鳴するものもない。生活様式も考え方も感情もお互いに知らない。あたかも異なる地帯の住人か別世界のようです」（60）と、イギリスの現状を分析して見せる。

　エグリモントは、モウブリーの郊外のモウデールに住み、労働者階級の人々の生活を間近に見て、彼らの貧しいが質素で穏やかな生活に惹きつけられ、「母さえいなければフランクリンとしてここに永久に滞在していたい」（151）、「この生活が永久に続けば良い」（169）と思うようになる。エグリモントは、北部産業都市の労働者階級の流儀、気風、伝統を理解するようになり、自己の抱いていた政治信条を少しづつ修正していく。まさに、「異郷への旅」の枠組み通りの展開である。

　エグリモントは、ノルマン系、貴族階級出身、英国国教徒、トーリー党所属の政治家であり、一方シビルは、サクソン系、労働者階級出身、カトリック教徒、父譲りの急進的政治思想の持ち主である。スコットの『ウェイヴァリー、または六十年前』（*Waverley; or, 'Tis Sixty Years Since*, 1814）に登場するフローラがスコティッシュ・ハープを奏でて、スコットランドの古曲を歌い、主人公ウェイヴァリーを惹きつけるように(鈴木 2008)、シビルも美しい歌声でエグリモントを魅了する。マーニー修道院の廃墟で初めて会ったとき、修道女の

第8章　ギャスケルとディズレイリ——スコットの影のもとに

服装をしたシビルは「優しく、厳粛で、しなやかで、ぞくぞくするような、まれに見る美しい声」(60)で、聖母マリアを讃える聖歌を歌う。エグリモントがジェラード家を訪れた際には、レクイエムを歌う（151)。二人は、様々なことを語り合い、親しくなっていく。しかし、エグリモントが伯爵家の出身であることを知ったシビルは、彼を「ノルマン系、貴族、一般大衆の抑圧者、教会の略奪者、私の民族［サクソン］の零落の創始者」(237)と軽蔑的に批判する。エグリモントはシビルに「イギリス貴族の新しい世代は、貴女が信じているような専制君主や圧制者ではありません……新世代の貴族は一般大衆の生まれながらの指導者です」(238)と反論する。彼の主張は、ディズレイリがリーダー格であった青年イングランド党の政治理念を想起させる。エグリモントが激情に駆られて愛を打ち明けると、シビルは、二人の間には、階級、政治、宗教など「超える事ができない溝があります」(240)と述べて、求婚を断る。その後、シビルは、産業都市モウブリーを離れ、ロンドンで多様な価値に触れることによって、自分の抱いていた政治信条があまりにも一面的なものであったことを悟る。一方、エグリモントの方も少しずつ変容を遂げる。政治家仲間に「自由党内の急進派に転向するのでは」(242)と噂され、「今まで聞いたうちで、もっとも民主主義的な演説」(242)と仲間に言われるような演説を庶民院でおこなう。シビルは新聞に掲載された彼の演説全文を読み、彼の変貌ぶりに感動する。その後、父ジェラードの逮捕、裁判、投獄、釈放、モウブリー・カッスル襲撃事件、ジェラードの死、モーリーの死、マーニー卿の死、と様々な事件が起きる。この後、シビルとエグリモントは互いに歩み寄り、結婚する。『奔放なアイルランド娘』のグロービナのように、シビルも地所の権利書を取り戻し、ジェラード家の先祖が所有していたモウブリー一帯の所領を奪回する。一見すると、二人の結婚は、労働者階級と貴族階級の融合、富める者と貧しき者の融合のように見える。しかし、ここで留意せねばならぬのは、シビルは、今でこそ工場労働者の娘ではあるが、そもそもはイングランドの正統な支配者であったサクソンの由緒ある貴族の末裔であるとされていることである。

　サクソン系の貴族の末裔シビルとノルマン系貴族エグリモントの結婚は何を象徴しているのか [2]。ディズレイリは前作『カニングズビー、または新世代』

（*Coningsby; or, The New Generation*、以下『カニングズビー』と略記）でも、主人公カニングズビーとエディスの結婚をサクソン系とノルマン系の融合の象徴として描いている（Chandler 173）。『シビル』において、シビルとエグリモントの結婚は、イギリスを率いていくのは、一般大衆と貴族階級の共同体ではなく、貴族階級であるということを示唆している。さらには、古来から続く由緒あるサクソン系貴族と大陸から渡ってきた新興のノルマン系の貴族が手に手を携えて、一般大衆を保護しながら導いていくことがイギリスの繁栄に繋がるということを象徴的に示している。これは、まさに青年イングランド党の政治理念を思わせる。青年イングランド党は、貴族と教会が庶民を父権的に保護していた中世の共同体を理想としており、貴族などの富裕層が労働者階級を慈悲深く温情的に保護すべきであり（Chandler168）、労働者階級は貴族階級に従順に服従すべきであると考えていた。ディズレイリは、1840 年に庶民院でチャーティスト運動に共感する演説を行ってはいるが、彼の本来の考えは、恵み深く啓蒙された貴族階級が労働者階級の人々を保護し、庶民院において労働者階級を代表すべきであって、労働者階級の人々は国会議員になる必要はないというものであった（Gallagher 202）。ディズレイリは、『シビル』の物語世界に、青年イングランド党の政治理念をたくみに織り込んでいると言えよう。

4．国民小説としての『北と南』

　『北と南』は『シビル』の刊行 10 年後に出版された。『北と南』の舞台は、最初はイングランド南部、ロンドン、イングランド北部の産業都市ミルトンと移り変わる[3]。時代は、ヴィクトリア朝中期に設定されている。1853 年 10 月から 1854 年 3 月までプレストンの綿紡績工場で起きたストライキ（1853-54）が作品の政治的背景となっている。さらに、作品の背後には、遠い過去の歴史的大事件として、クロムウェルの清教徒革命（1642-49）が潜んでいる。『北と南』において、異郷の地に出かけるのは女主人公のマーガレット。彼女の場合は、旅行ではなく転居である。父親が英国国教会の聖職禄を辞したため、新天地を求めてイングランド南部から北部産業都市ミルトンへと家族で移り住む。『シビル』のモウブリーと同様、ミルトンも産業都市マンチェスターを下敷きにしている。マーガレットは、「異郷への旅」の主人公と同じく、産業都市ミ

第8章　ギャスケルとディズレイリ――スコットの影のもとに

ルトンに対して、さらには地元の商工業者や産業資本家に対して根強い偏見を抱いているが、工場労働者のヒギンズ父娘、工場主のジョン・ソーントンなどの手助けにより、お茶会やその返礼、正餐会などの社交の場で、北部産業都市の歴史、産業機械、政治的状況、労使関係などについて学び、北部産業都市の流儀、気風を知り、北部と工場労働者に対する認識を新たにする。マーガレットはミルトンに親しむにつれて、産業都市特有の語彙、用語にも熟達するようになる。そして北部産業都市の猥雑さ、貧窮、不潔さを心に深く留めながらも、産業都市の躍動感、活力、活気、刺激に魅了され、その過程でソーントンに惹きつけられていく。「異郷への旅」の枠組みの定石通りの展開である。

　「背景の異なる者同士の結婚」の枠組みを見てみよう。シビルとエグリモントと同じように、マーガレットとソーントンの民族的、宗教的、政治的、階級的背景は完璧に異なっている。ソーントンはイングランド北部の出身で、非英国国教徒、叩き上げの産業資本家であり、政治的には共和主義者である。一方、マーガレットは、両親から二重の背景を受け継いでいる。父親は、英国国教会の聖職者であったが現在は非英国国教徒。母親は、准男爵のベレスフォード家の出身で英国国教徒。清教徒革命時のベレスフォード家の政治的立場は王党派である。乾杯の際に、マーガレットの祖父サー・ジョンは「教会と国王に乾杯。残部議会は滅びよ」（7: 46）と、「国王と教会」を言祝ぐ。サー・ジョンの乾杯の音頭は、ソーントンのような非英国国教徒にとっては、頑迷な保守主義を示すものである。上述のような両親や祖父を持つマーガレットは、中産階級に属し、イングランド南部出身で、母親と同じく英国国教徒であり、政治的には保守主義者である。

　ソーントンとマーガレットのクロムウェルを巡る会話は、二人の政治的・宗教的背景の相違を際立たせる効果を持つ（Mitchell, Notes 412）。清教徒革命は、ソーントンのような非英国国教徒にとっては「改革」や「進歩」を象徴するものであり（Mitchell xxii）、商工業階級の勃興を促すものでもある（Henson 16）。ソーントンが密かにトマス・カーライルの『オリヴァー・クロムウェルの書簡と演説』（1845）に言及しながら（Uglow 370）、「クロムウェルは素晴らしい工場主になっていたでしょうね、ヘイルさん。クロムウェルが、このストライキを僕たちのために鎮圧してくれたなら有難いですよ」と、クロムウェルの指

105

導力を称賛すると、マーガレットは「クロムウェルは、私の英雄ではありませんわ」（7: 116）と冷淡に答える。当然のことながら、非英国国教徒で、叩き上げの産業資本家で、共和主義者のソーントンは、清教徒革命の立役者で非英国国教徒の英雄であるクロムウェルを高く評価する。一方、英国国教徒のマーガレットはそうではない。ギャスケルがクロムウェルに共感を示している（Lansbury 56）ことを想起する時、ソーントンは、ギャスケルの政治的・宗教的見解の代弁者と言えよう。北部人としての誇りを抱くソーントンは、ロンドンの現政権に対しても批判的である。「僕たちは地方自治を擁護します。中央集権化には反対です」（7: 303）と、南部のイギリス政府が北部の現状も知らずに工場主に対して不完全な法律を制定し、その法律で干渉するのは迷惑だと述べるのである。

　マーガレットとソーントンは、二人ともイングランド人であり、民族的な違いはないように見える。しかし、ギャスケルは彼女の代弁者であるソーントンに、同じイングランドでも北と南とでは様々な点で違いがあると、言わせる。「僕にはチュートン族の血が流れています。チュートン族の血は、イングランドのこのあたりでは、他の民族の血とほとんど混じり合っていません。北部にはチュートン族の言語の多くが残っています。チュートン族の精神はまだ生きているのです」（7: 303）と誇らしげに語る。要するに、決断力と力、不屈の精神、気骨を兼ね備えているソーントンは、北部精神の精髄そのものである。彼は、イングランドの北部と南部では、民族的にも、精神的にも、言語的にも異なると主張する。ギャスケルはチュートン族を北部の血と見なし、自分はチュートン族の血を引いているとしばしば口にしていた（Bonaparte 187）。ソーントンにギャスケル自身の民族的・宗教的背景が投影されていることは、明らかである。

　『北と南』において、様々な点で背景の異なるマーガレットとソーントンの結婚は、『奔放なアイルランド娘』のホレイショーのように、マーガレットが政治的・宗教的に北部へ歩み寄ることによって可能になる。そもそも、マーガレットは、兄フレデリックの海軍における叛乱にかんして「残酷で気紛れな権力が不正に行使されたとき、その権力に公然と反抗するのは、より一層素晴らしいことだわ」（7: 103）と、兄の急進主義的な行動を肯定する政治的柔軟さ

を備えている。この柔軟さはマーガレットが後に労働者争議で積極的に労働者の立場に立ち、労働者の大義を擁護することを可能にする。また、かつて商工業者や産業資本家に対して根強い偏見を抱いていたマーガレットが小説の後半では「商業の発展を擁護していますわ」（7: 300）と述べるほどの変容を遂げる。このマーガレットの発言に対してベル氏は、冗談めかした口調で「ミルトンに住んだことで、お嬢さんはすっかり堕落しましたなあ。民主主義者、過激な共和主義者、平和協会の会員、社会主義者におなりだ」（7: 300）と慨嘆する。ベル氏のこの言葉は、保守主義的政治信条の持ち主であるマーガレットが、小説が進むに連れて、北部にかなり歩み寄っていることを示している。

　二人の結婚がいかなる政治的信条を象徴的に示すのかを考察する前に、小説の舞台になっているミルトンという都市に注目してみよう。北部産業都市ミルトンは、言うまでもなく、清教徒詩人のジョン・ミルトン（John Milton, 1608-74）を想起させる。彼はクロムウェルと並んで、主要な非英国国教徒の英雄の一人である。ギャスケルが北部産業都市をミルトンと命名したのは、ミッチェルが指摘しているように、この都市に非英国国教徒の精神を体現させたかったからであろう（Mitchell xx）。さらには、「英国国教徒の女性マーガレット、非英国国教徒の彼女の父、不信心者ヒギンズがそろって跪いた。そのことは彼らにはなんの害も及ぼさなかった」（7: 216）という描写が示すように、産業都市ミルトンに、宗教的寛容さをも具現化させようとしている。

　先に指摘したように、国民小説はロマン主義時代の作家にとって自己の政治的メッセージを伝える場であった。ギャスケルは、ミッチェルが指摘するように、イギリスの政治的・宗教的な体制をユニテアリアンの立場から見ていた（Mitchell xxi）。英国国教徒であるマーガレットの政治的変容、宗教的寛容さ、そして彼女と非英国国教徒の精神を体現している北部人ソーントンとの結婚には、ギャスケルのユニテアリアンとしての思いと批判が、象徴的に示されていると言えよう。思いとは英国国教会が非英国国教徒に歩み寄る寛容さが必要であるというものであり、批判とは南部の英国国教徒が中心となって行っている政治の現状に対してである。

5．スコットの影のもとに

　『シビル』と『北と南』は、それぞれの作品に潜む政治的メッセージに関しては、ユダヤ系イギリス人でトーリー党の政治家とユニテアリアンで牧師の妻という二人の政治的・宗教的な立場を反映して、際だって対称的である。しかし、プロット展開や二つの枠組みの利用の仕方、人物造型などの点では驚くほど類似している。両作品の類似は何に由来しているのであろうか。

　ジェニー・ユーグロウ（Jenny Uglow）は、ギャスケルが「物語の書き方を求めて絶えず読書に頼っていた」（Uglow 44）と指摘している。では、ギャスケルは『北と南』を執筆する際に、同じテーマを扱っている『シビル』を参考のために、読んで見ようとは思わなかったのだろうか。ディズレイリは、庶民院で世間の注目を集める演説を行い、1852 年には大蔵大臣を務めるなど、世間的には名を知られている政治家である。しかし、ギャスケルの書簡や小説には、ディズレイリに関する言及は一切見受けられず、ギャスケルが『シビル』を読んだという証拠はない[4]。

　ギャスケルとディズレイリ、それぞれが別々に国民小説の創始者ともいうべきオーエンソンの作品を読み、国民小説というジャンルの持つ様々な可能性に触発されたということはありうるだろう[5]。オーエンソンの小説はベストセラーになり、貸本屋には作品が常備されていた（Kirkpatrick xix）からである。二人は、オーエンソンの作品を読んだ可能性はあるが、両者の小説や書簡において、オーエンソンに関する言及はほとんど見あたらない[6]。

　オーエンソンの開拓した国民小説を継承し、発展させた作家であるスコットの作品が、ディズレイリとギャスケルに国民小説のプロット展開や枠組みを提供した可能性はある。スコットは、ギャスケルやディズレイリが若い頃にはもっとも人気のある小説家の一人であった。しかも、スコットの作品は、道徳的に健全と見なされ、未婚の女性でも読むことが許されていた（Uglow 40）。ディズレイリは、小説にはあまり関心をもたなかったが、スコットの作品だけは読んでいた、とロバート・ブレイク卿（Lord Robert Blake）は指摘している（Blake 191）。ギャスケルに関しては、彼女の従兄弟ヘンリー・ホランドがスコットの親しい友人であった（Uglow 17）こともあって、ギャスケルはスコットの小説をかなり読み込んでいた。彼女の小説や書簡において、スコット

の『アイヴァンホー』（*Ivanhoe*, 1819）、『ケニルワース』（*Kenil-worth*,1821）、『ラマムアの花嫁』（*The Bride of Lammermoor*, 1819）に対する言及があることは、その証左と言えよう（Rubenius 320-21; Uglow 40）。

　ギャスケルとディズレイリはそれぞれ、スコットの国民小説を読破し、国民小説に用いられたプロット展開、枠組み、小説技巧に魅せられ、自己の作品を構築する際に、時には自己のテーマに沿うように修正をほどこしたり、時にはそのまま模倣したり、借用したりしたのであろう。その結果、『シビル』と『北と南』は、政治的メッセージは対極に位置するものの、小説の構造や技巧の点では驚くほど似通った作品となったのではないか。

注

1. 国民小説・歴史小説と並列して記したが、この二つの小説ジャンルは、19世紀初頭に登場し、当時もっとも人気のある小説ジャンルであった。この二つの小説ジャンルは互いに依存し合い、重なり合い、侵食し合い、影響し合っており、プロット、登場人物の性格造型、小説の枠組みなども酷似している。強いて違いを言えば、国民小説は場所や地理的な側面に重点をおき、歴史小説は時間的な面に強調をおく。どちらも、歴史的変化を通して喪失と成長のプロットを語る（Trumpener 130-141; Ferris 49-50）。本稿では歴史小説・国民小説と併記するのは煩雑なので、国民小説とのみ記載することにする。

2. 小説の中盤までは、シビルの愛犬ハロルドがヘイスティングズの戦いで戦死したサクソン王ハロルドにちなんで命名されたということ、エグリモントが初めてジェラード家を訪れたとき、シビルはオーガスタン・ティエリ（Augustin Thierry, 1795-1856）の『ノルマン人によるイギリス征服史』（*History of the Conquest of England by the Normans*, 1825）を読んでいたことなどが示すように、ジェラード家はサクソン系であることが示唆される。しかし、小説の終盤で、ジェラード家はノルマン系貴族の末裔であることが唐突に示される。ニコラス・シュリンプトン（Nicholas Shrimpton）は、この時点でジェラード家はノルマン系に、エグリモントのほうはサクソン系に変貌すると論じる（Shrimpton xviii）。いずれにしろ、サクソン系とノルマン系の結婚であることには変わりはない。

109

比較で照らすギャスケル文学

3.　拙稿、「『北と南』とロマン主義時代の歴史小説」において、『北と南』が歴史小説・国民小説の系譜に連なる作品であることを論じた。一部重複する箇所があることをお断りしておく。

4.　ユーグロウによると、ギャスケルは知人のマーク・フィリップス(Mark Philips)が、ディズレイリの『カニングズビー』に登場するミルバンク氏のモデルであることを知っていた（Uglow 300）。小説の中でフィリップスがどのように描かれているのかという好奇心に刺激されて、『カニングズビー』のみならず他のディズレイリ作品をギャスケルが読んでいたのではないかと推測しても、あながち誤りではないように思われる。

5. 国民小説『奔放なアイルランド娘』は出版後 2 年間のうちに英米で 9 版を重ね、1813 年にはロングマン社から 5 版を刊行。1846 年、1850 年には出版業者ヘンリー・コルバーン（Henry Colburn, 1784-1855）の『標準小説集』（*Standard Novels*）にも収録されている。オーエンソンの他の国民小説『オドンネル――国民小説』（*O'Donnel: A National Tale*, 1814）、『フロレンス・マカーシー――アイルランドの物語』（*Florence Macarthy: An Irish Tale*, 1818）そして『オブライエン家とオフレアティ家――国民小説』（*The O'Briens and the O'Flahertys: A National Tale*,1827）もコルバーン社から刊行されている。ディズレイリも『シビル』をコルバーン社から出版しており、オーエンソンの作品を目にしている可能性はある。

6.　ディズレイリの妻メアリー・アン(Mary Anne)は、オーエンソンの友人であった。オーエンソンは、1812 年に医師のサー・トーマス・チャールズ・モーガン(Sir Thomas Charles Morgan, 1783-1843)と結婚し、レディー・モーガンとなる。ディズレイリは、1839 年 2 月 7 日付けのメアリー・アン宛ての書簡で「あなたの友人レディー・モーガン」（Blake, Appendix, "Disraeli's Letter to Mary Anne" 769）と記しているが、オーエンソンの作品を読んでいたか否かは不明である。

引用文献

Blake, Robert. *Disraeli*. 1966; London: Faber and Faber, 2010.

Bonaparte, Felicia. *The Gypsy-Bachelor of Manchester: The Life of Mrs.*

第 8 章　ギャスケルとディズレイリ——スコットの影のもとに

Gaskell's Demon. Charlottesville and London: UP of Virginia, 1992.

Chandler, Alice. *A Dream of Order: The Medieval Ideal in Nineteenth-Century English Literature*. Lincoln: U of Nebraska P, 1970.

D'Albertis, Deirdre. *Dissembling Fictions: Elizabeth Gaskell and the Victorian Social Text*. New York: St. Martin P, 1997.

Disraeli, Benjamin. *Sybil; or, The Two Nations*. Ed. Nicholas Shrimptpn. Oxford: Oxford UP, 2017.

Eagleton, Terry. *Heathcliff and the Great Hunger: Studies in Irish Culture*. London: Verso, 1995.

Ferris, Ina. *The Romantic National Tale and the Question of Ireland*. Cambridge: Cambridge UP, 2002.

Flavin, Michael. *Benjamin Disraeli: The Novel as Political Discourse*. Brighton: Sussex Acadimic P, 2005.

Gallagher, Catherine. *The Industrial Reformation of English Fiction. Social Discourse and Narrative Form., 1832-1867*. Chicago: U of Chicago P, 1985.

Henson, Louise. "History, Science and Social Change: Elizabeth Gaskell's 'evolutionary' Narratives," *GSJ* 17 (2003): 12-33.

Kirkpatrick, Kathryn. "Note on the Text." *The Wild Irish Girl*. By Sydney Owenson. Oxford: Oxford UP, 1999.

Lansbury, Coral. *Elizabeth Gaskell*. Boston: Twayne, 1984.

Lew, Joseph W. "Sidney [sic.] Owenson and the Fate of Empire," *Keats-Shelley Journal* 39 (1990): 39-65.

Mitchell, Charlotte. Introduction. *Novellas and Shorter Fictions II. The Works of Elizabeth Gaskell*, vol. 3. London: Pickering & Chatto, 2005. ix-xxv.

O'Kell, Robert. *Disraeli: The Romance of Politics*. Toronto: U of Toronto P, 2013.

Owenson, Sydney. *The Wild Irish Girl: A National Tale*. Ed. Kathryn Kirpatrick. Oxford: Oxford UP, 1999.

Rubenius, Aina. *The Woman Question in Mrs. Gaskell's Life and Works*. In *Essays and Studies on English Language and Literature*, V. Ed. S. B. Liljegren. The English Institute in the U of Uppsala, 1950.

Shrimpton, Nicholas. Introduction. *Sybil; or, The Two Nations*. By Benjamin Disraeli. Oxford: Oxford UP, 2017. vii-xxiv.

Trumpener, Katie. *Bardic Nationalism: The Romantic Novel and the British Empire*. New Jersey: Princeton UP, 1997.

Uglow, Jenny. *Elizabetn Gaskell: A Habit of Stories*. London: Faber and Faber, 1993.

鈴木美津子「「異郷への旅」と「結婚による融合」——シドニー・オーエンソンの構築した国民小説、地域小説の枠組み」、鈴木美津子・玉田佳子・五弊久恵・吉野由利『女性作家の小説ジャンルへの貢献と挑戦——デイヴィス、ヘイウッド、エッジワース、オーエンソンの場合』英宝社、2008. 105-52.

---.「『北と南』とロマン主義時代の歴史小説」、『生誕200年記念エリザベス・ギャスケルとイギリス文学の伝統』大阪教育図書、2010. 347-358.

第 9 章

ギャスケルとディケンズ——郵政改革前後の手紙と犯罪

松岡　光治

Mary Barton（1848）の年老いた Alice Wilson がまだ若い頃、同じマンチェスター在住の兄 George が湖水地方の実家に住む母親の死を手紙で知らされ、すぐに馬車で出発したことがあったが、到着時に埋葬はすっかり終わっていた。手紙の輸送に鉄道が利用される前の時代で、「郵便配達が今とは違っていた」（5: 33）から、知らせの手紙が途中で滞っていたのだ。*My Lady Ludlow*（1858）の年老いた語り手も、自分の子供時代と当節の郵便事情の落差について作品冒頭で詳述している。1840 年代に投資・建設ラッシュとなった鉄道によって、それまで「6 人乗りの馬車で 2 日かかっていた旅」の所要時間が 2 時間に短縮され、鉄道網の発達で迅速かつ大量に運ばれるようになった郵便物は、「週 3 回（スコットランドの田舎では月 1 回）しかなかった配達が毎日 2 回」（3: 145）になった。しかし、送られてくる回数が増えれば、「本のように熟読玩味されていた」昔の手紙とは違い、「素っ気ない、ぎくしゃくした短信」が多くなり、人と人とのつながりを促進するはずの現代社会の SNS と同じように、取り返しがきかない様々な誤解によって人間の心の絆も切れやすくなる。*Cranford*（1851-53）の語り手 Mary Smith が、インドで行方不明になった Peter Jenkyns とおぼしき人物に宛てた手紙を出す際に、以下に述べる郵政改革で導入されて間もない郵便ポストに入れた瞬間に抱く「過去の人生同様に取り返しがきかない」（2: 275）という不安は、手紙が人から人へ途切れることなく手渡されていた時代にはなかった感覚であろう。

　鉄道の発達とともにヴィクトリア朝初期の郵便事情を激変させたのが、「近代郵便制度の父」と呼ばれる Rowland Hill による 1840 年の郵政改革、とりわけ半オンスまでの郵便物はイギリス国内どこでも均一の配達料金とする 1 ペニー郵便制（Penny Post）である。その年の 5 月には黒地に Victoria 女王の横顔が描かれた Penny Black という世界初の郵便切手も発売された。この改革の目的は遠く離れた肉親や親友とのコミュニケーションを促進することであったが、その弊害として商品の宣伝や金品の搾取といった目的で多量の手紙が無差別に

送られることになった。事実、ロンドンの郵便局が配達した手紙は、導入前には週 160 万通だったのに、導入後の週には 320 万通へと倍増している。さらに、そのような数量の増加と、料金前納の切手（それ以前の郵便料金はほとんど受け取る側が払い、先払いは相手への社会的侮蔑と考えられた）や柱状郵便ポスト（pillar box）の普及によって郵便局員との接触がなくなったことで、差出人の匿名性が一気に高まった。これは産業革命とともに人口が急増して巨大化した近代都市社会で担保された個人の匿名性と通底している。

　本稿では、時代背景が郵政改革以前と以後に設定された Gaskell と Dickens の作品を取り上げ、プロットの仕掛けとしての手紙と犯罪、特に脅迫 (blackmail) の問題に焦点を定め、手紙に書かれた秘密を暴露するぞという脅迫と、脅迫のツールとしての手紙の悪用・乱用とについて考察する。手紙と犯罪の問題は愛情と金銭が動機となることが多いものの、鉄道や郵便の発達による急激な社会変化がもたらした心理的な問題も絡んでいるので、一緒に分析することで両作家の類似点と相違点を明らかにしたい。

１．秘密の手紙に関する脅迫

　Wives and Daughters (1864-66) の舞台は、作品冒頭に「45 年前の田舎町」や1832年の「選挙法改正法案の可決前」(10: 4) という言及があるので、1820 年代と思われるが、連載当時の読者にとって興味深いことに、[1]　1860 年代から流行したセンセーション・ノヴェルの要素として、この小説には主人公 Molly Gibson を巻き込む二つの大きな情事の秘密がある。一つは彼女が預けられた地主の Hamley 家の長男 Osborne に身分の低いフランス人の妻と息子がいたという秘密、もう一つは彼女の父親の再婚相手 Kirkpatrick 夫人の娘、Cynthia が 16 歳の時にドレスの代金 20 ポンドを Cumnor 伯爵家の土地管理人 Preston から借りる担保として、20 歳で結婚すると約束していたという秘密である。後者の秘密は、Cynthia が Preston に書いて送った 7 通の手紙という形で相手に握られており、その手紙の証拠によって彼女は脅迫され、結婚を迫られている。

　Molly は Cynthia の秘密の手紙を取り戻すべく、Preston が大人の女性ではなく「少女が書いた手紙」(10: 390) を使って結婚を迫ること、そして手紙を振りかざして「脅迫の手段として」使うことが、「紳士として」あるまじき行為である点を指摘することで成功を収める。そうした彼女の指摘と成功は現代の読者には説得力に欠けるように思えるが、当時の読者にとってはそうでもな

第9章　ギャスケルとディケンズ——郵政改革前後の手紙と犯罪

かった。[2] この作品で Gaskell が提示した有産階級の価値観によれば、Preston のように「ハンサムであることを自覚している」(10: 123) 人間は往々にして道徳性に問題がある。従って、人間の外面と内面は乖離するという価値観が支配的な階級において、Preston のような男は紳士としての世間体 (respectability) を誰よりも気にかけなければならない。伝統的に、紳士像の形成には騎士道の必要条件として武勇 (prowess) や勇気だけでなく、淑女への献身やその保護も求められたので、Cumnor 伯爵家にとって「獣性を秘めた、雑菌のような人間とも言える下層階級の他者」(d'Arbertis 145) でありながら、「上流社会の出入りを許されるほど優れた体育活動で名を馳せた」(10: 123) この土地管理人は、弱い女性を脅迫したという自分の行為が「紳士や、立派な人や、男らしい人であれば、我慢できないこと」として見なされるのを恐れているのだ。

> He felt at once that he should not dare [to refuse Lord Cumnor]; that, clever land-agent as he was, and high up in the earl's favour on that account, yet that the conduct of which he had been guilty about these letters, and the threats which he had held out about them, were just what no gentleman, no honourable man, no manly man, could put up with in any one about him. (10: 392)

ここで看過できない点は Molly もまた Preston を脅していることである。彼女は彼の所業を、Lady Harriet Cumnor を通して、その父親で彼の雇い主でもある Lord Cumnor に伝えてもらうと脅しているのだ。これは「脅迫には脅迫を」という旧約聖書的な同害報復の形をとっているものの、実際には、相手の男性に雇い主を「はねつける勇気がない」ことを見越した女性の側にむしろ、現実問題に対応できる「勇気」があるというジェンダーの問題にすり替えられている。

　Gaskell 作品では貧困のせいで死ぬ登場人物は枚挙にいとまがないのに対し、犯罪の報いとして死ぬ人物は非常に少ない。Dickens の場合は、遺書を隠匿した Clennam 夫人を脅迫する悪党 Rigaud が家の崩壊で圧死する *Little Dorrit* (1855-57) でも、学校教師による殺人の現場を目撃して脅迫する悪漢 Riderhood が溺死する *Our Mutual Friend* (1864-65) でも、良心のない悪人の脅迫は因果応報で処罰されるが、そうした完全な悪人は Gaskell の場合は数えるほどしかいない。キリストの死と復活による罪の赦しが基盤となる英国伝統

115

のユーモアに富む *Wives and Daughters* にも完全な悪人は登場しない。秘密の手紙を脅迫の手段として悪用した Preston は、Molly の勇気や凄味に圧倒された結果であるにせよ、紳士らしさの欠如を自覚して手を引いている。こうした脅迫者にも多少は罪悪感があることを暗示することで、Gaskell は彼の罪を赦して不問に付しているのだ。Dickens 作品でも、*A Christmas Carol* (1843) の Scrooge のように時代精神や社会風潮の影響で良心を抑圧していた人物は、最終的に罪を悔いて赦される。だが、赦されるだけでは済まず、生まれ変わって善人にさえなってしまう。善悪の間で揺れる人間の魂の葛藤（psychomachia）が描かれる場合でも、最後は登場人物が勧善懲悪に従って両極に分けられる。素人演劇にも熱中した Dickens はそうしたメロドラマの要素を作品に注入せずにはおれないのである。

2．金銭授与を伴う手紙による脅迫

Ruth (1853) の時代設定は *Wives and Daughters* よりも少し後の 1830 年代後半である。お針子 Ruth が紳士階級の青年 Henry Bellingham にだまされて馬車でロンドンへ連れ去られたのが 5 月で（6: 92）、[3] 二人の子供 Leonard の誕生が翌年 2 月であるから、彼女はすぐ妊娠していたことになる。7 月に二人で北ウェールズに来てから Bellingham が脳炎にかかった時、医師からの手紙で駆けつけた母親は容態を尋ねに来ただけの Ruth について息子に次のように言っている。

> 'Henry, there is something I must speak to you about; an unpleasant subject, certainly, but, one which has been forced upon me by the very girl herself; you must be aware to what I refer without giving me the pain of explaining myself.' (6: 67)

性の二重規範に守られた紳士という免罪符を持つ若者が労働者階級の美しい娘を誘惑し、その娘が妊娠して捨てられ、街の女に堕し、最後に投身／入水自殺することは、ヴィクトリア朝では見慣れた日常の光景であった。[4] その点からも、Bellingham 夫人が Ruth に強要されたと偽る「不愉快なこと」とは、幼くして母を失った「無邪気で雪のように汚れのない」(6: 35) 娘には考えも及ばない ── 夫人が紳士階級の日常茶飯事として勝手に思い込んでしまい、リスペクタビリティゆえに口にしたくない ── 妊娠のように思えてならない。

116

第9章　ギャスケルとディケンズ——郵政改革前後の手紙と犯罪

　Bellingham 夫人は自分の分身である息子の不始末の原因と責任をすべて Ruth に投影し、自分たちとは無縁の罪として処理しようとする。その際、夫人は旅籠を出立する前に彼女に残した短い手紙の中で、本来は息子に対して求めるべき悔い改めを彼女に強要し、堕ちた女のための更生所（penitentiary）に入ることを強く勧めるとともに、妊娠という不愉快な「ことを見事に／気前よく処理する（do the thing handsomely）」(6: 69) ために 50 ポンドの銀行券を手紙に同封している。これは罪悪感を抑圧するための自己欺瞞的な行為であり、その銀行券は自分の息子を救うために必要な免罪符の代金に他ならない。金を与えることで Ruth に悔い改めを強制しようとする Bellingham 夫人の手紙は、主たる目的が相手から金を受け取ることにある普通の脅迫状とは金の流れが逆であるものの、相手を畏怖させて目的を遂げる点では同断である。

　手紙で脅迫する思考は母親から息子にも受け継がれている。誘惑後に捨てられた Ruth の前に再び姿を見せた時、彼は名前を Donne に変えていた。この名前の皮肉な暗示として、Jenny Uglow は男女関係の「終わり（concluded, finished）」(332) を指摘しているが、下院議員の候補者として重要なリスペクタビリティを考えるならば、「社会的容認（socially acceptable）」(COD) を読み取ることも可能だろう。Bellingham が Ruth との復縁を求めるのは彼女の身体的な美しさに Bradshaw 家のガヴァネスという見苦しくない社会的な地位が備わったから、そして自分たちの息子の存在を知って引き取りたい気になるのは下院議員にとって世間体の脅威となる私生児をなんとかしたいから、と解釈できないこともない。いずれにせよ、彼がエクレストンの郵便局留めで Ruth に送った匿名の手紙は、「坊やの幸せは君が要請に応じるか否かにかかっている」(6: 216) と書かれている点で、まさに脅迫状の名で呼ばれるべきものである。

　Bellingham の脅迫癖は、母の弱みに付け込んだ「（息子の）教育費に糸目はつけない」(6: 219) という提案にも見られるが、それは Bellingham 夫人の金銭授与による脅迫とは似て非なるものである。なぜならば、「ぼくの一言がエクレストンの善良な人々に真実を悟らせる（undeceive）ことになる」(6: 221) という秘密暴露の脅迫は、常に Ruth をだます癖がある彼の卑劣さを浮き彫りにするからだ。とはいえ、この性悪な男がチフスに感染しても死ぬことはない。作者は、彼の看護と救命の代償としての Ruth 自身の死を通して、十字架上のイエスの贖いの愛を読者に想起させたかったのであろうが、*Wives and Daughters* の Preston の場合のように、ここでも Bellingham の罪は不問に付さ

117

れている。川で溺れかかった子供の命を救うという Bellingham の自己犠牲的な行為が第 2 章で描かれているのは、Ruth に彼を英雄視させるためだけではない。それは同時に彼の罪を最終的に不問に処す、つまり赦すようにするための伏線だったのではあるまいか。イエスが「無慈悲な負債人のたとえ話」（Matt. 18: 21-35）で力説した真理に従い、Gaskell は Ruth のように自分の罪の赦しを神に願うことが他人を赦すことと密接に関係していることを示そうとしているのである。

　Dickens は堕ちた女を特別施設（Urania Cottage）に隔離したり、*David Copperfield*（1849-50）で海外移住させたりしたが、Gaskell は Ruth を Bellingham 夫人が推薦した更生所に隔離するのではなく、非国教徒の牧師 Thurstan Benson の自宅で更生させている。Thurstan は Ruth を堕ちた女の汚名から守るために姉 Faith と一緒に嘘をつくが、その罪が神に赦されるのは「主イエスであればなされたように」（6: 89）彼が Ruth の罪を赦しているからである。Dickens の作品にも罪と赦しの場面は多いが、赦す側はほとんど罪悪とは無縁の天使のような善人——罪を犯されたと思っていないので赦す必要性を感じない人々である。*Dombey and Son*（1846-48）のヒロイン Florence などは、自分を追い出した父親に求められる前から赦しを与え、逆に、家を出た自分自身の罪の赦しを乞うている。これは赦しを求めることも与えることもしない父親の高慢さという罪への皮肉であるが、同時に、神が裁くためでなく救うために遣わしたイエスの無償の愛をヒロインに体現させずにおれない Dickens の性格を雄弁に語っている。

３．雨あられと降って来る手紙

　オックスフォード大学出版局の書簡集で 12 巻に及ぶほど膨大な数の手紙を家族や友人・知人に書き送っていた Dickens の作品には、手紙がプロットの展開において重要な役割を果たすものが少なくない。とりわけ作品の構成やテーマと深く関わっているのが *Bleak House*（1852-53）である。この小説の題名に使われた「荒涼館」は 1851 年に開催されたロンドン万博の水晶宮のパロディー、そして物質的繁栄とともに様々な問題を抱えていた当時の英国社会の縮図として捉えることができる。そのような出版前の社会問題や時事問題の一つとして、郵政改革に付随する弊害としての手紙の悪用・乱用がある。

　アフリカ大陸での「望遠鏡的博愛（Telescopic Philanthropy）」（44）に熱中し、身辺の家事や育児には全く無関心な Jellyby 夫人は、個人や団体との通

第9章　ギャスケルとディケンズ──郵政改革前後の手紙と犯罪

信のために長女 Caddy を無給の書記（unpaid amanuensis）として使い、大量の手紙を口述筆記させている。「たった1日でアフリカ関係の手紙を150通から200通も受け取り、一つの郵便局から一度に5,000通もの案内状（circulars）を送った」(51) こともある。また、彼女を含めた多くの自称・博愛主義者たちが、準男爵 Sir Leicester Dedlock に寄付金を求める手紙をたくさん書き送っている。こうしたことが可能になったのは言うまでもなく1ペニー郵便制のおかげである。

　この小説のヒロイン Esther Summerson は Sir Leicester の奥方 Lady Dedlock が結婚前に Captain Hawdon との間に儲けた私生児であるが、この父が書いた過去の恋文が母の道徳的な罪の証となり、その手紙を入手した Dedlock 家の顧問弁護士 Tulkinghorn の脅迫を招いている。ただし、彼の脅迫の目的は金や性の強要ではなく、Lady Dedlock に対して生殺与奪の権を握ることにある。それは、美と富によって「成り上がった彼女（floated her upward）」(19) が、勤勉な中産階級の男性にとっては屈辱的な上流階級の「軽視と無礼（slights and offenses）」(423) を体現している点で、複雑な階級意識から生じた脅迫だと言える。この顧問弁護士に結婚前の Sir Leicester は全幅の信頼を寄せ、何よりもプライオリティを置いていたが、そうした関係は（たとえ主従関係であったにせよ）男性のホモソーシャルな関係への Tulkinghorn の欲望を満たしていたと考えられる。

　家父長制社会に特有のホモソーシャルな関係を重視する Tulkinghorn は、Lady Dedlock やフランス人女中の Hortense に関して「女は地球のあらゆる所で迷惑をかけるようにできている」(613) と述べている点からも、男同士の絆を最優先する女嫌いだと言ってよい。男性の知り合いについて「不幸の4分の3の原因は結婚にある」(609) と断じる Tulkinghorn は、Sir Leicester に独身のまま自分の腹心の友でいてほしいと思っていたはずだが、主人の結婚によって彼の優先順位は Lady Dedlock よりも下位になってしまった。J. Hillis Miller は、Tulkinghorn が奥方の過去の秘密を知っても、その利用も暴露もできないことから、知ること＝支配することの不首尾を読み取っている (173)。だが、奥方の秘密の手紙を握ったとはいえ、それを明るみに出してしまえば、Tulkinghorn が「考慮すべき唯一のもの」、つまり彼女を溺愛する Sir Leicester の「感情と面目、そして一族の名声」(610) が崩壊し、男性のホモソーシャルな関係に基づく自分自身の存在意義も失われてしまう。従って、奥方の秘密の手紙を使って彼女に物理的な脅迫をするのではなく、従来どおりの生活を

続けさせながら彼女を支配できる精神的な脅迫を実践しているのだ。それは彼女が過去の不謹慎な行為を自分から明かさないようにするための脅迫である。脅迫は、秘密を公表されたくない心理状態にある人間に対しては功を奏するが、実際に明るみに出てしまうと、Gaskell の "Right at Last"（1858）で召使に秘密を握られて手紙で脅迫された夫に代わって妻が返事の手紙で脅迫を退ける時（3: 105）のように、その効力は無に帰し、秘密を公表した脅迫者は何の利益も得られない。

　Tulkinghorn は金持ちや権力者に対する支配欲が強い反面、利用して捨てることのできる人間には関心を払わない。嫉妬深い言動によって解雇された女中 Hortense の恨みを買って殺されるのはそのためだ。Hortense は Tulkinghorn による Lady Dedlock の秘密に関する調査を手伝うが、見返りがなかったことで激怒のあまり彼を殺害し、[5] その嫌疑が自分を解雇した奥方にかかるようにする。具体的には、Dedlock 家の女中頭 Rouncewell 夫人と Bucket 警部にそれぞれ匿名の手紙を出すのだが、前者は死体発見の新聞記事を貼って殺人犯の名前を書いた手紙（787）で、後者は Lady Dedlock を真犯人に仕立てて Sir Leicester と警部の家に続々と届くように乱用された手紙である。

> '. . . Now, open that pocket-book of mine, Sir Leicester Dedlock, . . . and look at the letters sent to me, each with the two words, LADY DEDLOCK, in it. Open the one directed to yourself, which I stopped this very morning, and read the three words, LADY DEDLOCK MURDERESS, in it. These letters have been falling about like a shower of lady-birds. . . .' (771)

ここでの注目点は Bucket 警部が「テントウムシのような手紙が雨あられと降って来る」と述べていることだ。[6] こうした比喩は現代の読者には違和感があるだろうが、当時の手紙は今の定型と違ってカラフルで小さい自家製のものが多く、[7] 表には 1 ペニー郵便制で発行された Penny Black が貼られ、裏には封印として赤い封蝋が頻用された（ただし、1841 年には Penny Black が Penny Red に、消印が赤褐色から黒へ変更された）ことから、赤黒模様のテントウムシは当時の読者にとって手紙と容易に結び付くイメージであった。

　Bucket 警部が自分の家の下宿人 Hortense を真犯人として突き止めることができたのは、Lady Dedlock に対する讒言の手紙を書いてポストに投函する彼女の姿が、その監視を頼まれた警部の妻によって何度も確認されていたからで

ある。この種の犯罪が、解雇された労働者階級の貧しい女中でさえ、1ペニー郵便制の恩恵を受けて、郵便局で顔を見られることなく、切手を貼った手紙を郵便ポストに投函できるようになった郵政改革の弊害であることは間違いない。

4．郵政改革の功罪

　郵政改革によってテントウムシのように雨あられと降って来たのは手紙だけではない。匿名で出されていたヴァレンタイン・カードもまたそうだ。[8] このカードは、1ペニー郵便制がヴィクトリア朝の人々に男女関係で装う必要のある慎み深さ（prudery）を保証してくれた切手貼付によるポスト投函とその匿名性のおかげで爆発的に流行し、1841年にはイングランドで約40万通、30年後の1871年にはロンドン中央郵便局だけで、その数の3倍が取り扱われた。この中央郵便局について、Dickens は *Household Words* 創刊号（March 30, 1850）で Gaskell の短篇 "Lizzie Leigh" に続けて、Rowland Hill の友人でもあった編集助手 W. H. Wills との共同執筆で "Valentine's Day at the Post Office" を掲載している。この記事では郵送される新聞の最終収集時間（夕方6時）直前の混雑ぶりが活写されているが、同じ場所・同じ時刻の人込みを描いた絵画としては、G. E. Hicks の *The General Post Office at One Minute to Six*（1860）が有名だ。最後の収集時間に間に合うように貧乏人を含めた様々な階級の人間がひしめく状況は、郵政改革が階級を均一化したことを示唆するとともに、ごった返す中で同じ窓口の方向を見ている人々に周囲とのコミュニケーションがない点では、産業革命で大都市に流入した近代人の孤立感や疎外感を暗示している。

　画期的な発明品や考案物には必ず功罪がある。社会問題化する様々な弊害の共通点としては、人間の生活に快適さと便利さを与える反面、恩恵に浴せない人間を周縁化することで、従来の社会格差をむしろ広げてしまうことが挙げられる。*Bleak House* の浮浪児 Jo は「人々が読み書きし、郵便集配人が手紙を配達するのを見ても、その言葉が少しも分からない」（236）ので、郵政改革の恩恵を受けることなく、社会システムの埒外に追いやられてしまう。William Turner は、*Rain, Steam and Speed: The Great Western Railway*（1844）において、雨の中で蒸気を上げながらテムズ河の橋を猛スピードで疾走する機関車に産業革命による近代化を象徴させたが、浮浪児の Jo は機関車の前を必死に横切ろうとする（恩恵に浴している人間には見落とされてしまう）小さな野ウサギに似ている。*Cranford* では、この野ウサギのように線路を渡っていた女の

子の救出時に退役軍人 Brown 大尉が轢死するが、彼は時代のブームに乗った鉄道に勤務していただけでなく、売り出し中の Dickens の新刊を愛読してもいたので、Gaskell は前世紀の Johnson 博士の大げさな文体を真似て「手紙を書くこと（Epistolary writing）」（2: 172）が得意な Deborah Jenkyns をむしろ鉄道事故で死なせるべきだったかもしれない。Dickens の *Little Dorrit* では、イギリスの最新の郵便事情を知らない外国人 John Baptist Cavaletto が、ロンドンの街中を暴走する郵便馬車に轢かれて大怪我をするが、事故を見ていた老人は「起訴して罰金に処してやらんといかんな、郵便馬車の奴らは！」（137）と憤っている。このような事故が不問に付されて弱者が泣き寝入りを強いられていることについて、Dickens は政府の責任が問われない（作品の原題でもある）"Nobody's Fault" というテーマと関連づけている。この小説では社会が牢獄のイメージで捉えられているが、鉄道が産業発展とその破壊力の象徴となっている *Dombey and Son* 以降、Dickens の悲観的な社会観は様々なイメージや象徴で示されるようになる。

　それに対して Gaskell の場合、楽観的な自由放任主義（レッセ・フェール）から生まれた「イングランドの現状問題」に対して提示される解決策は、同じ楽観主義に基づくキリスト教的干渉主義や父親的温情主義（パターナリズム）である。彼女は、科学やテクノロジーの発達のみならず郵政改革についても、基本的には未来志向の楽観主義者だったと言ってよい。本稿の冒頭で言及した *Cranford* の語り手 Mary Smith は導入された直後の郵便ポストに不安を覚えたにもかかわらず、Peter Jenkyns の母親が出しても届かなかった過去の古い手紙を受け継ぎ、新たに書き直した手紙を送って彼をインドから帰国させることによって、郵政改革以前の郵便システムの不備（誤送や遅配）がもたらした肉親関係の断絶を修復している。女装の罪で家父長制の典型的な父親に打擲されて家出した息子と残された肉親の姉 Matty との絆を（Tulkinghorn が Sir Leicester と維持しようとした絆とは逆の）女同士の絆として郵政改革後に再び結んでいるのだ。「紐（string）」の収集が Mary Smith の「大好きなこと（weakness）」＝「奇矯な趣味（foible）」（2: 200）で、「輪ゴム（Indian-rubber ring）」が「大切な宝物」だという些細な表現に意味を見出す読者であれば、Gaskell が彼女に遠隔地の肉親や親友との絆の維持・強化を目的とした郵政改革の功績を体現させている点で、その奇矯な趣味が決して「性格上の弱み（foible）」ではなく、実は大きな強みであったことに気づくだろう。[9]

第 9 章　ギャスケルとディケンズ───郵政改革前後の手紙と犯罪

注

1.　この小説には 1838 年開通の「バーミンガム・ロンドン間の新路線」(10: 493) への言及もあるが、そのような矛盾した時代設定は、Edgar Wright が指摘するように、読者が今いるのは科学技術の時代なのだという Gaskell の伝えたいことに比べると、（特に小説世界では）それほど重要ではない (195)。

2.　現代の読者にとっても説得力を持つとすれば、それは Coral Lansbury が述べているように、何が正しいかを Molly 自身に認識させ、道徳的な判断や指摘を（Gaskell の初期作品に見られるような）語り手の介入による声ではなく、登場人物自身の会話を通して行なっているからである (204-05)。

3.　「彼は馬車に乗るとウェールズに向かった」(93) と Felicia Bonaparte は述べているが、この勘違いはギャスケルが自分の新婚旅行先のウェールズをRuth の「最初の性体験の場所」として選んだという邪推から生まれたものだ。"The Well of Pen-Morfa" (1850) をはじめ、確かに「ウェールズを舞台にした小説では多くの女性が身を持ち崩す」(94) が、それは彼女が指摘するように "Welsh" が "wild" と類義語であるからではない。"Welsh" の語源はドイツ語の *welsch* [foreign] である。当時のイングランドの紳士階級から見れば、ウェールズは強奪を正当化される異国の他者であり、Ruth は Bellingham による強奪が正当化されるような周縁化された他者の身体にすぎない。

4.　例えば、G. F. Watts の *Found Dead* (c. 1850) は投身自殺の名所であったウォータールー橋の下に打ち上げられた堕ちた女を、Augustus Egg の連作 *Past and Present* (1858) の第 3 図はテムズ河畔のアーチの下で赤ん坊を抱えた入水自殺直前の堕ちた女を物語風に描いている。

5.　*Cousin Phillis* (1863-64) にも 1 ペニー郵便制への言及があり、「雨あられ」としては「川の流れ (the never-ending stream of notes and letters which seem now to flow in upon most households)」(4: 434) のイメージが使用されている。ただし、その恩恵を作品の舞台である「人里離れた地域」は受けておらず、カナダに赴任した鉄道技師 Holdsworth の結婚予定を知らせる手紙が語り手 Paul Manning に届いた時には結婚式はすでに済んでおり、それを知った従妹のPhillis はショックで病気になる。Dickens は *Bleak House* で Esther が浮浪児 Jo から感染する天然痘で社会の病弊 (social malady) を象徴させたが、Phillis の病気もまた最新の交通網や通信網が田舎にもたらす弊害の象徴として解釈することができる。

6．Jeremy Tambling は、Hortense が奥方から解雇されたあと Esther に雇って
もらおうとした点に着目し、彼女が奥方の過去の秘密に対する二人の抑圧願望
を代理で無意志的に行動化したものとして Tulkinghorn 殺害を捉えている
(96)。

7．郵政改革前の料金は距離や便箋の枚数で決まっていたので、枚数に換算さ
れる封筒はあまり使用されず、多くの手紙は便箋を折りたたんで（通例は赤い）
封蝋をしてから郵送されていた。「古い手紙」と題された *Cranford* の第 5 章
に「封筒が最初に流行し始めた時」(2: 200) への言及があるが、これは重さで
料金が決まった郵政改革後のことである。Penny Black と同時に（封筒のデザ
インを手がけたアイルランドの画家の名に因んで）Mulready と呼ばれる封筒
兼用便箋も発売されたが、やがて封筒に切手を貼る形式の手紙が主流となった。

8．ヴァレンタイン・カードに Mary Barton は Job Leigh が朗読した Samuel
Bamford の短詩を書き写す (5: 97) が、その一部は彼女の父が殺人を犯す時に
銃の詰め物として使用される。現実生活での Gaskell は手紙をもらう子供たち
と同様に「手紙を書くことが楽しみ」(*LG* 118) だったが、虚構の小説世界で
は手紙であれカードであれ、書き言葉によるコミュニケーションから生じる階
級間や個人間の誤解や対立を話し言葉による直接の対話で是正させることが多
い。

9．語句をその通常の意味の反対に用いる修辞法（antiphrasis）の例は *Wives
and Daughters* の冒頭にもある。Cumnor 伯爵はぶらぶらと小作人たちの所に
行って世間話をする習慣があるが、そのように「土地管理人と小作人たちの間
へ個人的に介入するという欠点 (failing)」(10: 5) は、自由放任主義に対して
キリスト教的干渉主義の重要性を説く Gaskell にとっては美点の謂いに他なら
ない。

第 9 章　ギャスケルとディケンズ─郵政改革前後の手紙と犯罪

＊本稿は科学研究費・基盤研究（C）平成 29～32 年度「ヴィクトリア朝文学
における郵政改革の影響とそれに伴う犯罪の社会心理学的研究」（課題番号：
17K02497）の研究成果の一部である。

引用文献

Bonaparte, Felicia. *The Gypsy-Bachelor of Manchester: The Life of Mrs. Gaskell's Demon.* U of Virginia P, 1992.

Chapple, John A. V., and Arthur Pollard, editors. *The Letters of Mrs Gaskell.* 1966; Manchester UP-Mandolin, 1997. (abbr. *LG*)

d'Arbertis, Deirdre. *Dissembling Fictions: Elizabeth Gaskell and the Victorian Social Text.* St. Marin's Press, 1997.

Dickens, Charles. *Bleak House.* Edited by Stephen Gill, Oxford UP, 1996.

---. *Little Dorrit.* Edited by Harvey Peter Sucksmith, Oxford UP, 1982.

Lansbury, Coral. *Elizabeth Gaskell: The Novels of Social Crisis.* Barnes & Noble Books, 1975.

Miller, J. Hillis. *Charles Dickens: The World of His Novels.* Harvard UP, 1958.

Tambling, Jeremy. *Dickens, Violence and the Modern State: Dreams of the Scaffold.* Macmillan, 1995.

Wright, Edgar. *Mrs. Gaskell: The Basis for Reassessment.* Oxford UP, 1965.

第 10 章

二人のフィリップ──『シルヴィアの恋人たち』と

『大いなる遺産』に見る男性の夢と挫折──

西垣　佐理

1．はじめに

　『シルヴィアの恋人たち』(1863)は、1790 年代のイギリス東北部の捕鯨の町モンクスヘイヴンを舞台とし、当時悪名高かった強制募兵隊(the press-gang)が一般の人々に及ぼした影響を描いた歴史小説であると見なされている。そのため、同時代の作家チャールズ・ディケンズ(1812-70)がフランス革命下のパリとロンドンを舞台に書いた『二都物語』(1857-59)と比較されることが多い。確かに、ヒロインであるシルヴィア・ロブソンの視点から見ると、強制募兵隊の存在が恋人、父親、そして夫を失う契機になっていることは明らかである。しかし、全体的な物語展開を見るなら、強制募兵隊の存在はあくまでも背景に過ぎず、本筋を成すのは男性主人公フィリップ・ヘップバーンが従妹シルヴィアに寄せる愛とその破綻の物語である。それゆえ、本作品は単なる歴史小説とは言いがたい側面を持ち、フランシス・オゴーマンが指摘するとおり、男女の三角関係に基づく恋愛物語という点からエミリ・ブロンテ（1818-48)の『嵐が丘』(1847)と比較して語られることも多い(O'Gorman xiii)。

　したがって、本作品を恋愛物語、とりわけ男性を中心とする恋愛物語として読むならば、ディケンズ作品においては『二都物語』よりもむしろ『大いなる遺産』(1860-61)と比較した方が興味深いと思われる。『大いなる遺産』もまた、主人公フィリップ・ピリップ（通称ピップ）が抱く女性への憧れとその夢の挫折を描いた物語だからである。ただし、結婚や恋に挫折した後の運命は、二つの物語において大きく異なる。『シルヴィアの恋人たち』のフィリップは、キンレイドが拉致されたことをシルヴィアに隠蔽していたが、それが露見してから彼女との結婚生活は破綻し、家を離れて惨めな暮らしを強いられ、最期は彼女に看取られて亡くなることになる。一方、『大いなる遺産』のピップは、

127

財産を失い病に陥ったものの、義兄のジョーによる献身的な看護によって回復し、利己主義にとらわれない新たな自己を得て生きていく。夢破れた二人の男性の運命を分かつものとは一体何だったのだろうか。

本論では、『シルヴィアの恋人たち』のフィリップの恋と挫折の顛末を、それとほぼ同時代に書かれた『大いなる遺産』のピップの例と比較考察することにより、ヴィクトリア朝時代の男性の恋愛と挫折の物語を分析し、当時のイギリス社会における男性性確立の問題を浮かび上がらせることを目指す。

２．男性の夢と自己中心的恋愛

まず、両作品に共通する男性性の問題について、歴史的背景を押さえておこう。ジョン・トッシュによると、ヴィクトリア朝時代の男性性とは「結局のところ本質的には自分自身の家庭の主人であること、妻や使用人たちと同様子供たちにも権威を発揮すること」(Tosh *A Man's Place* 89)と定義されている。『シルヴィアの恋人たち』の時代設定はヴィクトリア朝時代から数十年遡ってはいるが、トッシュが指摘するように、1750年頃から1850年頃にかけて産業革命や資本主義経済が発展すると共に、紳士階級や中流階級で男性性の発露を示す職業が軍人から事業家へと変化していった(Tosh *Manliness* 65)ため、男性性が経済力と結びついた時代という点において、ヴィクトリア朝時代との本質的な差異はないと考えられる。家庭を支える経済力の持ち主、すなわち家父長たることが男性性の本質であり、経済力をいかに獲得するかが当時の若い青年たちの課題であった。愛する女性と結ばれるか否かも、その如何によって決まるからである。ゆえに、フィリップもピップも、愛する女性と結婚するため、まず安定した経済的基盤を獲得することを夢見たのである。

例えばフィリップは、作品の舞台であるモンクスヘイヴンで花形とされる捕鯨業とはほど遠い職種である洋品店に勤務しているが、彼の目的は、経営者のフォスター兄弟から仕事ぶりを認められ、店の経営を任されることである。フィリップは「モンクスヘイヴンで一番の店の共同経営者という立派な地位に就き、シルヴィアを自分の妻に迎えて、彼女には絹のガウンと一頭立て二輪馬車を与えるという夢を見ていた」(9: 104)。かたやピップは幼い頃にミス・ハヴィシャムの館で彼女の養女エステラと出会い、遊び相手を務めるうちに思いを

第 10 章　二人のフィリップ
―『シルヴィアの恋人たち』と『大いなる遺産』に見る男性の夢と挫折―

寄せるようになるが、彼は基本的に鍛冶屋の徒弟であって、一人前の鍛冶屋になる以上の出世は見込めない。さらに、エステラに鍛冶屋の仕事を侮辱されたために、鍛冶屋という職業を軽蔑するようになり、エステラへの恋心から「紳士になりたい」（*GE* 125）という夢を持つに至る。そこで、彼の最初の先生であるビディに基礎的な学問を教わり自学自習にも努めるものの、やはり限界があり、ピップ自身にもエステラへの絶望的な愛情が「ひどく狂っていて見当違いであると分かって」（*GE* 127)いながら、彼女を諦めることができないでいる。

　このように、二人の男性主人公に共通する目的は、店の経営者や紳士など、経済的基盤に裏打ちされた社会的地位を得ることである。それが愛する女性を手に入れる必須条件とされているため、二人ともそのための努力は惜しまない。フィリップは実直な仕事ぶりが認められ、目論見どおりに用品店の共同経営者となって経済的自立を果たし、その経済力や実務能力によって従姉妹シルヴィアの一家を支えることになる。強制徴兵隊を襲撃して騒乱罪で逮捕された父親ダニエルの弁護士を探したり、精神的に病んでしまった母親ベルを援助したりすることで、フィリップはシルヴィアを妻として迎えることができた。まさに家族の生活を支える経済力があったからこそ、彼は愛する女性と結婚することができたのである。一方、ピップの場合は経済的自立が結婚には結びついていない。彼は、鍛冶屋の徒弟として修行している最中、匿名の人物より莫大な遺産の相続人として指名され、紳士になる夢が突然かなうことになった。彼はロンドンに出て紳士修行に励むが、エステラの心をつかむことができず、経済的自立を果たしても結婚という成果は得られない。さらに、遺産相続の本当の恩人が明らかになった後では、エステラと約束されていたはずの関係もピップの思い込みに過ぎなかったことが分かり、彼女は別の男性と結婚してしまうのである。これら両者の事例から分かるのは、経済力は男性の恋愛成就の必要条件ではあっても十分条件ではないということである。

　事実、フィリップとピップの恋愛に共通するのは、女性に対する愛情が一方的で利己的な思い込みであり、女性はそれを好意的に受け止めていない点である。フィリップの愛情は「我にシルヴィアを与えたまえ、さもなくば死を」

129

(9: 104)という極端なもので、まさに「利己主義以外の何物でもない」(9: 104)
し、ピップの方も、

> 「彼女がかつて鍛冶屋の子供であった自分と結婚すると運命づけられてい
> ることに深い感謝の念に打たれた。それからもし彼女がその運命にまだ熱
> 狂的に感謝することがないとしても、いつの日か自分に関心を抱いてくれ
> るようになるだろうか。今は音もなく、眠っている彼女の内なる気持ちを
> 自分が目覚めさせるのはいつになるだろうか」(*GE* 241)

と考え、その思い込みを期待としてずっと持ち続けているのである。

　こうした男性の自己中心的な愛情に対し、相手となる女性の気持ちは明確に
否定的である。シルヴィアにとって、物語の冒頭からフィリップは「最も会い
たくない相手」(9: 28)であり、彼女の「理想の夫はあらゆる点でフィリップと
は異なっていた」(9: 103)。にもかかわらず、当のフィリップはそうしたシル
ヴィアの気持ちに気付かない。その後彼からどんなに好意を寄せられても、シ
ルヴィアは「私は貴方の愛を受け入れることはできない」(9: 230)と述べてお
り、婚約してからも「私たちは合わない」(9: 252)と言い続け、物語の最後ま
で一度も彼を「愛している」と口にすることはなかった。また、エステラも、
最初にピップとトランプ遊びをした際、「この子ったら、ネイヴをジャックだ
なんて言うのよ」(*GE* 59)と言って、彼を深く傷つける。ピップが紳士になっ
た後で再会した折にも、エステラは「私の心には全く優しさというもの―全く
―同情とか―感傷だとか―がないのよ―馬鹿げているわ」(*GE* 235)と述べ、
ピップが最後にエステラに告白した際にも、「私にはあなたの言うことが何も
胸に響かないし、心に触れてくるものもないのよ」(*GE* 358)と明言している
のである。その主な理由は、ミス・ハヴィシャムが自身の失恋経験から、エス
テラを全ての男性たちへの復讐の手段として育てた結果、ミス・ハヴィシャム
が「あの子の心をかすめ取り、代わりに氷を入れてしまった」(*GE* 395)から
であるが、いずれにせよ、ピップの恋敵ベントリー・ドラムルとの結婚に至る
まで、エステラのピップに対する感情が変化することは一切なかったのである。

第 10 章　二人のフィリップ
―『シルヴィアの恋人たち』と『大いなる遺産』に見る男性の夢と挫折―

　二人の男性の恋愛はこのように利己的で一方的なものだったため、彼らが自分を慕ってくれる女性の存在を意識しないのも当然のことであった。実のところ、フィリップにはヘスタ・ローズが、そしてピップにはビディがいたのである。本来であれば、彼女たちこそが二人のフィリップにとって最も良き理解者であり、伴侶たり得る資質を持っていたにもかかわらず、彼らは彼女たちを良き妹や良き友人に留めておくのだ。フィリップは、ヘスタが密かに自分に恋していることなど思いもよらず、自分の恋人に対する要求ばかりする。ヘスタは一向にフィリップを理解しようとしないシルヴィアに内心で怒りを感じつつ、フィリップの頼みには極力応じるのである。彼女はフィリップ亡き後、負傷した船員や兵士たちのための救貧院を設立するのだが、その際石碑に「この建物は亡き P.H. を記念して設立された」(9: 374-75)と記し、最後まで報われぬ愛を彼に捧げたのである。ピップの方は、紳士になりたいという夢を最初に告げる相手がビディであることから、彼女と結婚する可能性も頭の片隅には置いており、事実エステラとの失恋後にはビディと恋愛関係を結ぶことを考える。だが、ビディも単に都合の良い女ではなく、その頃には既に別の相手と結ばれていたのである。いずれにせよ、フィリップもピップも自分たちの都合に合わせて女性たちの気持ちを利用する点では共通しており、その利己的な態度ゆえに幸せな結婚をすることができなかったのだといえるだろう。

3. 夢の挫折と運命の分岐点

　愛する女性と結婚するというフィリップとピップの夢は、相手への理解を欠く利己的で一方的な恋愛観のために挫折を余儀なくされ、どちらも女性からの愛を失うことになる。だが、二人の失恋＝挫折には、二点の大きな違いがあり、それが二人の運命を分かつことになる。

　一点目は、挫折の原因となる真実の隠蔽について、その主体か客体かという立場の違いである。フィリップは、シルヴィアの恋人チャーリー・キンレイドが強制徴兵隊に拉致された事実を隠すことでシルヴィアを妻として手に入れたが、その卑怯なやり方がキンレイドの帰還によって明らかになった時、シルヴィアに「私はこの男を決して許さないし、妻として二度と一緒に暮らすことはない」(9: 288)とまで断言され、結婚生活は破綻を迎える。そのため、フィリ

131

ップの「挫折」は自業自得であるといえよう。それに対して、ピップの「挫折」
は、遺産相続の恩人が、彼が想像していたミス・ハヴィシャムではなく、幼い
頃自宅そばの沼地で偶然助けた囚人エイベル・マグウィッチだったと分かった
ため、彼が勝手に抱いていた幻想が崩れ去ったことによるものである。「ミ
ス・ハヴィシャムの私に対する意図は、単なる夢に過ぎなかった。エステラは
私の相手として考えられてなどいなかったのだ」(GE 319)と悟った彼は、ミ
ス・ハヴィシャムに確認して「自分で自分の罠にかかった」(GE 356)ことを
認識する。つまり、ピップは図らずも真実を隠蔽された側に立っていたのであ
る。

　二点目の違いは、他者との関わり方である。両作品には、どちらも男性主人
公が挫折後に因縁のあった相手を窮地で助ける場面が見られる。フィリップの
場合はアクレの戦場で怪我をして動けなくなったキンレイドを助け、ピップは、
自分に思い込みのきっかけを与えた二人の人物、ミス・ハヴィシャムとエイベ
ル・マグウィッチをそれぞれの危機に助けている。ところが、これらの救出劇
の意味合いは両作品で大きく異なる。フィリップは、キンレイドを助けた際、
「君が彼女に忠実だったなんて決して思ったことがなかった」(9: 323)と、シ
ルヴィアに拉致を隠蔽したのはキンレイドが不実だと思ったからだという一種
の言い訳を述べている。キンレイドの方でも、「彼とはまったく友人などでは
ない」(9: 324)としつつ、救助してくれたことに対してフィリップに感謝の気
持ちを告げようとするが、偽名で登録していたフィリップに直接礼を述べるこ
とはできなかった。その後、不幸にも爆弾の暴発でフィリップは怪我をするが、
それはキンレイドの救出とは全く関係がなく、結局のところ救出劇を経ても関
係の変化は何ら生じなかった。それに対してピップは、エステラに裏切られた
ミス・ハヴィシャムが屋敷で大やけどをした際に彼女を助け、失恋の痛みゆえ
の彼女の過ちを許してやる。また、マグウィッチと亡命を図る際には、ボート
に転落した彼を助け、最期を看取ってやるのである。いずれの場合も、ピップ
はそれぞれに対して思いやりや許しの心を示して和解し、それまでの利己的な
考えを改めていくことになる。

　そして、二人の他者との関わり方における最大の違いは、ホモソーシャルな
絆の有無にある。トッシュは「社会的地位として男性性とは三つの領域、すな

132

第 10 章　二人のフィリップ
―『シルヴィアの恋人たち』と『大いなる遺産』に見る男性の夢と挫折―

わち家庭、仕事、そして男性のみの連帯関係の中で作られる」(Tosh *A Man's Place* 2)と指摘しているが、まさにフィリップの男性性確立において欠けているのが三番目の「男性のみの連帯関係」なのである。男性のホモソーシャルな関係は、『大いなる遺産』においてピップを物心両面で救うきわめて重要な因子である。ピップは、幼い頃から彼を守ってくれた義兄のジョーや、ハーバートやウェミックのような友人たちに恵まれ、悩み事を相談したり、苦境で助けてもらったりしている。特にハーバートの場合、ピップが恩人だと思っていたミス・ハヴィシャムの親戚にあたるため、本来であれば彼が受け取るはずの財産を取られたと憤っても仕方のないところ、生来の寛大さでピップを許し、その親友となって様々な困難に直面した際にピップを助けてくれるのである。また、ジョーはピップが借金と熱病に苦しんでいるときに彼を看護し、ピップが改心する契機を与えた。こうした友人たちの援助こそが、ピップを挫折から立ち直らせ、精神的成長へと導いたのである。

　ところが、フィリップの場合は、ピップのようなホモソーシャルな絆が全く見当たらない。シルヴィアの父親が言うように「女みたいな」(9: 161)仕事である洋品店の店員というのはモンクスヘイヴンの男たちには馴染みにくい職業であり、かつ酒もほとんど飲まないなど、最初から地元の男性社会で友人を作りにくい状況にあった。さらに、フィリップはピップとは異なり、自分の感情を他人と共有しようとはしない。

　　「彼は誰にも自分の従妹への愛情を打ち明けたことがなかった。それは彼の主義に反するからだ。しかし、彼は時折、自分が現在行っている極秘任務をクルソンが悪く取らないでいてくれたならば、彼に手紙を書いて、ヘイスターズバンク農場に行き、一家の様子を知らせるよう頼んだだろうにと考えた」(9: 175)

フィリップと最も近い男性といえるのは、フォスター商会の同僚でありその後共同経営者となったウィリアム・クルソンであるが、フィリップは彼にさえ恋愛のことを何一つ打ち明けられない。クルソンの方は、ヘスタに対する感情をフィリップに相談することもあったのだが、逆は成り立たないのである。フ

ィリップにとって、クルソンはあくまでもビジネス上の同僚兼ライバルであり、そこに友情が芽生えることはないのである。フィリップは、上司であるフォスター兄弟には尊重され、経営権を譲られるほど信頼されてはいるが、それもビジネスパートナーとしての上司と部下の関係以上のものではない。また、フィリップは、シルヴィアの一番の理解者であるロブソン家の使用人ケスタにもあまり好かれていなかった。フィリップが負傷して退役した後、教会の慈善施設で過ごす間に、年老いた住人には気に入られるものの、やはり同世代の友人には恵まれず、彼と悩みを共有できる相手はいなかった。このように、フィリップには対等な関係を結べる同性の友人が事実上皆無だったために、苦境に陥った時に助けてくれる人物も現れなかったのである。

　このように、『シルヴィアの恋人たち』と『大いなる遺産』は、どちらも男性主人公が愛する女性との結婚を夢見て経済的基盤を手に入れるが、最終的には愛に破れて挫折する物語である。ヴィクトリア朝時代の男性性が形成される三つの領域、「家庭、仕事、男性のみの連帯関係」において、二人のフィリップは共に「仕事」の領域で一定の成功を収めても、「家庭」＝プライベートな領域における恋愛関係や夫婦関係では失敗する。その理由は、『シルヴィアの恋人たち』の結末部分で、亡くなる間際のフィリップがシルヴィアに述べるとおりであろう。「僕は君を自分の偶像にしていた。そして、もしも僕が自分の人生をやり直せるのだとしたら、僕は君よりも神様の方を愛するようにするだろう。そうすれば、僕はこの罪を君に犯すことはなかったはずだから」（9: 369）と最期に自分で気づいたように、彼は彼女を偶像視するあまり、一人の人間として見ることができなかったのだ。1862 年 3 月 18 日付けのギャスケルの手紙によると、本作品の題名が『シルヴィアの恋人たち』に決まるまでにいくつかの候補があり、その中に『フィリップの偶像』（*Phillip's Idol*）という案があったという（*Letters* 678）。このことからも、男性の恋愛における女性の偶像視が本作品の主要テーマを成すことがうかがわれる。事実、フィリップはシルヴィアを、ピップはエステラを憧れの女性として偶像視し、相手を理解しないまま一方的に愛を注ごうとした結果、結婚や恋愛に失敗するのだ。

　両者の大きな違いは男女関係の破綻後の展開であり、フィリップは、ピップのように他者への許しや無償の援助によって利己主義を乗り越え、他者と対等

第 10 章　二人のフィリップ
―『シルヴィアの恋人たち』と『大いなる遺産』に見る男性の夢と挫折―

な絆を築くことができなかったため、挫折から立ち直ることのないまま貧窮の
中で妻に看取られて亡くなる。一方、ジョーに病を癒してもらい、借金の返済
までしてもらったピップは、利己主義を脱して成長を遂げ、ハーバートととも
に海運保険業の事業に携わり、11 年後には共同経営者となって経済的に自立
する。そして、昔のサティス・ハウスで、暴力的な夫が亡くなった後、未亡人
となって帰ってきていたエステラと再会する。彼女も挫折を経験し、昔の高慢
さがなくなったこともあり、二人が友人として新たな関係を築く予感を漂わせ
る場面で物語は終わる。最後までシルヴィアとの関係が変化しなかったフィリ
ップとは対照的に、ピップとエステラについては、当時としては珍しい異性間
の対等な友人関係を結ぶ可能性が示唆されているのである。

4. おわりに : 歴史的制約としてのジェンダー

　両作品を男の夢と挫折の物語として読み比べて分かるのは、(1)幸福な結婚
という男性の夢の実現には「仕事」＝経済力が不可欠であること。ただし、
(2)「家庭」＝私的領域における男性的恋愛は往々にして偶像化と利己主義と
いう問題を孕み、それが不幸や破滅の原因となること。そして、(3)男性が挫
折から立ち直る際には「男性のみの連帯関係」がきわめて重要であること、以
上の三点である。『大いなる遺産』は、(1)と(2)が幻想だったため挫折したピ
ップが(3)で回復する物語だが、『シルヴィアの恋人たち』には(3)がなく(2)の
悲劇が物語の中心を成している。つまり、愛する女性だけでなく男性自身をも
不幸にする男性的恋愛の破壊的側面が徹底して描かれた作品であるといえよう。
　二つの作品は共に 1860 年代に書かれ、数十年前という時代設定を利用して
男性の夢と挫折を描いた物語であるが、その結末が異なる理由の一つとして、
物語上の時間経過の違いが挙げられるだろう。『シルヴィアの恋人たち』にお
ける物語時間は 1790 年代から 1800 年頃までの時代に限られ、一昔前の話と
いう設定が物語に強力な歴史的制約を加えている。だからこそ作中では、フィ
リップが精神的に成長することも、シルヴィアが自立を目指すこともなかった
のだと考えることができよう。事実、シルヴィアはギャスケルの他作品、例え
ば『ルース』(1853)のヒロインや『妻たちと娘たち』(1864-66)のシンシアや
モリーとは異なり、教育への関心が低く、経済的に自立しようとする意識を持

135

たない。それが、歴史的制約としてのジェンダーに縛られたシルヴィアの限界
なのである。それでも彼女は、フィリップとキンレイドに「彼は私の人生を台
無しにしてしまった。（中略）でも、あなたもフィリップも私の魂を奪うこと
はできない」(9: 288)と言い放つ。それは、歴史的事象だけでなく二人の男性
に振り回された彼女に残された最後の矜持であり抵抗だったといえるかもしれ
ない。

　したがって、『シルヴィアの恋人たち』とは、過去のジェンダーに囚われた、
いわば「古い女」「古い男」の歴史的悲劇を扱った物語といえるのではないか。
すなわち、強制徴兵隊という歴史的事象だけでなく、歴史的制約としてのジェ
ンダーによって不幸へ追いやられた男女の悲劇を描いた「歴史的」小説と見な
せるのではないだろうか。

引用文献

Dickens, Charles. *Great Expectations*. Edited by Margaret Cardwell. Oxford UP,
　　1994.

Gaskell, Elizabeth. *The Letters of Elizabeth Gaskell*. Edited by J. A. V. Chapple
　　and Arthur Pollard. Mandolin, 1997.

O'Gorman, Francis. "Introduction." Elizabeth Gaskell, *Sylvia's Lovers*. Edited by
　　Francis O'Gorman. Oxford UP, 2014, pp. ix-xxvi.

Tosh, John. *A Man's Place: Masculinity and the Middle-Class Home in Victorian
　　England*. Yale UP, 1999.

---. *Manliness and Masculinities in Nineteenth-Century Britain*. Pearson Long-
　　man, 2005.

第11章

女性が伝える物語──「ばあやの物語」と『嵐が丘』

石井　明日香

　本稿では、主にエリザベス・ギャスケルの 「ばあやの物語」（1852）とエミリ・ブロンテの『嵐が丘』（1847）の共通点と違いを通して、ギャスケルが描いた女性同士の関係について考えたい。二つの作品は異なる点も多いが、ともに、女性の語り手が登場する物語で、語り手が子どもの幽霊を見る、という場面も共通している。二作品を比較しても、直接の影響関係は（少なくとも意識的なものは）見出すのは難しいが、比較により、ギャスケルの独自性は見えてくるであろう。他の作家と同じような手法、テーマを扱いながら、ギャスケルは内容においても構造においても、女性が立場の違いを超えて協力する可能性を追求した。女性同士の助け合いというのは、ギャスケルを読むときには、それほど困難には感じられないときもあるテーマである。姉妹の仲たがいが描かれる「ばあやの物語」にもこの点は当てはまるのであるが、そうした描き方こそが、他の作家と異なるギャスケルの特徴かもしれない。つまり、女性が直面する困難を、男性の力に頼ったり、女性の権利を主張するのではなく、女性同士で助け合うことで解決しようとしたのである。

　少なくとも『嵐が丘』では女性同士の協力というテーマはかなり難しい問題として描かれる。それだけではなく、姉のシャーロット・ブロンテや先輩作家のジェイン・オースティンの作品の中でもこのテーマは難しい。というより、実はこのテーマは難しいのではないか、そしてギャスケルもまた難しいテーマだと感じていたと思われるのであるが、まずはギャスケルとブロンテ二作品の共通点からである。それぞれ女性の乳母が、主人でもあり、自分が面倒を見た子どもの小さいころの話をする。語り手が窓の向こうに女の子の幽霊を見る、という場面も共通している。その場面をそれぞれ見ていきたい。「ばあやの物語」の場合は、ロザモンドの両親が亡くなり、語り手の乳母ヘスターがロザモンドとともにロザモンドの母親の実家を頼って移り住んだ家で、クリスマスに

137

近いある日室内で遊ぶロザモンドが語り手に叫ぶ。

　　「見て、ヘスター！見て！あの小さな女の子が、雪の中にいるわ！」
　　高い細長い窓のほうを見ますと、たしかに、そこに小さな女の子がいまし
　た。ミス・ロザモンドよりも小さくて、（中略）泣きながら窓ガラスをた
　たいて、中にいれてほしそうにしています。悲しそうに泣きじゃくって
　いるので、ミス・ロザモンドもとうとう辛抱できなくなり、扉を開けよ
　うと飛んで行きました。(3:13)[1]

一方『嵐が丘』では、冒頭近くで滞在するスラッシュクロスから嵐が丘を訪ね
た語り手ロックウッドが、吹雪のために帰れなくなり一晩泊まることになるの
だが、案内された部屋でキャサリン・アーンショーの日記を見つけて読むうち
に、眠り込み、木の枝が窓をたたく音で目を覚ます。音を止めるつもりでつか
んだ木の枝が子どもの手であると気づいたロックウッドは次のように続ける。

　　悪夢の恐怖に襲われて腕を引っ込めようとするが、小さな手がしがみ
　ついてはなれない。そして、なんとも悲しそうな、すすり泣きの声がす
　る。
　　「わたしを入れて。入れてちょうだい」
　　「お前は誰だ？」ぼくはその手を振りほどこうと苦心しながら訊ねた。
　　「キャサリン・リントン」震える声が答えた。（中略）
　　同時に、窓からのぞきこむ子供の顔がぼんやりと見えた。恐ろしさで
　ぼくは残酷になった。ふりほどこうとしても無駄だと悟ると、子供の手
　首が割れたガラスに当るように引き寄せてから、ぐいぐいと押しつけて
　やった。血が流れ、寝具が血に染まった。しかし、子供は「入れてちょ
　うだい！」と泣き続け、僕の手をしっかり握ったまま、はなさない。ぼ
　くは、こわくて気が狂いそうだった。(20-21)

"sob"、"wail"、"let in" など共通の言葉もある二つの場面には、もちろん相違

第 11 章　女性が伝える物語―「ばあやの物語」と『嵐が丘』

点もある。例えば、語り手は男性か女性か、そして幽霊がだれであるか、この時点で語り手は全くわからないか、少しはわかっているか、などであるが、違いについては後ほど見たい。幽霊が子どもであるのは、キャサリンの日記を見て子どもと思ったからであろうし、リントン姓を名乗ったのは、キャサリン・アーンショーに戻れればそれは幽霊になって戻ってくる必要がなくなったときだから、であろう。ヴィクトリア朝中産階級の読者を代表している（Helsinger 213）、と言われているロックウッドには、幽霊は「どこか異端的」（146）であって、だからこそ「夢」にしてしまうのであろう。男性が書き、女性が語るという形式も重要であるのだが、それらについてはあとで詳しくみたい。

　二つの場面や構成の類似に直接の影響関係はあったのであろうか。ワールドクラッシックス版（1995）でもペンギン版でも『嵐が丘』の上記引用箇所の註を見ると、ギャスケルの『シャーロット・ブロンテの生涯』が以下の通り引用されている。

　　彼女は子供の時分に、迷信を信じている召使たちによって、ありとあらゆる北部の恐ろしい迷信を植え付けられていた。そうした迷信が今、彼女の心によみがえってきた。――死者の霊魂を恐れることなく、今一度妹たちの霊魂と向かい合いたいという強い憧れを抱いた。（中略）風の強い晩には、まるで最愛の人たちが彼女のもとに来ようと努めているかのように、叫び声やすすり泣きや号泣が家の周りで聞こえてくるように思われた(8:274-275)

つまりハワースの迷信がシャーロットに取りついていて、特に妹たちの死後、父親と二人で遺されてからはその迷信がよみがえったというという説明で、それに続くのは『ジェイン・エア』の一場面についての説明である。

　　『ジェイン・エア』 の中の、ジェインが人生の大きな危機に際し、何マイルも離れた場所にいるロチェスターの呼びかけの声を聞くという例の場面について、わたしの面前で異議を唱えたことがあった。ミス・ブ

139

ロンテは息をひそめ低い声で答えたのである。「でもそれは本当のことなのです。実際に起こったことなのです」(8:275)

ソーンフィールドでロチェスターが叫んだ「ジェイン！ジェイン！ジェイン！」を呼ぶ声が、ムーア・ハウスでセント・ジョンのプロポーズを受け入れようとしていたジェインに届いたという場面である(466-67)。ハワースの気候・精神風土が『嵐が丘』や『ジェイン・エア』の超自然現象に影響を与えたというのは間違いないであろう。「ばあやの物語」と共通する世界観でもあるが、詳しくは後ほど見たい。ただ、『嵐が丘』1847 年、「ばあやの物語」1852 年、『シャーロット・ブロンテの生涯』1857 年、という出版年を並べても、直接の影響関係は不明である。ついでに言えば、女性が助け合う物語の『クランフォード』は 1853 年であるから、影響がなかったとも言い切れない。しかし後述するようにこちらは表面上はもっと似た立場の女性たちが助け合う物語である。

他の共通点として、例えば「ばあやの物語」やその他のギャスケルの短編にに関する記述「語りが過去に安全に設定されていて」「語り手が男性の専制や、階級についての敵意やジェンダーの不平等についてのゴシック物語を語っている」（Mitchell xii)が『嵐が丘』にも当てはまるであろう。つまり両方とも使用人の女性が、昔話、それも長年勤めた自分の女主人の家の物語を語る。階級は異なっても女性は女性で、文化を伝えることはできても作り手にはなれないとエリザベス・ヘルジンガーは指摘するが(212)、これもまた、『嵐が丘』でも「ばあやの物語」にも共通するが、それは後ほど見たい。

この二作品の最も重要な類似点は幽霊の存在ではないだろうか。つまり幽霊が出ても不思議がない世界、死者と生者の境界、その区別がそれほどはっきりとはしない世界を描いたということであろう。先ほど引用したように、直接の影響関係はなくても、「北部の迷信」が支配する世界をギャスケルもブロンテも描いたのである。次に述べるように幽霊の描かれ方はかなり異なってもいるのであるが、超自然現象が「本当のこと」に思える。それはオースティンが否定したゴシックをギャスケルとブロンテが女性の苦しみを描くのに用いたということである。ヴィクトリア朝の幽霊物語およびゴシック小説の再流行については、オースティンに攻撃されたが、ギャスケル、ブロンテ姉妹やチャール

第 11 章　女性が伝える物語―「ばあやの物語」と『嵐が丘』

ズ・ディケンズなどの、あるいはヴィクトリア朝後半の作家にもゴシック的要
素が好まれたこと、また、ギャスケルとのかかわりについての説明があり
(Birch 430)、また特に 1860 年代を中心に流行したことや、クリスマスの時期
とのかかわりも指摘されるが(Birch 413)、その流行の渦中、あるいは少し前
にブロンテもギャスケルもいたのである。
　次に二作品の相違点（というより相違点の中の類似点）を見ていきたい。幽
霊が話す/話さないというのもあるが、まずは、女性の語り手が幽霊を見るか、
見ないかということである。冒頭の引用箇所において、ロザモンドが見た子ど
もの幽霊を最初は話を信じなかったヘスターも見る。それに対して、ネリーは
幽霊はいないと繰り返す。

　　「住みたい幽霊が自由に使えるように、ってことかな」
　　「まあ、ロックウッドさま、亡くなった人は安らかに静かに眠っている
　　と思います。軽々しくそんなことをおっしゃってはいけませんよ」(300)

　あるいはある夕方出かけた帰りに、羊飼いの少年が泣いているのを見てわけ
を尋ねると、ヒースクリフと女の人がいて、こわくて通れないと答えた、と言
ったあとに、以下のように続ける。

　　わたしの目には何も見えませんでしたが、羊もその子も進もうとしな
　　いので、それなら下の方の道を通りなさいね、と言ってやりました。
　　たぶん荒野を一人で歩いて行くうちに、親や仲間から一度ならず聞か
　　された、くだらない噂の類を思い出して、幽霊を見たと思ってしまった
　　のでしょう。 (299)

つまりネリーは、後述するように道徳的な説明 はしないと自分で言っている
が(163)、合理的な説明の努力はしているわけである。同様に、最後にはロッ
クウッドも「こんな静かな大地の下に休む人の眠りが安らかでないかもしれな
いなどど、誰が考えつくだろう」 (300)、と言っているが、ネリーは「暗くな
ってから外に出るのはいやですし、この不気味な家に一人でいるのは好みませ

141

ん。」とも言っている（299）。さらに重要なことに、ネリーは、キャサリンが安らかに眠っていない可能性も考えて、「ああいう方もあの世で本当に幸せになれるものでしょうか。ロックウッドさま。」「キャサリン・リントンの一生を振り返ってみますと、どうもあの方があの世でお幸せとは思えませんが、キャサリンのことは神さまの手にお任せいたしましょう」（146）、とも言っているが、ロックウッドはそれを「どこか異端的」（146）であると考えている。

　また、ヒロインのゴシック的妄想を男性が打ち砕くオースティンの『ノーサンガー・アビー』（1818）とは異なり、『嵐が丘』の場合は窮地にある女性を男性は救わずに逃げ出し、女性は一人で男性と闘うことになる。そして妄想に取りつかれているのは男性でもあるし、またヒースクリフがイザベラ・リントンに対して行ったように、女性の思い込み、あるいは妄想を利用して女性を誘惑する男性もいる。ロックウッド自身は「キャサリンとぼくとがひかれ合って、二人でにぎやかな町に移り住むことにでもなっていたら、キャサリンにとって、おとぎ話以上にロマンティックな夢の実現だっただろうな」（270）と言っているが、おとぎ話であると同時にゴシック小説のパロディとも言えるかもしれない。ゴシックの枠組みを用いるのと同時にパロディ化しているのである。

　ネリーが幽霊を見なかったのは、幽霊を見るには合理的すぎる、少なくとも自分ではそう思っている、からであり、自分で言うように、死んだ人間はすべてあの世で安らかに眠っている、からであろう。そしてロックウッドもまた、この伝統的な価値観・宗教観のために最後には幽霊を否定する。ロックウッドは「多くの点でヴィクトリア朝の聴衆と結びついている」「イギリス小説の中産階級読者の文字文化を代表している」（Helsinger 213）と言われている。いわば近代的合理主義のために幽霊が見えない、あるいは少なくとも見えないふりをしたのである。ただ、それでも「生きている人々も死者の記憶に取りつかれ、忘れることができない」のである（Helsinger 213）。最後の指摘は「ばあやの物語」にも当てはまるであろう（Mitchell xii）。

　「ばあやの物語」の作品中では年代は特に指定されていない。（この、年代がはっきりしないところも、既に引用した「昔話として安全に設定されている」という指摘と一致する。）また、年代が特定されていないことで、ゴシック的要素のリアリティーも増すかもしれない。つまり、オースティンが『ノーサン

第 11 章　女性が伝える物語—「ばあやの物語」と『嵐が丘』

ガー・アビー』(1818)において、「ぼくたちはイギリス人でキリスト教徒です。
(中略)現代の教育を受けた人間に、そんな残虐行為ができると思いますか? 現
代の法律が、そんなことを黙認すると思いますか? (中略) 社交も郵便もこん
なに発達し、自分から進んでスパイ活動をする隣人たちに囲まれて生活し、道
路網と新聞の発達のおかげで、何でも明るみに出てしまう今のこの国で、そん
なことがあり得ると思いますか?」(203)というように、明確に近代国家であ
ることを強調する時代設定にしたのと対照的に、はっきりと時代は指定されて
いない。キリスト教徒が住むイングランドであろうと、法律があろうと、教育
や理性が支配する時代であろうと、(隠れて人殺しはできないかっもしれない
が) 死者の記憶は生者から離れず、罪が消えない限り死者は生者に現れるので
ある。オースティンの小説世界とは異なり、ギャスケルの作品では幽霊は空想
の産物ではなく、実際に存在するのである。出版年は間違いなくヴィクトリア
朝の幽霊物語の流行時期と重なり、他の点、例えばクリスマスのころに起きる
事件ということも、当てはまるようである。(ちなみに、ロックウッドが幽霊
を見たのも、吹雪の季節である。)また、先に引用したように、ネリーには見
えない幽霊が羊飼いの子どもは幽霊が見えている、というのも示唆的であろう。
つまり、合理主義のためもあって幽霊が見えない大人と違って、子どもには幽
霊が見えるのである。

　また、階級や立場の違いによる語り手と女主人との距離感というのも重要で
あろう。幽霊が自分の育てた子ども自身であるか、そうでないかの違いもあり、
ヘスターは幽霊がだれかはわからない、というだけでなく、自分が直接は知ら
ない昔話も語るのであるが、子どもが見えたものがヘスターにも見えるのに対
し、『嵐が丘』ではネリーはキャサリンをよく知っているが、ネリーにキャサ
リンの幽霊は見えない。結婚したあとは実家に戻ることもできないキャサリン
(それはイザベラも同じである)が、幽霊になって嵐が丘に現れても、使用人で
おそらくは独身で、嵐が丘とスラッシュクロス二つの家を比較的自由に行き来
しているネリーにキャサリンの幽霊は見えない。男性ならば、あるいは女性で
も状況が許せば馬で簡単に行き来する距離を、結婚のために片方に閉じ込めら
れたキャサリン母娘とイザベラの三人が、あちらに行きたいと言って嘆くのを、
歩いて簡単に行き来できるネリーは理解しないのである。ネリーは自分で、自

143

分たちにはよそ者を好きにならない傾向がある、と言っているが(39)、キャサリンをネリーが嫌う理由の説明にはならない。

一方ヘスターとロザモンドの関係は「語り手自身もほとんど子どもと変わらず、すべての友人たちから離れ、救いのない孤児の法的保護者ではなく、唯一の本当の友人で、幽霊物語の中の見捨てられた妻子がそうであるように（家を出ていく）お金も力もない」(Mitchell xii)ということである。語り手と主人である子どもとの友情や一体感を指摘したこの文章だけは『嵐が丘』に当てはまらない。幽霊を見たヘスターはロザモンドを守ろうとし、彼女を連れて家を出ようとも考える。しかし、法的保護者でないからという指摘と呼応するが、無理だと言われる。

> 私は、アップルウエイトの父の家へ,お嬢様を連れて帰るつもりだと言ったのです。そこでは、生活はつつましくとも、静かに暮せます。(中略)ドロシーは、ミス・ロザモンドを私が連れて行くなんてことは無理でしょう、だって、お嬢様の保護者はファーニヴァル卿であって、あなたには何の権利もないのだから、と言いました。(3:13-14)

『クランフォード』やシャーロット・ブロンテの『シャーリー』(1849)のような大人の独身女性の結びつきとは違う女性同士のつながりである。一方ネリーとキャサリンには、既に見た既婚か未婚かという違いの他にも、比較的大きな違いがある。両親を早くに亡くしたキャサリンに対し、ネリーの母親は「わたしの母は八十まで長生きしました」(203-04)と言われている。しかし娘のキャサリンに対して「お屋敷をやめて家を借りよう、そこでお嬢さんと二人で暮らせばいい、と思ったものでございます」(264)とヘスターと同じようなことを言っているのは興味深いが、ここでもやはり女性は女性の法的保護者にはなれないのである。

もちろん、既に指摘されているように、道徳的意図があるかないかという問題と幽霊を見る、見ないが関わってもいるだろう。しばしば引用される通り、ディケンズの要請を断って幽霊が語り手にも見えるようにしたという話は(Kranzler 344-45)、物語に明確な意図があったことを示している。つまり、幽

第11章　女性が伝える物語―「ばあやの物語」と『嵐が丘』

霊物語として怖がらせるだけならそれでもいいが、教訓となるには、語り手も含めたすべての人に幽霊を見る必要がある。

　これが、『嵐が丘』で語り手が幽霊を見ない(ふりをする)理由の説明にもなっているであろう。つまり、教訓は意図しない、少なくとも語り手であるネリーはそう言っている。例えば「わたしの偉そうなたとえ話など、お聞きになりたくはないでしょうね。こんなことはご自分でちゃんと判断おできになるでしょう」（163)と言っている。

　もう一つの相違点として、女性の語り手の他に、男性の語り手がいるかどうかという違いがある。ヘルジンガーが指摘するように、女性が語り手にはなれても作家にはなれない。現実社会で女性が作家になることの困難については、シャーロット・ブロンテの「エリスとアクトン・ベルの伝記的覚書」，そしてギャスケルの『シャーロット・ブロンテの生涯』に指摘がある。前者は、「私たちは女性作家は偏見のために見下されやすいという漠然とした印象を持っていた」（Brontë 320)つまり女性作家は公平に評価されないと考えてペンネームを使い、後者は、女性作家の困難を以下のように述べる。

　　　これ以後、シャーロット・ブロンテの存在は二つの平行した流れ——作家カラー・ベルとしての生活と、シャーロット・ブロンテとしての生活に分けられることになる。それぞれの性格に属する別々の義務が存在した——互いに相反するものではなく——一致させることはできなくもなかったが、難しいことであった。男性が作家になる時、おそらくその人にとっては単に職業が変わったということにすぎないだろう。(中略)彼はそれまで他人に奉仕してきた法律や医学に関係する職業の一部を中断するか、生計を立てるために務めてきた商売や事業の一部を諦める。すると別の商人か法律家か医者が彼の空いた場所を埋め、たぶん彼と同様にうまくやるだろう。しかし、神がその特別な仕事を果たすようにと指名してお決めになった娘や妻や母親の静かな決まった務めを彼女らに代ってうまく行えるものは誰もいない。（8:223)

このように『ジェイン・エア』の出版後、女性作家シャーロット・ブロンテに

起こった状況を説明している。現実社会で女性は職業作家であることではなく、まず女性であることを求められたのである。一方、「ばあやの物語」には男性の語り手は、少なくとも表に現れることはない。語り手ヘスターが話す相手はロザモンドの子どもたちであり、性別は不明であるが、男性の聞き手兼語り手が存在することはないようだ。ヘスターは物語を語ることはあっても書くことはない、少なくとも書く場面が描かれてはいない。先に触れたようにヘルジンガーはネリーについて「使用人、乳母、子守として、物語の語り手にはなれても、作者にはなれない」「（キャシーも）ネリー・ディーンと同じように文化の担い手ではあるが、作り手ではない」（212）と述べている。ネリーの物語が男性であるロックウッドによって書き留められていることは、例えば「多少要約するところはあっても、ほぼディーンさんの言葉通りに続けることにしよう。」（137）、という言葉からもうかがえる。女性であるヘスターもネリーも物語を語ることはあっても書くことはない。彼女たちのいわば口承文化はロックウッドの文字文化と対照的である。とは言っても『嵐が丘』では（特にゴシック小説における）男女の役割の可能性があることは既に述べたが、さらに、手紙や日記など、私的なものではなるが、書き手としての女性、読み手としての男性も描かれる。ただし少なくとも表面上は、二作とも書き手、文化の担い手という男性の領域に女性は踏み込んではいない。

　そしてヘスターとロザモンドの間には信頼関係があり、お互い助け合うことができる可能性がある。母親を早くに亡くしたロザモンドが、自分より少し年上の女性に救われるのである。実の身内以外の、階級は意外に違わないかもしれないが、少なくとも立場が少し異なる女性によってである。これは他の作家と比べても、またギャスケル自身にとってもめったにないことかもしれない。ジェイン・エアを助ける女性は、クラスメートや校長やいとこたちであり、家庭教師や学校教師やそうなるための教育を受けているものであって、少なくとも階級の異なる女性ではない。「ばあやの物語」においてもファーニヴァル姉妹は一人の男性をめぐって争い、『ルース』（1853）では、母親や友人の女性が主人公を救えず、彼女は窮地に追い込まれる。『嵐が丘』の場合は、ネリーは（娘の）キャサリンをヒースクリフから救うのには別の男性に頼るしかない、つまり「お嬢さんが再婚でもすれば別ですが、そのような計画は私の手の届く範

第 11 章　女性が伝える物語—「ばあやの物語」と『嵐が丘』

囲の事柄ではございません」(264)と言っている。先ほど触れたように、その直前には自分がキャサリンを連れて出ていき、一緒に住むことを考えるのだが、結局実行しようとはしない。シャーロットやオースティンのヒロインたちは結局男性と結婚するしかない。オースティンがゴシック小説の枠組みを徹底的に否定したのに対し、ギャスケルは同じ枠組みを用いながら、女性の苦難を描き、同時に女性が助け合う可能性を示唆したのである。ロザモンドは早くに両親を亡くして、男性の保護者の家に引き取られたが、ヘスターは彼女を救おうとした。子どもの幽霊が家父長制の犠牲者であるならば、ヘスターがロザモンドを幽霊から引き離そうとしたのは、家父長制社会で女性が支えあって生きる可能性を示唆しているのかもしれない。

　子どもに罪はないはずであるが、子どもの幽霊は身勝手な大人の罪を思い起こさせるために現れる。そして子どもとともに死んだ母親も、身勝手ではあるが家父長制社会の犠牲者であった。子どもの幽霊は家父長制社会で苦しむ女性の姿であり (Micthell xii)、語り手や主人もある意味で幽霊と変わらない (Mitchell xii)のである。さらに、認められない結婚をして、その後夫が海外に逃亡したために未婚の母、言わば「堕ちた女」と私生児と見なされて、父親に罰せられたのだとすれば、子どもは抑圧的な男性とそれを認める社会システムの犠牲者でもある。『嵐が丘』の場合はどうであるか。キャサリン（の幽霊）とネリーの違いは、社会システムの、特に結婚の犠牲になったかどうか、ということであった。サンドラ・ギルバートとスーザン・グーバーが指摘するように「結婚という死にいたる束縛」(290)から自由であった、少なくとも現在は結婚していないようであるネリーに幽霊が見えないのはある意味当然であり、それに対してキャサリンやイザベラは苦難の中で死んでいく。誤った結婚は、特に女性にとって致命的なのである。ヘスターもロザモンドも家父長制のもとで無力ではあるが、特にヘスターは死ぬこともなく成人し、結婚して子どもを持っている。子どもの幽霊は母親の高慢さの結果でもあるが、二つの作品は同じような社会状況を描きながら、結末は異なるものとなっている。つまり、現在生きている女性の生は過去の犠牲者の上に成り立っているのであるが、ロザモンドがヘスターによっても救われたのに対し、『嵐が丘』では自分で闘うしかないのであるが、ジョン・サザーランドが考えるように(64-67)、実際にキャ

147

サリンの幽霊が娘を救おうとしたということもありうるのである。（とはいえ、『嵐が丘』において存在がはっきりしているのは冒頭に引用したキャサリンの幽霊のみであろう。）

オースティンが一刀両断に切り捨てたゴシック小説の枠組みを使って、ギャスケルもブロンテも家父長制社会で女性が直面する困難を描いた。その使い方はオースティンよりある意味で繊細であった。二作品の表面上の類似点の多くは、女性が直面した困難な状況を反映している。言い換えれば、作中の女性の描き方には、作者自身が直面した困難が反映されているのである。意図してはいなくても、二つの作品は文学の伝統を踏まえ、ときに批判しながら作られている。文化の作り手にはなれないはずの女性は、作品中ではその伝統にしたがいつつも、作家自身はゴシック、そして幽霊物語という文学的伝統の作り手となったのである。直接の影響関係があるかははっきりしないが、そして程度の差はあるが、ブロンテもギャスケルもゴシック小説の伝統を踏襲した。また、幽霊が見える/見えないの違いはあっても、幽霊は生きているものが死者の記憶に取りつかれていることの象徴であり、記憶が大事という点ではモダニズムあるいは現代小説にも近いかもしれない。[2]

一方で「ばあやの物語」はギャスケルの独自性を示してもいる。階級の違いにも関わらず、語り手と主人の間には信頼関係が存在している。一人の男性をめぐる姉妹の仲たがいが語られるにも関わらず、語り手と主人との間の愛情と協力の可能性が強調され、前景化されているのである。女性の語り手が幽霊を見る/見ないは、彼女と雇い主との相互理解や協力の可能性を示してもいる。「ばあやの物語」は女性が伝える女性の苦難の物語であり、女性同士の協力の可能性を追求する物語である。それは作品だけでなく、歴史的な背景を考えてもそうである。どこまで意図していたかは不明だが、ギャスケルはもう一つの女性の伝統を作った。それは先輩や同時代の作家と違うものを選ぶことで生まれている。『嵐が丘』では、女性は階級や（主に既婚/未婚という）立場の違いを超えることはできなかった。「ばあやの物語」は、（無力な）女性が語る女性の苦難の物語であるが、助け合いや、子孫が同じ運命を逃れる希望が描かれていて（後者は『嵐が丘』も同じかもしれないが）、女性がつなぐ女性の（相互協力の可能性の）物語である。それは他の作家が達成しなかったギャスケルの

第 11 章　女性が伝える物語―「ばあやの物語」と『嵐が丘』

業績であると言える。伝統的な枠組みを用いながら、ギャスケルは現代性を開
花させた。同じテーマを描きながら、先輩や同時代の女性作家と異なるやり方
で描いたのである。

注

*本稿は日本ギャスケル協会第 28 回例会（2016 年 6 月 4 日、於岐阜県立看護
大学）での口頭発表原稿に加筆・訂正したものである。

1. 作品の日本語訳はギャスケル全集（大阪教育図書）および『嵐が丘』（岩波
文庫・河島弘美訳）、『ノーサンガー・アビー』（ちくま文庫・中野康司訳）を使
用した。
2. モダニズムにおける記憶の重要性については以下のような記述がある。「プ
ロット上のできごとよりも、登場人物の意識、記憶や認識が強調される」
(Birch 674)

引用文献

Austen, Jane. *Northanger Abbey*. *The Cambridge Edition of the Works of Jane
　　　Austen. Vol. 2. Ed. Barbara. M. Benedict and Deidre. Le. Faye. Cambridge
　　　UP, 2006.

Birch, Dinah, ed. *The Oxford Companion to English Literature*. 7th ed. Oxford
　　　UP, 2009.

Brontë, Emily. *Wuthering Heights*. Ed. Ian Jack. Oxford UP, 1995.

Gaskell, Elizabeth. *Gothic Tales*. Ed. Laura Kanzler. Penguin, 2000.

Gilbert, Sandra and Susan Gubar. *The Madwoman in the Attic*: *The Woman
　　　Writer and the Nineteenth- Literary Imagination*. Yale UP, 1984.

Mitchell, Charlotte. Introduction *Round the Sofa*, and Tales from *Household
　　　Words*. *The Works of Elizabeth Gaskell*. Vo. 3. Pickering and Chatto, 2005,
　　　pp. ix-xxv.

Helsinger, Elizabeth. *Rural Scenes and National Representation:Britain, 1815-*

1850. Princeton UP, 1997.

Sutherland, John. *Can Jane Eyre Be Happy? More Puzzles in Classic Fiction*. Oxford UP, 1997.

第 12 章

Gaskell と Nightingale 姉妹
——それぞれのヒロイズムと *North and South*

木村　正子

1. はじめに

　Elizabeth Gaskell は *North and South* (1853-54) 執筆中の 1854 年 10 月初めから末まで、ダービシャーのリー・ハーストにある Nightingale 家に滞在していた。休暇で帰省中の Florence Nightingale との対話に感銘を受けた Gaskell は、嬉々として友人に書簡を書き送っており、特に 10 月 11-14 日付の書簡には、「聖女」「ハンガリーの聖エリーザベト」「ジャンヌ・ダルク」「神の権化」(*Letters* 306-07) のように彼女を神格化する表現が多用されている。だがほどなく Nightingale は勤務先の病院に戻り、その後政府から正式の要請を受けてクリミアに出発したため、[1] 二人が語り合った時間はそれほど長くない。それでも興味が尽きない Gaskell は、彼女の家族からさまざまな情報を聞き出し、その記録を書簡に記している。

　しかしながら、Gaskell の Nightingale 礼賛は滞在終了の頃には沈静化していたようだ。もちろん Nightingale 本人が不在であり、その後戦地にいる彼女との交信が容易でないことは大きな理由となる。とはいえ彼女の活動は *The Times* の現地特派員によって本国に伝えられ、Gaskell も、マンチェスターでは「赤子が Florence と名付けられ」(*Letters* 359)、「工場労働者たちは彼女 (Nightingale) を彼らの仲間、同胞の看護師、亡き友の友人とみなし・・・彼女を英雄として称賛している」(383) と Nightingale の人気を伝えており、また「彼女の活動を表現するにはどんな言葉でも不十分だ」(383) と述べて、Nightingale の活動に対する尊敬と称賛を惜しまない。だが以前のような熱狂的な礼賛の記述はもはや見られない。

　実際、Gaskell の Nightingale に対する認識の変化は滞在中の書簡にすでに表れている。ここでは Nightingale と家族との関係についてかなり否定的な

151

面が描出されているが、その一方で Gaskell の関心の対象が、妹の活動を献身的に支える姉 Parthenope へと変化していることが窺える。以後 Gaskell が逝去するまでのおよそ 10 年間、Gaskell と Nightingale 家との親交は継続するが、彼女が親交を深めたのは Parthenope の方であった。すると Gaskell と Nightingale の親交を検証するには、Parthenope も調査の対象に含めることは必定であろう。

ところが Nightingale の作品研究、中でもフェミニズム批評においては、Parthenope は母と共に彼女の社会活動を阻む敵対者として扱われ、現在においてもその傾向は踏襲されている。それゆえ、これまで看過されてきた Gaskell と Parthenope の親交を照射することは、Gaskell と Nightingale の比較研究に新たな解釈をもたらすと思われる。

そこで本稿は、Gaskell と Nightingale 姉妹と親交について、それぞれのヒロイズムを手がかりとして考察する。Gaskell 作品におけるヒロイズムを端的に述べると、ヴィクトリア朝の〈家庭の天使〉の行動指針である自己犠牲と他者への献身の実践、もうひとつは、"The Sexton's Hero"（1847）で語られるような、「神への奉仕において示される愛」（1: 80）[2] の実践といえる。本稿では、Gaskell が Nightingale 姉妹との親交を通して、この二つのタイプのヒロイズムを姉妹それぞれの言葉や行動に見出したのではないかという仮説を立てて、Gaskell と姉妹との関わりを見ていく。クリミア戦争を機に国民的英雄となった Nightingale と、その活動を背後で支援する Parthenope、それを第三者の目で見る Gaskell という三人の立場から、Gaskell のヒロイズムと姉妹それぞれのヒロイズムがどの点で共鳴し、どの点で相容れなかったのかを読み解き、そこからあらためて Gaskell のヒロイズムを問い直すことができるのではないかというのが本稿の論点である。

2. Parthenope ― 〈家庭の天使〉のヒロイズム

書簡によれば、 Nightingale は、歯痛のため頭から白い布を被っている姿すら「まるで聖者のよう」（*Letters* 306）に見え、話が進むにつれ、今度は彼女が「高貴で、力強く、天使のようで、衝動的に－努力や苦悶ではなく神から

第 12 章　Gaskell と Nightingale 姉妹──それぞれのヒロイズムと *North and South*

インスピレーションを得たかのように－物事を進めるような人間離れした存在」（307）に思えたと記されている。

　このカリスマ的なオーラを持つ妹に対して、Parthenope は「飾り気がなく、賢明で見たところ何の変哲もない」（317）が、Gaskell は、彼女の言葉とそれを実行する姿勢に関心を持った。Parthenope は「（Florence が）自由に大仕事に取り組めるように、自分を制し、自分の好みや望みを捨て、家庭、両親、貧者、社会に対するこまごまとした義務をすべて引き受け」（317）ていた。彼女自身の言葉を引用すれば、「Florence は私には見えない高貴ものに導かれているようだから、私にできることは彼女の行く手を阻むものをできる限り取り除くこと」（319）を行動指針としているのである。

　Parthenope の言葉と行動はヴィクトリア朝の〈家庭の天使〉として典型的なもので、*Cranford*（1851-53）の Miss Matty のそれと重なることは想像に難くない。自己主張の強い姉 Deborah Jenkins の背後に隠れながら、「この世で私がすべき最良のことは、黙して雑事をこなし、他の人たちを自由にさせてあげることです」（2: 213）と述べる Miss Matty の価値観はやがて町の人々に浸透し、コミュニティの連帯を強化する役割を果たしている。この点でも、Gaskell は、「（Nightingale）家の人たちはみなそうだ」（*Letters* 319）と言い添えて、家族全員が Parthenope の行動指針に賛同している点に言及している。Kate Flint が、Gaskell のヒロイズムは「戦場で功績をあげることではなく、忠誠心や忍耐を伴う人間愛を示すこと」であると述べている（29）ように、戦場で看護活動に従事する Florence に対し、本国で基金の運営管理をしながら彼女を支援する Parthenope は、Gaskell 作品のヒロイズムを具現化する人物といえるだろう。

　しかしながらこの姉妹の関係には別の側面もあった。Nightingale の看護活動計画は家族からの猛反対に遭い約 8 年間頓挫していたが、その間 Parthenope は妹への献身に固執し、ヒステリーや失神を起こすなどのトラブルが絶えなかったのである（Woodham-Smith 102-04）。Nightingale は家族の中で孤立し、1852 年にようやく難局を打開したが、当時の様子を彼女は次のように語っている。

153

比較で照らすギャスケル文学

非常に高名でまた腕のいい医師が真剣な面持ちで、食いつぶされそうになっている（being Devoured）妹にこう言いました。あのがっつき屋 （the Devourer） は、貪り食っている間に（in the process of devouring）心身の健康とバランスを失ってしまったので、それを取り戻すためには、妹が離れるべきだと。その妹とは私のことなのです。 （Woodham-Smith 103-04）

Nightingale は "devour" という語を繰り返し使用し、Parthenope を妹に襲いかかる怪物であるかのように描写している。Parthenope の献身は、自己を滅却して相手に尽くすことを旨とする点で〈家庭の天使〉的なのであるが、その感情が過度に高まり、相手の意向を無視した独善的な行動に陥るという欠点を露呈している。これに対し、神の召命を受け、[3] 家庭という狭く閉鎖的な空間の中で生産性のない〈家庭の天使〉の生活からの脱却を願う Nightingale にとって、姉の過干渉は、家族の問題にとどまらず、当時の社会慣習による抑圧の問題でもあった。

　とはいえ Nightingale 自身も、自分が他者と異なることを意識し、姉との違いをこう語っている。「（Parthenope は）自分の時代、自分の立場、自分の国と和合している－今手中にある以外の宗教も仕事も訓練も望んでいない・・・。これらすべてとうまくやっていけない私は何者なのだろう」（Vicinus and Nergarrd 47）。この時期の Nightingale は、むしろ他者に合わせることができない自分の方がモンスターのような存在であったととらえていた（Woodham-Smith 6; Showalter 397; Stark 8）。これは彼女の自伝的エッセイ "Cassandra" （1852）においても、「他の人には幸せなこの社会の状況が、私には不満だ」（8）という表現に反映されている。

　Gaskell が Nightingale 家と懇意になったのはこの出来事の 2 年後であり、この時 Nightingale はすでに本格的な看護活動に着手していた。Parthenope の症状も落ち着いていたため、Gaskell が彼女の病についてどれほどの情報を得ていたのかは不明である。だが Gaskell が、Nightingale のクリミアへの出発準備に奔走する Parthenope に、「あなたが黙して注意深く家事をこなしていなかったら、彼女（Florence）は今自由に行っている活動の準備を思い通りにできなかったでしょう」（Letters 322）と書き送り、彼女の尽力をねぎら

154

第 12 章　Gaskell と Nightingale 姉妹——それぞれのヒロイズムと *North and South*

っていることから、これまでの経緯はともかく、Gaskell が Parthenope の存在意義と妹への献身を十分に評価していたことは確かである。

　このように、Parthenope が示す過剰なまでの自己犠牲と Florence への崇拝と執着は、Miss Matty に見られる他者への献身とある程度類似点はあるものの、全く性質が異なる。特定の他者に尽くすことのみを信条として生きるという点を追求すれば、Parthenope の姿はむしろ、Gaskell が後の *The Life of Charlotte Brontë* (1857) で前景化した、「自らの人生を兄弟のために犠牲にした姉妹たち」（8: 87）に投影されている。だがこの姉妹たちが得たものが「みじめな対価」であり、「こんなことはこの姉妹を最後にしてほしい」（8: 87）という Gaskell の語りから、彼女が過度の英雄崇拝を肯定的にとらえていないことが明らかになる。

3. Florence Nightingale — Cassandra のリベンジ的ヒロイズム

　Gaskell の滞在中に Nightingale 家に起こった出来事は、Nightingale の自己実現としての看護活動が、国家の要請による公的な看護活動に変わるという画期的なものだった。後に「ランプを掲げるレディ」と讃えられる Nightingale の姿は、かつての Parthenope による礼賛以上の熱狂ぶりで、今度は国全体によって偶像化されることになる。それゆえ Gaskell による Nightingale との交流の記録は、まだ公人となる前の Nightingale の信条の一部を伝える貴重な資料となる。

　その中で Gaskell が、自分と Nightingale との間で口論が生じるほどの意見の相違があったことを記している箇所に注目しよう。一家が Nightingale の活動を支援しているにも関わらず、当の Nightingale は家族の絆を否定する態度を示した箇所である。Gaskell は、「母とは誰のことか？　兄弟とはだれのことか？」というキリストの言葉 [4] に言及し、Nightingale がこのキリストと同様、家族よりも他者との関わりを優先する態度を示すことに納得できないと述べ（*Letters* 319）、さらに Nightingale が、「私なら母親に子育てをさせず、管理の行き届いた保育施設（crêche）に（任せる）」と明言したことで口論になったと伝えている（320）。

155

前述のように、Nightingale の看護活動計画が家族の反対で頓挫した点に鑑みれば、彼女にとって家族は自分の人生設計における障害に他ならず、また上流階級のライフスタイルとして、常に家に来客や滞在客がいて、その接待のために「女性は自分の時間が持てない」（"Cassandra" 34）ことは苦痛の種であった。[5] さらに父の Mr. Nightingale が、娘は「男の頭を持ち」「『父の仕事（Father's Work）』をするのに夢中だ」（*Letters* 317）と述べているように、Nightingale は家庭内で家族のために献身するという〈家庭の天使〉の生き方を徹底的に否定していたのである。Nightingale は社会の制度によって女性の活動領域が制限されることに否を唱え、「なぜ女性は熱意、知性、道徳的活動性を持ちながら、社会においてそれらを実行する場を持つことができないのか」（"Cassandra" 25）という言葉に集約されるように、男性の領域である社会での活動こそが彼女の自己実現の場であると信じていた。しかし当初家族の理解を得られなかった彼女は、著述のタイトル "Cassandra" が示唆するように、聞き手を持たない予言者と同じ窮地に陥ったのである。[6]

　Gaskell がこのような Nightingale の経緯を知っていたかどうかは確かではない。しかし Gaskell は、Nightingale には「個人に対する愛が不足していても、それが人類（the *race*）に対する強い愛に結びつくのであれば、その不足も一つの才能であり、非常に稀有のものだ」（*Letters* 320）と結んで、自分とは相容れいない見解であれ、それが Nightingale の活動の基盤となっている点を認め評価している。その根拠は「彼女が徹底的な利他主義で奉仕とケアに従事している」（320）と、Gaskell には思えたからであろう。Gaskell は、自分の娘が将来看護師の道を選ぶのであれば、それを支援すると述べる（320）ほどに、Nightingale および彼女の仕事に敬意を払っていたのである。

　一方、Nightingale の奉仕活動に関する、以下の Parthenope の意見は意味深長である。

　　（Florence には）慈善心とか博愛心というものはほとんど、あるいは全くありません・・・。彼女は野心家なのです－それもかなりの。（妹は）大きな奇襲（a grand coup de main）をかけるか、あるいは何かよい制度を作

第 12 章　Gaskell と Nightingale 姉妹——それぞれのヒロイズムと *North and South*

って、この世界を再生しようとしているのです。（Vicinus and Nergarrd 56-57; Poovey xxvii）

この点について Mary Poovey は、Parthenope の意見には偏見があると前置きしつつも、Nightingale は「母が計画した人生設計に対する怒りと、飽くなき力でもって、時には他者をうまく利用しながら仕事を進めた」と説明し、Parthenope の見解を否定していない（xxviii）。Poovey が典拠とするのは、Nightingale の死後に公式出版された *Suggestions for Thought* [7] における記述である。ここでは、人間は「神の完全な意図」を読み取り、「神の法を実現するために奉仕する」ための存在であると記されており、Poovey は、Nightingale が人間の自由意志を否定していると指摘する（xxiii-iv）。また Poovey は、Nightingale が信条とする「完全な善、慈愛、知恵、正義」のもとでは、人間は神の意志を実行する存在に過ぎず、神と人間の仲介者として救済者（キリスト）が誕生し人間を導くという主張から、Nightingale は自身がその救済者であるという意識を持って活動を行っていたと結論づけている（xxi-iii）。Poovey が指摘した箇所以外でも、Nightingale は同様の主張をしているが、"Cassandra" では、救済者となるには、「現状を凌駕するものを目指し、それを創造する」（29）ために、「長期にわたる組織的な教育」によって経験を積む必要がある（39）が、それが叶えば、「女性の救済者（female Christ）」（53）の誕生も夢ではないと述べている。しかしながら女性にはそのような教育や経験の機会はない。Nightingale は、その機会を奪うのが「この時代、この世界、人間」（50）であると非難するが、同時に彼女は、これらに抵抗しない「怠惰な」（46）女性たちをもその批判の対象としている。

　さらに Gail Turley Houston が興味深い指摘をしている。Nightingale が想定する「神」はキリスト教神話と異教の女性神の物語を混合した産物で、彼女は人間と神の境界線を曖昧化することで、人間もキリスト（救済者）になることができると主張している（115）。しかし Nightingale が「神」と称する存在は、キリスト教義からみれば異端的である。しかもその「神」は既存のキリスト教の神を凌駕する存在としてとらえられているので、既存の社会や現在

のキリスト教会よりも上位の存在となる。そのため「神」の召命における Nightingale の行動は他者からの制約を受けること自体、理不尽であるということになる。ここでは Parthenope が指摘するような、博愛主義であるか否かという点は問題ではない。すべては「神」への奉仕という点に収斂され、忘我の境地でその活動に専念すること、それが Nightingale のヒロイズムである。ただし彼女の「神」の意向をすべての人間が共有することは不可能であり、また、彼女自身は他者からの干渉を嫌い、他者に合わせることを厭うにもかかわらず、他者に対しては各人の自由意志を無視するような振る舞いをするという矛盾も呈している点を看過してはならない。

　恐らく Gaskell と Nightingale の口論もこの範疇の問題であろう。Gaskell が作品の中で提示する子供の教育方法を例にあげると、*The Moorland Cottage*（1850）では、子供の教育には「決まった型」はなく、すべての子供を「同じ型に矯正する」必要もないので、それぞれの個性に合わせた性格形成を目指している（2: 24-25）。また *Wives and Daughters*（1864-66）には、幼少期に母と離れて寄宿学校で育った Cynthia Kirkpatrick が、母の愛を得られずトラウマを抱えたまま大人になるという事例がある。Gaskell の作品では、娘たちに必要なのは母の存在であるという概念が基盤にあり、同様に実生活においても、Gaskell は娘たちの養育と教育に対してもその方針を貫いていたこともあって、Nightingale とは意見が合わなかったと考えられる。

　だが Gaskell が "Cassandra" を含む *Suggestions for Thought* を読む機会に恵まれていたら、別の展開が見られたかもしれない。Mrs. Nightingale から「（娘は）ジャンヌ・ダルクのように神に導かれている」と聞いた時、Gaskell が過度の礼賛は「ばかげている（bosh）」と述べている（*Letters* 307）ことからも、恐らく Nightingale の召命の話も知らなかった（あるいは聞いていたが信じていなかった）と思われる。それでも、Nightingale が聖書に描かれるキリストの立場に倣って看護活動に従事する点、そして当初 Nightingale と共に異国での看護活動を担ったのは、本国のキリスト教会から派遣された修道女たちであったという点から判断して、Gaskell の意識の中では、Nightingale の活動は慈善心や博愛心と結びつくのが自然の流れであったと考

第 12 章　Gaskell と Nightingale 姉妹——それぞれのヒロイズムと *North and South*

えられる。その意味では、Nightingale は、Gaskell の作品におけるヒロイズムを具現化する人物となるわけである。

4. Gaskell のヒロイズム、そして *North and South* へ

　Nightingale 家滞在を終えた Gaskell の目前の課題は *North and South* の原稿を完成させることであった。Jenny Uglow が述べるように、この作品は連載当初から編集者の Charles Dickens との間でトラブルがあり、Gaskell にとっても順風満帆の進行ではなかった（360-61）。そのような状況の中でのNightingale 姉妹との親交は、Gaskell にどのような示唆を与えたのかという点を考えてみる。

　これまで多くの批評家が、*North and South* のヒロイン Margaret Hale のモデルが Nightingale だとみなしてきた。概して Nightingale の活動については女性の社会進出という点で肯定的な意見が多いが、Sally Shuttleworth のように、両者の活動が「社会的養育活動（social mothering）」である点で共通し、 Nightingale の仕事もその性質上「根幹を揺るがすような変化ではなく、女性の伝統的な役割を拡大したもの、すなわち他者に対する無私の世話である」という解釈もある（xxxiii）。興味深いことに、同じく Nightingale をモデルにしたといわれる、George Eliot の *Romola*（1863）のヒロインについても、疫病の村でのヒロインの救済活動が「クリミア戦争時に Nightingale が示したような、女性による奉仕の活動の中で達成しうるものを反映している」（Rignall 288）と指摘されている。両批評とも、Nightingale と同時代の女性作家たちは、Nightingale の活動を自己犠牲と他者への献身を旨とする〈女性らしい〉活動であると判断したという前提での論である。一方、Elaine Showalter はフェミニズムの視点から、Nightingale の "Cassandra" と*Romola* に通底する、「服従の義務」と「抵抗の義務」の衝突の問題に注目している（407）。Showalter は "Cassandra" におけるフェミニスト的な提言を照射し、Nightingale の活動はヴィクトリア朝の社会規範に沿うものに見えるが、彼女の主張はそうではないと述べている。この「服従の義務」と「抵抗の義務」の衝突の問題は *North and South* にも共通するものであり、以下にあ

げる Parthenope の意見が参考になる。これは *North and South* について Parthenope が Gaskell に書き送った書簡の一部である。

> 本当に *North and South* には多くの良き考えが混ざり合っています。私は、私たちの隣人と神の愛に多くの慈善心がこの戦いによってもたらされていると信じています・・・。
>
> 　ついでながら *North and South* には多くの知恵があるように思えると申しておかねばなりません。この作品から非常に多くのことを学びました。あなたはとてもうまくバランスを取っておられますが、これは本当に大変な作業に違いありません。（Haldane 105）

Parthenope は Nightingale 基金の管理と運営に携わっていたが、彼女は、この基金には階級や職業、社会的立場はもとより、さまざまな考えの人たちが集い、最終的に善意の寄付という点で人々が一致することに注目している。そしてその様子が *North and South* に描かれるさまざまな対立、交渉、妥協に類似していることを示し、この作品はバランスが取れていると評価しているのである。以下に言及する批評家たちの論もこれを裏付けている。

　Elizabeth Haldane は、*North and South* は資本家からの視点であるが、労働組合の権利と親方の行動とのバランスがとれている点を指摘している（513）。また Andrew Sanders は、国家の権威と個人の行動の対立という観点から、Mr. Hale の宗教問題（イングランド教会の権威と彼の個人的信条）や Frederick Hale の反乱事件（軍規と個人的感情）を論じている（47-49）。さらに、*North and South* にはクリミア戦争に関する直接の記述はないが、Stefanie Markovits は、暴動場面での Margaret の額の血が「バラクラヴァ戦場でのヒロイズムのシンボル」と読み替えることで、国内の労資闘争と国際紛争をオーバーラップさせているという仮説を立てて論を展開している（466）。Gaskell は「ピース・パーティ」という反戦グループに加わっていたが、クリミア戦争は Nightingale が関わっていることもあり、Parthenope から彼女の活動について情報収集していたことが書簡から窺える（*Letters* 322）。

第 12 章　Gaskell と Nightingale 姉妹——それぞれのヒロイズムと *North and South*

　このように Nightingale 姉妹との親交に鑑みると、これまで *North and South* に関して議論されてきたテーマにも、Gaskell が姉妹から受けた影響が反映されていることがわかる。そして Gaskell 作品のヒロイズムである、〈家庭の天使〉的自己犠牲と他者への献身の実践（Parthenope）と神への奉仕（Nightingale）を担う Margaret は、「強い意志で決意するだけでなく、感謝して祈ることも真の英雄の条件だ」（7: 373）という認識に至り、活動と休止／沈思のバランスを取るという新しいヒロイズムのもとに、社会活動に参入していくと考えてよいのではないか。

5.　結び

　本稿では Gaskell と Nightingale 姉妹の親交を見直すことによって、これまで看過されることの多かった Parthenope の存在および彼女が Gaskell の作品に与えた影響の一端を明らかにしてきた。Gaskell は Nightingale にも著作を献呈しているが、Nightingale からのコメントは現存する記録ではわずかである。その中で、Nightingale がクリミアから帰国後、「*Ruth* (1853) を 6 年ぶりに読んで、以前よりも気に入った・・・今度は *North and South* を再読したい」と述べたことが伝記の中で記されているが（Cook 500）、前述の Parthenope が示したような、直接 Gaskell に宛てたコメントは見当たらない。一方 Nightingale は、George Eliot の *Middlemarch* (1871-72) のヒロイン Dorothea Brooke について、アクションを起こさない女性として批判の対象にした見解を寄稿している（"Note" 567）ことから、彼女の批評基準には女性の行動／アクションの有無が重要な要素となっていることが推察される。

　そこで *North and South* の Margaret と歴史的人物の Nightingale の活動に共通する点をもう一点取り上げたい。本稿では主に活動に至るまでの女性の意識について述べてきたわけだが、実際の活動開始にあたって大きなウエイトを占めるのは、活動を支える社会的地位と資金である点を明記しておかねばならない。Margaret には名付け親である Mr. Bell の遺産（2,000 ポンドと 40,000 ポンドに値するミルトンの土地）（7: 374）が、そして Nightingale には父の社会的地位と資金援助（500 ポンド）（Stark 11）が活動の源泉であ

る。[8] その意味では、Parthenope が携わる基金が Nightingale にとってその後のクリミアでの活動を支える一部になっていることを看過してはならないのである。*North and South* はこの点でも姉妹のそれぞれの活動を反映する作品となっている。

　最後に Gaskell のヒロイズムについて述べておこう。作品における彼女のヒロイズムはすでに述べた通りだが、作家 Gaskell のヒロイズムとなると、英雄そして英雄を支える者の存在と行動を語ることではないだろうか。Uglow は、"The Sexton's Hero" の主人公が示す「行動ではなく忍耐の勇気という禁欲的なヒロイズム」というもう一つのヒロイズムを提示している（149）が、彼の役割は英雄の行動を語ることに尽きる。Gaskell にとっても、彼女のヒロイズムを体現するもの、そこからまた新たなヒロイズムを生み出すものを語り続けることが、彼女の作家としての矜持なのではないかと思われる。

注

1.　1853-56 年の間、Nightingale は、当時の陸軍戦時大臣 Sidney Herbert よりクリミアへの看護師団派遣の指揮の要請を受け、スクタリの野戦病院で看護活動に従事した。

2.　本稿における Gaskell 作品の引用は Pickering 版 *The Works of Elizabeth Gaskell*. 10 vols. を使用し、以後、引用の際には（　　）内に巻数とページ数のみを記載する。

3.　Nightingale は生涯に 4 度「神」の声を聞いたと記録している（Woodham-Smith 23）。

4.　新約聖書「マタイによる福音書」12 章 48 節。Nightingale も "Cassandra" でこの言葉に言及し、キリストの態度に賛同している（54）。

5.　女性が家庭の中で自分の時間を優先にできないことは、Gaskell も書簡の中で指摘している（*Letters* 106）。

6.　ギリシア神話によると、Cassandra はトロイの王女で予言者である。アポロン神の求愛を拒否したため、彼女の言葉を信じる者は皆無であるという呪いをかけられた。

第 12 章　Gaskell と Nightingale 姉妹——それぞれのヒロイズムと *North and South*

7.　*Suggestion for Thought* は 1860 年に私家版が 6 部印刷され、"Cassandra" はその一部にあたる。Nightingale はその後公式出版を想定していたようだが、存命中には叶わなかった。1928 年に Ray Strachey による *The Cause: A Short History of the Women's Movement in Great Britain* が出版され、その補遺として "Cassandra" が収録されたが、表記・内容ともに私家版から大幅に改変されている。本稿で使用した "Cassandra" のテクストは 1928 年版をもとにした版である。

8.　クリミア行きの要請の折、Herbert が「（Nightingale 家の）社会的地位と身分は、Nightingale 自身の資質、知識、管理能力、その他の多くの優れた点よりも有利に働く」と指摘し、そのためには両親の承諾が必要であると述べている点も注目すべきである（Woodham-Smith 138）。

引用文献

Chapple, J. A. V. and Arthur Pollard, editors. *The Letters of Mrs Gaskell*. Manchester UP-Mandolin, 1997. (abbr. *Letters*)

Cook, Edward Tyas. *The Life of Florence Nightingale*. Vol. 1, Macmillan, 1914.

Eliot, George. *Romola*. Edited by Dorothea Barrett, Penguin Classics, 2005.

Flint, Kate. *Elizabeth Gaskell*. Northcote House, 1995.

Haldane, Elizabeth. *Mrs. Gaskell and Her friends*. Hodder and Stoughton, 1930.

Houston, Gail Turley. *Victorian Women Writers, Radical Grandmothers, and the Gendering God*. Ohio State UP, 2013.

Markovits, Stefanie. "*North and South*, East and West: Elizabeth Gaskell, the Crimean War, and the Condition of England." *NCL*, vol. 59, no. 4, 2005, pp. 463-93.

Nightingale, Florence. "Cassandra." *Cassandra*, edited by Myra Stark, Feminist Press, 1979.

---. "A 'Note' of Interrogation." *Fraser's Magazine*, vol. 7, January to June 1873, pp. 567-77.

Poovey, Mary. Introduction. *Cassandra and Other Selections from* Suggestions for Thought, by Florence Nightingale, edited by Mary Poovey, Pickering & Chatto, 1991, pp. vii-xxix.

Rignall, John, editor. *Oxford Reader's Companion to George Eliot.* Oxford UP, 2000.

Sanders, Andrew. "A Crisis of Liberalism in *North and South*." *Gaskell Society Journal,* vol. 10, 1996, pp. 42-52.

Showalter, Elaine. "Florence Nightingale's Feminist Complaint: Women, Religion, and *Suggestions for Thought*." *Signs*, vol. 6, no. 3, Spring 1981, pp. 395-412.

Shuttleworth, Sally. Introduction. *North and South*, by Elizabeth Gaskell, edited by Angus Easson, Oxford UP, 1998, pp. ix-xxxiv.

Stark, Myra. Introduction. *Cassandra*, by Florence Nightingale, edited by Myra Stark. pp. 1-23.

Uglow, Jenny. *Elizabeth Gaskell: A Habit of Stories*. Faber and Faber, 1993.

Vicinus, Martha, and Bea Nergarrd, editors. *Ever Yours, Florence Nightingale: Selected Letters*. Harvard UP, 1990.

Woodham-Smith, Cecil. *Florence Nightingale 1820-1910*. Constable, 1950.

第３部　時空を超えての交流

第 13 章

ハビトゥスとテイストの狭間——劇作家ディオン・ブーシコー
の『ロング・ストライキ』（1866）のイースト・エンドと
ウエスト・エンドにおける受容の比較

松浦　愛子

『メアリ・バートン』のとりわけ前半部は、1840 年代の労働者の苦難への、
文学上の最も感動的な対応である。この書物においては、その限界内で、
労働者階級の家庭の日常生活の感触を記録しようとする強い努力が印象的
である。

レイモンド・ウィリアムズ（Williams 121）

序

　本稿は、ヴィクトリア中期に上演されたアイルランド系アメリカ人劇作家デ
ィオン・ブーシコーによるギャスケルの小説『メアリ・バートン』（1848）
の翻案劇『ロング・ストライキ』（1866）の劇評に表われる労働者の「声」の
痕跡から、当時の中産階級の嗜好（テイスト）は労働者の生活様式（ハビトゥ
ス）とは異質な領域を形成し、労働者を対象とする小説の位置づけに複雑な意
味を持つことを示す。『ロング・ストライキ』には、かなりの数の批評がある。
しかし、多くは、中産階級の文学的嗜好を前提とした知識人の視点から描かれ、
労働者の視点からのものは存在しない。労働者の受容への注目により、テクス
ト分析では検証困難な、ハビトゥスと文学の接点を示すことができるものと考
える。
　では、ハビトゥス概念は、どのように受容分析に応用できるのか。ブルデュ
ーのハビトゥス概念は、構造主義的な手法では捉えられない「実践」の領域を
映し出す人類学上のキー・フレーズとして浮上し、学術上極めて重要な一時期
を構成した。パノフスキーに着想を得たハビトゥス概念は、ブルデューが人類

167

比較で照らすギャスケル文学

学者として取り組んだ初期の研究対象を分析するうえで有効であった。ハビトゥス概念は、パノフスキーによる中世世界の美意識にかかわる『ゴシック建築とスコラ学』（1987）の議論が北アフリカの民族誌に適用される過程で、その一般性を実証された。しかし、現代の西洋社会の分析におけるその有用性を疑問詞する指摘がある（Savage and Silva 118）。ブルデューが研究対象をフランス社会に転換した段階でハビトゥスは、より有機的な統合を可能とする包括的な趣味嗜好、「テイスト」に置き換えられる。

　しかしながら、ハビトゥス概念はウィリアムズのいう「労働者階級の家庭の日常生活の感触」が必ずしも当時の文学的テイストに取り込まれてはいなかったことを示すうえで重要である。ヴィクトリア朝において「テイスト」は、労働者の「ハビトゥス」との距離を維持し続けたのである。

1．『ロング・ストライキ』の両義性

　劇の両義性は、中産階級による労働者階級の記録という『メアリ・バートン』の視点に内包される。１９世紀中葉における中産階級は、社会的、政治的全権（エンゲルス 114）を持ち、ギャスケルとブーシコーの作品においても例外ではない。ギャスケルは、中産階級の他者としての「彼ら」労働者階級の苦しみを「代弁」する（Preface : 7）。

　『ロング・ストライキ』は通常大衆演劇と位置付けられている。例えば、当時のガーディガン紙は、劇は労使問題に僅かに触れたのみで、第一幕後は「家族ドラマ」と評する（"Art"）。劇作家は、自身と妻の素晴らしい演技とぬかりない細部への配慮、電報局、船首、法廷に至るまで、意趣を凝らした舞台装置により、高い娯楽性を実現した。さらに、電報の即時性を舞台上で再現することにより、テクノロジーによる時空間の変容をもたらした近代を日常の現実として提示した。

　だが、演劇に娯楽を求める当時の中　・上層部が直面したがらない社会問題に果敢に挑んだ上演でもあった。初演の場となったライシアム劇場は、エドワード皇太子、女性慈善家バーデット＝クーツ女男爵、作家ディケンズらが常客の王侯貴族と文化人の社交場である。保守系高級紙タイム紙は「民主制といった戯言」は「全く相応しくない」と劇の主題に懸念を示した（"Lyceum"）。

168

第13章　ハビトゥスとテイストの狭間—劇作家ディオン・ブーシコーの『ロング・ストライキ』(1866) のイースト・エンドとウエスト・エンドにおける受容の比較

高級夕刊紙ペル・モル・ガゼットの批評は、劇は「良識を呼び起こす」と評した（"Long Strike"）。

　例えば、前半2幕は、労働問題を中心に原作の政治的テーマを重視する。ストライキが起こり、ランカシャー州の工場労働者は困窮し、労使交渉は決裂する。工具で一番活発な政治運動家、ノア・リーロイドは、同志数名と、雇用者へ最も効果的な報復を講じる。報復の放火の実行犯を籤引きで選出し、十字の籤はノアに当たる。この場面で、ノアの娘の女工ジェーンの手引きで群衆の襲撃から密談の隣の部屋に匿われた急進派の工場主の一人ラドリーが、陰謀の一部始終を立ち聞く。ジェーンはラドリーの愛情を信じて、昔の恋人で技師のジェム・スターキーの求婚を拒絶し、ジョニー・ライリーというアイルランド人船員の求愛者を断る。労働者の困窮と蜂起、同志の団結に続いて、工場主の射殺場面が前半の山場となる。

　後半2幕では、ジェムが殺人容疑で逮捕され、彼のアリバイ作りに奔走するジェーンが描かれる。ジェーンは、銃弾の装填に使われた手紙の切れ端とノアのうわ言から、父が犯人であることを確信する。人情家の法律家マネー・ペニーの庇護のもとに、ジェーンは証人召喚のために電報局からリヴァプールへ打電する。判決の直前に証人ライリーが出廷し、ジェムの無罪が確定する。

　劇化において、最初の2幕以降は劇作家自身の着想を取り入れた内容となっているが、台詞は原作の援用が多い。加えて、マンチェスターに足を運び、街並みや人々の様子を視察し、舞台背景に工夫をこらすなど、劇作家は原作の「記録」の再現を試みた（"Bankruptcy Court"）。では、原作に忠実な社会背景を取り入れた劇は当時の労働者にどのようにうけとめられたのだろうか。

2．ウエスト・エンド公演の受容にみるリアリズムの綻び

　1866年9月26日付モーニング・ポスト紙によれば、ウエスト・エンドにおける初演には、労働者が参集し、桟敷と天井桟敷は政治集会のようであった。

　　土曜日の晩は、劇場の再開にあたり、ブーシコーの新作、『ロング・ストライキ』といういくらか禍々しい題の新作が上演され、観客はいつもより興奮気味だった。題名に仄めかされた主題は、何よりの関心事である「労

働者階級」の問題が、いま、まさに解明しかけているという考えを自然と想起させた。労働者階級が一番集う場は、これから起こる出来事に気を揉んだ観客で一杯だった。桟敷は男性で埋まっており、その地味な色みが、より華やかな女性の服装で和らげられることがなかったので、劇場の内部というより、政治集会の公会堂のようであった。この観客が彼らに有利に発せられるどのような心証にも、心よりの喝采を送るつもりであることは、エメリ氏扮するストライキの首謀者で「労働連」の代表、ノア・リーロイドの登場の際の熱狂的な歓迎と、彼が不当に傷つけられたことへの憤りや、彼が不正を正す意思を吐露した際の拍手喝采の力強さで充分に示された。("Lyceum")

　工場主ラドリーは労働者が本能的に憎悪する悪人であった。労働者の工場主への憎悪は、劇中の群衆が武装蜂起し、工場主ラドリーを襲撃する形をとることにより、そのはけ口を与えられる。だが、1866年9月17日付モーニング・ポスト紙によれば、労働運動の挑発の「危険」を巧妙に回避した（"Lyceum"）。例えば、労働者は射殺事件後に、無条件で仕事に戻る。
　ウエスト・エンドに参集した労働者は、自らの表象をどのように捉えたのであろうか。1866年9月16日付オブザーバー紙によれば、「マンチェスターの風習と土地柄を取り入れた服装と風景描写」は『ロング・ストライキ』の魅力に貢献した（"Drama"）。工場主ラドリーの邸宅裏の路地の背景には、夜のマンチェスターの工場地帯の煙突からたなびく煙、陸橋をゆく機関車の灯が提示された（Boucicault "Prompt"）。ブーシコー夫人扮するジェーンが「時々ランカシャー州にいることを失念し」、アイルランド訛りとなった失態を、オブザーバー紙は十分に「女工らしく慎み深い」として鷹揚に看過した（"Drama"）。
　だが、1866年9月26日付モーニング・ポスト紙掲載の観客からの投書によれば、大陸で流行の自然主義を意識した写実主義の方法で構築された電報局の完成度と比べて、随所でマンチェスターの実相との齟齬が見られた。女工の服装は、「マンチェスターでは、胡散臭そうに凝視されたであろう」し、工場労働者は普通の煉瓦工、石工、大工職人と変わらなかった（"Lyceum" *Observer*）。

第 13 章　ハビトゥスとテイストの狭間―劇作家ディオン・ブーシコーの『ロング・ス
　　　トライキ』(1866) のイースト・エンドとウエスト・エンドにおける受容の比較

　特に興味深いのは、私的な生活空間である家の再現の仕方である。労働者自
身による居住空間の歴史的記録は希少であり（Steedman 21）、それゆえに、
文芸批評家は小説に歴史的事実の忠実性を求める。例えば、ルーカスはバート
ンの家の室内が同時代のエンゲルスのマンチェスターの労働者の住居の悲惨な
記録に照らすと、「目を見張るほどの例外」(52) としながらも、家の場所をヒ
ュルム地区に想定することで、ギャスケルの描写の「想像ではなく観察された
事実」としての正統性を擁護する。そのうえで、労働者の生活実態の記録に止
まらない労働者の階級意識を描く『メアリ・バートン』の必要性を結論付ける
(56)。

　だが、歴史家のスティードマンは、原作のバートンの家を「想像の世界の産
物」であるとみなす (34)。スティードマンによれば、ギャスケルは、小説
執筆の契機であった幼い息子の死への喪失感をバートンの家に投射する。　例
えば、2 章のお茶会の場面で紹介されるバートンの家は、子供の玩具のように
ミニチュア化された空間である。裏通りを抜けて、夫人が家の鍵を開け、ジョ
ン・バートンが燠を掻き立てると、ぱっと炎をあげた燠火がすぐに部屋の隅々
まで暖かく明るい光を投げかけて闇を照らし、居住空間が出現する。居間は、
「どうにか我慢できるぐらいの広さ」だが、小さくとも「なにかと便利」な作
りで、裏手に小さい台所があり、2 階に通じる階段下に石炭置き場がある
(2:19)。窓には格子柄のカーテン、窓縁には葉の繁ったゼラニウムが 2 鉢あ
り、外部の視線から部屋を安全に守っている。部屋には雑多な家具と調度品が
一杯に詰め込まれている。暖炉の火に煌めく漆器の豊かな色彩は、部屋の一角
を、色に満ちた、賑やかな、「子供が好きそうな嗜好の」空間として演出した
(2: 19)。バートンの家は、客観的な科学的観察の言語ではなく、バシュラ
ールの『空間の詩学』(1957) の定義通りの、詩的な、空想の物語のための
言語で語られた御伽話のための空間なのである（Steedman 19）。

　舞台上のノアの家は、原作の記録を忠実に再現した。舞台左手に暖炉と台所
への扉と張り出し付きの長窓があり、舞台中央に玄関の閂付きの折畳戸、舞台
右手に扉と 2 階への階段が配置された（Boucicault "Prompt"）。ペニー・イラ
ストレーテッド・ペーパー掲載の素描には、2 階の 2 つの小部屋の前に張り出
しがある（"Scene"）。「一見すると古農家だが、最新の利便性を備えた快適な

171

空間」である（"Lyceum" *Observer*）。だが、スティードマン同様、当時のマンチェスターをよく知る観客の投書は、舞台上のバートンの家はマンチェスターの職工の家の架空の表象と断定した（"Lyceum" *Observer*）。

3．イースト・エンドのグレーシャン劇場の公演にみる『メアリ・バートン』の劇化の異化効果

　『メアリ・バートン』の劇化は、労働者の人気を集めた。1861 年のイーラ紙は、グレーシャン劇場経営者の息子ジョージ・コンクエスト作『メアリ・バートン；職工の難儀』（1861）の同劇場における成功を伝えた（"Theatre"）。さらに、劇作家コリン・ヘイゼルウッドの『ロング・ストライキ』の借用、『グレート・ストライキ』（1867）が、1867 年にイースト・エンドのパビリオン劇場や、マンチェスターのクイーンズ劇場で成功を修めた。

　だが、ウエスト・エンドと同様の娯楽としての完成度にもかかわらず、『ロング・ストライキ』の上演はグレーシャン劇場において 1867 年 2 月 25 日から 4 月 6 日までの 33 夜に留まった（Boucicault "Prompt"）。観客は、労働者の権利を訴える演説に喝采を送り、前半の工場主の殺人場面で大興奮し、劇の後半の本物の電報局の再現に目を見張り、舞台芸術の完成度に賞讃の拍手を送った（"London Theatres"）。だが、ウエスト・エンドとは比較にならない程の盛り上がりをみせた上演を特徴付けたのは、不可解な場所におけるグレーシャン劇場の観客の無遠慮な笑いであった。イースト・エンドの劇場内における労働者の無遠慮な反応は、異質な受容とその文化的背景としてのハビトゥスの存在を示唆するのである。

　イースト・エンドは、中産階級が「暗黒大陸」（Sims 1）とよび、異国情緒ただよう神秘化された異界であった。イースト・エンドには大規模な劇場が多く、ウエスト・エンドを観客数で凌いだ（Great Britain 208）。さらに、ウエスト・エンドのような気紛れな訪問者や旅行者向けではなく、徒歩圏の人々の共同体に根ざした娯楽の場であった（Davis 202）。

　旧市街（シティ）のお膝元の「暗黒大陸」のなかで、明々と光るのが、グレーシャン劇場であった。1872 年の 9 月 29 日付のオブザーバー紙は、劇場を倒錯した、異様な、猥雑ともいえる環境のなかの快楽の神殿^{プレジャー・テンプル}として描く。

第 13 章　ハビトゥスとテイストの狭間—劇作家ディオン・ブーシコーの『ロング・ストライキ』(1866) のイースト・エンドとウエスト・エンドにおける受容の比較

　ロンドン中、夜毎の宴に照らされるグレーシャン劇場ほど異国情緒あふれる場所はないだろう。ウエスト・エンドから、辻馬車で 18 ペニー区域内、旧市街から路面鉄道で 2 ペニー、ムーアゲート通りとイズリントン区のエンジェル旅館の中ほど、リージェンツ運河に架かるシティ・ロード橋の近くである。この橋の上では、30 年来、盲目の男が汚らしい聖書を膝に、ヨハネの黙示録の同じ感動的なくだりを吟じ、白目拾いは小指に大事そうにひっ掛けたカップを集めている。ディケンズのミコーバーが事態の好転を呑気に待つウインザー・テラスからは 100 ヤードと離れていない。杖にボラ貝、麝香の瓶にカナリヤ、廉価な唱歌集に温かいスパイス入りエルダーベリー・ワインなど、30 年前と同様に物がよく売れているビネガー・ヤードが近くにある。聖ルカの狂人病院と、ロンドン都市隊の名声を偲ぶに名高い名誉砲兵隊の演習場はすぐそこである。時と変化に逆らったようなあの有名なパン屋は目と鼻の先である。信じられようか—ここに、ダンス用の屋外の壇と、灯で飾られた音楽家用の殿堂、そぞろ歩き用の歩廊、恋人達用の東屋、お楽しみを台無しにしようとする秋の雨と冬の雨天時に訪れる人のきまぐれな足の運びにこだまが返る広々とした広間、興奮性の気質の人用には劇場、社交好き用には居酒屋、噴水群に彫像群、ライフル射撃場にナッツの狙い撃ち、有料体重計に握り拳で叩くための衝撃吸収材まであるのだ。どの晩も、お楽しみ全部は僅か 6 ペンスだ。("Stage")

　シティ・ロード橋という境界の先は、異様な倒錯した場所であり、地名（ウエスト・エンド、旧市街、ムーアゲート通り、イズリントン区）や地図上の指標ではなく、通常とは異なる場所、姿や振る舞いや、そして狂気や暴力といった逸脱が場所の指標となる。30 年間同じ場所で、汚い盲目の男は黙示録を暗誦し、終末世界の到来を告げ、飲み物入れとしての容器は、本来の食器としてではなく、換金可能な金物という物質として意味をもつ場所であり、精神病院という正気と狂気の境を意味する建物や暴力（鎮圧）のための軍の演習場という、いわば通常世界との境界を指標とする。近隣のパン屋から漂うパンの匂いと、ビネガー・ヤードの喧騒と多種多様なものまじりあった臭い（動物性

のジャコウの香り、温かいワインとスパイスの香りに、ボラ貝の生臭さ）、英国から遠く離れた異国の熱帯産のカナリヤ、体の不具合を助ける杖が必要とされ、飛ぶように売れる市場は、喧騒と、ごたまぜで、秩序を外れた、異様で、臭気を放つ猥雑な場所の様子を強調する。また、ウインザー・テラスは、想像上の人物が住む場所である。

　シティ・ロードの喧騒から一歩離れると、グレーシャン劇場の中は異国情緒溢れる都会の夜の憩いの場である。経営者の軽業師のベンジャミン・コンクエストと息子のジョージは、「ロンドンで一番パリ的な」、娯楽と喫茶を兼ね備えた現代的な社会空間を廉価に提供した（"Stage"）。劇場は酒場に隣接し、男性労働者が客の大半であった。屋内の劇場の天井桟敷は、14 歳から 16 歳頃の少年で一杯であった。日没後、勤めを終えた小売商や機械工は、夜半まで劇を堪能し、演目終了後には、消灯されて酒類販売に関する法律（Licensing Act）に定められた営業終了時刻となるまでの静かなひとときを、東屋でパイプを燻らせて楽しんだ（"Stage"）。

　1867 年 3 月 3 日付イーラ紙掲載の『ロング・ストライキ』の劇評から、観客の笑いの原因は、ハビトゥスに規定された階級の成員の身体記憶と感情表出の差異と推察できる。ウィリアムズが原作を「感動的」と評するように、ギャスケルは、中産階級による労働者階級への共感と心の変革を求めた（Preface: 7）。同様に、ペル・メル・ガゼットによれば、劇は複雑で繊細な感情の機微を表現し、観客の涙や笑いを誘発した（"Long Strike"）。さらに、当時の雑誌に掲載された劇の舞台スケッチが捉えた 2 つの異なる場面において、ノアとジェーンは胸に手を当て、理性より感情の重視を訴える（"From" ; "Stage"）。

　共感は、男らしさ、女らしさというジェンダーと階級で規定される同一の感情構造の枠内で効果を発揮する（Elliott; Barker-Benfield）。しかし、1867 年のイーラ紙の劇評は、感受性の繊細さ（sensibility）が劇と観客の感情構造を分断する指標であることを明示する。メロドラマの誇張された情動表現に慣れた観客は、「下品で、台詞をわめき散らし、甚だしく愚劣な」模倣と対象をなす、劇の「抑制された哀愁」に「無感覚」（not sensible）なのである。同紙は、『ロング・ストライキ』による、観客の啓蒙と嗜好の向上を望んだ（"London Theatres"）。

第 13 章　ハビトゥスとテイストの狭間―劇作家ディオン・ブーシコーの『ロング・ストライキ』(1866) のイースト・エンドとウエスト・エンドにおける受容の比較

　労働者と中産階級の感受性のすれ違いは、異文化体験に似た異化効果をもたらす。1867 年のイーラ紙によれば、グレーシャン劇場の観客は「ディケンズの『マグビー・ジャンクション』の米国人のように」、「全く場違いな場面で」「笑って、目に涙を溜めた（larf, they dew）」（"London Theatres"）。グレーシャン劇場の観客に例えられる米国人は、『オール・ザ・イヤー・ラウンド』掲載のチャールズ・ディケンズの短編「マグビー・ジャンクション」（1866）の駅の喫茶室を舞台にした英国の外食産業への風刺的な逸話に登場する。客として訪れる米国人の紳士は、無愛想で高飛車な態度で出された、木屑のようにパサパサと味気ないサンドイッチと似非シェリー酒を「ペッと吐き出す」（Dickens 17）。そして、彼は年老いた女給に、気の良い、田舎訛りの物凄い大声で無遠慮に文句を述べる。「マダム、まったく大笑いだ。ほら！目に涙が溜まっているでしょう（I la'af. I Dew）」（Dickens 17）。そして、一頻り大袈裟な調子で不服を述べ、足音高く客車へ戻っていく。

　イーラ紙では、労働者による劇の意図の読み違えを暗示する程度に留めているが、同様の感受性のすれ違いによる異化効果は、1871 年 9 月 6 日付マンチェスター・ガーディアン紙掲載のマンチェスターのプリンス劇場の劇評に確認できる。劇の後半で、哀愁を冗談ととった観客は抱腹絶倒した。情緒的な演技をバーレスクの狂言と誤解した観客は「全く不適当な場所で」、「あまりに頻繁に」、「爆笑」し、「面白がって騒いだ」（"Prince's Theatre"）。劇作家は、法律家マネー・ペニーの持ち前の親切心と職業上の冷笑癖の相克を、軽喜劇として稀に見る演技力で提示した。その動作、表情、声音の変化の 1 つ 1 つが哀愁を湛え、鋭敏な観察に裏打ちされた自然な演技であった。だが、評者が劇作家の演技への観客の仕打ちを憂慮したほど、劇作品の感性と労働者の感受性に落差があった。

　例えば、イースト・エンドの労働者は次のような「我々にとっては全く思いながけない」場面で、上述の『マグビー・ジャンクション』の「米国人のように」、笑い、涙を流した（"London Theatres"）。

　劇評では、労働者の台詞の他、4 箇所での労働者の笑いを挙げる。1 つ目は、工場主ラドリーの恐怖の感情の表出の場面、2 つ目は、警官が手錠をハンカチ

で覆って殺人容疑でジェムを連行する場面、3 つ目は、ジェーンの質屋の券、4 つ目は、ジェーンの失神である。

労働者の言語

　ギャスケルのリアリズムを讃えるインガムによれば、『メアリ・バートン』の登場人物のランカシャー方言は、発音、語形、語彙、文の構成と配列といった修辞パターンまで「正規の標準的な話者のそれに近い」（520-22）。だが、方言交じりの台詞は登場人物のアイデンティティの創造行為のための文学上の技法であり、当時のマンチェスターで話されたありのままではない（Hakala 148）。イーラ紙によれば、劇の台詞はウエスト・エンドの一部の劇場以外の観客が「あまり耳にしない類い」の「文学的性の高い」言語であった（"London Theatres"）。同様に、1874 年のハル劇場の劇評は、ブーシコー夫人扮するジェーンの方言使用の失敗を、「劇の文体（text）」の問題（fault）とした（"Long Strike" *Hull*）。高級紙ペル・メル・ガゼットの劇評（"Long Strike"）は現代の 19 世紀英国演劇史と同様に、『ロング・ストライキ』を文学性の低い大衆的なメロドラマと位置付ける。だが、劇中で法律家が朗読する高級紙タイム紙はおろか、新聞とすら縁遠い当時の労働者にとって（Hudson 42）、劇中の労働者の台詞の文学性は風変わりであった。劇が援用したギャスケルの文学的言語は、労働者階級の言語という、特殊な言語の虚構の表象でしかなかったのである。

労働者の男性性：感情表出にみる階級と男性の感受性

　女工ジェーンの部屋に匿われた工場主ラドリーが、労働者の陰謀の波及に怯え、「街を破壊する計画！」（Boucicault 12）と、恐怖を表すことが笑いの対象となった。

　労働者の笑いは、労働者階級の男性性の型の踏襲を示す。ギャスケルはサテュロスとヒュペリオンの表象を対比し、労働者階級の男性は男らしく、中産階級の男性は女々しいとする。エレガントなダンス上手のヘンリーは、手袋をはめた手に表象され、反対に「浅黒く、がっちり、汚れた作業服」の労働者のジ

176

第 13 章　ハビトゥスとテイストの狭間―劇作家ディオン・ブーシコーの『ロング・ス
　　　　トライキ』(1866) のイースト・エンドとウエスト・エンドにおける受容の比較

ェムは、「職工の黒い右手」とされる（15: 150）。口論の最中に、ジェムが
ヘンリーを殴り、ヘンリーは女性のように泥の中に伸びてしまう。

　劇作家は、18 世紀以降の文学の流れを踏まえて、感受性を中産階級の男性
の描写に取り入れた。感受性を高め、感情表出において繊細であることを描写
することで、道徳的な卓越性を獲得する男性性である（Barker-Benfield）。し
かし、卓越性を巡る感情のポリティクスに参加しない労働者にとって、恐れや
戸惑いといった感情を表出することは、「女性化」された男性とされ、労働者
階級の男性性と衝突した。

ハンカチにみる階級と感受性

　警官が殺人容疑で連行されるジェムの手錠にハンカチをかける場面で、笑い
が起こった。上述の例と同様に、必要以上の階級の洗練化が見られる。クラン
クショウは、ジェムを拘束し手錠をかけた上で、「ほら、鉄の手錠の上に、私
のハンカチをかけてやろう、これで誰も我々の用件を知る必要はない、さあ行
くぞ」(Boucicault 28) とジェムを励まし、ジェムは、「有難う、有難う」と
礼を述べつつ、従った。

　権力者の手先となる警官は、労働者とは別の階級であり、その社会的地位は
不均衡である。「人道的な」警官が、「思いやりをもって」容疑者の心情への
配慮を試みる（"London Theatres"）。ハンカチは、この場面において劇作家に
よって必要であるとみなされ、小道具として機能する。だが、中流階級の感受
性のポリティクスに参入しない労働者には、実効性を伴わないハンカチの使用
は滑稽であった。

労働者の家庭の日常生活の感触：質屋

　リヴァプールの船頭たち相手に、メアリはなけなしのお金を出して、乗船を
懇願する。メアリは、絶望して泣きながら言う。「でも、ショールをあげるわ、
売れば、4、5 シリングにはなります。ああ！それで足りませんか？」。「ど
んなに冷酷な人でも、このような苦痛に満ちた嘆願を拒絶できなかったであろ
うと思われる悲痛な声」に、粗野で強面の男達は、それ以上、一言も発せずに、
メアリを船に乗せる（27: 244）。

177

だが、労働者は共感の涙の代わりに、劇作家の挿入した質屋のコミック・リリーフに、自分たちの日常にひきよせた現実性を同一化し、「心から（heartily）」笑った（"London Theatres"）。原作において、粗野で強面の男達の心に共感を呼び起こすメアリの必死さは、劇においては中産階級の裕福な法律家マネー・ペニーに向けられる。劇作家は、原作のジョンがダベンポート家への差し入れの金策のために用いる、質屋という労働者の経済のやり繰りに不可欠な（Tebbutt 1）、裏の経済活動を前景化した。

> メアリ：お金はあります。ここに。必要かと思って準備しました。
> 　　　　さあ、どうぞ（一握りの銅貨、銀貨と質札をポケットから
> 　　　　出し、テーブルに置いて）14 シリングと 9 ペンスあります。
> マネー・ペニー：これは、何だろう。質札かな？
> メアリ：（質札を取り返して）ご免なさい、これではなくて。
> マネー・ペニー：彼を救うためのこの金の工面にお前さんは持物を
> 　　　　質入れしたのか。（Boucicault 31）

労働者の女性性：失神にみる階級と女性の感受性

　原作のメアリは、「気も狂わんばかりの勢いで両腕を上げて、甲高い声で叫んだ、「ああ、ジェム！ジェム！助かったわよ。わたし、気が変になった―」そして、すぐに失神した。彼女はおおいに同情され法廷から連れ出された」（32: 273）。身体の制御の喪失を伴う失神は、神経の感度の高さという感受性の繊細さにより上流階級の女性の証となる（Barker-Benfield 28）。

　労働者階級の女性が、感極まって失神することの可笑しさは、マンチェスターにおける劇の再演において、再度確認されている（Prince's Theatre）。原作のメアリにあたる女工ジェーンの「失神」の多さへの批判は、階級間の身体的な感性の隔たりを示す。ジェーンは 3 人の恋人をもつ多情な女性にもかかわらず、淑女の身体コードを適用する。労働者階級の女性の身体に刻印された中産階級的な身体言語の虚構性が笑いの対象となったのである。

　上記の例は、労働者のジェンダーと階級の取り違え、言語、感情構造を含む、抽象的および具体的な居住空間の虚構性を捉えており、文学的想像力が労働者

第 13 章　ハビトゥスとテイストの狭間―劇作家ディオン・ブーシコーの『ロング・ス
　　　トライキ』（1866）のイースト・エンドとウエスト・エンドにおける受容の比較

のハビトゥスを書き換えたことに対する違和感が笑いとなって顕現化された例
と言える。

結び

　スティードマンは、小説に社会的事実を求める文芸批評家らに向けて、リア
リズム小説による現実構築の虚構性を、独自の歴史分析により実証する。『メ
アリ・バートン』 は、労働者の生活や、日常といった「リアリズムの構築」
に貢献したとされた。だが、実際は、それが虚構であったことが、労働者の反
応から見受けられる。小説の虚構性は、その後、複雑な形で正統化され、労働
者のアイデンティーとして取り入れられていった。それが具体的にどのように
なされたかについては今後の研究に譲りたい。

引用文献

"Art, Literature, and Science." *The Guardian*, 18 Sept. 1866, p. 3.

"Bankruptcy Court, Nov,14." *London Evening Standard*, 15 Nov.1867, p.3.

Barker-Benfield, G.J. *The Culture of Sensibility*. U of Chicago P, 1992.

Boucicault, Dion. *The Long Strike*. 1866, Lord Chamberlain's Plays, British Li-
　　brary, London, Typescript.

…, *Promptcopy of The Long Strike*. 1866, National Library of Ireland, Dublin,
　　Typescript.

Davis, Jim. " The East End." *The Edwardian Theatre*, edited by Michael R. Booth
　　and Joel H. Kaplan, Cambridge UP, 1996, pp. 201-19.

Dickens, Charles. *Mugby Junction*. Chapman & Hall, 1866, p.17.

"The Drama." *The Observer*, 16 Sept.1866, p. 7.

Elliott, Dorice Williams. *The Angel out of the House*. UP of Virginia, 2002.

"From "The Long Strike," at the Lyceum Theatre." *Illustrated London News*,
　　Supplement, 29 Sept. 1866, p. 309.

Great Britain, House of Commons Parliamentary Papers. *Report from the Select
　　Committee on Theatres and Places of Entertainment*. Her Majesty's Station-
　　ery Office, London, 1892, p.208.

Hakala, Tarlyn. "Linguistic Self-Fashioning in Elizabeth Gaskell's *Mary Barton.*" *Dialect and Literature in the Long Nineteenth Century*, edited by Jane Hodson, Routledge, 2017, pp. 146-61.

Hudson, Kenneth, *Pawnbroking*. Bodley Head, 1982.

"The London Theaters." *The Era*, 3 Mar. 1867, p. 10.

"The " Long Strike" at the Theatre." *Hull Packet and East Riding Times*, 13 Mar. 1874, p. 6.

"The Long Strike." *Pall Mall Gazette*, 27 Sept. 1866, p. 10.

Lucas, John. *The Literature of Change: Studies in The Nineteenth Century Provincial Novel*. Routledge, 2016.

"Lyceum Theatre." *Morning Post*, 17 Sept.1866, p. 6.

"Lyceum Theatre." *Morning Post*, 26 Sept. 1866, p. 5.

"Lyceum Theatre." *The Times*, 17 Sept. 1866, p. 8.

"Prince's Theatre." *Manchester Guardian*, 6 Sept. 1871, p. 6.

Savage, Mike, and Elizabeth B. Silva. "Field Analysis in Cultural Sociology." *Cultural Sociology*, vol. 7, no. 2, 2013, pp.111-26.

"Scene from Dion Boucicault's New Drama, "The Long Strike," at the Lyceum Theatre." *The Penny Illustrated Paper*, 13 Oct. 1866, p. 1.

Sims, George R. *How the Poor Live and the Horrible London*. London, Chatto & Windus, 1889, p.1.

"The Stage in the Suburbs." *The Observer*, 29 Sept. 1872, p. 3.

Steedman, Carolyn. "What A Ragrug Means." *Domestic Space*, edited by Inga Bryden and Janet Floyd, Manchester UP, 1999.

Tebbutt, Melanie. *Making Ends Meet*. Leicester UP, 1983.

"The Theatre, &C." *The Era,* 17 Nov. 1861, p. 11.

Williams, Raymond. *Culture and Society*. Vintage, 2017.

インガム・パトリシア「ギャスケルの方言使用とディケンズへの影響」松岡光治訳、『ギャスケルで読むヴィクトリア朝前半の社会と文化』松岡光治編、溪水社、2010 年、517-33 頁。

第13章　ハビトゥスとテイストの狭間─劇作家ディオン・ブーシコーの『ロング・ス
　　　トライキ』（1866）のイースト・エンドとウエスト・エンドにおける受容の比較

エンゲルス、フリードリヒ『イギリス労働者階級の状態─19 世紀のロンドン
　　　とマンチェスター』一條知生、杉山忠平訳、下巻、岩波書店、1990 年。

パノフスキー、エルヴィン『ゴシック建築とスコラ学』前川道郎訳、筑摩書房、
　　　2001 年。

第 14 章

ギャスケルとロマン派女性詩人バーボルド――愛国心の諸相

太田　裕子

1．ギャスケルとバーボルド

　エリザベス・ギャスケル（Elizabeth Gaskell）の作品には、18世紀末を時代設定としたものが幾つかある。小説では『ラドロー卿の奥様』や「私のフランス語の先生」がある。英国で当時活躍した作家名を挙げるなら、ウィリアム・ワーズワースやサミュエル・テイラー・コールリッジ、あるいはウィリアム・ブレイクがいよう。しかし、そのような作家が台頭してきた頃、ギャスケルと同じユニテリアン派に属していた女性作家アナ・バーボルド（Anna Barbauld 1743-1825）は、当時の文壇ですでに中心的役割を担っていた。ユニタリアン女性作家であったバーボルドもギャスケル同様に文筆活動を通して広く社会に改革運動を拡げることを目指しておりギャスケルの社会小説と通底するものがあると思われる。

　ギャスケルとバーボルドの関連性は、近年ユニテリアン宗派のネットワークの観点から論じられ始めているが、ギャスケルの文学作品とバーボルドの作品とを比較し論じたものは少ない。そのため、本稿では作品の設定年代と同時期の社会を生き、批評的観点から描いたバーボルドの詩における思想とギャスケルの小説における思想を比較し、ギャスケルとバーボルドに通底するユニテリアン女性作家特有の社会認識を探り、ギャスケルがその時代に小説の設定を行った真意について論じたい。

2．ユニテリアンネットワーク

　ギャスケルとバーボルドは直接出会った記録は無いものの、そのユニテリアンネットワークにおける間接的な関係性は大変深い。ギャスケルの父の死後1829年から2年間の間に滞在したニューカッスル・アポン・タインのウィリアム・ターナー（William Turner）がその仲介役といえよう。ターナーは、バ

ーボルドの父ジョン・エイキン(John Aikin)が教師を務めるマンチェスター近郊のウォリントン・アカデミーでエイキンの下で神学を学び卒業している。更に、ターナーの妻メアリー・ホランド(Mary Holland)はギャスケルの母方の親戚の出である。メアリーはギャスケル滞在時には既に他界し、ターナーは再婚していたが、ターナーの娘とギャスケルはスコットランドに旅行にも出かけており、一家とギャスケルの親交は、ギャスケルのプリマスグローブの家には晩年マンチェスターに在住していたターナーも招かれるなど深かった（*Letter*s 126, 280）。

　このような関係性の中でも、ターナーが、ギャスケルがターナー一家に滞在する4年前に、ニューカッスル・アポン・タインでバーボルドの追悼文「バーボルド夫人」を「ニューカッスル・マガジン」に寄稿していることは特筆すべきである。追悼文でターナーは、バーボルドを「間違いなく、現代の一流女性詩人、そして最も雄弁で力ある散文家の一人」（183）と称する。また彼は、割り当て号の掲載範囲では書き足らないため、次号でも継続して掲載を希望し、次号ではバーボルドの散文作家としての才能を称えた。ギャスケルがターナーの家に滞在中にバーボルドの詩や上記のターナーのバーボルドへの追悼寄稿文を読んだことは想像に難くない。

3．『北と南』──ギャスケルの英国賛歌

　ギャスケルがバーボルドの作品を愛読していたことは、バーボルドの『詩集』（1773）に収められた詩への直接言及から明らかである。例えば、『北と南』(1854-55)第9章はバーボルドの『詩集』中の滑稽詩「大ジョッキの呻き」からの引用「金紋様が描かれ、水色の縞模様のある/色彩豊かな茶碗に/インド紅茶の心地よい香りか、/よく色づいた豆コーヒーを入れましょう」（「大ジョッキ」47-50）で始まる。

　バーボルドの『詩集』は当時の文学界において重要な事件と受け入れられた。我々はエイキン嬢の持つ天賦、才能がこの世に出たことで社会を祝したいと「マンスリー・レヴュー」は記している(Review 173)。また、メアリー・スコット（Mary Scott）やデイヴィッド・ガリック（David Garrick）らは彼女に詩で賛辞を送り、「ブルーストッキングの女王」エリザベス・モンターギュ

（Elizabeth Montagu）はバーボルドとの交際を求めた。また、青年時のコールリッジはバーボルドに会うため 40 マイルを歩き、ワーズワースは初期の詩作で彼女を真似たと言われる。1798 年の「レイディーズ・マンスリー・ミュージアム」はバーボルドの詩的卓越性を讃え、国内のどの図書館でもこの『詩集』が受け入れられている（169-79）と伝えた。

　バーボルドのこの「大ジョッキの呻き」において、バーボルドの父親の食器棚に、彼の「唯一の飲み物」（Turner 230）である水を入れて置かれているジョッキを語り手としてユーモアを用い社会を描いている。ターナーいわく、この詩はバーボルドの父が教えていたアカデミーの雰囲気のわかる、同じ宗派の者だけが共有できる独特の美しさにあふれているが（230）、詩の前半ではジョッキ自らが英国の誇るべきエールによって、「フランス自慢」のワインを退けてきたこと（44）、後半では、国教会の主教が豪勢な飲食により太鼓腹を（72）持つことが揶揄され、非国教会派の堅実な日常へと視点が移る。詩全体として注目すべきは、古典への言及を駆使しながら自らの宗派のもと集っていたバーボルドらユニテリアンの勤勉な生活態度を現実的に描写する観察眼である。このような現実を直視する目はバーボルドからギャスケルへと受け継がれ、その精神は『北と南』の間の社会・労働問題の提起に結びついたのではないだろうか。

4．「私のフランス語の先生」──フランス人の精神性

　次にバーボルドが文壇でも活躍していた 18 世紀末を舞台とした、ギャスケルの「私のフランス語の先生」におけるギャスケルの思想とバーボルドの詩作品における思想を比較する。

　「私のフランス語の先生」では、ギャスケルのフランスからの亡命者の高い精神性や徳性が際立っている。ギャスケルは亡命貴族であるシャラブル氏を好意的に描いているが、シャラブル氏は社会的に上流であるというだけではなく、その特質に騎士道的な徳を兼ね備える。例えば、家庭教師として主人公の姉妹を訪ねる際に、道に水たまりがあれば、たとえ一緒に歩くのが少女たちであっても、自らはぬかるんだ場所を選び、歩きやすい部分を譲る（1: 57）のだ。

　革命勃発前にシャラブル氏はフランスに近衛兵であったという設定はギャス

ケルとバーボルドの関連を探る上で重要である。前セクションの「大ジョッキの呻き」が収められた『詩集』中の「偉大なる国へ」という詩を見ると、バーボルドのフランス近衛兵や英国への亡命者への同情が如実に表現されている。

　1792 年 9 月、新制共和国フランスは、諸外敵国との関係や国内の混乱とにより深刻な危機に陥っていた。ブランズウィック侯爵率いる王党軍がフランス侵略を目指していた。そのような状況下、バーボルドは以下のようなフランス共和国支持と考えられる詩を創作した。

　　　　立ち上がれ、力強い国よ！あなたの力で
　　　　そしてあなたの恐ろしい復讐をあらゆる場所で行え。
　　　　あなたの尊大な精神が一杯にみなぎるように
　　　　暴君の群れを地面に叩きのめせ。

　　　　・・・・・・・・・・・・・
　　　　警報が鳴っている！起きろ、起きろ、
　　　　すべての民が愛国心で厳しくまとめられるようにせよ、
　　　　乙女の腕を苦境に晒したり溜息をつかせるのではなく、
　　　　今や闘志ある若者を引き留めなければならない。

　　　　あなたの土を耕す農夫らは
　　　　熟した高品種ブドウを潰すために田舎にいるべきではない。
　　　　歓喜のうちに[酒の]器が満たされ、
　　　　そして「自由」がその完全な成就を自慢するまでは。

　　　　ブリアレオス風に、あなたの腕を広げ
　　　　一挙手で敵が倒れるだろう。
　　　　あなたの勇敢な兵を何万と送り
　　　　そして一撃で戦争を終結させてください。

　　　　さあ悲哀の後悔の涙であなたの栄光の

第 14 章　ギャスケルとロマン派女性詩人バーボルド──愛国心の諸相

　　歴史を曇らせるすべての出来事を洗い流してください。
　　恐怖によって駆り立てられ気が違って起こされた全てのこと、
　　軽率な憤りからの一時的な衝動の結果を。　（1−4、9−24）

　ここでは、1792 年 8 月のパリにおいて市民による近衛兵の虐殺と 9 月 2−3 日のパリの囚人大虐殺がバーボルドの批判の矛先となっている。8 月 29 日にはパリの英国人スパイが、新政府が侵略を拒むため、過激なまでに兵、資金、そして軍需品を集めていることを報告した。9 月 13 日フランス支持の署名がバーボルドの友人たちにより行われた。募金が同情の言葉と共にフランスに送られた。詩全体は、新政府を支持する形で書かれているが、新政府のあまりに無秩序な行動には厳しく批判の目を向け現実的である。
　更にバーボルドはギャスケルの「私のフランス語の先生」に描かれているシャラブル氏に代表されるフランスからの亡命者についても以下のように言及する。

　　　　さああなたの緩められた腕の中にあなたの
　　　　惨めなあぶれ者たちが歩き回るように包み込んでください、
　　　　悲しみでやつれさせる困窮と戦争の不安から
　　　　不幸の子供を家に呼び戻してください。

　　　　さあ墓を立てよう、−−ああ、自由という
　　　　大義のために血を流した者ためだけではなく、
　　　　尊い信仰と古代の法の犠牲者たちにも
　　　　公平な目を持って。

　　　　さああなたの栄光の時が続きますように。
　　　　そして勝者の旗がいつも巻かれたままでありますように。
　　　　あなたが自身で定めた法に則り
　　　　そして、栄えよ−−世界中の模範として。　（25−36）

フランスからの多くの亡命者は英国に住処を求めた。「私のフランス語の先生」では、1793 年国王ルイ 16 世や王妃マリー・アントワネットが処刑されたことを知ったシャラブル氏が、主人公の父の同情の言葉に感動し、その腕にもたれかかりながら父の家へと訪ねてきた（1: 60）様子は、バーボルドの亡命者への愛情を彷彿とさせ、シャラブル氏の精神性を評価している。

5.『ラドロー卿の奥様』——女性の社会における権利

　ルース・ワッツによるとバーボルドの属していた非国教会派ユニテリアンの女性たちは 18 世紀後期以降特に女性解放において重要な役割を果たしてきた（2）。ワッツの述べるように、非国教会派ユニタリアンの女性は男性と同等の教育機会を受けることにより知的に男性と同等になれると考えられていたため、バーボルド自身も啓蒙主義の伝統により家庭で父親から教育を受けていたが、当時の女性の権利拡張論者であったメアリー・ウルストンクラフト（Mary Wollstonecraft）に比べ、バーボルドの女性教育観は保守的であると従来見られてきた。その証拠にバーボルド自身は家庭で男子同等の教育を受けたものの、モンターギュ夫人に女子学校を開くよう要請を受けた際、女子は両親やガヴァネスにより家庭で教育をうけるべきと要請を断ったからである。また女子は家庭でたしなみとして思慮分別、礼儀正しさを学ぶべきである（Lucy Aikin, "Memoir" xx-xxi, Barbauld, "Prudence, Charity, Discretion, Benignity," "Emblem," in *Evenings*）とも主張している。

　しかし、梅垣千尋も指摘するようにバーボルドは家庭内教育が女子にとり好ましいと考えたのであって、バーボルドが女子教育に否定的だったのではないと考えられる。バーボルドと彼女と実弟の著作『家庭での夕べ』（*Evenings at Home*）では、女子が家庭において天文学の基礎のような、実際的知識や自然科学を体系的に学ぶことの大切さが説かれ（"Dialogues on Things to be Learned"72）、それらを学ぶことで神の愛を学ぶことができるとしている（"Why the Earth Moves Round the Sun"in *Evenings*）。また女性は家庭という領域を超えるべきではないと考えたが、女性も男性同様の教育（殊に自然科学）を体系的に学ぶべきだと考え、その女子教育観が保守的だったと一概には言え

第 14 章　ギャスケルとロマン派女性詩人バーボルド――愛国心の諸相

ないことが分かる。これはバーボルドの、教育が女性に対する社会的不公平の原因としての社会問題につながっている、という認識を示す。

　この認識は、ギャスケルの小説にも見られよう。例えば、中編小説『ラドロー卿の奥様』では反国教会徒のミス・ガリンドーの育てたミス・ベッシーが、教育を受けて立派に成長する様子が描かれている。また、短編小説では、「モートン・ホール」の中の第三話の主人公として登場するミス・ソフロニアが実践的知識を、ミス・アナベラが情緒的な体験を姪のミス・コーディリアに教えようとするがその源流がバーボルドの教育に見出せる。

　では、社会における女性の立場の認識においては、ギャスケルとバーボルドに共通点は見出せるだろうか。1791 年フランス革命の最中に共学の公教育を推進する内容のタレーラン・ペリゴールが暫定国民議会に提出した報告があった。この報告書では女子が 8 歳まで教育を受けた後は、進学をせず父親の家に閉じこもるべきであり、女性特有の体質、性質、義務などから政治的権利の行使をすべきではない(タレイラン 44-48)と書いてあったためウルストンクラフが書いた反論『女性の権利の擁護』への反論として書かれたとされるのがバーボルドの以下の詩、「女性の権利」（1792)である。

　　そうだ不当に扱われてきた女性よ、立ち上がりその権利を主張せよ。
　　女性よ、長年卑しめられ軽蔑され抑圧されてきた者よ。
　　不公平な法に抗い、統治するべく生まれた者よ、
　　あなたが生来持っている胸の上の帝国を取り戻すのだ。（1－4）

詩はウルストンクラフト同様の激しい女権擁護で始まり、主人対奴隷の構図を女性対男性の構図になぞらえて社会的不義への抵抗を強く促している。しかし、次の箇所よりその態度が変化し、バーボルドらしい女性観が示される。

　　お前の暴君である敵の頑固な膝をかがませようと、
　　反逆的な「男性」をあなたの友ではなく僕にしようと、
　　あなたがいくら命令をしようと、あなたは決して自由になれない。
　　（18－20）

ここでは、仮に女性が男性の支配を倒して、支配者になったとしても結局女性が「自由」になることはないと論じている。更に最終行にかけて女性をめぐるバーボルドの特徴的な思想が示される。

　　だから、それだからあらゆる野望——征服とか支配とか、
　　あなた方の心を弱々しくとしか動かさないものを払いのけよ。
　　あなた方は「自然」という学校で、対立する権利は、相互の愛情の
　　もとに一体化されるのだという柔軟な定理を教えられているのだから。
　　(29–32)

上記の詩が示すようにバーボルドが目指していた社会は、急進的な男女が全く同権で女性が男性を支配するというものではない。むしろ、男女間の相違を常にはらみながら、他者への愛情が保たれる社会こそが自然だと訴えている。バーボルドは「女性の権利」というタイトルで詩を書きながら、そのような権利に依存して作られる社会よりも、男女の対立をはらんだお互いの権利の主張を現実的に浮き彫りにしながら、相手の存在を断罪したりせず、他への共感をともなう有機的一体性のある社会を待望していた。

　このような女性の社会における立場への認識はギャスケルの場合にもあてはまる。例えば、ギャスケルは『メアリー・バートン』（1842）の序文において、ギャスケル自身は「経済学や商業理論を知らない」が、「忠実に描くよう努めた」（5: vii）と述べ女性が男性の領域に踏み込まず、女性のできる範囲の仕事をするという姿勢である。

　更に、バーボルドの男女間の有機体的一体感は『メアリー・バートン』でギャスケルの目指した労使関係にもあてはまる。工場主と労働者とがお互いに問題をはらみながらも、常に尊重し、愛情を持って接することの大切さを最終的に工場主ジョン・カーソンが学ぶためである。

第 14 章　ギャスケルとロマン派女性詩人バーボルド――愛国心の諸相

６．愛国心の諸相

　ギャスケルとバーボルドが現実的に社会を描写し、また良き社会の建設に向けて作品を書いていったとすれば英国の将来をどのように見据えていただろうか。バーボルドの最終作品である「1812 年、詩作」がそれを表している。

　　　宣戦の太鼓がドンドンと強く鳴り響き、遥か遠くより轟きながら
　　　苦しむ国々に戦いの嵐が激しく襲いかかる。
　　　恐ろしい呼び音に穏やかだった英国も耳を傾けざるを得ない。
　　　恐ろしい争いに拍車がかかり、希望と恐怖とが交差する。
　　　無益にも勇敢に、あえて運命に抗い
　　　衰えていく国々を代わって助けようとする。
　　　圧倒的な力を持つ巨大勢力で
　　　あらゆる自由港をその際弾圧していく。
　　　それらが専制君主の支配のもとに置かれ
　　　一方主権を失った国々は暴君を呪いながらも従う。
　　　嬉々として自然が賜物を授けてくれる―この世の喜びが
　　　戦争で男どもが狂乱する今ではいくら豊穣でも無駄なのだ。

(1-12)

　　　さあ想像をしておくれ、英国よ、常に安楽に座り
　　　女王たる島が大洋を従えていても
　　　曲がりくねったうねりが、遠方でとどろいても
　　　あなたは眠りに安らぐだけ、そしてその波は岸辺を軽くなでるだ
　　　けなことを。
　　　娯楽で争うだけで、危険など放っておかれ
　　　あなたの草原も敵軍のひづめに荒らされずに生い茂った。
　　　　そうしてあなたを褒め称えて歌う。しかし、英国よ、
　　　罪を負うものは傷をも負わねばならぬことを知っておくれ。

(39-46)

バーボルドはやがて行われる「ゆっくりとした進歩」（84）すなわち「道徳と学問の繊細な感覚」（85）がインドをはじめ北米にまで広がることで新しい国々が[ジョン・]ロックや[ウィリアム・]ペーリーのような先人の教えにふれることでより神に近づき、若者たちを「真実の探求に導く」（90）としている。殊に北米においては、「ミズーリ川のほとばしる川水の脇で／「古き父なるテムズ川」について詩人たちも詠む」（92−93）し、「ミルトンばりの調べがナイアガラの滝の轟音と調和して、／それを聞く者を歓喜させうっとりさせる」（95−96）。すなわち学問が北米に浸透することを予想している。更に、英国の将来については以下のような悲観的社会を想像している。

　　　　しかしもっとも美しい花も咲いては朽ちてしまう。
　　　　あなたの芯には虫がおり、あなたの栄光は過ぎ去るものだ。
　　　　学問、軍隊、富は栄華のもたらしたものを台無しにする。
　　　　商業は美と同様に再度盛んになることなどない。
　　　　犯罪が都会で蔓延し、乞食が惨めな食べ物を手にし
　　　　貧困と苦痛を覆うようにあなたに豪華な衣装がかけられ
　　　　そして善良な慈善が対抗するが無駄に終わる。
　　　　壮麗さが加わるほど貧困の度合いは高まる。（313−320）

　加えて、英国は、現在は学問の中心地でもやがて、「灰色の廃墟と崩壊する墓だけで知られるだろう」（124）と厳しい視線を送る。最終的に人々が自由を享受できるのは北米だと以下のように断言する。

　　　　そしてより良い生活のためと弱々しい魂を鼓舞し、
　　　　大洋から大洋へと諸処の民族に叫び、
　　　　そしてこう断言する――コロンブスよ、あなたの世界は自由になる
　　　　だろう――と。
　　　　　　　　　　　　　　　　　　　　　　　　　　（332−334）

以上のように、英国の将来を落胆し、都市の貧困問題の深刻化を予想、また将来的な希望を新大陸に求めたところはギャスケルの追求した小説の基本的概念

第 14 章　ギャスケルとロマン派女性詩人バーボルド──愛国心の諸相

に受け継がれていよう。例えば、『メアリー・バートン』ではメアリーは生まれ育った マンチェスターを去って、父の親友の妻ジェーンとその子ジェムとともにカナダに行く。

　バーボルドの想像したように、あるいはギャスケルが小説で示したように英国を離れ新天地に向かうのも問題解決への一つの選択だが、個人ひいては国が抱える問題を解決できる方法は他にないだろうか。

　解決の一つは、社会のための愛国心を子供のころから身に付けるということであろう。バーボルドは、愛情（affection）が社会へ波及したものととらえていた。バーボルドは男女を問わない将来の市民に、家庭において、社会に向ける愛情（civic affection）を学ばせようとし、またそうすることで社会も改革できると考えていた（"On Prejudice" 340）。

> 節度のないものは断ち切られ、腐敗したものは取り除かれ、公益の基盤に基づいていないものは地面に投げられるべきである。（"Address to the Opposers of the Repeal of the Corporation and Test Acts" 277）

以上のようにバーボルドは公共の実利にもとづかないものは社会から取り除かれるべきと言明し、また"May you never forget that without public spirit there can be no liberty"（公共心がなければ自由もない）（"An Address to the Opposers of the Repeal of the Corporation and Test Acts"281）とまで断言した。

　一方ギャスケルも、家庭内の情愛を重視し、社会をより良くするような態度を強調して描いた。例えば、「一時代前の物語」に登場するスーザン・ディクソンは女性地主として辣腕をふるいながらも、家族や障害を持つ弟に尽くし、やがてその愛情は家族にのみならずかつての婚約者の妻エリノアやその子供へと波及する。また、「リジー・リー」においては、愛情にあふれたスーザン・パーマーがリジーの子供を守ることは社会問題の解決になっている。家庭内の愛情の波及が社会問題解決の手段であると考えられる。

7．最後に

　ギャスケルとバーボルドには同じユニテリアン宗派に属する女性作家として、

類似点が数多く見いだせる。そして、その多くは何よりも社会を冷静に描写する力による社会認識の深さに基づいている。ギャスケルが 18 世紀末に小説の設定したのは、フランス共和制樹立を含む政治情勢を考慮し、英国そのものへの愛情を表現することが求められた時期であったからだろう。その当時活躍した女性作家バーボルドが 20 世紀の世界大戦を予期させるような詩「1812 年」を書いて社会に警鐘を鳴らしたのと同様に、ギャスケルもヴィクトリア時代の社会問題の深刻化へ警告を与えたいと考えたことが理解できよう。

引用文献

（バーボルドの詩はすべて Barbauld, *Selected Poetry and Prose*, edited by William McCarthy and Elizabeth Kraft に依った。）

Aikin, John and Mrs. Barbauld [Anna Letitia Barbauld]. *Evenings at Home; Or, the Juvenile Budget Opened*, Routledge, n.d.

Aikin, Lucy. "Memoir." *The Works of Anna Laetitia Barbauld, with Memoir by Lucy Aikin*, by Anna Laetitia Barbauld. Vol. 1, Routledge, 1996, pp. i-lxxii.

Barbauld, Anna Letitia. "An Address to the Opposers of the Repeal of the Corporation and Test Acts." 1790. *Anna*, pp. 261-81.

---. *Anna Letitia Barbauld: Selected Poetry and Prose*, edited by William McCarthy and Elizabeth Kraft, Broadview, 2002.

---. "On Prejudice." 1800. *Anna*, pp. 333-45.

Gaskell, Elizabeth. *The Letters of Mrs. Gaskell*, edited by J. A. V. Chapple and Arthur Pollard, the Univ. Press, c1966.

"Mrs. Anna Letitia Barbauld." *The Lady's Monthly Musuem*, vol. 1, 1798, pp. 168-79.

"Review of Aikin's *Poems*." *The Monthly Review*, vol. 48, 1773, pp. 54-59, pp. 133-37.

Turner, William. "Mrs. Barbauld." *Newcastle Magazine*, vol. 4, 1825, pp. 183-36, vol. 5, 1825, pp. 229-32.

Watts, Ruth. *Gender, Power and the Unitarians in England 1760-1860.* Longman, 1998.

Wollstonecraft, Mary. *The Works of Mary Wollstonecraft: A Vindication of the Rights of Men; A Vindication of the Rights of Woman; Hints.* Edited by Janet Todd and Marilyn Butler, vol. 5, Pickering, 1989, pp. 79-266.

梅垣千尋　「アナ・バーボルドの女子教育論」『青山学院女子短期大学総合文化研究所年報』第 19 号、2011 年、87-110 頁。

タレイラン・ペリゴール、エム・ド。「エム・ド・タレイラン・ペリゴールにより、国民議会にたいして、憲法委員会の名においてなされた公教育についての報告」『フランス革命期の教育改革構想』志村鏡一郎訳、明治図書出版、1972 年、44-48 頁。

第 15 章

ギャスケルとアン・ラドクリフ——〈女性のゴシック〉の継承

木村　晶子

　18 世紀末に〈ゴシック小説の女王〉と呼ばれたアン・ラドクリフ(Ann Radcliffe, 1764-1823)と、労資関係をリアルに描いた「社会問題小説」で有名になったエリザベス・ギャスケルには、一見、接点がないように思えるかもしれない。しかし、ギャスケルの短編 8 作品と中篇『魔女ロイス』を収録したペンギン・クラシックス版『ゴシック物語』(2000) によって、ゴシック作家としての彼女の顔も広く知られるようになった。ギャスケルのゴシック物語はクリスマス時期の雑誌で好まれた幽霊譚、怪奇譚として創作されたものが多く、「クリスマス・キャロル」を思い出しても、当時の出版事情の反映とも言えるだろう。ディケンズやギャスケルの子供時代にはラドクリフのゴシック小説はまだ非常に人気があったとされ（Milbank 8）、多くのヴィクトリア時代の作家の精神風景にその影響を見出すことが可能なはずである。

　アン・ラドクリフは 1790 年代随一の人気作家であり、ロマン派の詩人ジョン・キーツも「母なるラドクリフ」と呼ぶほどだった。[1] それでも彼女の人生については、あまり多くは知られていない。ラドクリフは紳士用雑貨店の一人娘としてロンドンに生まれ、父が陶磁器店を経営することになって幼い時にバースに引っ越している。注目すべき点は、この店が陶磁器で大成功を収めて幅広い社会活動を行ったジョサイア・ウエッジウッド(JosiahWedgwood, 1730-95)の製品を扱う店であり、彼と親しいトマス・ベントレー（Thomas Bentley, 1731-80）がアンの母方の叔父だったことである。アンは叔父の家に時々滞在し、ウエッジウッドの娘スザンナ・スーキー（Susannah Sukey Wedgwood, 1765-1817）が内気な彼女の数少ない遊び友達だったという。[2] つまりラドクリフはユニテリアン派の知識人たちの精神風土で育っており、同じくユニテリアンだったギャスケルもその知的背景を共有していると推測できる。

　アンは 22 歳でオクスフォード大学出身のジャーナリスト、ウィリアム・ラ

ドクリフ（William Radcliffe, 1763–1830）と結婚してから、夫が多忙で不在だった時間を埋めるために文筆活動を始めたとされ、子供はなかった。経済的必要に迫られたわけではない執筆活動が高く評価され、創作活動に理解のある夫に恵まれ、結果的に人気職業作家となった点もギャスケルと似通っている。ラドクリフもギャスケル同様に「ラドクリフ夫人」という呼称が文学史上で定着していた時期が長かった。ただ、旅行記と 5 編の小説を出版しつつもわずか 8 年あまりの文筆生活の後に 32 歳で筆を折った理由は明らかではなく、その後の生活に関しては恐怖小説の執筆の影響で精神に異常をきたして精神病院に収容されているという噂まで流れ、さまざまな憶測がなされた。実際は、金銭的に恵まれて夫と旅行を楽しむ穏やかな生活を送りつつも、喘息などの持病に苦しみ、59 歳で病死したとされる。[3]

　小論では、ラドクリフのゴシック小説の中で特に有名な『ユドルフォの謎』（*The Mysteries of Udolpho*, 1794）を取り上げて、ギャスケルの文学と比較してみたい。まずギャスケルのゴシック文学への傾倒を改めて検証した後、〈女性のゴシック〉(Female Gothic)を鍵概念としてギャスケルの文学におけるラドクリフの残像を探したいと思う。

1. ゴシック的設定

　本来、ゴート族・ゴート語の形容詞、「ゴシック」が建築用語でもあったように、中世を思わせる古い城や邸宅こそがゴシック文学の空間であった。最初のゴシック小説とされるホレス・ウォルポールの『オトラント城』（*The Castle of Otranto*, 1764）には偽りの来歴、すなわち北イングランドのカトリック教徒の古い家で発見された物語の翻訳で、原作は十字軍時代の創作と思われ、1529 年にナポリで出版されたという序文が付されていた。幾重もの地理的・時間的隔たり、非英国的（特にカトリック的）精神風土の強調は、非現実的な物語に信憑性を与える方便でもあり、こうした手法によって古城や屋敷にまつわる謎と怪奇を描くことが、ゴシック文学の典型的手法となった。

　そもそもギャスケルが古い城や邸宅といったゴシック的空間を好んだことは、ストラットフォード・アポン・エイボンの学校に在籍中に書かれ、ウィリア

ム・ハウィット（William Howitt）の『驚異の地を訪ねて』（*Visit to Remarkable Places,* 1840）に収められて初の出版作品となった「クロプトン・ホール」（"Clopton Hall"）からも推測できる。古い屋敷に招かれた作者が、ここで悲劇的な死を迎えた過去の住人に思いを馳せるエッセイ風の小品である。身投げした乙女の名をとったという屋敷の裏の「マーガレットの井戸」、病魔に倒れて埋葬された後、実はまだ生きていて絶望と飢えの苦しみから自分の肩を噛みちぎって死んだとされるシャーロット・クロプトンの肖像画など、若き日のギャスケルの想像力を刺激したのは、伝説と化した不幸な死者たちの痕跡だった。元来、物語は死者の人生の再構成・再現だと考えれば、数々の死者の痕跡に満ちた古城や屋敷の謎めいた空間こそ、ギャスケルの語り部としての才能を発揮するのに最もふさわしかったのも納得できる。

　また、1863 年の『オール・ザ・イヤー・ラウンド』のクリスマス特集号のために書かれた「クロウリー城」（"Crowley Castle"1863）はゴシックよりも煽情小説に近いが、やはりこの城の廃墟を訪れた語り手が 18 世紀後半の城の最後の住人の物語を語る短編である。美しい乙女の肖像画はラドクリフの作品にも頻出するゴシック物語の謎の導入となるモチーフだが、ここでも語り手が目にする肖像画の美女の生涯が語られる。彼女はクロウリー家最後の跡取り娘テレサで、放蕩者のフランス人の伯爵と結婚するが、彼は賭博で財産を使い果たし、彼女に暴力をふるった挙句に亡くなる。テレサの従兄デュークはクロウリー家の相続人で、彼女との婚約を期待されていたが、彼女が結婚した後、牧師の娘ベッシーを妻とする。しかし、ベッシーは幼い息子が病死した後に自らも亡くなり、テレサはデュークと結ばれる。ところが真相は、テレサを溺愛するフランス人の乳母ヴィクトリンが伯爵の死を招き、さらにテレサとデュークの再婚を願ってベッシーを毒殺したのだった。ヴィクトリンはイタリア人の化学者から毒殺の術を習っていたのである。悪者がカトリック国籍である点はゴシック的特色だが、ここでも道徳的欠陥のある者はすべてそうである。それに対してベッシーは「とびきり優れたイギリス娘」（4: 349）で、心底純粋で分別があると形容されている。[4]

　1861 年出版のギャスケルの「灰色の女」（"The Grey Woman"）は、意識的にウォルポール以来のゴシック小説の導入方法を用いており、青髭伝説を彷彿

させる夫をもった妻の逃亡というサスペンスに満ちた物語である。語り手は1840 年代にドイツの水車場を訪れて雨宿りした主人の家で、客間の暗い隅に美しい娘の肖像画を発見する。肖像画は 1778 年に主人の大叔母アンナ・シェーラーを描いたもので、後に恐怖のあまり顔色が悪くなった彼女は「灰色の女」と呼ばれたという。物語は、彼女が娘に宛てて結婚に反対する理由を知らせるために自らの半生を書いた書簡という形をとっている。主人が書き物机の抽斗から取り出した黄ばんだ手紙の束を「何日もかけて翻訳したり、要約したりしたもの」(IV 132) としてこの物語は始まる。田園育ちのアンナは友達の家に滞在した際に、美貌のフランス人貴族ムシュー・ド・ラ・トゥレルに見そめられて遠く離れたヴォージュの彼の城に嫁入りするが、実は夫の正体は残忍非道な強盗殺人団のリーダーだった。この作品では超自然的要素は見られないが、肖像画、悪漢に幽閉されるヒロイン、危険に満ちた逃亡、後にヒロインの娘が結婚を望む相手の父親は、かつてド・ラ・トゥレルが殺害した男性だったという、過去の謎や因縁などの典型的なゴシックモチーフが使われている。

ハンサムで優雅な貴族という社交界での華やかな表の顔とは裏腹に、己の利益のためなら手段を厭わない冷酷無比なド・ラ・トゥレルの人物像は、ラドクリフの『ユドルフォの秘密』のモントーニ——主人公エミリ・サントベールの叔母シェロン夫人が再婚する悪漢とよく似ている。モントーニは社交界では才気煥発な貴族として登場するものの、実は金目当ての残酷な男で、結婚後は叔母を虐待して死に至らしめ、叔母亡き後はエミリを幽閉する。イタリアとフランスという違いがあり、ルター派のアンナに対してド・ラ・トゥレルは「プロテスタントのふりをしていた」（IV 169）にしろ、ここでも悪漢はカトリック国籍である。「灰色の女」で身重のアンナが献身的な侍女、アマントゥと共に城を逃げ出す過程は、侍女アネッタの助けを借りたエミリのユドルフォ脱出を思い起させる。アネッタは多分に喜劇的要素をもつ人物とはいえ、共に城ではヒロインの唯一の話し相手であり、侍女は命の危険を冒してまでも女主人を守ろうとする。いずれにおいても物語の主眼は、男性によるヒロインの迫害よりも、ヒロインがいかにその恐怖から逃れるかにある。

ラドクリフの作品では、田園や修道院で平穏な生活を送る乙女が、横暴な男性の支配下で古城に幽閉されるものの、最終的には解放されて、愛する男性と

第 15 章　ギャスケルとアン・ラドクリフ──〈女性のゴシック〉の継承

新たに幸福な人生を始めるという結末を迎えることが多い。〈古城に幽閉される美女〉はゴシック物語の定番だが、例えばマシュー・グレゴリー・ルイス（Matthew Gregory Lewis, 1775‐1818）のような男性作家の作品では女性が男性の権力と欲望の犠牲者に過ぎないのに対し、ラドクリフのヒロインは迫害する男性に抵抗して主体的に恐怖を克服しようとする。作者の性別による区分には本質主義的だという批判もあろうが、エレン・モアズが『女性と文学』（1976）でラドクリフを代表とする女性作家の小説に用いた〈女性のゴシック〉はフェミニズム批評の発展と共に批評用語として定着し、このジャンルについては近年もますます活発な論議が行われている。

　主に女性を読者層としたゴシック小説が、産業革命の発展と共に男女の領域分化が厳格化した時代に発展したことは意味深い。18 世紀後半から中産階級の女性の空間が家庭に限定されてゆく中で、ゴシック小説は〈家庭の外の世界の恐怖〉を描く煽情的娯楽によって、対照的に安全な空間である家庭の幸福を強調し、家父長制イデオロギーを強化した。その一方で特に〈女性のゴシック〉においては、家父長制への反逆をも表現する複雑なジャンルだったと言える。ラドクリフのヒロインは、恐怖に満ちた古城の主、父権的人物に抵抗して幸福をつかむことで家父長制の闇をあらわにするのである。ロバート・マイルズは、ゴシック小説の主な領域は機能不全に陥った核家族であり、中でもラドクリフが得意としたのは父親や父の代理と娘の確執で、そこには単純な家父長制批判に留まらない権力とジェンダーの関係性の探求が見出せると論じている（4−5）。またミルバンクは、〈女性のゴシック〉が性差を強調した表現の後に、女性化した男性主人公とパストラルモデルに基づく新たな男女関係を構築すると述べている（199）。だが、このような観点からギャスケルのゴシック作品を考察すると、ラドクリフとの共通点よりもむしろ相違点が多いように思えてくる。以下、両者のゴシック文学の違いについて考えてみたい。

2．異質の女性像

　ギャスケルのゴシック作品には、「灰色の女」、「婆やの物語」（"The Old Nurse's Story" 1852）、「貧しきクレア修道女」（"The Poor Clare" 1856）など、家父長的男性の暴力、その犠牲となる女性が描かれるものもあり、家父長制の

闇の面を表現したという意味で確かに〈女性のゴシック〉の特質を備えている。しかし、その中で女性が主体的に恐怖を克服する姿は描かれず、ヒロインをはじめとする女性たちは最終的に悲劇的運命をたどっている。「灰色の女」の「恐怖のあまり顔色がすっかり暗くなって灰色の女と呼ばれた」アンナは医師と幸福な再婚をするとはいえ、生涯恐怖から逃れられないばかりか、父が殺した相手の息子と恋に落ちたアンナの娘は「親の因果が子に報い」、「ほかのどんないい男とも結婚しようとしないまま」生涯を終えてしまうのである（IV 131）。[5] また「婆やの話」では、未婚の母だという事実を暴かれたミス・モードが、父から幼い娘と共に大雪の屋外に追い出され、死んだ娘を抱えて狂気に陥って亡くなるという悲惨な最期を遂げる。姉と同じ男性に恋をした妹のミス・グレイスは、嫉妬心から姉の不義を父に密告してこの事態を招いたため、年老いても亡霊にとりつかれ、寝たきりとなって過去の罪を償えないことを嘆き続ける。また、「貧しきクレア修道女」では、孫娘とは知らずにルーシーに呪いをかけてしまった主人公ブリジットは、修道女となって呪いを解くものの、自己犠牲的死という結末を迎える。恐ろしい「ダブル」とも言える自らの生霊に悩まされるルーシーはひたすら無力であり、彼女が主体的に行動する姿は見られない。そして、ゴシックのジャンルに含めることに疑問も残るものの、『魔女ロイス』の主人公ロイス・バークレーは、何の罪も犯さない善良な娘にもかかわらずセイレム魔女裁判で魔女と告発されて処刑されてしまう。女性たちは、アンナやロイスのようにひたすら苛酷な運命に翻弄されるか、あるいはミス・グレイスやブリジェットのように自らの嫉妬や憎悪などの暗い感情が招いた結末を受けとめるしかないのである。

　それに対してラドクリフのゴシック文学は、本質的にヒロインの成長物語でもあり、結末は彼女たちの恋の成就である。中でも特に『ユドルフォの謎』のエミリや『イタリアの惨劇』（*The Italian*, 1797）のエレナ・ロザルバは、親や親代わりの人物の死の悲しみを克服し、逆境の中で紆余曲折を経て恋人と結ばれる。その過程は、親からの自立と家父長的権威への抵抗、新たな家族関係を期待させる男性との恋愛の成就となり、根底ではジェイン・オースティンのヒロインがたどる〈幸福な結婚〉までの軌跡と共通するだろう。惣谷美智子氏が指摘するように、『ユドルフォの謎』で財産を奪おうとして署名を迫るモント

第 15 章　ギャスケルとアン・ラドクリフ――〈女性のゴシック〉の継承

ーニに理路整然と立ち向かうエミリの姿は、『自負と偏見』でキャサリン・ド
ゥ・バーグ夫人に毅然として反論するエリザベス・ベネットを思い起こさせ
（175）、確かにヒロインの主体性を表現している。

　また注目すべきは、ヒロインが度々恐怖に怯えながらも、理性的に恐怖を克
服しようと努める点である。ラドクリフのゴシックが超自然的要素を含みつつ
も、最終的にはそれらに合理的説明を与えて超自然現象の迷妄を明らかにする
ことはよく知られているが、ヒロインにとっても、過度の感受性に惑わされな
いことが肝要となる。エミリの母の死に際しての父の戒めは、「激しい悲しみ
に溺れることは精神を弱め、慈愛深い神の与えた人生の光と言える無垢な喜び
を奪ってしまうため」（20）、自己抑制と理性によって悲しみを抑えることだ
った。父が死の直前に再び伝えたのは、「絶えず周りの環境から過度な苦悩や
喜びを得ることになる」（79）感受性の豊かさが孕む危険性である。鈍感であ
ってはならないとはいえ、感じやすい気質によって陥る不幸を避ける強さこそ
重要だと彼は説く。読者の過度の興奮を誘発しようとするゴシック形式におい
て、感受性の統御が重視される一方で、ヒロインに求められるのは自己の内な
る感情に溺れることではなく、自己の外の存在の大きさを意識することとなる
のは興味深い。『ユドルフォの謎』においては、それが〈崇高さ〉の経験と結
びつき、ヒロインの感情教育の要となるのである。

　『ユドルフォの謎』は、ロマン主義の中心概念ともなった〈崇高さ〉（the
sublime）を文学として表現した作品でもある。自己保存本能に基づく痛みや
危険の感覚がもたらす恐怖こそ最も強い感情であり、壮大で計り知れないスケ
ールをもつものが崇高さの源になるとしたエドマンド・バーク（Edmund
Burke, 1730 - 97）の思想はラドクリフに強い影響を与えた。作中にはこのこ
とばが頻出し、とりわけアルプスの自然が「恐ろしいまでの崇高さ」（171）
によってエミリを圧倒する。フランスからイタリアへと旅を続けるエミリたち
の旅行記的な風景描写も当時の読者には魅力だったはずであり、幽閉される城
の空間の閉鎖性と対照的な、広漠たる自然の描写も目立つ。アン・K・メラー
はラドクリフの〈崇高さ〉に二つの面を見出し、バーク的自然における崇高さ
が家庭内の家父長的権威のもたらす恐怖に転換される一方で、自然の崇高さに
対峙した結果、かけがえのない自己と他者の価値を新たに認識するという「民

203

主的次元」によって共感と愛が生まれると論じている（93‐95）。ジェンダーを意識したメラーの議論では、後者の〈崇高さ〉によって、ヒロインが家父長制の暴力を超えた母性的愛情に基づく関係を築けるのである。[6]

　それに対して、短編という制約があるとはいえ、ギャスケルのゴシック物語にこのような〈崇高さ〉に基づく肯定的な人間関係を見出すことはできない。「灰色の女」でアンナが嫁いだ城は「山の斜面の頂点となる岩の一番険しい側につくられたため、フランスの平野を一望する」場所にあり、「そのすばらしい眺めを楽しめた」とはいえ（IV 145）、それは風景の説明にすぎず、アンナと〈崇高〉なはずの自然との交感はない。ヴィクトリア朝小説においては〈崇高さ〉が中心的主題にならなくなったので、ラドクリフの文学の核であり、ヒロインの成長の重要な鍵となる自然に対する感性は描かれない。E・J・クラリーは、客観的描写と想像力による幻想の描写との境界を曖昧にするラドクリフの表現力を評価しているが（78）、最終的には超自然現象がすべて人為的だとしても、謎めいた音や影に満ちた数々の夢幻的場面とそこにおけるヒロインの心理が、絶えずテクストの遥か彼方の世界の存在を印象づけるのは確かである。それに対してギャスケルのゴシック物語では、亡霊や生霊が登場する場合でも、それらは現実で抑圧された過去の怨念やセクシュアリティの発露であって、むしろ亡霊が現実で隠蔽されたものを露わにする機能をもつように思える。例えば「婆やの話」の亡霊は過去の悪行を再現し、「貧しきクレア修道女」のルーシーの生霊は〈家庭の天使〉が抑圧せざるをえなかった欲望を示唆する。いわば超自然的存在は、心理の深層や闇に葬られた悪を表現することによって現実を再構築する。視点はあくまでも現実にあり、登場人物たちが彼方の世界の存在によって解放されることはないのである。[7]

　とはいえ、ギャスケルがラドクリフから受け継いだのは単にゴシック的設定だけではない。ゴシック物語ではなく、むしろ長編小説にこそラドクリフの影響が見出せるのではないだろうか。最後の節では、その点を考察したい。

3．リアリズム小説におけるラドクリフ文学の継承

　ラドクリフの革新性について、テリー・キャッスルは「他者の亡霊化」（spectralization of the other）という表現を用いて、18 世紀後半以降の新たな

第 15 章　ギャスケルとアン・ラドクリフ──〈女性のゴシック〉の継承

感性と認識のあり方として論じている。それはすなわち不在の他者に対するイメージによる絶えざる内面化であり、例えば死者が生々しい記憶として蘇り続けたり、会えない恋人が想像の中で生き生きと存在し続けたりすることである。先述したようにラドクリフの亡霊には後から合理的説明が与えられるが、実は亡霊は日常の精神の領域に置き換えられているというのである。(122 - 24)死者こそが究極の他者であり、『ユドルフォの謎』をヒロインの成長の物語として解釈するなら、特にここでは両親の死に注目すべきだろう。一人娘のエミリは物語の冒頭で母を亡くし、続いて妻の死後、急速に健康を害する父親にも先立たれてしまう。

　両親の死の悲しみを克服して、自立の道を模索しつつ、最終的に恋人と結ばれる作品と言えば、ギャスケルの『北と南』(North and South, 1855) が思い浮かぶ。実際、『ユドルフォの謎』のエミリと『北と南』のヒロイン、マーガレット・ヘイルには共通点も多く、古城に幽閉されるゴシック・ヒロインとは全く異なる境遇とはいえ、マーガレットも、母、そして父に相次いで先立たれ、死別の悲しみ、兄を守るための嘘といった試練を経てようやく愛する人と結ばれる。非世俗的で高い精神性を有するだけでなく、「女性化した理想的父親像」(Hoeveler 89) と表現されるエミリの父、サントベール氏の面影を、マーガレットの父ヘイル氏に見出すこともできるだろう。『北と南』は労資対立を軸にしたリアリズム小説だが、ギャスケルの長編の中ではヒロインの精神性と死別の問題が最も深く掘り下げられており、実はこの作品にこそ、ラドクリフの影響が見出せるとは言えないだろうか。マーガレット・ヘイルは、ヴィクトリア時代の工業都市におけるエミリ・サントベールに思えるのである。

　また、『北と南』も『ユドルフォの謎』と同じくヒロインの移動の物語である。ロンドンの叔母の家、田園の故郷ヘルストン、マンチェスターをモデルにした工業都市ミルトン、海辺の保養地クローマーなど、マーガレットは移動するそれぞれの土地で様々な経験をし、認識を新たにする。題名から「北」と「南」──ミルトンとヘルストンの対照が強調されがちだが、ここで注目したいのは海辺の保養地クローマーの場面である。両親に続き、友のベッシー、さらに名付け親のベル氏の死を経験したマーガレットは、浜辺でひとり海を見つめて過ごし、「自分自身の人生は自分に責任があること」、「女性にとって最も

難しい問題、つまりどの程度権威に従うべきで、どの程度自由に行動すべきなのか」に答えを見出す（7: 377）。都会の喧騒を離れ、海という〈崇高〉な自然を前にした時間なしには、彼女は未来に向かえなかったのである。

　さらに、ヒロインが最後に経済力を得て恋人を救済する点も、『北と南』と『ユドルフォの謎』の共通点である。『北と南』の結末では、事業で損失を被ったジョン・ソーントンが、名付け親の遺産を相続したマーガレットから経済的援助の申し出を受け、彼女に愛を告白できるようになる。『ユドルフォの謎』でも最後にエミリは遺産を相続し、恋人ヴァランクールが賭け事で財産を失って収監されたにしても、彼の不道徳な所業が誇張された噂だったことを知る。いずれもヒロインが最後に恋人より経済的優位に立ち、恋の成就が女性の遺産相続を伴った幸福な結末となる点が同じである。夫モントーニに財産を渡すことを拒否した叔母、彼女の死後も彼への財産遺贈を拒絶したエミリの姿に、ケイト・ファーガソン・エリスは当時の英国ではかなわなかった大陸の法制度に基づいた女性の財産権を読み取り、ラドクリフが望んだ女性の経済的優位を指摘している（122‐23）。こうした女性優位の関係は、ミルバンクが言うところの「母性的関係」、すなわち「他者の欲望のナルシズム的反映ではなく、男女いずれもが互いを愛し合えるような喜びに満ちた家父長的権威からの解放」（201）と結びつくだろう。『北と南』のソーントンも、労働者のための食堂の建設という、経済のみならず栄養状態への配慮という慈愛の精神によって、労働者階級との家父長的関係から脱却する。それによって労資対立が解決されることはないにしても、新たな対話の可能性は開かれるのである。

　以上考察してきたように、ギャスケルはラドクリフの作品設定やモチーフ、人物像を取り入れ、〈女性のゴシック〉の特質とされる家父長制度の矛盾や不正を表現したゴシック短編・中編を執筆した。しかし、そこではラドクリフの〈女性のゴシック〉において重要だった〈崇高さ〉を前にしたヒロインの感性や主体性の獲得は継承されなかった。周知のようにヴィクトリア朝小説では、ロマン主義的〈崇高〉と卓越した個人の可能性の探求に代わって、大きく変化する社会と個人の関係性が主題となった。ピーター・ガレットが指摘するように、19世紀のヴィクトリアン・ゴシックは社会と個人との関係性における自

第 15 章　ギャスケルとアン・ラドクリフ──〈女性のゴシック〉の継承

我の危機的状況──犯罪、過剰な情念、狂気などを反映し、語りそのものの形式と効果に関して最も意識的な表現方法となったが（2‐4）、確かにギャスケルにとってのゴシックも、個人の成長に通じる精神の広がりではなく、自我の闇を浮かび上がらせる文学形式だったと言える。多分に当時の出版状況や読者の欲求に応えて創作されたとはいえ、そこには煽情性だけでは語れない実験的表現がある。生と死の境界の描写を真骨頂とするゴシック文学でこそ、ギャスケルが描けた領域があったに違いない。例えば「灰色の女」の侍女アマントゥの男装によるアンナとの偽装夫婦関係には、階級を超えたジェンダー越境が見出せるし、他の短編の怪奇現象にはリアリズムによる長編では描けなかった深層心理や抑圧されたセクシュアリティの投影が感じられる。

　ラドクリフの遺産とも言える、新しいヒロイン像による〈女性のゴシック〉の最も肯定的なプロットは、ゴシック短篇ではなくギャスケルのリアリズムの長篇、『北と南』において受け継がれたと考えられる。すなわち愛する人々の死を克服して成長を遂げ、精神的自立をとおして他者を新たに認識し、経済的にも男性の優位に立つヒロインのプロットである。そのような視点から見ると、ギャスケルこそヴィクトリア時代におけるラドクリフの継承者と言えるのではないだろうか。

※本稿は早稲田大学特定課題研究助成費（2017B‐078）による研究成果の一部である。

注

1.　原稿料も破格であり、『ユドルフォの謎』が 600 ポンド、『イタリアの惨劇』が 800 ポンドという高額だったという（Wright 17）。以下のラドクリフの生涯に関しては Aline Grant, Robert Miles の著書を参考にした。

2.　スーキーはのちにロバート・ダーウィン（Robert Darwin,1766–1848）と結婚し、チャールズ・ダーウィン（Charles Darwin, 1809-82）の母親となる。

3.　Grant によれば、彼女の死後にも精神疾患の噂が流れたため、夫ウィリアムは彼女の主治医による死の間際の状態の所見を公開した。それによると体力

的には弱っていても最後には意識もはっきりしており、穏やかな死だったという（146-47）。

4. ギャスケルの作品の引用は、すべて Pickering 版を原文とした拙訳とし、括弧内に巻数と頁数を記す。

5. この点に関して、Anna Enrichetta Soccio はアンナを手紙の書き手にしたことで想像力と権力を与えており、死者同然の「灰色の」運命から救済していると論じている（95-96）。しかし書簡体は物語のリアリティを高める手段にすぎず、アンナが娘の結婚を許せず、幸福を妨げることしかできない以上、無力な犠牲者であると筆者は考える。

6. この議論の延長として Donna Heiland は、私たちを超える〈崇高な〉ものに対峙しても、それに服従したり、それを征服したりする必要はなく、関係を築くことが重要だという〈女性的崇高さ〉について論じている。（60-65）

7. ギャスケルのゴシック短編の歴史性を検証する Diana Wallace は、ラドクリフがゴシック小説にユートピア的方向性をもたらすことで脱歴史化したとすれば、ギャスケルは再度ゴシック小説を歴史化したと論じている。（68）

引用文献

（英文文献）

Castle, Terry. *The Female Thermometer: Eighteenth-Century Culture and the Invention of the Uncanny.* Oxford UP, 1995.

Clery, E. J. *Women's Gothic: From Clara Reeve to Mary Shelley.* 2nd ed., Northcote House, 2000.

Ellis, Kate Ferguson. *The Contested Castle: Gothic Novels and the Subversion of Domestic Ideology.* U of Illinois P, 1989.

Garrett, Peter K. *Gothic Reflections: Narrative Force in Nineteenth-century Fiction.* Cornell UP, 2003.

Grant, Aline. *Ann Radcliffe: A Bopgraphy.* Alan Swallow, 1951.

Heiland, Donna. *Gothic & Gender: An Introduction.* Blackwell, 2004.

Hoeveler, Diane Long. *Gothic Feminism.* Pennsylvania State UP, 1997.

Mellor, Anne K. *Romanticism and Gender.* Routledge,1993.

Milbank, Alison. *Daughters of the House: Modes of the Gothic in Victorian Fiction.* Macmillan, 1992.

Miles, Robert. *Ann Radcliffe: The Great Enchantress.* Manchester UP, 1995.

Radcliffe, Ann. *The Mysteries of Udolpho.* 1794. Oxford UP, 2008.

Soccio, Anna Enrichetta. "In and out of the Victorian House: The Presentation of Domestic Spaces in Gaskell's 'The Grey Woman'." *Elizabeth Gaskell and the Art of the Short Story,* edited by Francesco Marroni et al. Peter Lang, 2011. pp.81-96.

Wallace, Diana. *Female Gothic Histories: Gender, History and the Gothic.* U of Wales P, 2013.

Wright, Angela. "Heroines in Flight: Narrating Invisibility and Maturity in Women's Gothic Writing of the Romantic Period." *Women and the Gothic: An Edinburgh Companion,* edited by Avril Horner and Sue Zlosnik. Edinburgh UP, 2016. pp.15-30.

（邦文文献）

惣谷美智子『ユードルフォの謎Ⅱ―抄訳と研究』大阪教育図書、1998 年。

第 16 章
アメリカの奴隷制度廃止に向けて
——「ギャスケル夫人」と「ストウ夫人」そしてディケンズ

鈴江　璋子

1．エリザベス・ギャスケルの「ロバート・グールド・ショウ」

　ボストン公園の静かな一角にロバート・グールド・ショウ（Robert Gould Shaw, 1837−63）をたたえる記念碑が立っている。ロバート・グールド・ショウは南北戦争（1861−65）当時、まだ 26 歳という若さで、ただ一人、白人指揮官として、初めて組織された黒人連隊を率いて戦い、最前線で戦死した北軍大佐である。奴隷制度廃止に向けて立ち上がった北部においてさえも黒人に対する蔑視が強く、当初は黒人を光栄ある連邦兵士に加えることなど考えられなかった。しかし北部自由黒人たちの、自分たちも奴隷制度廃止のために立ち上がりたいという意思は固く、ついにマサチューセッツ第 54 槍騎兵義勇連隊が組織されたのだ。しかし黒人軍には指揮官がいない。ロバート・グールド・ショウは伝統あるマサチューセッツ第 7 槍騎兵連隊所属であったが、その栄光ある連隊を離れ「不埒者からの嘲笑や愚弄を顧みず、もっと物わかりが良いはずの多くの人からも軽蔑され、憐れまれてまで、黒人と有色人種から成るマサチューセッツ第54槍騎兵義勇連隊を、隊長として率いる決心をした」（353）のである。

　ショウ家はピルグリム・ファーザーズの流れを汲む名門で、知的で富裕な一家である。エリザベス・ギャスケル（Elizabeth Gaskell, 1810-65）は 1855 年にパリで、避寒に来ている一家と出会い、ショウ夫人と娘たちの洗練された優雅さに惹かれた。長男ロバートは当時ドイツに留学中で、直接会ってはいない。折しもアメリカでは奴隷制度廃止か存続か、国運を賭けた南北戦争が勃発しようかという時期である。奴隷制度を罪悪と断じ、アメリカ国民として「自分たちも片棒を担いでしまっている国家規模の罪深い制度」（352）への責任を感

211

じ、その撤廃のためには自己犠牲も厭わぬというショウ一家の精神性の高さに、ギャスケルは動かされた。

　もともとギャスケルは良心的なキリスト教徒として、奴隷制度に反対し、北部の正義に与するという態度を示していた。1861 年にチャールズ・ノートン（Charles Eliot Norton, 1827-1908）に宛てた手紙（L 488,493）にも、南ランカシャーでは商業上の理由から南軍に与する人が多いが自分は違う、と明言している。ギャスケルは英国の新聞に「北部上流階級は犠牲と苦難を忌避している。そのために実は、連邦連隊はドイツ人やアイルランド人の傭兵でいっぱいだ」というフェイクニュースが書かれていることを憤り、反証としてショウ大佐の高潔な使命感と勇気、自己犠牲を讃える署名記事「ロバート・グールド・ショウ」をマクミラン誌（1863 年 12 月号）に書いて、前途ある青年の死を悼み、その母の嘆きを思いやった。翌年、ギャスケルはこの記事のドイツ語への翻訳を許可した。

　ギャスケルは米国の新聞の抜粋をも使って、ロバート・グールド・ショウがすこしも高ぶらず、黒人兵たちと同じ地面に腰を下ろし、完全に打ち解け、思いやりを見せつつ「さあ、男を見せてくれ」と覚悟を問うような話し方をして、隊員を感激させたこと、サウス・キャロライナのワグナー要塞に対する 1863 年 7 月 18 日の総攻撃で、ショウ大佐が剣を抜いて「前進！」と叫んで先頭に立ち、土手を登るときも先頭だったことを讃え、致命傷を負い、溝に落下して部下らと一緒に同じ穴に埋められたことを悼んでいる。ショウ大佐の遺体返還要求に対して、南軍が「奴なら黒んぼと一緒に埋めたよ」と回答したことにギャスケルはショックを受け、母ショウ夫人の「息子が奪われる覚悟ができている母親などどこにいましょうか。……でも、息子が戦地に赴かなければ万事満足であったかというと、そうではございません。息子が誇り高く充実した人生の立派な終え方をしたからです。北部も南部も、国中の母親や妻たちの胸中の苦しみを思い起こすにつけ、私は思うのです。神はこの地でその御業をお示しになり、奴隷制度の罪から清められた子孫たちが今の苦難の代償を享受できる日が、きっとくることでしょう」を引用して、「お前は虐げられた民に手を差し伸べた。それは私に対してしてくれたと同じだ」（356）という、マタイによる福音書 25.40 を思わせる詩句で結んでいる。

第 16 章　アメリカの奴隷制度廃止に向けて
——「ギャスケル夫人」と「ストウ夫人」そしてディケンズ

２．ハリエット・ビーチャー・ストウの『アンクル・トムの小屋』

　南北戦争開戦に先立つこと約 10 年、1850 年に逃亡奴隷法がアメリカ合衆国
議会を通過したとき、この残酷な法律に反対して多くの人が立ち上がり、廃止
を訴えた。1842 年にアメリカを講演旅行したチャールズ・ディケンズは、一
般向け新聞に多数の逃亡奴隷捜索依頼の広告が出ているのを目にしている。
「『逃亡、12 歳ぐらいの黒人少年。首にド・ランペールと彫った犬の鎖の首
輪あり』『逃亡、黒人女と二人の子供。彼女がいなくなる三日前、私は彼女の
顔の左側を熱した鉄で焼いた。M という字を入れようとした』」（Dickens
805）。ディケンズは『アメリカ紀行』（1842）の第 17 章を奴隷制度批判に
当て「汝ら奴隷制度の同調者たちよ、人間の熱情の目録から、残酷な欲望を、
残忍さを、そして責任を問われない権力（この地上のあらゆる誘惑の中で最も
抗いがたいもの）の乱用を抹消せよ！……奴隷を鞭打ち、暴行を加えることが、
その生命と身体に対して絶対的な支配権を持つ主人の利益になることなのか
……」（Dickens 802）と小説にはとても書けないその残虐を激怒している。

　頬に焼き鏝で持主の名を焼き付けるなど、人間として耐え難い侮辱と虐待を
受けては、奴隷たちが逃亡を試みるのもむしろ当然である。逃亡した奴隷たち
を探し出して元の持主に返すべしという逃亡奴隷法の施行に対して、カルヴィ
ン派の牧師ライマン・ビーチャーの娘であり、神学者カルヴィン・ストウの妻
であるハリエット・ビーチャー・ストウ（Harriet Beecher Stowe, 1811-96）は、
ペンの力で立ち向かおうと決心した。彼女は「ひとりでに筆がすべっていった」
という。「私は本当にあの本の作者でしょうか？ 違います。主ご自身がお書
きになったのです。私はただ御手に使われた道具であって、しかも最も取るに
足らぬ道具にすぎません」（Stowe 156）。

　この時期、彼女は貧乏で子沢山な家庭の多忙な主婦だった。彼女は
赤ん坊に沐浴をさせてから、子供たちの洋服の裁断を始める。すると「ヘンリ
ー坊主がすぐ悲しそうに口をとがらせて、全力をふるって泣き始めました。す
ぐ彼を抱き上げて、あたりを見ると、お姉ちゃんの一人が、私の針箱からいろ
んなものを出して、どうだとばかり見せびらかしているのです。それを片づけ、
反対側を見たら、もうひとりのいたずらっ子が炉のそばで石炭を口に入れ、い

かにも満足げに灰をかき集めています」（Stowe 91）。しかし彼女の文才を知る友人が、そして夫カルヴィン・ストウが彼女に執筆を勧めた。

　1849 年の夏、コレラがシンシナティを襲い、一日 100 人余りの人が死んでいく。ついにストウ家でも、一番小さい、生後わずか 18 か月のチャールズが犠牲になった。子供を失う母の苦痛を彼女は身をもって知り、悲哀をそのまま筆にして読者に訴え、読者は悲哀をそのまま感じ取った。子を失う母の悲哀に人種の区別はない。

　人間の残虐さと、極限まで忍耐する力とを対比して示した『アンクル・トムの小屋』は 1851 年 6 月から翌年 4 月まで *The National Era* 紙に掲載されて、絶賛を受けた。掲載を続けるうちに物語が物語を生む大作となり、1852 年 3 月、ボストンの J.P.Jewett 社から「アメリカ人とともに生活するアフリカ人のための同情心を呼び覚まし、残酷で不正な制度のために彼らが受けている虐待と哀しみを現わすために」という序文を付けた 2 巻本『アンクル・トムの小屋』が出版された。その間にも奴隷所有者側は、カナダまで逃亡奴隷を追いかけていく姿勢を示したので、ストウはそれを阻止しようと、英国のアルバート公をはじめアーガイル侯爵、カーライル、マコーレー、ディケンズその他知る限りの、奴隷制反対の意識を持つ人々に手紙を書き、最新版の『アンクル・トムの小屋』を添えて送った。

　小説は全世界に怒涛のような反響を巻き起こした。米国のみならず英国、ロシアさらに世界のいたるところで読まれ、版が重ねられ、奴隷制批判が高まって、ついに南北戦争へと発展していく。リンカン大統領が「あなたがあの大きな戦争を引き起こした小さなご婦人ですか」と聞いたという伝説付きの大作である。だが理念先行ではなくて、ヴィクトリア朝家庭小説の型を踏まえ、エピソードを多く取り込んだリアリズムの小説で、ユーモアもあり、英語も平易である。

　彼女は神学校教授の夫とともにシンシナティで暮らし、対岸のケンタッキーから、オハイオ川を渡って自由州オハイオに逃げてくる黒人の姿や奴隷たちの生活を、胸に刻んでいた。南部の大規模綿農場に関しても資料を集めた。その克明なリアリズムが小説の基盤である。

第 16 章　アメリカの奴隷制度廃止に向けて
——「ギャスケル夫人」と「ストウ夫人」そしてディケンズ

　物語は平穏に始まる。ケンタッキーは奴隷州であるが、南部の綿栽培農園と違って普通の農業が主体であり、労働条件はさほど悪くはない。先代から仕えて来た召使頭のトムおじさんには妻のクロイと 3 人の子供があり、その小屋はシチューを煮る匂い、ケーキの焼ける匂いが漂う、人間の生活がある＜ケンタッキーの家＞だった。しかし若主人が財政に失敗すると、トムと、奥様付きの召使イライザの 4 歳の子供が売られることになる。立ち聞きしたイライザは即刻、子供を連れて家を出、奴隷狩りの男に追われながらカナダを目指して逃亡する。

　トムは逃亡せず、足枷を付けられ、船に乗せられてミシシッピー河を下る。航行中トムは幼女を助け、それに動かされた清らかな美少女エヴァの計らいでセント・クレア家の御者として買われ、ニューオーリンズの農園で暫くは平穏に過ごす。だが、エヴァは病気で死ぬ。その後、セント・クレアが急死、自由人にする約束は反故にされ、トムは競売に出される。人間は高価な商品なので、高く売れるようによく手入れをされ、陽気な者から先に売れる。トムは粗暴なサイモン・レグリーに買われる。トムは奴隷を鞭打てとの命令を拒み、元セント・クレア家の女奴隷たちを逃がしてやり、その隠れ場所を黙秘し通して、レグリーや奴隷二人から激しい暴行を受け、死に至る。高潔な死にはキリストのメタファーが使われている。一方カナダを目指したイライザは国境の川辺で追手に追いつかれ、猟犬を放たれるが、幼児を抱き、流氷の上を飛んで川を渡り切り、自由を得る。

　『アンクル・トムの小屋』は世界的に読者に感銘を与え、奴隷制反対のうねりは高まっていったのだが、南部の奴隷制支持者たちからは「俗悪」「非キリスト教的、反福音主義」という非難が殺到、「作品から注意をそらす手段として、著者への個人的中傷まで」（Stowe 168）された。悪質ジャーナリズムの常套手段である。「白人の奴隷虐待者からは、たくさんの脅しと侮蔑の手紙」（Stowe 163）が送られてくる。非難の主体は、白人農園主たちがそんな酷いことをするはずがない、嘘だ！という決めつけである。

　当時の（そして現在も）アメリカの大衆は自分が好む言説だけを見聞きしたいのであって、自分の気に入らない話は、たとえ明白な真実であっても「嘘だ」と叫ぶ。大衆は書かれた内容が＜本当か嘘か＞だけを問題にして、＜虚構＞が

215

示す＜真実＞に気付かない。20 世紀においても、ジョン・スタインベック（John Steinbeck, 1902-68）が『怒りの葡萄』に描いた難民キャンプの悲惨さに対して「嘘だ、こんなに酷いはずはない」という怒りの声が上がり、調査が行われた結果、現実のほうがもっと過酷だった、という事実がある。現実の人間の残忍性は小説の倫理を超えて、苛烈で根深い。

21 世紀には自己正当化のために、都合の悪い報道は＜フェイクニュース＞と呼び、自説を＜other truth＞と主張する態度も見られる。自己の言い分を強弁し、他者の言説を頭から否定する傾向は、サイバー空間の拡大とともに世界に拡散する。ストウはこのような大衆を納得させるために解説書『アンクル・トムの小屋の鍵』（1853）を書き、小説で語られたエピソードが事実に基づいていることを示した。

3．「ストウ夫人」と「ギャスケル夫人」の出会い

ストウは 1853 年、1856 - 57 年、1859 - 60 年の 3 度、英国を訪れている。1853 年の場合は英国の反奴隷制協会の招待による公式訪問で、ロンドンではカーライル伯爵、アーガイル公爵夫妻などの貴顕に招かれ、グラスゴーでは 2000 人が出席するティーパーティでもてなされ、エディンバラ、アバディーン、ダンディーを回って再びロンドンに帰ったとき、ストウは、市長主催の晩餐会でディケンズの真正面に座ることになった。初対面である。とてもお若いので驚いた、とストウは子供たちへの手紙に書く。ディケンズ夫人は、真の英国婦人の手本となる方だと思う、背が高くて体格が良く、血色の良い美しい人で、その上気さくで、気持ちのよい、信頼のおける方のように見えた。ディケンズと同じように観察眼が鋭く、ユーモアに富んだ方だと教えてもらった。短時間だが、ディケンズと親しく話ができた。「お二人とも、こちらが一生懸命に知ろうとしないと、よく知ることが出来ない、というタイプの方々です」（Stowe 226）。真に英国的な英国人は、この清教徒の末裔には苦手であるらしい。

滞在中『タイムズ』紙がストウ夫人は新しいドレスを作ろうとしていると記事を書いた。「夫人は自分のドレスがどういう場所で作られるのかを知っているのだろうか？あるドレスメーカーの見習いの手紙によれば、それはロンドン

第16章　アメリカの奴隷制度廃止に向けて
──「ギャスケル夫人」と「ストウ夫人」そしてディケンズ

の最もひどい貧民窟で裁断されているという。貧しいあわれな白人奴隷によって作られるのである。しかも彼らはアメリカの農場の奴隷よりひどい扱いを受けているのだ」（Stowe 237）。ストウにそのような知識はなく、ただ友人に絹地を渡したところ、人品いやしからぬ婦人が洋服を作らせてほしいと訪ねてきたので、その人が作ると思ったのだ。英国中から手紙が来て「余計なおせっかいでしょうが、あなたが英国の白人奴隷制度を擁護しないように、あらゆる形の抑圧に対して平等にあなたの才能を使ってほしい」（Stowe 238）と熱心に訴えて来た*。

　ギャスケルが『ルース』を書いたのがまさにこの 1853 年である。しかしギャスケルは、哀れなお針子の過酷な労働条件の改善を目的としてこの小説を書いたのではない。社会改良主義者・反体制派と見られることを彼女はむしろ怖れた。ギャスケルは女性にのみ過重な性差別──処女性への過大な要求、婚姻外の性交渉に誘われて妊娠してしまった女性と、婚外子とに対する懲罰的世論に疑問を呈することに的を絞った。『ルース』も激しい反発に晒され、禁書扱いにされたが、それは＜堕ちた女＞を主人公にした不道徳な書と見做されたからであり、ギャスケルのところに＜洋服を作るな＞という訴えは来ない。

　英国男性としてディケンズは性暴力とその悪を知悉していたから、『アメリカ紀行』にも、黒人用車両に乗せられ、泣き叫びながら売られていく若い黒人女奴隷と赤ん坊の姿に、彼女を所有していた白人農場主は自らブリーダーの役割を果たしたのではないか、と匂わせる（Dickens 712）。これは女性作家には絶対に書けないことだった。「ストウは奴隷制の一番腹立たしいところ──奴隷主と女性奴隷の関係──を突きそこなっているという批評」（高野 125）もあるが、この時代にそこを突くことは不可能だった。ストウは用心深く性の匂いを小説の表面から消している。

　ギャスケルは1853 年 6 月、グレース・シュワーブ宛に書く。「ああ、結局ストウ夫人には会えました。2 度。でもきちんと長いおしゃべりができたのはたった 1 度です。その時は 4、5 時間一緒で、ほんとに彼女が大好きになりました。彼女は背が低くて、マナーは完全にアメリカ風。でもとても誠実で、率直で、全くスポイルされてもいなければ、スポイルもできないという人です。彼女は 9 月初めに、マンチェスターで使える 2 日間をうちに泊まると約束し

217

（というより申し出）てくれました。でも来るかどうかわかりません。知ってのとおり彼女は約束を守るので有名という人ではありませんから（L 162）。

　帰国後、ストウは奴隷制との戦いに精魂を傾け、英国の人々から託された資金を活用して黒人のための学校を建て、スピーチを書き、旅行記も書いた。奴隷を扱った2番目の小説『ドレッド』を書き終えた1856年夏、その著作権を取る目的もあって、英国とヨーロッパを再訪した。1857年夏にはストウはパリのストーリー家の文芸サロンに招かれるようになり、そこで「ギャスケル夫人」と再会する。

　ある日、ギャスケルのお気に入りの、若いアメリカの美術学者チャールズ・ノートンがストーリー家に着くと、文学サロンの一同は回廊に座って、ストウ夫人から不屈の元奴隷ソジャナー・トルース（Sojourner Truth, 1797-1883）の話を聞いていた。ノートンは南部出身者の多いアメリカ人グループがストウに恐れをなしたことを「『アンクル・トムの小屋』や『ドレッド』の直言型の作者の出現によって、アメリカの鷲は羽を逆立てておびえています」と伝えている。ギャスケルの親友で翻訳家のケイティー・ウィンクワースはストウが気に入らない。「ずいぶん平凡ね。ぶっきらぼうで、ぼんやりしていて、イギリスだけじゃなく、ここでも人気がないわ」（U 423）

　ソジャナー・トルースは実在の北部の元奴隷で、11歳の時以降13回も売られ（よほど扱い難い女性だったのだろう）、脱走、後にメソジストの説教師となって奴隷解放と女性解放に尽力した。実話であって物語ではないから、関心のない人にはつまらなかったのだろう。ギャスケルはウィンクワースのような無遠慮な発言はしないが、奴隷解放運動に積極的ではない。1859年に義妹ナンシー・ロブソンが、黒人女性で奴隷制廃止活動家のセアラ・パーカー・レモンドを自宅に招いてはどうか、と提案したとき、ギャスケルはきっぱり断った。「私は、単に言葉を使うことを＜行動＞とは言いません。言葉によって論理的に提案された、しっかりした、明瞭な、実際的な＜行動の道＞があるのでなければ」（U 319）

　一方でギャスケルは「豊かな広がりを持った話が好きだった。クリスマスケーキが果物、ナッツ、スパイス、オレンジピールなどでぎっしり詰まっているように、いろいろな話が詰まった会話が好きだった。」たぶん「熱々の野ウサ

第 16 章　アメリカの奴隷制度廃止に向けて
——「ギャスケル夫人」と「ストウ夫人」そしてディケンズ

ギのシチュー、焼きたての七面鳥や焼きリンゴ」（U 237）も好きだったろう。ヴィクトリア朝の大英帝国は世界の富を集め、文化は爛熟期にあった。一方アメリカは開発途上国である。だがギャスケルは、親交のあるボストンのユニテリアンの牧師エドワード・ヘイルの妻がストウの姉の娘だと知って興味を抱いた。「ヘイルさんの現実の、触れてみられるご親戚に会うと思うと嬉しいわ。アメリカって、私には月みたいなものね。どこかにあるには違いないけれど、現実には手が届かないものだわ」（FL 166）

1857 年にはマンチェスター秘宝展が開かれ、誰もかれもがマンチェスターにやってきて、ギャスケル邸に世話になった。ヘイル牧師がはるばるボストンから秘宝展を見にやって来た時に彼を迎えた感想は「たった 2 日しかいなかったけれど、私たちみんな彼が大好きになった。彼は本当にアメリカ的なアメリカ人ね。ストウ夫人は——全くのストウ夫人」と書いている（L 491a）。

ストウがマンチェスターに来てギャスケルの家に 1 泊したのは 1857 年 6 月 3 日のことで、ギャスケルは彼女を案内しがてら初めてマンチェスター秘宝展を見た。ストウは翌日、パリにいる娘たちに書き送っている。「ギャスケル牧師が駅まで出迎えてくださいました。ギャスケル夫人はお家のなかでとても魅力的でした。作家であると同時に、主婦としても第一級で、牧師の妻としてのあらゆる務めを怠りなく果たしていらっしゃることがよくわかります」（Stowe 312）。

ギャスケルは翌 1858 年のクリスマスに、「私たち、まだストウ夫人の奴隷の名前を思い出せない。でもそのうち思い出すわ」（L 405a）「私の本の広告を見ても、だまされては駄目よ。あれは HW 物語の再版なの。今度の出版社は狡いのよ（サムソン・ロウ。ストウ夫人の本を出版した会社ね）。古い作品を新作みたいにして売り出そうとしているの。私、大急ぎで、再版権を 100 ポンドで売ったわ。婚約破棄のことをぺちゃぺちゃしゃべりたてる噂話からミータを外国に連れ出すために」（L 414）などと折に触れてストウを思い出すのだが、まとまった記述はない。

ストウもギャスケルについて語っていない。彼女はジョージ・エリオットとは深く知り合い、文学を論じ、往復書簡集が出版されるほどなのだが、「ストウ夫人」と「ギャスケル夫人」は表面的に顔を合わせただけで、本質的には出

219

会っていない。決定的に違うのはその気質で、職人気質のギャスケルが、積むべきレンガを吟味するようにストウを見ているに対して、直感型のストウは求めには反応するが、問題のない人には反応しない。「お家のなかでとても魅力的」なギャスケル夫人には、問題がない、と認識したのだ。この時に出会ったバイロン卿夫人に関しては、後に『レディ・バイロン擁護』（1869）を出版、バイロン卿と異母姉オーガスタ・リーとの近親相姦をバイロン卿夫人が怖れていたことを始めて明らかにして、物議をかもした。

　もちろんギャスケルにも内面の葛藤はあったが、ヨーロッパに遊ぶ術を知っていた。二人はともに乳幼児期に実母に死なれ、母となってからは幼い男児を疫病で失うなど共通点は多いのだが、ストウの場合は実家ビーチャー家が名門で、父親が家父長として優れ、長姉が 17 歳で家を仕切ったため、後妻の子供も合わせて 13 人兄弟に特に問題はなかった。ストウ自身は 7 人の子を産み、彼女の最初の伝記は彼女の序文付きで、末息子チャールズ・エドワード・ストウが書いた。

　ギャスケルの場合は父親と後妻の家に入れてもらえず、心に深い傷がある。理想的な家庭に育たなかった彼女は家庭小説の中にゴシック建築のような人間関係、もののけが潜むような感覚、失踪のテーマ、生霊などを持ち込んだ。小説は人間の愚かな失敗を描いて読者の優越感をくすぐるものであり、優等生的人物が失敗しない話を描いても面白くない。ギャスケルは人間の裏面を書くことができた。だがこの時期にギャスケルは、自作について釈明に追われる。自信をもって書き上げ、代表作でもある伝記『シャーロット・ブロンテの生涯』への抗議に対する謝罪・削除・修正という、気の滅入る作業である。伝記に書かれた個人から、事実誤認という厳しい抗議が出たのだった。

4．それぞれの「現在」

　20 世紀後半にフェミニズム批評が台頭した時、まず行われたのは埋もれていた女性作家の掘り起こしである。＜温和な鳩＞と見られていた「ギャスケル夫人」が内部に分身「放浪のジプシー男」を棲まわせていたことが指摘される。ジェニー・ユーグローによる大部の優れた伝記『エリザベス・ギャスケル——創作の秘密』が書かれる。英国でも日本でもギャスケル協会が設立されて、緻

第 16 章　アメリカの奴隷制度廃止に向けて
──「ギャスケル夫人」と「ストウ夫人」そしてディケンズ

密な研究が行われ、庶民の生活と社会を克明に描出するリアリズム作家である
と同時に、寂れた裏通りや廃屋から立ち上るロマネスク・ゴシックの物語を、
古怪な文章で書くことのできる優れた作家と認められて、生誕 200 年を祝う
2010 年には、ウエストミンスター寺院の詩人コーナーのステンドグラスに、そ
の名を刻まれるという栄誉を得た。祝典にはギャスケルの玄孫サラ・プリンス
が、高祖母エリザベス・ギャスケルのショールを手に、英国女性らしく、しっ
かりと肉付きの良い姿で参加していた。

　ナショナル・ポートレート・ギャラリーには、ハリエット・ビーチャー・ス
トウの美しい肖像画が収められている。1853 年にアランソン・フィツシャーが
描いたストウは、気品高く、鼻筋の通ったほっそりした顔に、聡明で意志の強
そうな表情を浮かべ、襟もとと袖口に繊細なレースの付いた黒衣を着ている。
ストウの『アンクル・トムの小屋』は時代とともに様々な読み直しがなされた。
1950 - 60 年代の激しい公民権闘争の時には＜アンクル・トム＞は黒人にとって
唾棄すべき腑抜け、屈辱的な腰抜けの代名詞となった。彼は「アフリカ人種の
裏切り者」に他ならず、小説『アンクル・トムの小屋』は「時代遅れのお涙頂
戴」（Reynolds）として見向きもされなくなった。やがて黒人の書き手が登場
し、元奴隷たちの書き物 Slave Narrative が世に出ると、今度は攻撃される。
「ジェイコブズの手紙やダグラスの第二の自伝を読むと、ハリエット・ビーチ
ャー・ストウやウィリアム・ロイド・ギャリソンのような白人の奴隷制廃止論
の指導者たちが、黒人の物語を、白人が略奪すべき資源と見ていたことが明ら
かになる」（Winter 146）。これでは黒人自身が壁を築いているようにも感じ
られる。世界から差別が、いや、差別されているという感覚がなくなるまで
「ストウ夫人」の名が消え去ることはないだろう。

注

ギャスケル生誕 200 年祝典の一環としてマンチェスターのジョン・ライランズ
図書館で行われた衣裳史研究家 Gillian Stapleton の講演によると、英国の縫い方
はひと針縫ってはひと針あるいは半針分戻る＜返し縫＞である。生地が重いの
で＜返し縫＞が必要なのだ。これでは仕事が捗らず、目の良い若い娘がお針子

として必要になる。天竺木綿と呼ばれた薄茶色の平織、やや厚手の木綿がマンチェスターの製品で、肌着に用いられ、肌着類も返し縫で縫われていた。

引用文献

Dickens, Charles. *American Notes.* New York: John W. Lovell Company, 1883. https://archive.org/stream/americannotes00dick.

Gaskell, Elizabeth. `Robert Gould Shaw.' *The Works of Elizabeth Gaskell.* Vol. 1. 本書からの引用は本文括弧内に数字のみ示す。

⋯. *The Letters of Mrs Gaskell.* Eds. J.A.V. Chapple and Arthur Pollard. Manchester: Mandlin,1997.（*L*）と略。

⋯. *Further Letters of Mrs Gaskell.* Eds. John Chapple and Alan Shelston. Manchester: Manchester University Press, 2000.（*FL*）と略。

Reynolds, David S. "Rescuing the Real Uncle Tom." *New York Times*, Tuesday, 14 June, 2011.

Stowe, Harriet Beecher. *Life of Harriet Beecher Stowe. Compiled from Her Letters and Journals.* Ed. Charles Edward Stowe. London: Sampson Low, Marston, Searle & Rivington, 1889.

Uglow, Jenny. *Elizabeth Gaskell: A Habit of Stories.* London: Faber and Faber, 1993.

Winter, Kari J. *Subject of Slavery, Agents of Change.* Athens: University of Georgia Press, 1992.

高野フミ（編）『「アンクル・トムの小屋」を読む』彩流社、2007 年。

第 17 章

19 世紀文学に描かれるリヴァプール
――『メアリ・バートン』と『レッドバーン』を中心に

石塚　裕子

1. リヴァプールと文学

　『メアリ・バートン』(*Mary Barton*, 1848)のクライマックスは、メアリ
(Mary)が、殺人の嫌疑をかけられた幼馴染ジェム(Jem)の無実を晴らすため、
巡回裁判で証言してもらえる従兄ウィル・ウィルスン(Will Wilson)を捜して、
リヴァプールを奔走する場面だ。ちなみに Elizabeth Gaskell は後に中編『或る
夜の出来事』(*A Dark Night's Work*, 1863)でも、無実の人間を救うため、イタ
リアから帰国する遅々として進まぬ長旅で、タイムリミットとなる道具立てと
して巡回裁判を使っている。リヴァプールが巡回裁判の町に定められたのは
1835 年のことであり、[1] 手狭になったため、現在リヴァプール・ライム・ス
トリート駅(Liverpool Lime Street Station)の真ん前に建つ、威圧的な存在感を
誇るギリシャ・ローマ風のコンサート・ホールを兼ね備えた裁判所セント・ジ
ョージ・ホール(St.George Hall)を建設するためのコンペが行われたのは 1840
年だ。弱冠 23 歳にして選ばれた建築家エルムズ(Elmes)は志半ばで肺結核で亡
くなり、完成を見るのは 1854 年のことだから、[2] あいにくとここはメアリが
赴いた巡回裁判所ではない。

　何の変哲もない地方の寒村にすぎなかったリヴァプールが変貌を遂げたのは、
まず 18 世紀に三角貿易の拠点として、非人道性の非難の矛先をもっぱらアメ
リカ南部に向けておいて、奴隷貿易で大いに繁栄したからだ。1783 年から 11
年間で 878 回も奴隷船がリヴァプールから船出し、[3] 19 世紀の代表的な政治
家ウィリアム・グラッドストーン(William Gladstone)の父ジョン(John)も、
1814 年東インド会社によるアジア貿易の独占が撤廃されると、キングスミル
号(*the King's Mill*)でリヴァプールと東インド諸島を結ぶ貿易を最初に開設し、
さらにジャマイカでは 1609 人の奴隷を使いコーヒーと砂糖のプランテーショ

223

ンを手広く経営していた。[4]

　産業革命の交通網の拠点となったリヴァプールは整備・拡充され、さらにロンドンもブリストルも、ともに大型蒸気船が入港できなかったおかげで、大英帝国の海外植民地を巡る貿易にしろ、キュナード社(Cunard)をはじめとする北アメリカ行など客船にしろ、もっぱらリヴァプールが優位を誇った。1840年代アイルランドのじゃがいも飢饉のときには、一番近い港であるリヴァプールに急激にアイルランド移民が大挙押し寄せ、人口増加を生むと同時に、貧富の格差が街に形成されることになった。

　20世紀になると、イギリスは米独に重工業の座を奪われ、工業都市リヴァプールはもろに不況に直面するが、追い打ちをかけるように第二次世界大戦時には、ドイツ軍の度重なる空襲に見舞われ、壊滅的状態になった。戦後は戦後で地場産業の造船・製糖が衰退、貿易・海運もまた衰退の一途をたどり、そうして大量の失業者を生み出していた。その二進も三進もいかない状況に出現したのが、魂の叫びにも似た生命力に溢れ、エネルギーの塊とでもいうべきパワフルな新しいサウンドを生み出してきた労働者階級出身の若者4人であった。その歴史ゆえ、アイルランドのケルト音楽とアフリカのプリミティヴな音楽とアメリカの黒人音楽とR＆Bとブルースから進化したロックン・ロールとがこの街には沁み込み、ビートルズの血の中に育まれていた。

　19世紀のリヴァプールはロンドンに次ぐ第二の都会であり、エキゾティックな国際都市のはずだが、ここを主な舞台とするイギリスの小説はほとんど見当たらない。エミリ・ブロンテ『嵐が丘』(*Wuthering Heights*,1847)でヒースクリフ(Heathcliff)が拾われてくるのがリヴァプールであり、チャールズ・ディケンズ(Charles Dickens,1812-1870)は『無商旅人』(*The Uncommercial Traveller*,1861)において、いかがわしい界隈の不気味な雰囲気の中、リヴァプールに上陸した船員、脱走兵、ダンサー、魔女などを描き、警察隊の巡回に同行したり、あるいは今は病床につくかつての海軍兵士たちを収容する救貧院の悲惨な模様を記録したりする旅人の姿を描いている。

　港町というのは、今日なら多文化が融合し、世界へと広がる門戸、絶えず新しいものを吸収する洒落た陽気な国際都市といった肯定的な意味合いで捉えられるところだろうが、貧困、不潔、不法地帯、得体の知れない闇の世界といっ

第 17 章　19 世紀文学に描かれるリヴァプール
──『メアリ・バートン』と『レッドバーン』を中心に──

たネガティヴなイメージがリヴァプールには付きまとっていた。

　18 世紀にはダニエル・デフォー(Daniel Defoe,1660?-1731)がリヴァプールをたびたび訪れ、"One of Wonders of Britain"と『ブリテン島周遊記』(*A Tour through the Island of Great Britain*,1724-27)でここを褒め称えているが、[5]当時はスパイとして嫌疑をかけられ、地元からは歓迎されなかった。19 世紀のリヴァプールを伝えてくれているのはイギリス人作家というよりはむしろアメリカ人作家だ。ナサニエル・ホーソン(Nathaniel Hawthorne,1804-64)はリヴァプール領事を 4 年間務め、それを記録に留めている。ハーマン・メルヴィル(Herman Melville,1819-91)は小説『レッドバーン』(*Redburn*, 1848)で当時のリヴァプールを描いている。イギリス人作家にはリヴァプールなど、見向きもしないし、どうも小説の舞台にしたいとも思わない不潔都市なのに、アメリカ人作家にはそうではないというのは、なぜなのだろうか。

2．『レッドバーン』のリヴァプール

　もちろんアメリカから蒸気船に乗って初上陸する港は圧倒的に大型船の寄港できるリヴァプールになる。講演旅行に向かうディケンズも逆コースでリヴァプールからアメリカに旅立っている。メルヴィルと主人公レッドバーンを同一視し、ほぼ自叙伝とみるか、まったくの虚構作品と考えるかは、メルヴィル研究家に委ねるとして、メルヴィルがセントローレンス号(*St.Lawrence*)の船員となって、初めて訪れる異国の都市はリヴァプールであった。青年レッドバーンも、貿易商人としてヨーロッパを行き来していた父が探訪したリヴァプールに、自らも 7 月に初めて上陸し、6 週間滞在することに深い感慨を覚えている。

　父の訪れた一世代前は、奴隷貿易で巨万の富を蓄積、繁栄した頃にあたり、おりしもその栄華を辿る格好の歴史案内となっていて、また小説仕立ての旅行者ガイドブックの体裁にもなっている。破産した貿易商の父が語ってくれた見知らぬヨーロッパに憧れ、海の世界へと飛び出したレッドバーンはハイランダー号(*The Highlander*)に乗り込み、見習い船員として郵便船なら 15～16 日で到着できるところを 30 日かけてリヴァプールへ向かう。メアリ・バートンも水先案内人がいてくれたお蔭で、窮地を救われることとなるが、レッドバーンのハイランダー号も水先案内人によってマージー川へと先導され、いよいよそ

225

の降り立った第一印象といえば、なにもピサの斜塔やストラスブール大聖堂を
期待していたわけではないと断りながらも、落胆ぶりが窺える。奴隷貿易の拠
点、次いで産業革命期、原材料や製品の運搬港となった町に、宝石をちりばめ
たような美しい中世都市を期待するほうがお門違いというものだ。

> Looking shoreward, I beheld lofty ranges of dingy warehouses, which
> seemed very deficient in the elements of the marvelous; and bore a most
> unexpected resemblance to the ware-houses along South-street in New York.
> There was nothing strange; nothing extraordinary about them. There they
> stood; a row of calm and collected warehouses; very good and substantial
> edifices,doubtless,and admirably adapted to the ends had in view by the
> builders; but plain, matter of fact ware-houses, nevertheless, and that was all
> that could be said of them.[6]

そこにはニューヨークと変わらない殺伐として味気ない工業都市の姿が広がっ
ていた。船員たちの立ち寄る安っぽい酒場が桟橋付近の通りにはずらりと並び、
船員の中にはみなと港に妻を持つものもあり、売春婦もたむろしていた。レッ
ドバーンは世界中から次から次へこの港町にとやってくる多彩な船の数々に深
い感動を覚える。紛れもない国際都市がここにはあるのだ。

Surrounded by its broad belt of masonary, each Liverpool dock is a walled town,
full of life and commotion; or rather a small archipelago, an epitome of the
world, where all the nations of Christendom, and even those of Heathendom,
are represented. For, in itself, each ship is an island, a floating colony of the
tribe to which it belongs.
 Here are brought together the remotest limits of the earth; and in the collec-
tive spars and timbers of these ships, all the forests of the globe are represented,
as in a grand parliament of masts. Canada and New Zealand send their pines;
America her live oak; India her teak; Norway her spruce; and the Right Hon-
orable Mahogany, member for Honduras and Campeachy, is seen at his post

第 17 章　19 世紀文学に描かれるリヴァプール
──『メアリ・バートン』と『レッドバーン』を中心に──

by the wheel. Here, under the beneficient sway of the Genius of Commerce, all climes and countries embrace; and yard-arm touches yard-arm in brotherly love. (p.181)

緑色のモロッコ革で装丁された、父のガイドブック『リヴァプール描写』(*The Picture of Liverpool*, 1803) を片手に精力的にあちこち見物に出かける。この本には父の筆跡で "Walter Redburn. Riddough's Royal Hotel, Liverpool, March 20th, 1808" (p.158) とあり、鉛筆の走り書きから、父が芝居や講演に出かけたり、礼拝に参列したり、奴隷廃止運動で有名な歴史家で、『アフリカの悪』(*The Wrongs of Africa*, 1780 年代) を吟じた詩人にして弁護士、政治家のロスコー William Roscoe, 1753-1831) を表敬訪問したりしていることを知る。町の紋章の鳥に関し、今は絶滅した水鳥 "liver" の想像図で、これが沼 "pool" に棲息していたことから、Liverpool という地名がついたという伝説も紹介している。だがこれは 50 年ほど昔のガイドブックであり、父の宿泊したリドー・ロイヤル・ホテルに息子のレッドバーンもぜひ泊りたいと考えていたが、訪れた頃にはもはや跡形もなかった。但し、父アラン・メルヴィルが 1839 年に宿泊したのは、もう一軒の有名なキングズ・アームズのほうで、このホテルはクイーンズ・ホテルと名を変えていたものの、当時はまだ営業していた。[7]

船が停泊していたプリンス桟橋近くの、奇妙な古い酒場に立寄ると、父のガイドブックによれば、ここは要塞とあり、夕方には衛兵交代があるから、知的な異邦人には一見の価値があるなどと記述がある。言われてみれば確かに酒場の名は *The Old Fort Tavern* だった。町を見物するうち、広場へと出たが、そこのネルソン彫像の台座には鎖でつながれた 4 人の裸像の辱しめと絶望の姿があり、アフリカ奴隷交易が主要産業で繁栄を極めた頃のリヴァプールに想いを馳せる。桟橋にはあちこちで水上教会 (floating chapel) が浮かび、日曜日には牧師が戸外で説教し、船乗りたちに物事を真面目に考えるようにと諭している。メルヴィルは毎日曜日教会の礼拝に出かけ、水上教会にも行っている。

見習い船員にすぎないレッドバーンには富裕層が出入りする場所などに顔を出す懐具合はなく、日々路地裏をあちこち散策していた。当時のリヴァプールはイギリスで最も貧富の差が激しい町であり、とりわけ 1847 年のじゃがいも

227

飢饉の際、アイルランドから 30 万人もの飢えた移民が大挙押し寄せて、ほとんどは新大陸を目指していたが、資金の目処が立たない者たちはそのままリヴァプールに留まりスラム街を形成した。初代の衛生長官に任命されたウイリアム・ダンカン博士(William Duncan,1805-63)は 2 万 7 千人余りの住居となっていた 1 万 4 千以上にのぼる地下室を調査し、そのうち 6 千件以上が床下に淀んだ水たまりができている不衛生なものだったと報告している。[8]

　船員たちが一斉に街の食堂に向かう 12 時になると、乞食たちがどこからともなく現れ、レッドバーンも付きまとわれたのには、驚きを隠せない。

At twelve o'clock the crews of hundreds and hundreds of ships issue in crowds from the dock gates to go to their dinner in the town. This hour is seized upon by multitudes of beggars to plant themselves against the outside of the walls, while others stand upon the curbstone to excite the charity of the seamen. The first time that I passed through this long lane of pauperism, it seemed hard to believe that such an array of misery could be furnished by any town in the world. (p.206)

リヴァプールの悲惨な貧民の姿に圧倒されるが、さらに、餓死寸前の最下層の哀れな貧民の描写はさらに続く。

Old women, rather mummies, drying up with slow starving and age; young girls, incurably sick, who ought to have been in the hospital; sturdy men, with the gallows in their eyes, and a whining lie in their mouths; young boys, hollow-eyed and decrepit; and puny mothers, holding up puny babies in the glare of the sun, formed the main features of the scene. (p.206)

レッドバーンは毎日乞食裏町を通っては、こういった人たちを救済できない自らの無能力さを嘆き、祈るしかないと諦めるのだった。よく「リヴァプールのジェントルマン、マンチェスターの男"Liverpool Gentlemen, Manchester Men"」[9] などと言われ、済んだ水と空の健康的なリヴァプールの町、水車が

第 17 章　19 世紀文学に描かれるリヴァプール
——『メアリ・バートン』と『レッドバーン』を中心に——

フル稼働し、工場の煙が蔓延するマンチェスターとを比較しているが、こんな
深刻な貧困の状況を抱えるリヴァプールに、富や教養を誇るジェントルマンが
いたとしても、果たしてマンチェスターを嘲笑できるものだろうか。このよう
に、レッドバーンの父の訪れた時代のリヴァプールの繁栄と、船員として厳し
い現実のリヴァプールの姿とを対比し見つめることになる。

　『レッドバーン』の冒頭から、何の違和感もなくごく当たり前のこととし
て、ハイランダー号に乗り込んでいる黒人混血の給仕 "a steward an elegant
looking mulatto in a gorgeous turban"(p. 21)や黒人のコックが紹介されている。
これが、イギリスの 19 世紀小説に慣れ親しんでいる人間にはちょっと違和感
を覚える。イギリスでもかつては『オルノーコ』(*Oroonoko*,1688)や『ロビン
ソン・クルーソー』(*Robinson Crusoe,* 1719)などに "savage" として、黒人は描
かれていた。また 19 世紀後半にコンラッド(Conrad)やドイル(Doyle)など植民
地や国際情勢を題材とする小説が登場し出すと、やはり必然的に黒人やその他
の有色人種は描かれてくる。

　そもそも黒人がイギリスで最初に登場するのは 13 世紀の『ドゥームズデ
イ・アブリビアシオ』の文章の見出しの文字に、左手でぶら下がっているよう
な黒人の姿からであるとされている。[10] シェイクスピア作品には言うまでも
なく例えばオセロがいる。18 世紀を通じていかなる時もイギリスの黒人人口
は一万人に達しなかったということだが、この一万人は奴隷を意味し、ロンド
ンに限って言えば、五千人というのが可能性の高い数字だという。[11]

　18 世紀絵画ではジョシュア・レノルズ(Joshua Reynolds,1723-92)などが黒
人を描いているし、19 世紀の絵画でも幾分かは登場している。詳しくは今後
の調査研究へと発展させるつもりでいるが、ハリエット・マーティノー
（Harriet Martineau, 1802-76）が経済政治学のプロパガンダの立場で、植民
地を舞台とした *Demerara* などで奴隷廃止を訴えているものの、またインド生
まれ能力国際派サッカレー(William M Thackeray,1811-63)は、例えば 19 世紀
初頭を舞台とした『虚栄の市』(*Vanity Fair*,1848)でセドリ家の Sambo と称す
る黒人インド人召使を登場させているものの、イギリス国内の家庭を描くノヴ
ェルの作家たち、おそらく 19 世紀初頭のジェイン・オースティン(Jane Aus-
ten)以降から 19 世紀後半のジョージ・エリオット(George Eliot)あたりまで、

229

主に前期から中期ヴィクトリア朝ではないかと想定されるが、かなり注意深く細部を検討するという作業を行わない限り、作品に黒人の存在を見出すのは容易くはない。黒人の描写はちらっと触れる程度で意識的に避けられていたのか、あるいは意図的にそういった存在はいないものとされていたのか。

　もちろんジャーナリストとしてのディケンズは奴隷廃止運動やジャマイカでの黒人暴動には興味を示していた。小説では『ドンビー父子』(*Dombey and Son*, 1848)で、痛風病みの退役したバグストック少佐(Major Bagstock)がインド人の召使を雇い、"native"と呼んでこれに暴力三昧、或いは『荒涼館』(*Bleak House*,1852)において自宅の秩序はそっちのけで、ひとえに自己満足から遠いアフリカに慈善活動をするジェリビー夫人（Mrs. Jellyby）など、やはり対岸の火事的な扱いに終始し、小説中に黒人を見つけようとすれば、研究家の判定を待つしかない。但し『無商旅人』中では、巡回の警察隊に連れていかれたリヴァプールの酒場で、旅人は激しいダンスに興じる黒人の船員(dark jack)たちを目の当たりにする。

> The male dancers were all blacks, and one was an unusually powerful man of six feet three or four. The sound of their flat feet on the floor was as unlike the sound of white feet a as their faces were unlike white faces⋯. They generally kept together, these poor fellows, said Mr. Superintendent, because they were at a disadvantage singly, and liable to slights in the neibouring streets. But, if I were Light Jack, I should be very slow to interfere oppressively with Dark Jack, for, whenever I have had to do with him I have found him a simple and a gentle fellow.[12]

黒人のダンスのリズム感は白人には及びもつかないと感じ、また警視によると、独りだと不利な目に遭ったり、軽蔑されたりするために集団行動をとる、との解説だが、根は素朴でやさしい奴らだ、との印象を旅人は抱いている。やはり黒人は差別される存在なのだろう。ディケンズがここで「黒人」と明記できたのは、船員はよそ者にすぎないし、人種のるつぼとの公認を得ている国際都市リヴァプールだからではないのか。現に『アメリカ紀行』(*American Notes*,

第 17 章　19 世紀文学に描かれるリヴァプール
——『メアリ・バートン』と『レッドバーン』を中心に——

1847)においてもアメリカの黒人のことなら、そうはっきり記している。黒人
など珍しくもないアメリカ育ちのレッドバーンは、もっとはっきり語っている。

> Speaking of negroes, recalls the looks of interest with which negro-sailors are
> regarded when they walk the Liverpool streets. In Liverpool indeed the negro
> steps with a prouder pace, and lifts his head like a man, for here, no such exag-
> gerated feeling exists in respect to him, as in America. Three or four times, I
> encounter our black steward, dressed very handsomely, and walking arm in arm
> with a good-looking English woman. In New York, such a couple would have
> been mobbed in three minutes; and the steward would have been lucky to escape
> with whole limbs. (p. 222)

乗組員の黒人たちは、ここでは人間らしく振る舞えるし、アメリカでみられる
ような黒人に対する大袈裟な反感もない。確かにハイランダー号の黒人はリヴ
ァプールで大いに人生を謳歌している様子だが、やはりディケンズが指摘して
いるように、差別は存在し、この場合は「アメリカに比べたら」、ずっとまし
と解釈すべきかもしれない。また奇妙なことに、レッドバーンはリヴァプール
には黒人が一人もいないと述べている。

> And here, I must not omit one thing, that struck me at the time. It was the
> absence of negroes; who in the large towns in the "free states" of America, al-
> most always form a considerable portion of the destitute. But in these streets,
> not a negro was to be seen. All were whites; and with the exception of the Irish,
> were natives of the soil: even Englishmen; as much Englishmen, as the dukes in
> the House of Lords. (pp.221-22 下線は筆者)

地元の視点からすれば、船員など、黒人であれ、行きずりの異邦人にすぎない
から、異国からの黒人が存在しても何ら不思議はない。また奴隷制廃止は 1833
年のこと、使用人としての黒人売買のせりはこの地でも行われてきており、[13]
しかも廃止以降も雇用期間制限で奉公人として黒人を雇うことは認められ、し

231

たがってリヴァプールの裕福な商人の屋敷などにもまだいたはずだろう。すると ここでの引用は、スラム街を形成する極貧の民は白人ばかりで黒人が一人も いない、そこがアメリカと違うところだと語っていることになるだろう。

3．『メアリ・バートン』のリヴァプール

メアリがリヴァプールを彷徨するのはまるまる一日かぎりのことで、レッド バーンのように半年も滞在して、あちこち見物に明け暮れていたのとはわけが 違う。しかもメアリは生死を分けることになる証人を追って、死に物狂いの冒 険をしていた。この都市は、物語の鍵を握る、手に汗握るクライマックス・シー ンになっており、町の様子など何も見ていないに等しい。それでも、この二 作品においてリヴァプールが描かれているのが奇しくもほぼ同時期のことであ り、イギリス人から見たリヴァプールとアメリカの船員が見たリヴァプールと では、おのずと差があらわれてくる。

メアリがボートを雇ってジョン・クロッパー号(*The John Clopper*)を追跡し て船出する桟橋は、レッドバーンのハイランダー号が停泊しているのと同じプ リンス桟橋である。レッドバーンは、プリンス桟橋が比較的最近の建造で、お そらく最も大きなものであり、アメリカ船が頻繁に停泊するからアメリカの船 員にはよく知られ、また川からは長い石造りの埠頭で保護され、分厚い壁に囲 まれ、町に面する側にも同種の壁が築かれ、一方の壁は大通りにまで伸びてい るとし、そしていつも停泊船でいっぱいである、と説明を加えている(p.178)。 レッドバーンとメアリの二人とも、火事などで何度も改築されても生き延び、 現在は市庁舎に姿を変えた、かつての取引所(the Exchange)と、中庭にあるネ ルソンの彫像も等しく見ている。[14] そして世界各国からやってきた色とりど りに雑多な船舶の数々を目の当たりにして感慨一入なのもやはり同じだ。

And Mary did look, and saw down an opening made in the forest of masts belonging to the vessels in dock, the glorious river, along which white-sailed ships were gliding with the ensigns of all nations, not "braving the battle," but telling of the distant lands, spicy or frozen, that sent to that mighty smart for their comforts or their luxuries; she saw small boats passing to and fro on that

第 17 章　19 世紀文学に描かれるリヴァプール
── 『メアリ・バートン』と『レッドバーン』を中心に ──

glittering highway,...The cries of the sailors, the variety of languages used by
the passers-by, and the entire novelty of the sight compared with anything
which Mary has ever seen, made her feel most helpless and forlorn; and she
clung to her young guide as to one who alone by his superior knowledge could
interpret between her and the new race of men by whom she was sur-
rounded,──for a new race sailors might reasonably be considered, to a girl who
had hitherto seen none but inland dwellers, and those for the greater part fac-
tory people. [15]

　メアリには、戦争するためではなく、世界の遠い果てから交易のためにやって
来る多くの船舶を目撃したことで、内陸のマンチェスター育ちで工場しか目に
したことのない自分は無力で心細くもあり、船員が新しい人種に思われるのだ
った。"spicy or frozen" の土地とあるから、当然のことながら船員にはインド
人やロシア人など世界中から貿易目的で集まってくる種々雑多な人種がいたこ
とだろう。レッドバーンの場合はこういった船員たちの国名をはっきり挙げて
いるのに、ここでの描写では肌の色や国名など、これ以上詳細に立ち入っては
いない。これはただメアリが先を急いでいるという理由からだけのことなのだ
ろうか。
　それにしてもメアリはリヴァプールでは善良なる人たちばかりに出逢ってい
る。リヴァプールの親切な少年チャーリーは事件のことを知って、「まだ諦め
ないで、ウィルのためにやってみよう」とばかり、満潮になるまで船は待たな
ければならないから、まだ手があると、メアリのために最善を尽くして協力を
惜しまない。ジョン・クロッパー号を追いかけるボートを借りるのにも、相場
から言えば不足なのに、悲痛なメアリに打たれ、その有り金で相手は呑んでく
れるし、ヴィクトリア朝の娘のすることとは信じがたいが、大胆にもメアリは
荒くれ者の冷酷そうな男二人と船に乗り込む。すると、これがなかなかいい男
たちで一生懸命骨を折ってジョン・クロッパー号に一刻も早く近づこうとして
くれ、やっと声が届く距離に迫ったものの、大型船の船長はけんもほろろだっ
た。しかし、無事そこでウィルに伝言が伝わり、水先案内人のボートで戻ると
いう段取りもつき、はたしてジェムがいつ戻れるのか不安要素はあるものの、

233

メアリたちは船着き場へと帰る。さっき高い運賃を吹っ掛けた年配の船方は、結構優しく、眠ってしまったメアリに自分のコートを掛けてくれたり、お金は一切いらんと言ってくれたりして、実にきっぷのいい海の男であることが分かる。それどころか、名刺をなくしたメアリを親切にも自宅にまで連れて行ってくれる。その妻もこれがまた実によくできた善良な女性で、メアリに深い同情を寄せ、それぞれシナに向かっているのと、バルト海あたりにいる二人の息子の部屋に泊らせてくれるのだ。

　深刻な貧困、船乗りたちの集まるいかがわしい界隈、横行する売春、そんなよそ者たちのひしめく都会の闇の中で、しかもうら若き女性がとても外を一人歩きできるような時代でもない 19 世紀のこと、一歩間違えば、荒くれ者の水夫たちのなぶりものにされる、或は金がないと腹を立てられ、売春に売り飛ばされる危険だって大いにあっただろう。メアリが頼る人とてなく、お金も立ち寄り先の名刺もなく、偶然にしろただ行く先々で周りの人たちの親切にすべて助けられて万事上手くいく、というのは余りにできすぎではないか。

　明らかにディケンズの旅人やレッドバーンが垣間見たリヴァプールとは異質なものに感じられる。それはギャスケルが黒人を描かなかったところとも共通しているのではないか。奴隷廃止運動の中心は人道主義の立場からクェーカー教徒たちであったが、ユニテリアン派の牧師である夫ウイリアム・ギャスケルもマンチェスターでの奴隷制廃止運動に熱心だった人物であり、傍らで妻エリザベスはその様子をつぶさに目撃し、運動に眼も耳も傾けていただろうし、実際、バーミンガムなどイギリスの各地に女性たちによる奴隷廃止運動の組織体もあった。が、この小説に関しては、たとえリヴァプールという多文化の錯綜する国際都市であっても、ギャスケルの意識の中では、ナッツフォードと変わらない、信頼するに足るコミュニティが頑として存在しているように思われる。家父長制の保護のもと、正義の支配するコミュニティの規範に守られ、そのよき人間関係の中で、最終的な幸せが確実につかめる、そう信じているようだ。ただ、都市部に生じた大きな貧富の差により、コミュニティには互いに相容れない雇主と労働者という対立ができ、一つのコミュニティ内部に異邦人(たとえば労働者の中の雇用主)が紛れ込むことなど許されない。ましてや、そこに個としての黒人など存在するはずもない。

第 17 章　19 世紀文学に描かれるリヴァプール
──『メアリ・バートン』と『レッドバーン』を中心に──

　そもそも都会は、田園ののどかなコミュニティから離脱した、他人のことなど関心がないし、関心を寄せてもらいたくもない、ひっそりと息をひそめて他人に気づかれないように生きる群衆の中の孤独な個人、つまりよそ者の集まりなのだが、中産階級の女性たるギャスケルには、この時点ではまだ縁の薄い世界だったのだろう。人種差別自体は、奴隷制と、そしてその解放以降に生じたかつての支配者の白人と被支配者の黒人との間の対立に源を発するものとされているが、[16] それが露骨な形を取ったのは、やはりアメリカにおいてであり、コミュニティの優先するイギリスでは長らくヴィクトリア朝お上品文化の傘に隠され、見えづらくされてきたのであろう。しかも小説は当時家庭で読まれることを前提としていた。逆に言えば、コミュニティ自体が成立しにくいアメリカであってみれば、リヴァプールという多国籍都市は、よそ者にとっては近寄りやすい異郷であり、描きやすい町だったのではないだろうか。

注

1. Peter Kennerley, *Liverpool: the Making of the City on the Mersey*. Lancaster: Palatine Books, 2010, p.127.

2. Peter Aughton, *Liverpool: A People's History*. Lancaster: Carnegie Publishing Ltd. 2008, p.207.

3. Kennerley, p. 83.

4. Aughton, p.107.

5. George Chandler, *Liverpool and Literature*. Liverpool: Rondo Publications Ltd., 1974, p. 31.

6. Herman Melville, *Redburn, White-Jacket, Moby-Dick*. N.Y.: The Library of America. 1983, p.140. 以降『レッドバーン』からの引用はすべて括弧でページ数を引用の後に記す。

7. William H Gilman, *Melville's Early Life and Redburn*. N.Y.: Russell and Russell, 1972, p.189.

8. Aughton, p.193.

9. *Ibid.*, p.107.

10. 小林恭子『英国公文書の世界史』中公新書クラレ、2018、pp.68-9.

11. 平田雅博『内なる帝国内なる他者―在英黒人の歴史―』、晃洋書房、2004年、pp. 128-9.

12. Charles Dickens, *The Uncommercial Traveller and Reprinted Pieces*. Oxford: Oxford University Press, 1987, pp. 46-7.

13. Peter Fryer, *Staying Power: The History of Black People in Britain.* London: PlutoPress, 2010, pp.59-60.

14. Gaskell, Elizabeth, *Mary Barton and Other Stories*. London: Smith, Elder & Co., 1906. p. 336.

15. *Ibid*, pp. 336-7.

16. Douglas Lorimer, "Reconstructing Victorian Racial Discourse," Gerzinz Gretchen H. ed. *Black Victorians / Black Victoriana*. N.J.: Rutgers Univ. Press, 2003, p. 189.

第18章

『クランフォード』と『吾輩は猫である』に描かれる喜劇

大前　義幸

1．はじめに

> 浅薄なる余の知る限りにおいては西洋の傑作として世にうたわる〻も
> の〻うちに此態度で文をやつたものは見当らぬ。(尤も写生文家のかい
> たものにも是ぞといふ傑作はまだないようである) オーステンの作物、
> <u>ガスケルのクランフオード</u>或いは有名なるヂツキンスのピクヰツク又
> はフヰールヂングのトムジヨーンス及びセルヴンテスのドン、キホテ
> の如きは多少此態度を得たる作品である。然し全く同じとは誰が眼に
> も受け取れぬ。(下線部論者)[1]

上記の引用は、夏目漱石(1867-1917)の随筆「写生文」の中に記されている
一文である。この中で漱石は、小説の中に描かれる風景描写や自然描写、人物
描写を読者に明確に伝え、さらに読者に登場人物の感情を表現する描き方を写
生文であると述べている。つまり、この技法は読者に書き手の体験を書き手と
同じ目線で追体験させる方法である。写生文が登場した明治時代中頃、西洋絵
画由来の「写生」の概念を正岡子規や高浜虚子らが俳句や短歌の近代化に当て
はめ、『ホトトギス』誌を中心に広めていった。その方法を用いて描いている
代表作品としてエリザベス・ギャスケルの『クランフォード』が挙げられてい
ることには興味を引く箇所である。「オーステンの作物」、つまりジェーン・
オースティンは、イギリスを代表する女流作家であり、彼女が描いた作品は、
イギリスの伝統的な作風を崩すことなく田園風景を読者に伝えながらも、登場
人物たちの風刺や皮肉、悲哀、人間喜劇(ユーモア)を繊細に描いている。[2] そ
してギャスケルの『クランフォード』は、前作まで描いていた社会小説とは反
して、オースティンの作風を受け継ぐかのように架空の町・クランフォード [3]

237

を舞台とし、そこで暮らす人々の姿を語り手が実際に読者へ体験させるかのように現実的に描き、さらにユーモアを用いて描いていることが、この作品の特徴ではないだろうか。[4]

　一方、夏目漱石の『吾輩は猫である』（以下『猫』）は、彼が作家の道へと進むきっかけにもなった作品であり、さらに彼の作品の中では珍しくユーモアを基本にして描かれているのである。多くの人が「『吾輩は猫である』は、漱石の大好きな作品『東海道中膝栗毛』を真似て書いた作品である」と主張しているが、作品の3編以降からは、喜劇と言うよりも議論や死をテーマにした作品内容へと大きく変わっていることを考えれば、必ずしも『東海道中膝栗毛』を見本として書かれた作品であるとする結論には、的を射た答えにはなっていないかと考えられる。さらに漱石が、子規のグループの俳人でもあり、この作品が登場したのは、そのグループの「山会」で発表された作品であり、のちに『ホトトギス』誌に掲載された作品でもある。その後、漱石は、抽象対象と一定の距離を置いて書く写生文の特徴から「余裕派」という概念を生み出している。

　もっとも、『文学論』の中で、ユーモアとペイソスを交えた作品としてエリザベス・ギャスケルの『クランフォード』が挙げられており、そこには長い引用が付け加えていることにも注目をすると、漱石が『猫』を執筆するときに、少なからずも意識をしていたかと考えることができるのではないだろうか。[5]以上のことから、両作品の写生文に描かれる喜劇を中心に考察していき、『猫』における『クランフォード』の影響と共通点を探ってみたいと思う。

2．『クランフォード』に描かれる喜劇

　『クランフォード』の物語は、いかに読者を楽しませるかに主眼を置いている。そのためギャスケルは、連載小説でよく使われる読者を楽しませるできごとを用意している。鉄道事故・子供時代の恋人・召使のロマンス・銀行の倒産・長く行方不明だった兄。これらのできごとの影には、経済的に自立している中年女性たちが互いに協力し合うことで強く生きており、老後の人生も荒涼とした寂しいものにはならないという自負が現れている。しかし、それらのエピソードを用いて作品を喜劇として描いていることに注目をしなければいけな

第18章　『クランフォード』と『吾輩は猫である』に描かれる喜劇

い。例えば、第1章に登場するミス・ベティ・バーカーのペットの雌牛が、飼い主が目を離した隙に動物の皮を剥ぎ用石炭溜池に落ちてしまい、牛の叫び声を聞きつけた人々によってすぐに救出されたが、すっかり毛が抜け落ちてしまったできごとは、想像するだけで読者に笑いを誘う見事な内容である。さらにベティさんは、牛を介抱するためにブラウン大尉のアドバイスに従い、毛の抜け落ちてしまった牛のためにフランネルのチョッキとズボン下を縫い、着せる。すると、それ以降、クランフォードの町の人々は、フランネルのチョッキとズボン下を着せてもらい牧草地へ行き帰りする牛を見かけるようになったというエピソードは、非常にユーモラスに描かれている。当時、召使いの女性が小金を貯めて婦人帽子屋を開き、その店主として努力し余生を送るだけの貯金をし、淑女仲間に入るということがあった。つまり階級意識の強い時代、上の階級に属するシンボルとしてペットの牛を飼うことが流行していたことを考えると、町の人々は牛に悲劇が起きたことを気の毒だと思いながらも気取った態度を取るベティに対して何重にも可笑しさを呼んでいるのである。

　8章の猫の話は、ギャスケル自身が幼少期に人から聞いた話だけにリアルに描かれていることは白眉である。その内容は、飼主のフォレスター夫人が、華やかな頃を思い出す品として持っている唯一のものが目の細かいレースである。その大切なレースを洗濯するためにミルクに漬けていたのである。すると猫が誤って、ミルクと一緒にレースまで飲み込んでしまったのである。大切なレースを猫の胃から取り出すために猫に下剤を飲ませ、30分後には見事に猫の胃からレースを取り出し、再びミルクに漬けてレースを綺麗にしたのであった。ここにもギャスケルの喜劇性の特徴が現れている。このレースは、フォレスター夫人が華やかな頃を思い出す品だけでなく、彼女の生きる上での支えであったと考えることもできる。つまり、彼女の亡き父と夫が軍の上位者であったこと、彼女が古い良い家柄の出であることによって、彼女は貧しいながら引け目を感じずに淑女仲間の中で存在意義を持って生きていけたのだ。先祖代々から受け継いだレースというのは家柄の古さをあらわすシンボルの一つであり、彼女が新しいレースを買えるだけの資力を持っていて、それを買ったとしても、それでは古い家柄を誇ることはできないのである。フォレスター夫人にはそういう背景があるため、このエピソードは、レースを飲み込んだ猫のお腹からレ

ースを取り戻すためにとった彼女の機転をきかせた方法の、どたばた喜劇的おかしさだけでなく、家柄のよさを示すものを無くすかもしれないとパニックに陥った彼女への悲哀も含んでいるのである。

　さらに 15 章のマーサから手紙を受け取り、ミス・マティーが病気ではないかと心配になり彼女の家へと向かう。そして実際にマーサと会い、いつものように台所へ行って、二人きりでないしょ話をした結果、マーサは近々おめでたであることが分かる。しかし、ミス・マティーの世話を誰がするのかと心配する彼女の様子は、「マーサはいつもとはまるで人が変わったみたいで、涙もろく、感情も高ぶっておりましたので、私は自分のことはなるべく言わないことにして、あれこれとあらぬ心配をしているマーサを、一生懸命慰めてやることにしました」(146-7)と、彼女が一人ヒステリックで泣いている姿は、読者は安易に想像することができ、この作品の喜劇的場面として受け取ることができる。しかし、ギャスケルは、この場面の中にクランフォードで生活する人たちの団結精神の姿を描いているのである。お手伝いが不在をすると、家のことが何もできない家の主は、生活の質を落とすことにつながりかねない。または、家政婦自身が仕事を失うことにもなる。当時は子供を持つ女性が一度でも仕事を失うと、再び仕事を見つけることができずに家族ともども浮浪者へとなり、最悪の場合は命を落とす危険性がある。しかし、作者ギャスケルは、クランフォードの婦人の中に根付いているお互いを思いやる団結精神を読者が知ることで、その人たちの優しさに心動かされるであろう。家政婦のマーサが妊娠したことは、おめでたいことであると同時に失業の恐れを暗示させている。しかし、それを温かく理解しているメアリ・スミスに対しては、共感の念が込み上げてくることだろう。

　産業革命を成し遂げ、少ないコストで最大の利益を重視される社会において、自らを犠牲にしてまでも困っている人を助けようとするクランフォードの人たちが奇異なことではなく、当時の社会や拝金主義者の俗物根性を批判し、その人の優しさや温かさを読者へ直接訴える方法は、ギャスケルの作品手法の一つではないだろうか。

　さらに、しばしば作者ギャスケルは、一人称の語り手によって男性社会を風刺することがある。作品冒頭の「まず第一に申しておきますと、クランフォー

第 18 章　『クランフォード』と『吾輩は猫である』に描かれる喜劇

ドの町は女の軍勢に占領されているのです。」(1)[6] は、人間の価値はその社会
的地位にあるということ。また「女の軍勢」は邪魔な種族、つまり男性なしで、
十分立派に、それどころかいない方がさらに立派に生きていける考えを読者に
提示しているのである。当時、家父長制社会が当然のようにして考えられてい
た時代、クランフォードの町に住んでいる女性は独身の中年や老女たちである。
男性不在の町でも女性たちだけで協力し合い、十分立派な生活が過ごせること
を冒頭の一説で述べていることは、喜劇作品の中にも男性社会を風刺した表現
として受け取ることができる内容を取り入れているのである。

　　しゃれた庭にいっぱい見事な花を咲かせ、見苦しい雑草を抜き取るに
　しても、柵のあいだからその花を欲しそうにのぞかせている子供たちを
　追い払うにしても、門が開いているとときどき庭に入り込んでくる鷲鳥
　を追い出すにしても、無用の理屈や議論はぬきで文学や政治のいっさい
　の問題を決するにしても、町内の誰かれ皆の動静を逐一はっきり知るに
　しても、こぎれいな女中さんたちをきちんとしつけるにしても、貧しい
　人たちに(いささか押しつけがましい)親切をほどこし、困っている時に
　はお互いにやさしく助け合うにしても、いずれにしてもクランフォード
　の淑女たちだけで、充分手が足りるのですから。その淑女の一人がかつ
　て私に言いましたように、「男って、家にいるととても邪魔ね!」(1)

クランフォードの町に住む彼女らが望んでいるのは、たとえ小さな世界でも
秩序だっているのは、女性のお陰であり、特に独身の中年女性の偉業であるこ
とをギャスケルが語り手を通して述べている。しかし、注意深く考えてみれば、
ジェイミソンの奥様とホギンズ夫人との和解に一役を買ったのは誰でもないイ
ンドから帰還したピーターである。

　　どう細工をしたのかは知りませんが、たしかに彼はうまくやってのけま
　した。まんまと二人お互いに口をきくようにさせてしまったのです。ゴ
　ードン少佐夫妻も、クランフォードの住民のあいだに仲たがいがあった
　などとは、夢にも思っていなかったおかげで、この和解工作に力を貸し

241

比較で照らすギャスケル文学

たことになったのでした(160)

　彼のお陰で、社交界は昔のように仲良く過ごすことが出来るようになったことを考えれば、最終的には男性の力が必要であり、彼女らが主張する女性の自立は幻想なのである。そのため、時に彼女らが困った時には、必ず男性が登場するのは肉体的助けではなく精神的安心を求めていることも、物語を読み進めていくうえで喜劇として考えることができるのではないだろうか。

3.　『吾輩は猫である』に描かれる喜劇

　猫が語り手となり、観察者として異世界を持ち、それによって人間社会を見下すという意図が作品の位置設定のように感じられるが、「一」と「二」では、「猫族」との対比であり、人間社会を批判する猫たちの憤慨する姿が描かれている。多くの評論家が指摘しているが、『猫』における笑いの根底には、深い苦汁をたたえたものがある。「猫の笑い」や「猫の狂喜」を考えれば、けっして迷亭の語り口は気持ちの良いものではなく、「狂気」、「幻想」そして「死」の三つの挿話を積み重ねている漱石の偏執を笑ってすますにはあまりにも苦しいところがある。そして、この笑いの背景には、明らかに狂喜が存在し、迷亭や寒月の語ったものが死であることは偶然でもない。さらに第二編で三毛子の死に出会うことからもモチーフは、狂気と死への偏執とも考えられる。しかし、その様な世界においても『猫』は、それ自体に複雑極まりない笑いの空間を作っており、深刻複雑な作家の暗部な内面を笑いという形式で、それを表現したのである。『猫』の笑いについて考える前に漱石自身の見解を見ておく必要があるかと思う。

　漱石自身の笑いに関する文献としては、『文学評論』がある。その中でも「第三編アヂソン及びスチールと常識」、「第四編スキフトと厭世文学」が重要と考えられる。これらは、漱石の笑いに関する文献と言う意味だけではなく、漱石が『猫』を執筆していた当時の講義であるだけに興味深く考えられる。その中でもスウィフト論が一目置かれるのは周知が一致するところである。そこには恐らく気質上の共振さえも感じられ、『猫』においても物語の影が存在していることが予感される。江藤淳氏はその点に触れて「『猫』の粉本をスタァ

242

第 18 章 『クランフォード』と『吾輩は猫である』に描かれる喜劇

ンの『トリストラム・シャンディ』であると求めているが、この作品には
disgression や sexual な点が全く見られない。むしろ『猫』の作風は、スウィフ
トに近い風刺なので、ユーモアもスウィフトに近い」ことを指摘している。[7]
　つまり、この主人公はスウィフトの『ガリバー旅行記』のように異世界を生
きることを通して、人間社会を別の世界として考えているのではなく、笑いの
空間として身を置いているのである。そのため猫は「元来人間といふものは自
己の力量に慢じて皆んな増長して居る。少し人間よりも強いものが出て来て褒
めてやらなくては此先どこ迄増長するか分からない。」(12)[8] と述べているので
ある。
　しかし、猫が世界を持ち、それによって人間社会を見かえすという意図がな
かったわけではない。例えば、「一」「二」には、「猫族」との対比において人
間社会を批判する猫の憤慨感が描かれており、猫自身のひとりよがりな滑稽さ
を描きながらも単純な正義感で人間社会を見ているにすぎない。しかし、当初、
異世界に身を置いていた猫だが、「二」で三毛子が死んでからは消えてゆき、
猫は人間の世界にもどり、人間の世界の観察者となる。猫は口がきけないが、
人間の言葉を理解できるため、観察者としては最高の存在である。そのため、
人間の裏表の暴き手としては好都合である。その結果、苦沙弥は、単に羨望す
るものの、決して生活の外には踏み出さない。そのため猫によって、「牡蠣的
主人」と言われている。つまり、苦沙弥の口だけは立派だが、結局臆病で小心
者であり、書斎の中にしがみついている内弁慶ぶりを戯画することによって、
裏表が引き出され、苦沙弥という人物の奇妙な渋面に面白味が出てくるのだろ
う。
　しかし、その苦沙弥が見下しているのが皮肉なことに猫である。「一体車屋
と教師とはどちらがえらいのだろうか」から始まる黒との会話は、猫のそうし
た自意識を示しており、言い換えれば、猫はいかにも偉そうに人間社会を批評
する存在に置かれている。しかし、その猫も猫族の世界においては、はみ出し
た存在であり、猫族の代表などではない。それを示しているのが餅の場面であ
る。
　猫が餅を食べようとして失敗する場面だが、ここの面白さは、餅に食いつい
てから解放されるまでを 4 つのプロセスに分け、ひとつの局面ごとに、それぞ

243

れを一般真理で総括している。そもそも、極めて急を要する重大な事態を局面
ごとに分析し、それぞれを抽象化して一般化すること自体がおかしい。しかも
餅を相手に猫が四苦八苦し、踊りを踊っていると子供らが笑い転げるという滑
稽な立場を演じさせられているにもかかわらず、それを分析し、抽象的真理を
引き出しいる猫の行動も余計におかしい。しかし、その勿体ぶった滑稽さは、
苦沙弥と通じるところがある。このことが、猫が「牡蠣的主人」と笑う苦沙弥
の内面を発見したということになる。つまり、人は、他人を笑う。しかし自分
もまた実は笑われる条件の中に置かれているという発見である。

　その姿が、三毛子との恋のいきさつにあらわれている。猫が三毛子のもとを
訪れて、縁側の座布団の上で、御師匠さんと下女の会話を聞く。三毛子の代わ
りに「あの教師の所の野良が死ぬと御誂え通りに参つたんで御座いますがねえ」
(84)と罵られ、悪口を言われる。このあと、猫は次のように告白をする。

　　　　近頃は外出する勇気もない。何だか世間が懶うく感ぜらるゝ。主人に
　　　劣らぬほどの無性猫となった。主人が書斎にのみ閉じ籠っているのを人
　　　が失恋だ失恋だと評するのも無理はないと思ふようになつた。(85)

猫は死の恐怖と失恋を通して、苦沙弥と一体化すると考えてもいい。笑ってき
た対象との一体化、これは猫の批判的エネルギーの幕切れと思われる。笑うも
のも笑われるという、この合わせ鏡のような空間は、風刺と言うよりも変幻極
まりない愉しさを読者に与えてくれる。もちろん風刺を引き出すことも可能だ
が、漱石は作品の中で遊ぶことに愉快を感じていたことは確かかと思われる。

４．両作品に共通する喜劇性

　喜劇を論じることは、悲劇と比べても一概には結論付けることが難しいと考
えられる。悲劇は主人公に不運が見舞われ、悲しい結末に転じていく物語であ
り、観客あるいは読者は同情を感じると共に深い感銘を受けるようにできてい
る。ところが喜劇は、大きく異なる特徴がある。まず喜劇の場合は、主人公が
特定されているわけではなく、また物語を動かす人物は存在しているが、悲劇
のように中心になり、観客や読者の注目を受けるわけではない。つまり喜劇に

第 18 章　『クランフォード』と『吾輩は猫である』に描かれる喜劇

は、かれらが同じ比重をもった人物が幾人も登場し、それらが互いに影響し合いながらプロットを進めていく。そのようなプロットを構成することで、悲劇では人間は運命に逆らうことができないという悲観的な人生観があるのに対し、喜劇では必然と考えず、それをかわす工夫をすることで、人生は楽しいものと考え、楽観的立場を得ることができるのである。

　漱石が小説内におけるユーモアとして、『文学評論』の「常識とヒューモア」の中で次のように述べている。

　　さてかう解釈してみるとユーモアを有してゐる人は、人間としてどこか常識を欠いてゐなければならない。常識を欠かないで、尋常一般の行動をしてゐたならば、いつ迄立ってもヒューモアの出て来る訳がない（火事地震の様な非常事件が外界に起こるときは、特別である。かう云う時は普通の人でも尋常一般の行動をやる事が出来ない。だから事件が済んだ後から当時の状態を思ひ出すと、笑はずにはゐられない場合が多い。猛烈な一時の刺激でみんながヒューモラスに成つたのである）。従って極めて常識に重きを置いてゐる一八世紀の紳士、アヂソン、スチールの如きものゝ描き出すヒューモアは、フォルスタッフやドンキホテの如き狂人に近い劇しいものでなくて、常識を去る遠からざるヒューモアである。又彼等自身が演じたるヒューモアありとすれば、それはヒューモアと云わんよりも寧ろキィットであらうと思ふ。[9]

　ギャスケルが『クランフォード』の中で描いている喜劇とは、楽観的思考を得ることで、批判や風刺をする自由が生まれるということである。この批判や風刺はもちろん登場人物が行うことだが、それを読んだ読者は彼らから影響を受け、読者の人生観や価値観が変わってくるのも当然なことである。その例となる事件がマティーのほぼ財産を預けていたタウン・アンド・カウンティ銀行が倒産した場面である。そのためマティーは、年 149 ポンド 13 シリング 4 ペンスを失い、たった年額 13 ポンドだけの収入に変わってしまう。そのため、彼女の生活は大きく変わってしまうかと思われたが、マティーに気づかれないように友人が献金をすることで、いままで通りの家で生活が行えるようになる

245

のである。さらにその場面では、ギャスケルは入れ歯を忘れたことを隠すためにベールをかぶっているミス・ポールを登場させ、その喜劇性を語り手のミス・メアリを通して読者に伝えている。

　つまり、登場人物の価値観が変わるできごとにおいて、ギャスケルは入れ歯を忘れた女性を登場させることで、漱石が「常識とヒューモア」で述べているように、「人間としてどこか常識を欠いてゐ」る滑稽な姿を描き、緊迫したできごとが喜劇へと変わることができるのである。特にギャスケルの喜劇には、すでに論じた通り笑いの陰の人間に対する考察が絶えず幣見でき、それが魅力となっている。そのため、彼女の作品における喜劇とは何かという問題を取り上げるとなると、笑いを含めた喜劇全体像の考察が必要となってくる。

　反対に漱石の喜劇的表現は、傲慢な人間や貪欲な人間、あるいは権力を乱用する人間を困惑させ、あるいは狼狽させて、その醜態を嘲笑し、結果的には彼らを懲らしめる喜劇手法を用いている。例えば、苦沙弥が「アンドレア・デルサルト」について無知なことを知っておきながら、迷亭に騙される場面は、日頃から家族に対して偉そうな態度を取っている教師が、醜態を嘲笑され、懲らしめられている。つまり読者にとって苦沙弥が笑いの姿を露呈していることを非常に喜劇的に描いている。

　それでは、両作家に共通する喜劇的表現技法は何であろうか。『クランフォード』には、次々と起こる奇想天外のできごとだけが面白いのではない。滑稽な姿の裏には、人間なら誰でももっている弱点や人生のペイソスがあり、読者はそれに共感や同情を得て、さらに登場人物に対する思い遣りや愛情までも感じてしまうのだ。つまり、読者は笑いと同時に涙や心の温かさも経験することができるのである。漱石の『猫』においても同じことを考えることができるのではないだろうか。内弁慶な教師・苦沙弥が、迷亭に騙される場面や猫が人間や教師に対する痛烈な皮肉を浴びせるとき、同時に読者は、我が身を振り返り反省や共感を得て、そこに笑いや温かい人の心を感じることができる。このように考えると、『クランフォード』も『猫』も 19 世紀のイギリス小説にしっかりと根を下ろしたユーモアを描いているのである。

第 18 章　『クランフォード』と『吾輩は猫である』に描かれる喜劇

5．まとめ

　このようにして、『クランフォード』と『猫』の両作品において写生文からの喜劇性を考察してきたが、『猫』においては、主人公の猫が行動する場面を舞台とし、苦沙弥を笑いの主人公である道化役とすることで、作品の中に喜劇性が生まれている。一方『クランフォード』では、架空の町・クランフォードを舞台にして、様々な登場人物が登場することで、彼女らが道化役となり、語り手であるメアリー・スミスの口からユーモアを用いたセリフ、つまり笑いが生まれているのではないだろうか。

　ベルクソンが『笑い』の中で「笑いが生じるときは、人間的であるもの以外におかしさはない」と結論づけていることからも、小説に喜劇的要素が加わるときは、実際に人が普段行わないことを登場人物を用いて行うことで、そこに笑いが生じ、風習喜劇としての作品が誕生するのではないだろうか。両作品には賢くて、少しユーモアを持ち合わせた人物が主人公となっている。さらに笑うものも笑われるという合わせ鏡の空間を作り出し、そこから様々な風刺を引き出すことも可能となる。両作家は、オースティン流のユーモアを交えながら、作品の中で遊ぶことに愉快を感じていたことは確かかと思う。

注

1.『漱石全集』第一六巻「写生文」　東京：岩波書店、1995 年。p.55

2. オースティンとギャスケルの関係については、『エリザベス・ギャスケルとイギリス文学の伝統』の松岡光治「リアリズム再考—ギャスケルはオースティンの娘か？」 を参照されたい。

3. この作品の舞台は、作者ギャスケルが幼少時代を過ごしたチェシャー州ナッツフォードがモデルとされていることは多くの人が指摘しているが、作品に描かれているできごとは、ギャスケルが幼少時代に見聞きしたものであることは、あまり指摘されていない。

4. 夏目漱石『漱石全集』第一四巻『文学論』、東京：岩波書店、1995 年。pp. 493-96.で『クランフォード』からの文章を引用し、文学作品の中での人間活動の焦点的意識の変化の例として論じられている。

247

5. 足立万寿子は『エリザベス・ギャスケルの小説研究』で、この作品には 2 つの解釈ができる。1 つは、昔ながらのユーモアを交えた作品解釈。もう一つは、作者自身が幼い時に経験したことをジャーナリスト的視点で描いた女性史的解釈があると論じている。

6. テキストとして *Cranford*, Oxforsd Oxford Woeld's Classics, (Oxford: Oxford UP, 1998)を使用し、( )内に初版、頁数を示す。引用訳は『ギャスケル全集 1 クランフォード・短編』小池滋訳を参考にした。

7. 江藤淳『夏目漱石』(増補版)、東京：勁草書房、1955 年。PP.43-4.

8. 『漱石全集』第一巻『吾輩は猫である』、東京：岩波書店、1993 年。を使用し、( )内に初版、頁数を示す。

9. 『漱石全集』第一五巻『文学評論』、東京：岩波書店、1995 年。PP.218-9.

引用文献

George Mikes. *English Humour for Beginners*. London: Penguin, 2016.

Gerin, Winifred. *Elizabeth Gaskell*. New York: Oxford UP, 1980.

J. B. Priestley. *English Humour*. London: Stein & Day Pub, 1976.

Uglow, Jenny. *Elizabeth Gaskell: A Habit of Stories*. London: Faber and Faber, 1993.

足立万寿子『エリザベス・ギャスケル―その生涯と作品―』、東京：音羽書房鶴見書店、2001 年。

清水 孝純『笑いのユートピア 『吾輩は猫である』の世界』、東京：翰林書房、2002 年。

谷口 巌『『吾輩は猫である』を読む』、東京：近代文芸社、1997 年。

夏目漱石『漱石全集』第一四巻『文学論』、東京：岩波書店、1995 年。

第 19 章

Chinese Modification and Acceptance of *Cranford* in the May Fourth New Culture Movement

Bonny LIU (劉　熙)

Elizabeth Gaskell's *Cranford* (1851-53) was translated into Chinese in 1927.[1] At that time, Chinese society had gone through a dramatic social reform — the May Fourth Movement, which took place on the fourth of May 1919.[2] So far, both Chinese and overseas critics have focused on the May Fourth Movement to demonstrate its significant influence on Chinese modernity. Rana Mitter suggests that the politics and ideologies that emerged around 1919 "shaped China's momentous twentieth century" (12). Chow Tse-tsung notes that under the influence of the campaign, China established a new economic and social structure: "with the rise of new native industry and commerce, the traditional alliance of the gentry, landlords, and the bureaucracy in support of their mutual interests started to break down" (362). What the critics suggest testifies to the fact that the May Fourth Movement brought about a transition in Chinese society into a new but still embryonic modern, industrial society.

Accompanying the movement, more important and far-reaching cultural and literary reforms were implemented by Chinese intellectuals such as Hu Shi, Chen Duxiu, and Lu Xun, who received not only traditional Chinese education but also studied overseas cultures. Since these intellectuals believed that traditional Chinese culture, based on the philosophy of Confucius, hindered their motherland from developing into a new modern society, they tried to learn new ideological and political systems from advanced countries such as England and the United States. In 1919, an article in *New Youth*, a magazine that played a crucial role in the May Fourth New Culture Movement,[3] claims the basic doctrines formulated by cultural pioneers. In the article, the author Chen Duxiu, just as the establishers

249

of *New Youth*, distils different assertions of the Movement into two slogans: "Mr. Democracy" and "Mr. Science." He advocates that Chinese people should oppose Confucianism, the core of traditional ethics, as well as ancient literature, in order to promote new democratic and scientific ideas (Chen 10).

For promotion of these ideas, scholars proposed propagation of modern science and new concepts by translating foreign literature, particularly western works as Chow argues: "one principle had, however, been generally agreed upon as their basis for action after 1917, that is, the creation of a new society and civilization through the re-evaluation of all Chinese traditions and the introduction of Western concepts" (173). As a result, especially from 1917 to 1927, unprecedented enthusiasm for translations of foreign literature bubbled up in the Chinese literary world (Zha and Xie 90; Chan 15).

Against such a background, the Shanghai Commercial Press published 《克蘭弗》, a Chinese language version of *Cranford*, translated by the influential translator Wu Guangjian (1867-1943). Born in Guangdong province, Wu received systematic training in both Chinese and English from his teacher Yan Fu, the first translator of Huxley's *Evolution and Ethics*, at the Beiyang Naval Academy in 1881. Due to his remarkable achievements at school following graduation, Wu was delegated to continue his education at the Royal Naval College in Greenwich, where he also got an opportunity to study European literature. Such an educational background enabled him to be proficient in both Chinese and English. Thereafter, Wu became a prolific translator and produced more than 130 published translations from 1890 to the 1930s, including *Gulliver's Travels*, *Wuthering Heights*, and *Hard Times*, and was eventually regarded as an expert on translation (my trans.; Fang 72–75).

When translating *Cranford*, the expert translator used a technique termed descriptive translation [訳述] rather than word-for-word or line-by-line translation to render the novel in Chinese. Although descriptive translation is generally no longer adopted by translators, that translation style was quite prevalent at the

第 19 章　Chinese Modification and Acceptance of *Cranford*
in the May Fourth New Culture Movement

time. According to　《中国 20 世紀外国文学翻訳史》（*A History of the 20ʰ Century Foreign Literary Translation in China*), most translated novels issued in literary periodic publications from the end of the Qing dynasty (1644-1912) to the beginning of the Republic of China (1912-49) were introduced to Chinese readers by virtue of descriptive translation. It also suggests that such a method can be characterised as half translation and half creation, since translators can convey their own understanding of the original text by means of their commentaries (my trans.; 54).

Such commentary, the most notable feature of descriptive translation, is termed *Meipi* [headnote] by both Chinese and Japanese scholars. In explaining the function of *Meipi*, Shimizu Kenichiro demonstrates that it serves as an informative guide and enables the translator to lead readers to an "ideal" approach to the original text (my trans.;102–03). Through *Meipi,* translators help readers, who are generally unfamiliar with exotic cultures, thoughts, and expressions, to understand a foreign work more clearly. In　《克闌弗》, for example, Wu makes approximately two hundred commentaries on the novel, which appear at the top of the text. These commentaries not only explain the background of some plots and the writing style of Gaskell to contemporary Chinese readers, but also interprets the characters in *Cranford* from the perspective of the translator. In other words, Wu's comments regarding the plots and characters have great influence on how Chinese readers understand and accept the novel of Gaskell.

However, when Wu makes use of *Meipi* to help readers understand the novel, he sometimes provides an interpretation that is different from the original meaning. A typical example are found in Wu's comments about Deborah Jenkyns in　《克闌弗》. In *Cranford,* when Captain Brown brings a present to Miss Jenkyns, she acts in a quite arrogant manner, since her opinion on literature is different from that of the Captain:

She received the present with cool gratitude, and thanked him formally. When he was gone, she bade me put it away in the lumber-room; feeling, probably, that no present from a man who preferred Mr. Boz to Dr. Johnson could be less jarring than an iron fire-shovel. (13; ch. 2)

On this scene, the translator comments: "Miss Jenkyns is characterised as a vulgar, mean and antiquated woman who pretends to be a literary man" '活畫出一個冒充好文的猥瑣酸腐小姐' (my trans.; Wu 19; ch.2).

It should be noted that in *Cranford*, even though the author described women living in Cranford in an ironic tone, Gaskell, also a middle-class woman and daughter of a minister, has no inclination to vilify Miss Jenkyns. In the novel, the narrator also presents a positive image of the middle-class woman. In it, Miss Jenkyns, who has "hitherto been a model of feminine decorum" (23; ch.2), not only makes great efforts to console Captain Brown's two daughters, whose father was killed in an accident, but also takes a flexible attitude toward the affectionate behaviour shown by a gentleman towards the younger Miss Brown. It is obvious that the original figure of Miss Jenkyns differs from the image that the translator creates. However, considering Wu's proficiency in both Chinese and English, it seems that instead of simply misunderstanding the original text, Wu intentionally uses his commentaries to distort the image of Jenkyns.

In an examination of the translation skills of Wu, Lai Tzu-yun refers specifically to Wu's commentary regarding the novel of Gaskell. By analysing the preface of 《克蘭弗》, Lai argues that Wu adds comments to the translated text for the purpose of reminding readers of important and interesting plots (6). In the preface, Wu writes: "Since *Cranford* is quite similar to the Chinese novel *The Scholar*, I urgently translated the novel and made some commentaries for the readers" '又以其頗類我國之儒林外史故亟譯之略加評語以饗讀者' (my trans.; 1). *The Scholar* (1803), written by Wu Jingzi, describes the intelligentsia who lived during the Ming dynasty. The novel particularly satirises ancient Chinese scholars who pay great efforts to the study of rigid and stereotyped writing as well as the Confucian philosophy for wealth, fame, and higher social status. Lu Xun

第 19 章　Chinese Modification and Acceptance of *Cranford*
in the May Fourth New Culture Movement

highly commended *The Scholar* for its criticism of the pedantic literary atmosphere. In *Cranford,* the middle-class women living in a tranquil town are also presented as a conventional community as the narrator describes: "[e]verybody lived in the same house, and wore pretty nearly the same well-preserved, old-fashioned clothes" (15; ch.2). It seems that since the conventional women in Cranford are similar to the pedantic and antiquated characters in *The Scholar,* Wu was motivated to introduce *Cranford* to Chinese readers.

Another criticism of the literary taste displayed by Miss Jenkyns explicitly demonstrates that Wu intentionally misrepresents the impression of the character due to her attitude to a popular novel. In *Cranford,* Captain Brown has a conversation with Miss Jenkyns concerning the literary merits of *The Pickwick Papers* (1837) and Samuel Johnson's *The History of Rasselas, Prince of Abissinia* (1759). While comparing the two works, Miss Jenkyns speaks in an arrogant tone to depreciate young novelist Dickens: "I must say I don't think they are by any means equal to Dr. Johnson. Still, perhaps, the author is young. Let him persevere, and who knows what he may become if he will take the great Doctor for his model" (10; ch.1). In addition to translating the above paragraph, Wu gives a comment regarding the dispute:

> Miss Jenkyns, who regards herself as a literary man just because there are several books in her home, seriously overestimates herself. Therefore, the middle-class woman is described as very pedantic and antiquated. Readers should pay attention, as many similar descriptions of the middle-class woman will appear in the novel. (my trans.; 14; ch1)
> 家裡有幾本書就要自命為文學家振京思小姐未免太不知自量了又此同寫這位小姐寫得很酸很腐後此等處尚多讀者留意。

The notable point is that Wu not only emphasises how "pedantic" and "antiquated" Miss Jenkyns is, but also reminds readers about these characteristics. Such comments demonstrate that the translator, by virtue of his own explanation,

253

desires to provide the reader with an objectionable image of the middle-class woman. In addition, in the preface to 《克闌弗》, Wu compares the conventional community in Cranford with pedantic and antiquated scholars in Chinese novel *The Scholar*. These facts suggest the possibility that the means in which Miss Jenkyns expresses her literary taste in the dispute with Captain Brown provide a direct influence on the translator to make negative comments about her.

In fact, the controversy about the literary merits of the two works has attracted the attention of both British and overseas critics over the years. To date, critics have focused on the importance of the dispute and argued that the conversation between Captain Brown and Miss Jenkyns virtually demonstrates an ideological conflict. Focusing on their wrangle, Jeffrey Cass suggests that the arrival of Captain Brown, whose preference for a popular novel over the works of Samuel Johnson "promises alterations to Cranford's social and cultural landscape," and his controversy with Miss Jenkyns predicts a "ideological displacement" (420). Kanayama Ryota, in reference to the different literary taste of the captain and Jenkyns, also emphasises the potential threat posed by the captain to the social world of Cranford (486). Natsume Soseki highlights that as compared with previous literature, novels like *The Pickwick Papers* create "brand new characters in the literary world" 'これより以前未だ嘗つて文界にあらはれたる事なき特色' (my trans.; 318).

Although both Johnson and Dickens have made significant contributions to British literature, as Soseki noted, *The Pickwick Papers* created "brand new characters in the literary world." It is well known that following the industrial revolution, British society went through a social transformation. At the beginning of the nineteenth century, Britian "was still remote from the modern urban, industrial, and relatively democratic society," while it was to become all of those by the end of that century (Smelser 64). As a result of the rapid development of print technology in that era, the literacy rate was also significantly increased. Against such a background, Dickens adapted himself to the trend, and expanded the readership from the upper to the lower classes as Juliet John demonstrates:

第 19 章　Chinese Modification and Acceptance of *Cranford* in the May Fourth New Culture Movement

> Dickens was intrigued by more sensationalist cultural pursuits that may not all have been new in themselves but whose increasing cultural prominence demonstrates the growing prurience that has characterized the modern mass culture of the lowest common denominator. (44)

It is clear that the novelist, who is disparaged by Miss Jenkyns, plays a primary role in forming modern mass culture. Thus, "readers in every class of society became Mr Pickwick's devoted admires," since the author has "no desire to limit his audience to the élite" (Johnson 109).

It should also be noted that since the May Fourth New Culture Movement, an expanded readership also appeared in Chinese society along with the reform of language as well as print technology:

> The era brought together the technical possibility of mass-market publication of periodicals and newspapers with linguistic reforms that popularized a simpler, easier language in which the published material could be read even by people who were not highly literate. (Mitter 76)

As mentioned above, when *Cranford* was introduced to China, Chinese society was also in transition into a new but still embryonic modern, industrial society. In the meantime, intellectuals who supported the culture movement sought for creation of a new civilisation to replace antiquated traditions and ancient literature. Thus, in order to popularise new cultural concepts among the public who had difficulty in reading archaic Chinese prose [Wen Yanwen], the pioneering intellectuals not only translated western literature, but also tried to use plain-speaking language [Bai Hua] to introduce different foreign works. In 1916, the philosopher, essayist, and diplomat Hu Shi, one of the initiators of the movement, declared eight principles that were published in *New Youth* to encourage people to use vernacular words rather than timeworn literary

255

expressions.[4] Among the principles are: "Do not avoid using vernacular words and speech," and "Do not imitate the writings of the ancients" (Chow 274).

Here, what Hu Shi advocates is entirely opposite to the opinions of Miss Jenkyns, who not only prefers using Latin to writing letters in an obscure and pompous manner, but also insists that "Dr Johnson's style is a model for young beginners" (11; ch.1). It is understandable that Wu Guangjian, who devoted himself to translation of a considerable number of western works into plain-speaking language, intentionally distorted the image of Miss Jenkyns and then introduced that to his Chinese readers. As a contemporary intellectual, Wu tried to promote the New Culture Movement through his translation work. Therefore, when he translated *Cranford*, Wu provided Miss Jenkyns who depreciates Dickens, the pioneer of mass culture, with an objectionable image. In other words, when *Cranford* was translated and introduced to contemporary Chinese society, Miss Jenkyns was completely interpreted as a symbol of the antiquated cultural ideology.

As a nineteenth-century realist, Gaskell observed contemporary social changes that occurred during the Victorian age, and put those new social and cultural elements into *Cranford*. Thus, the image of Cranford in the novel is not only a tranquil town, but it also epitomises a conventional community "threatened by external forces which necessitate adaptation and development" (Foster 97). It is natural that Captain Brown, who has "obtained some situation on a neighbouring railroad" (6; ch.1), is considered to be an invader in the town. In addition to the conversation between Miss Jenkyns and Captain Brown, an episode used to describe how Miss Matty runs her tea shop also embodies the old and new social elements in the novel. In *Cranford*, when the bank in which Matty holds shares goes bankrupt, the middle-class woman has no choice but to convert her small dining parlour into a tea shop and tries to run the tea business. The conventional middle-class woman, who has so long treated trading as an undignified occupation, is forced to encounter a changed society and tries to do business that is not appropriate for a woman of her social origin.

第 19 章　Chinese Modification and Acceptance of *Cranford* in the May Fourth New Culture Movement

However, different from Wu Guangjian, who seeks to completely eliminate the old culture and ideology from the new society, Gaskell adopts an ambivalent attitude to dealing with the new and old cultures and values. In *Cranford*, before Matty opens the tea shop, she worries that the new store will have a negative influence on Mr. Johnson, who also sells tea in the town. Then, "before she could quite reconcile herself to the adoption of her new business," Matty goes to visit his shop and enquires of Mr. Johnson if her new shop will harm his business interests. On the one hand, such behaviour is considered to be "great nonsense" by Miss Smith's father, a tradesman in Drumble, as he wonders "how tradespeople were to get on if there was to be a continual consulting of each others' interests, which would put a stop to all competition directly." On the other hand, the narrator describes Matty's behaviour in a sympathetic tone: "perhaps, it would not have done in Drumble, but in Cranford it answered very well; for not only did Mr. Johnson kindly put at rest all Miss Matty's scruples and fear of injuring his business, but I have reason to know, he repeatedly sent customers to her" (142; ch.15).

In this way, by conducting an examination of the attitude toward competition and profit in the trade business, the attitudes of Gaskell in regard to the new modern industrial society and traditional values become clear. Instead of eliminating the old culture and ideology from the new society as Wu does, in *Cranford*, Gaskell makes traditional values and morality coexist in the rapidly developing Victorian society as Nancy Henry notes: "persistence of the rural past alongside the technological future is a theme in *Cranford*" (155).

In summary, by comparing *Cranford* and 《克闌弗》, this paper has demonstrated how *Cranford* was modified for acceptance by Chinese readers immediately following the May Fourth New Culture Movement. When the original text of Gaskell was brought into China as a descriptive translation, the text was reinterpreted by the translator. Due to principles formulated by Chinese intellectuals in order to promote the new culture, the translated 《克闌弗》 presents a text that completely excludes support for traditional culture and literature. Through such a comparison, this paper also reveals how Gaskell adopts an ambivalent position toward Victorian social transformation.

In the past few decades, Elizabeth Gaskell has become a figure of growing importance in the field of Victorian literary studies. Since her novels, as a microcosm of the Victorian society, are closely related to contemporary society, many scholars have shown enthusiasm for conducting research on Gaskell's works. In *Elizabeth Gaskell: A Literary Life*, Shirley Foster discusses Gaskell's subsequent influence on readers and scholars of the twentieth century and later (172). The differences between *Cranford* and the modified 《克闌弗》 clearly demonstrates that the novel of Gaskell not only reflects and discusses Victorian social phenomena, but also has a great influence on the twentieth-century Chinese society.

Notes

1. According to *Min Guo Shi Qi Zong Shu Mu: 1911-1949*, *Cranford* was introduced to China by three translators in the Republic of China (1912-49). In 1916, the Shanghai Taidong Press published 《女児国》, translated by Lin Jiashu. In 1927, the Shanghai Commercial Press published 《克闌弗》, translated by Wu Guangjia, the most influential scholar among the three translators. In 1939, the Shanghai Qi Ming Press published 《女性的禁城》, translated by Zhu Manhua.

2. On the fourth of May 1919, over 3,000 patriotic university students gathered together at Tiananmen Square in Beijing and started a series of demonstrations in order to protest against government's foreign policy and Paris Peace Conference, which denied the return of German colonies to China. Demonstrations end by attacking and burning the house of Cao Rulin, a minister of Chinese government. The movement was termed as the May Fourth Movement (*Wusi Yundong*), and the term was firstly used by the contemporary Student Union of Peking.

3. The term "May Fourth New Culture Movement" is often used interchangeably with "May Fourth Movement" in writing about the social transitional period

第 19 章　Chinese Modification and Acceptance of *Cranford*
in the May Fourth New Culture Movement

(Mitter 18).

4. In 1916, Hu Shi wrote an article titled as "A Preliminary Discussion of Literature Reform" to Chen Duxiu to express his opinion on the contemporary Chinese literature. Hu points out that the traditional Chinese language makes negative influence on promoting new technology and culture of European society. The article is published in the second volume of *New Youth* No.5.

Works Cited

Cass, Jeffrey. "The Scraps, Patches, and Rags of Daily Life: Gaskell's Oriental Other and the Conservation of Cranford." *Papers on Language and Literature: A Journal for Scholars and Critics of Language and Literature,* vol. 35, no. 4, Fall 1999, pp. 417-33.

Chan, Leo Tak-hung. *Twentieth-Century Chinese Translation Theory: Modes, Issues and Debates.* John Benjamins, 2004.

China, National Library of China. 《民国時期総書目: 1911-1949》［*Min Guo Shi Qi Zong Shu Mu: 1911-1949*］. Shu Mu Wen Xian Press, 1986.

Chen Duxiu. "本誌罪案之答辯書"［"A self-defense of our journal's 'criminal case'"］. *New Youth*, vol. 6, no. 1, 15 Jan. 1919, pp. 10-11.

Chow Tse-tsung. *The May Fourth Movement: Intellectual Revolution in Modern China.* Harvard UP, 1960.

Fang Huawen. 《20 世紀中国翻訳史》［*The Translation History of China in the 20th Century*］. XiBei UP, 2005.

Foster, Shirley. *Elizabeth Gaskell: A Literary Life.* Palgrave Macmillan, 2002.

Gaskell, Elizabeth. *Cranford.* edited by Elizabeth Porges Watson, Oxford UP, 2011.

- - -. 《克闌弗》. Translated by Wu Guangjian［伍光建］. Shanghai Commercial Press, 1927. Originally published as *Cranford.* (Oxford UP, 2011).

Henry, Nancy. "Elizabeth Gaskell and social transformation." *Elizabeth Gaskell,* edited by Jill L. Matus, Cambridge UP, 2007, pp. 148-163.

Johnson, Edgar. *Charles Dickens: His Tragedy and Triumph.* Viking Press, 1977.

John, Juliet. *Dickens and Mass Culture.* Oxford UP, 2010.

259

Kanayama Ryota. "演劇的要素—メアリ・スミスは何を観たのか" ["Theatrical Elements: What Mary Smith Saw"]. *Society and Culture in the Times of Elizabeth Gaskell: A Bicentennial Commemorative Volume,* edited by Matsuoka Mitsuharu, Keisuisha Co, 2010, pp. 477-94.

Lai, Sharon Tzu-yun. "亦譯亦批：伍光建的譯者批註與評點傳統" ["Translator as Commentator: On the Translator's Notes by Woo Kuang Kien"]. *Compilation and Translation Review*, vol. 5, no. 2, Sep. 2012, pp. 1-30.

Mitter, Rana. *A Bitter Revolution: China's Struggle with the Modern World.* Oxford UP, 2005.

Natsume Soseki. 『文学論』 [Theory of Literature]. Iwanami Shoten, 2007.

Shimizu Kenichiro. "テクストの眉－清末小説の眉批とその批評性をめぐって" ["Meipi of the Text: About Meipi and Its Critical Function in the Novel during the End of the Qing Dynasty"]. *TaoTie*. No. 5, 30 Sep. 1997, pp. 94-122.

Smelser, Neil J. *Social Paralysis and Social Change: British Working-Class Education in the Nineteenth Century.* U of California P, 1991.

Zha Mingjian, and Xie Tianzhen. 《中国 20 世紀外国文学翻訳史》 [*A History of the 20th Century Foreign Literary Translation in China*]. Hubei Education P, 2007.

第 20 章

父親のない子どもを育てる、ということ
──マーガレット・ドラブル『碾臼』と『ルース』の比較

宇田　朋子

1.

　マーガレット・ドラブル(Margaret Drabble)は 1939 年イングランド・シェフィールドにて、作家かつ弁護士である父と、教師をしていた母の次女として生まれた。姉の A・S・バイアット(A. S. Byatt)も作家として著名である。

　ドラブルは、オックスフォード大学を卒業後、ロイヤルシェイクスピアカンパニーに入り、女優を目指した。しかし、そこで俳優のクライヴ・スウィフト(Clive Swift)と出会い、結婚、子どもに恵まれる。彼女のデビュー作『夏の鳥かご』（1963）は、第 1 子を妊娠中に、劇場のドレッシングルームで執筆された。[1] 第 3 作『碾臼』(1965)により、ドラブルは若手作家に与えられるジョン・ルウェリン・リーズ賞を受賞し、人気作家としての地位を不動のものにした。

　バイアットと共に、現代のブロンテ(Brontë)姉妹と評されることも多いが、その理由は、ただ単に姉妹共々第一線で活躍する作家である、というだけではなく、ドラブルのヴィクトリア朝文学への志向が挙げられる。例えば、2011 年 1 月 17 日付けのガーディアン紙に掲載されたドラブルのインタビュー記事では、彼女の小説を次のように紹介している。

　　　　「ドラブルの作品は、常に、鋭い社会への観察眼という特徴を備えているが、そのリアリズムはドラブルのヴィクトリア朝小説に対する憧れから生まれたものである。」(Allardice)

　『碾臼』は 1965 年に出版されたが、その頃のイギリスは、スゥインギング・ロンドンと呼ばれるような、若者文化が隆盛を極めていた。ザ・ビートル

ズ(The Beatles)は元々ザ・クオリーメン(The Quarry Men)という名前のバンドだったが、1960年に改称、1962年にレコードデビューを果たした。ザ・ローリング・ストーンズ(The Rolling Stones)は1962年に結成、1963年にレコードデビューを果たす。この2グループが代表するようなバンドブームが若者を中心に起き、ファッションシーンでは1965年にデビューしたツィギー(Twiggy)が時代の象徴となり、ミニスカートをはき、大胆に体のラインを露わにする若者ファッションが流行した。

　1950年代後半のいわゆる「怒れる若者たち」とは異なり、スゥインギング・ロンドンの文化では、若者たちは中産階級的なモラルや因習的な価値観に反発し、享楽的でポップな生き方を追い求めた。その動きは瞬く間に世界中に広まり、アメリカではそれがヒッピー文化に繋がっていく。

　そのような社会的背景の時代に発表されたドラブルの『碾臼』でも、若い女性の主人公ロザマンド・ステイシー(Rosamund Stacey)とその友人たちとの間に交わされる、おしゃれで、かつ土足で相手の心に立ち入らないように気を配った繊細な会話と、表層的なつきあいが描かれている。しかし、ロザマンドはそのような友人関係に時には孤独感を感じるし、子どもの頃に親から厳しく自立を躾けられていたせいで、他人に相談したり頼ったりすることができない性格であることに苦悩する。自分の中に、自信と臆病が共存していることにうろたえ、自信を失ったときにはひどく落ち込む。そのような若い女性が、あるきっかけから、いざというときには人間は他人に頼らなければ生きていくことはできないし、困ったときにこちらから心を開いて頼み事をすれば、たいていの人は善意から引き受けてくれる、という、当たり前の事実を学び、成長していく。これは一種のビルドゥングスロマンといっても良いであろう。古くから男性の主人公で書かれ、その後『ジェイン・エア』のような若い女性の物語も書かれた。ドラブルが、現代のオースティン(Austen)やブロンテ、というような形容で呼ばれるのは、ドラブルが描く女性の苦悩と成長が時代を経ても変わらない、そしてこの先も変わることがないであろう普遍的なテーマである、ということを示唆している。

　エリザベス・ギャスケル (Elizabeth Gaskell)の長編小説としては2作目となる『ルース』は1853年に発表された。ギャスケルは社会派小説家であると言

第20章　父親のない子どもを育てる、ということ
——マーガレット・ドラブル『碾臼』と『ルース』の比較

われるが、この小説でも、主人公ルース(Ruth)が両親を失ったあとに働いていたお針子の仕事環境や、保護者を失った子どもの転落といった、当時の社会問題を描いている。しかし、前作の『メアリ・バートン』に比べると、社会問題を提起するというよりは、主人公ルースの転落の悲劇と、キリスト教の教義や学問を学ぶことによりルースが立ち直り、立派な人間としてその生を終える、という人間ドラマの側面が強い。

　ドラブルの『碾臼』と、ギャスケルの『ルース』で、どちらも主人公にとっての大きな転機となるのが、妊娠である。しかも、ロザマンドもルースも、どちらも未婚のまま母親となるのだから。

　1836年に施行された家族法により、結婚が役所に届けられて認められるものになるまでは、イギリスにおける結婚制度は、英国国教会、ユダヤ教、クエーカー教の教会のみで認められるものであった。未婚の母になる、などということは、キリスト教的モラルから犯罪と同等の悪であると考えられ、未婚の母となったものは、精神的に病んでいると思われて精神病の病院に入れられるか、ワークハウス(救貧院)に入れられることもあった。

　1969年の家族法改正により、婚外子はようやく親の財産の相続が認められるようになり、婚外子に対する法的差別は徐々に減っていった。そして1987年の改正家族法で、子どもが生まれた時点で親が結婚していてもしていなくても、その子どもは同じ権利を持つように定められ、ようやく嫡出子か非嫡出子か、といった差別的概念が法律上撤廃されることとなった。[2] 婚外子が法律上の平等の権利を得るには、20世紀後半までかかったのだ。

　このような法的背景を見ても、ドラブルが『碾臼』の中で描いた、姉や義姉からの「未婚の母であることへの差別的態度」が理解できる。20世紀半ばを過ぎても、未婚の母になると言うことは、一大事であった。

2.

　『碾臼』の主人公ロザマンド・ステイシーは、ドラブルの主人公の多くがそうであるように、中流階級に属し、大学を出ているアカデミックな女性である。父親が大学教授で、アフリカに新しく立ち上げた大学に招聘されたため、数年の間夫婦揃って移住しており、その間、ロンドンの中心部にある両親のフラッ

トにただで住んでいる。しかし、自立を幼いときから教えられていた彼女は、家賃以外には親からの援助はなにもない。奨学金と家庭教師で年 500 ポンド程度の収入があったが、それは最低限の暮らしをしている人から見たら十分だが、ロンドンの華やかな場所にあるフラットで暮らしている人にしては少ない金額であった。

　しかし、ロザマンドは、周りの友人たちには事情を説明していない。彼女は、幼いときから自立を強く教え込まれたあまり、他人に頼ることを悪だと考えている。それに、周りの友人たちから恵まれた暮らしをしている、と誤解されていることに、奇妙な喜びを感じているのである。

　このように、自分の本当の姿ではなく、他人から本当の姿以上に見られていることに喜びを感じているのは、ロザマンドのボーイフレンドとの関係にも表れている。

　当時、ロザマンドは、ジョー(Joe)とロジャー(Roger)という二人のボーイフレンドがいて、この二人と交互に出歩いていた。その理由は、そうしていたら、それぞれ相手は、「自分は本命ではない、ロザマンドは自分ではない方と深い関係にあるのだろう」と誤解してくれるからだ、という。ロザマンドは、男性との性的関係を持つことに奇妙な恐れを抱いていて、周りの友人たちからはボーイフレンドを二人連れ歩く、先端的な女性だと思われているものの、実際にはまだ男性経験がないのである。しかも、そのことに満足を覚えている。

　そのような中、彼女は BBC ラジオのアナウンサーをしているジョージ(George)と出会う。ロザマンドは彼のことを気に入り、同じバーで一言、二言会話を交わすのを楽しみにしている。

　しかし、ロザマンドは積極的に動こうとはしない。彼女はあくまでも待つ女なのである。ジョージと結ばれたあと、ジョージが家に帰らなければ、と言ったとき、本当は一緒にいて欲しかったにもかかわらず、彼女は泊まって欲しいということができなかった。もしかしたら、ジョージは本当に帰らなければならないのに、彼女の言葉を聞いて、無理矢理泊まらなければならなくなるかもしれないことを恐れたためである。

　結局ジョージは帰宅してしまう。その後彼からの連絡を待っていたロザマンドは、1 週間経ってもジョージからの連絡がなかったことから、彼からの再び

第 20 章　父親のない子どもを育てる、ということ
——マーガレット・ドラブル『碾臼』と『ルース』の比較

連絡が来る、という可能性をあきらめた。だが、偶然を装ってジョージと出会うのは、プライドが許さなかった。「彼が会いたくないのなら、私だって会いたくはない」（Drabble, p.29）

ロザマンドが自分の妊娠に気がついたのは、大英博物館でいつものように調べ物をしているときだった。突然、彼女の頭に、妊娠の可能性が浮かんだのだった。その可能性を確信したときのロザマンドは、今まで味わったことがない感情に気がつく。

> わたしは坐ったまま、自分の手が震えているのを見ていた。そして初めてあまりにも恐ろしい運命を目の前にすると、昔から、むやみに不幸ばかりを予想するだけですまず、自分からつくりあげてきさえしたわたしにも、これを直視することはできなかった。経験したこともない感情だった。いつものように、いよいよ災難が来たと思ってさまざまなイメージを弄んでいられるような感情とはちがって、ただ空白だけがわたしの心を占めていた。そのまま五分ばかりじっとしていてから、わたしは疲れ果てた気持ちで想像に心を浸してみようとした。そこから生まれてきたのはひどいイメージばかりだった。ジン、精神分析医、病院、事故、あひるの池で水死した田舎娘、涙、苦痛、屈辱。（Drabble. pp.29-30）

ヴィクトリア朝的モラルに縛られているロザマンドにとっては、未婚で母になるなどということは、とても恐ろしい出来事だった。

しかし、ロザマンドには、未婚で妊娠したときにどうしたらよいのか、相談する相手もいなかったし、相談をする勇気もなかった。だから、自分の知っているうろ覚えの方法、つまり、ジンを入れたお風呂に入れば流産するかもしれない、という、ほとんど迷信に近いようなやり方を、流産するかもしれないことを願って試みようとするしかなかったのだが、それにも結局は失敗する。ジンを買って帰るところをおそらく見かけたのであろう友人たち 3 人が彼女の家に遊びに来て、結局半分以上皆で飲んでしまい、お風呂に入れる分が殆ど残らなかったのだ。

このような消極的な理由から、子どもを持たない、という選択をすることに
失敗することで、ロザマンドは子どもを産むことに決める。だが、子どもを産
むために病院に通わなければならない。そこで、彼女は、今まで意識したこと
もなかったような、惨めな妊婦たちを目の当たりにして愕然とする。

だが、その一方で、ロザマンドは病院のかかり方も分からなければ、診察を
受ける手順も分からない。また、子どもとは今まで姉の愚痴でしか接したこと
がなかったのに、病院の待合室で、見知らぬ母親から診察の間赤ちゃんを預け
られ、抱っこしてみて、初めて乳児の暖かさや湿っぽさ、頼りなさというもの
を知る。

ロザマンドは、妊娠したおかげで、今まで自分に欠けていた一般社会の常識
や、多数派の人たちの暮らしを学ぶことができ、今まで自分の周りにはいなか
った社会的弱者を知ることができるのだ。

一方、ギャスケルの『ルース』においても、主人公のルースは社会的な知識
を持ち合わせていない。ルースもまた、自分の生きている狭い社会のことしか
知らず、社会常識や学問的な知識といったものは欠如した人間として登場する。

ルースは幼いときに両親を失う。彼女がミスター・ベリンガム(Mr. Belling-
ham)と共にミムラ屋敷を訪れたとき、生憎爺やのトマス(Thomas)しか居らず、
彼の妻はまだ戻ってきていなかった。だから、トマスはルースとミスター・ベ
リンガムの関係を怪しみ、ルースのことを心配していたにも拘わらず、金持ち
の道楽息子に遊ばれ捨てられる貧しい娘の行く末などをうまくルースに伝えら
れず、ただ聖書の一文を彼女に伝えることしかできなかった。

また、当時ルースがお針子として働いていた店でも、ルースのことを妹のよ
うにかわいがってくれていた主任のジェニー(Jenny)は、病気が悪化してしま
い、親に連れられて田舎に帰ってしまっていた。肝心なときに、ルースにミス
ター・ベリンガムとの関係の危険についてアドバイスをしてくれる人は、彼女
の周りにはいなかったのだ。

結局、ミムラ屋敷への遠出がたまたま雇い主であるミセス・メイスン(Mrs.
Mason)に見つかったことから彼女はお針子の仕事を辞め、ミスター・ベリン
ガムと行動を共にすることになるのだが、当然のことながら、ミスター・ベリ
ンガムと正式な結婚をすることはできない。彼が重い病気にかかり、母親に手

第20章　父親のない子どもを育てる、ということ
——マーガレット・ドラブル『碾臼』と『ルース』の比較

紙を書いて助けを求めたことから、ルースの存在がばれ、彼女は 50 ポンドの手切れ金で一人置いていかれることになる。

　身内もいない、頼りになる親しい人も誰もいないルースにとって、例えそれが誤った道であったとしても、自分を導いてくれるはずだったミスター・ベリンガムにも見捨てられ、ルースは本当に天涯孤独となる。そのルースにとって唯一の肉親が、彼女のおなかに宿っていた。

　妊娠を告げられたときのルースの反応は、当時の一般的な常識人の代表ともいえるフェイス(Faith)にはとても受け入れ難いものであった。

　　　「とにかくわたしは、彼女の側に行ったの。ほんとうは、彼女がすっかり嫌いになっていたんだけど。彼女はぜひとも聞き出したいというように、ささやいたの——『先生は、わたしに赤ちゃんがうまれるって、おっしゃいましたか？』って。もちろんわたしとしては、黙っているわけにはいかなかったわ。でも、わたしの義務としても、冷たく厳しい態度を取らなければならないと思ったの。それなのに彼女は、事柄の本質が分かっていなかったらしくて、まるで彼女には、子供を生む権利があるかのように考えていたわ。『あぁ、神さま、ありがとうございます。わたくしはきっと、とてもいい人間になってご覧に入れます』って言ったんですもの。それでわたしは、もう彼女に我慢できなくなって、出てきたの。」(Gaskell, Vol.1,Chp.11, p.88)

　このフェイスの反応が、当時の当たり前の考えであったことは間違いない。フェイスの弟のサースタン・ベンスン(Thurstan Benson)牧師が、ルースにとっては子どもができたことが却って良かったことかもしれない、といくら説明しても、フェイスは納得しない。

　だがルースの子どもが生まれたあと、フェイスの考えは一変する。

　　　「あぁ、フェイス、あなたがはじめ、あんなに心配していた赤ん坊が、今は祝福に変わっているんだ」(Gaskell, Vol.2, Chp.5, p149)

とベンソン牧師がいうように、ルースにとって、母親になる、という責任感が、自分を変えるきっかけとなるのだ。本を読んで知識を身につけ、生まれてくる子どもを正しく導く、という強い気持ちから、彼女は学識を身につけ、人間として大きく成長する。自分を導き教えてくれる人たちとの出会い、自分に関心を寄せ、愛情を与えてくれる人々との交流を通して、それまで欠如していた社会的知識を身につけることができるのだ。

『碾臼』においても、『ルース』においても、赤ん坊の存在が主人公の周りに人々を呼び寄せ、社会との関わりを作っていく。時には他人に頼らなければ生きていけない、人間は一人では生きていけない、という事実を認識するきっかけとなる。ベンソン牧師が予想していた通り、庶子であろうと嫡子であろうと、赤ん坊が母親にもたらす影響は大きかったのである。

3.

『碾臼』におけるロザマンドも、『ルース』におけるルースも、未婚の母として(ルースは、社会的には若い未亡人として、であるが)、子どもを育てることを選択する。だが、どちらも、子どもに父親を与える機会が巡ってくる。しかし、ロザマンドもルースも子どもが父親と一緒に暮らすことができる機会を阻止する。それはいったいなぜだろうか。

『碾臼』では、まさにその場面が、物語のクライマックスとなる。クリスマスの前夜、ロザマンドの娘オクタヴィア(Octavia)が風邪を引いてしまう。それで、夜遅くまでやっている薬局に、薬をもらいに行ったとき、そこでオクタヴィアの父親であるジョージとばったり再会する。あまりにも突然の再会に、ロザマンドの心は無防備のまま乱れて、彼女は立ち上がることすらできない。

　　もうあまりにも長い間彼に会っていなかったわたしは、すべての力をうしなっていたのだ、驚きはあまりにも大きく、思いはあまりにも多く、心の乱れはあまりにも激しかった。わたしは言葉もなく坐っていた、そして彼を見ていた、わたしの口もとだけが笑った、彼はまたわたしを置いて行ってしまうのではないか、これからどこかへ行くところなのではないか、ここにはいたくないのではないか、わたしはおびえていたので

第 20 章　父親のない子どもを育てる、ということ
——マーガレット・ドラブル『碾臼』と『ルース』の比較

ある。わたしは彼を引き留めておきたかった。わたしは言いたかった、わたしのそばにいて、しかしわたしの口は乾ききっていて何も言うことができなかった。だから、わたしは彼をじっとみつめてほほえんだ。
(Drabble, p.157)

　ロザマンドは、確かにジョージと一緒にいたかった。だが、娘を家に一人で置いたままにするのが心配で、ジョージに家に娘がいることを伝えて、彼を家に誘う。

　ジョージに娘の年齢を聞かれたとき、ロザマンドは、本当の年を言ったら複雑な問題にはまり込む、ととっさに計算して、実際よりも数ヶ月大きく言う。ジョージが実際の赤ちゃんを見ても、未婚の 30 代の男性に、赤ちゃんの月齢の数ヶ月の差など分かるわけはないからだ。実際に、ジョージはそのことを全く気にする気配はない。

　確かに、ロザマンドの中には、ジョージと一緒にいたいし、そのためには彼から重たい女だと思われたくない、という気持ちが強くある。

　だが、ジョージを娘オクタヴィアに会わせたとき、彼女は自分の本当の気持ちに気づく。ジョージに感じる、戸惑ったような、発作的な光に比べると、オクタヴィアの放つ光は、「これからどんなにぎらぎらした光に出あおうとも負けることのない光だった」(Drabble, p167)からである。

　オルガ・ケニオン(Olga Kenyon)は『碾臼』を例に出して、このようにドラブルを評している。

　　彼女は女性が自信を失っている現状、そして子どもを持つことによってどれほど多くのことを学ぶか、ということを分析している。1960 年代前半のほかのどの作家よりも、ドラブルはセクシュアリティと母性を分離させている。彼女にとって、自分自身についての最大の発見は、母親であることに対する複雑な反応から生まれてくるのだ。　(Kenyon, p.88)

269

『碾臼』では、ジョージがセクシュアリティの象徴となり、オクタヴィアが母性の象徴となる。そして、ロザマンドは迷うことなくオクタヴィアを選ぶ。なぜなら、ロザマンドにとっては、ジョージとオクタヴィアは共存することができない存在なのである。

　一方、『ルース』においても、ルースの息子レナード（Leonard）が実の父親と出会う機会がある。そして、その時はミスター・ベリンガム（この頃にはミスター・ダン（Mr. Donne）と名乗っていたが）はレナードに、自分が父親であると伝えることはなかったが、ルースにこっそりと、彼が自分たちの子どもであることを確認する。

　この時のルースの気持ちは、ひたすら、自分の子どもを取られてしまう、という恐怖心だけであった。『碾臼』におけるジョージとは違い、ミスター・ダンは権力者であり、跡取りが必要である。ましてや、彼は、病気のため一度はルースと別れる気持ちになり、母親に助けを求めたのだが、年月が経ち、ルースが無知なお針子から評判の高い、知性豊かな美しい女性へと変身したのを目の当たりにして、再びルースに対するわがままな気持ちが再燃したのだ。

　だが、ルースの立場からすると、彼との再会を喜ぶ気持ちよりも、息子を取られてしまうのではないか、という恐怖の方が大きかった。

　　「あの人は、レナードをわたしから奪って行く！あの子を、わたしから！」
　　　ルースの頭のなかで、この言葉が弔いの鐘のように鳴り響いた。この運命は、逃れ得ないように思われたのだ。レナードは奪い取られるだろう。彼女は確信した——そう確信する根拠については何一つ知らないのだが、それでもその確信は揺るがなかった——子供というものは、嫡出であろうとなかろうと法律上は父親のものだと。(Gaskell, Vol.2, Chapter 11, p.214)

　だから、彼女はレナードを奪われないために、ミスター・ダンからの呼び出しに応じる。彼との再会で、昔の幸せな思い出に浸ろうとか、昔の冷たい仕打

第20章　父親のない子どもを育てる、ということ
——マーガレット・ドラブル『碾臼』と『ルース』の比較

ちを責めようとか、あるいは同情を得ようとか、そのような未練から出かけた
わけではない。

　だが、ルースは本当に、ミスター・ダン（というよりは、昔のミスター・ベ
リンガム）に対する気持ちを失ってしまったのだろうか。

　ルースはミスター・ダンに対し、今は愛していない、と断言する。以前は彼
のことを愛していた、ということを認めた上で、である。この言葉をそのまま
受け止めれば、今はもう愛情を持っていないということになるし、むしろ子供
のことを楯に彼女を脅すように話すミスター・ダンに対し、嫌悪感を見せる場
面もある。

　だが、ルースの場合も、『碾臼』の中でロザマンドが告白したのと同じよう
に、息子レナードが放つルースへの愛情が大きく、ルースにとってもそれが何
よりも大切なものであって、たとえミスター・ダンに対する愛情があったとし
ても、それは霞んで見えてしまう、と考えるのが当然であろう。

　レナードは、ミスター・ダンがその存在を知ったとき、既に6歳になってい
たが、父親不在で母親一人（とベンソン牧師とフェイス、サリーも一緒に暮ら
していたが）に育てられたため、母親に対する愛情は余計に強かった。だから、
ロザマンドが娘オクタヴィアから感じた、何者をも凌駕するような強い光を6
年間変わることなく発し続けていたのであろう。

　そのような、子どもからの強い光の前では、昔どんなに愛した男性であろう
と、その相手に対する愛情が冷めて見えてしまう。

　ルースがミスター・ダンがベリンガムであると気づいたのは、息子レナード
を家に残して、彼女の教え子であるブラッドショー(Bradshaw)家の娘たちと
一緒に避暑旅行に出かけているときであった。すぐ近くに、自分の子どもがい
ないとき、ルースの心は密かに揺れ動く。ミスター・ベリンガムはもっと早く
自分を探してくれることができたはずだ、彼は自分のことを忘れてしまってい
たのだ、だから自分も彼のことを愛するのを止めよう、それでもやはり彼のこ
とを忘れることはできない、とルースは思い悩む。そして、息子レナードのた
めに立派な母親になるべく、今まで何年も祈り続けていたのに、それでも彼の
ことを忘れられない自分の心の罪深さを嘆く。そのように、逡巡したあげく、
ルースは激しく叫ぶ。

271

> 「あぁ、神さま、レナードの父親は、確かに悪い人です。でも、あぁ、哀れみ深い神さま、わたくしはあの人を愛しています、忘れることができないのです——できません！」(Gaskell, Vol.2, Chapter 10, p.202)

　それほど強い気持ちであっても、我が子のことを思うとその気持ちは霞んでしまう。『碾臼』でロザマンドが、娘を自宅において出かけた先でジョージと再会し、その時には離れたくないという強い気持ちを抱いたにもかかわらず、自宅に帰り、娘オクタヴィアを彼にあわせた瞬間、自分の彼に対する愛が霞んだことが分かり、子どもの放つ強い愛情に勝てるものはない、と認識したように、ルースも、ミスター・ダンがレナードの存在を知ったとたん、彼が自分から息子を奪って行く、という不安がすべてに勝ることになる。それゆえ、彼女は、ミスター・ダンと直接対峙する場面でも、自分の彼に対する愛情を過去のものとし、現在は愛していないと断言できたのだ。

　『ルース』と『碾臼』では約100年の隔たりがあり、時代背景も、女性の社会における立場も大きく変わった。しかし、どちらの作品においても、子どもが母親に示す強烈な愛情に支えられ、未婚であろうとも子どもを持つことにより人間として成長していく女性の姿が鮮やかに描かれている。

注

1. Gussow, May. "From Mother, No Escape from the Past: A Margaret Drabble Novel Traces Her Family's Dreams and Disappointments." *New York Times*. 28 May 2001. Web.
2. "www.parliament.uk"内 About Parliament, Relationships Marriage: legitimacy and adoption 参照

引用文献

Allardice, Lisa. "A lifw in writing: Margaret Drabble." *The Guardian*, 17 June 2011. Web.

Drabble, Margaret. *The Millstone*.

第 20 章　父親のない子どもを育てる、ということ
　　　──マーガレット・ドラブル『碾臼』と『ルース』の比較

---,　『碾臼』小野寺健訳(河出書房)1971

Gaskell, Elizabeth. *Ruth.* Ed. Deirdre d'Albertis. *The Works of Elizabeth Gaskell* Volume 6. London: Pickering&Chatto, 2006.

Kenyon, Olga. *Women Novelists Today: A Survey of English Writing in the Sevenies and Eighties.* Brighton: The Harvester Press Ltd. 1988

執筆者紹介

第1章　足立万寿子（元ノートルダム清心女子大学教授）

第2章　芦澤　久江（静岡英和学院大学短期大学部教授）

第3章　西村　美保（名古屋学院大学教授）

第4章　猪熊　恵子（東京医科歯科大学准教授）

第5章　齊木　愛子（熊本大学非常勤講師）

第6章　大野　龍浩（熊本大学大学院教授）

第7章　江澤　美月（一橋大学非常勤講師）

第8章　鈴木美津子（東北大学名誉教授）

第9章　松岡　光治（名古屋大学大学院教授）

第10章　西垣　佐理（近畿大学准教授）

第11章　石井明日香（東京学芸大学非常勤講師）

第12章　木村　正子（岐阜県立看護大学講師）

第13章　松浦　愛子（釧路公立大学准教授）

第14章　太田　裕子（慶應義塾大学非常勤講師）

第15章　木村　晶子（早稲田大学教授）

第16章　鈴江　璋子（実践女子大学名誉教授）

第17章　石塚　裕子（神戸大学名誉教授／盛岡大学教授）

第18章　大前　義幸（日本大学非常勤講師）

第19章　劉　熙（関西学院大学博士後期課程学生）

第20章　宇田　朋子（聖徳大学短期大学部准教授）

編集委員紹介

芦澤　久江（静岡英和学院大学短期大学部教授）

足立万寿子（元ノートルダム清心女子大学教授）

石塚　裕子（神戸大学名誉教授／盛岡大学教授）

大田　美和（中央大学教授）

大野　龍浩（熊本大学大学院教授）

木村　晶子（早稲田大学教授）

鈴木美津子（東北大学名誉教授）

杉村　藍（岡山県立大学教授）

玉井　史絵（同志社大学教授）

波多野葉子（筑波学院大学名誉教授）

宮丸　裕二（中央大学教授）

編集後記

　『生誕 200 年記念論集』（2010）、『没後 150 年記念論集』（2015）に続き、編集委員長を仰せつかった。2016 年 4 月に出版計画を発表し、5 月末日を投稿希望調査票の提出締切とした。28 名の応募があったが、2017 年 12 月末の提出締め切りまでに寄せられた原稿は 20 編だった。編集委員による厳正な査読を行った結果、全編が掲載可となった。委員のコメントを参考に修正した最終稿の提出締め切りは、2018 年 2 月末日。それから編集委員長が版下を作成する間に、章立てを行い、索引用のキーワードを集め、書名を決めた。書名は、編集委員と相談のうえ候補を数件に絞り、寄稿者全員による投票の結果、上位 2 件が同票となったため、最終的には編集委員長が判断した。版下の作成は、本務や研究の合間に少しずつ進めたため、半年以上もかかってしまった。この場を借りて、寄稿者の皆さんにお詫びしたい。

　鈴木美津子前会長が序文冒頭に書かれているように、日本ギャスケル協会は創立 10 周年毎に大きな事業を計画し、世に問うてきた。作者の生誕や没後を記念しても、研究書を出版してきた。このサイクルはこれからも続いていくことだろう。創立 30 周年の次は 40 周年。小さな学会だが、こうした地道な努力を続けていくことが会員拡大につながり、社会に認知されていく道につながる。『生誕 300 年記念論集』や『創立 100 周年記念論集』が刊行される際には、私たち初期の会員たちが残してきた研究成果が、未来の会員たちにとって、力となり励みとなるはずだ。

大野　龍浩

索　引

A

A Christmas Carol, 116
A Dark Night's Work, 223
apostle, 76, 77, 78

B

biblical, 76, 77, 81
Bleak House, 6, 118, 123, 125, 230
Brontë, 3, 28, 29, 50, 79, 80, 83,
　145, 155
Brown, 122, 251, 252, 253, 254,
　256

C

Cassandra, 154, 156, 157, 158,
　159, 162, 163, 164
Chen Duxiu, 249, 259
Christ, 75, 77, 79, 80
Christian, 74, 75, 76, 77, 79, 81,
　82, 83
Cousin Phillis, 5, 73, 76, 78, 83, 84,
　123
Cranford, 25, 45, 83, 113, 121,
　122, 124, 153, 248, 249, 250,
　251, 252, 253, 255, 256, 257,

258, 259

D

David Copperfield, 47, 118
descriptive translation, 250, 251,
　257
didacticism, 5, 73, 82
Dombey and Son, 118, 122, 230

F

female Christ, 157
forgiveness, 75, 76, 79, 83

G

Gibson, 3, 78, 79, 81, 82, 114
God, 75, 76, 77, 78, 79, 87, 163
goodness, 80, 82

H

Hill, 113, 121
Hu Shi, 249, 255, 256, 259

J

Jenkyns, 113, 122, 251, 252, 253,
　254, 255, 256

L

linguistic reform, 255
Little Dorrit, 115, 122, 125
Lu Xun, 249, 252

M

mass culture, 255, 256
Mass Culture, 259
May Fourth Movement, 249, 258, 259
Meipi, 251, 260
moral, 73, 74, 78, 82
moralization, 5, 73, 74, 82

N

New Culture Movement, 249, 255, 256, 257, 258
New Youth, 249, 250, 255, 259

O

Our Mutual Friend, 115

P

Philip, 74, 75, 76
Phillis, 76, 77, 123
prayer, 78

S

social transformation, 46, 254, 258, 259
Suggestions for Thought, 157, 158, 164
Sylvia, 74, 75, 76
Sylvia's Lovers, 61, 63, 64, 72, 73, 74, 76, 83, 136

T

The History of Rasselas, Prince of Abissinia, 253
The Pickwick Papers, 253, 254
"The Sexton's Hero", 152, 162
Theory of Literature, 260
translation, 250, 251, 252, 256, 259, 260

U

Unitarian, 75, 79, 83, 84

W

Wives and Daughters, 2, 3, 5, 73, 78, 82, 83, 84, 114, 116, 117, 124, 158
Wu Guangjian, 7, 250, 256, 257, 259

索 引

ア

アイルランド暴動, 100
アイルランド移民, 224
アメリカ, 7, 88, 167, 211, 213,
　214, 215, 217, 218, 219, 223,
　224, 225, 231, 232, 235, 262
『アメリカ紀行』, 213, 217, 230
『嵐が丘』, 6, 32, 34, 127, 137,
　138, 139, 140, 142, 143, 144,
　145, 146, 147, 148, 149, 224
『アンクル・トムの小屋』, 7, 214,
　215, 216, 218, 221, 222

イ

イースト・エンド, 7, 172, 175
イーラ紙, 172, 174, 175, 176
意識の流れ, 5, 27, 34, 36
「一時代前の物語」, 49, 193
1 ペニー郵便制, 113, 119, 120,
　121, 123
イメージ, 5, 28, 31, 41, 44, 47, 55,
　63, 64, 65, 66, 67, 68, 69, 70, 71,
　72, 120, 122, 123, 205, 225, 265
イメジャリー, 63, 68, 70, 71
イングランド, 1, 100, 101, 102,
　103, 104, 105, 106, 121, 122,
　123, 143, 198, 261
イングランド教会, 160

ウ

ウィリアムズ, 167, 168, 174
『ウェイヴァリー』, 102
『ウェストミンスター・レビュ
　ー』, 57
海, 5, 63, 65, 67, 68, 69, 70, 205,
　206, 225, 234
ウルストンクラフト, 188, 189
ウルフ, 3, 5, 27, 34
ヴァレンタイン・カード, 121, 124
ヴィクトリアン・ゴシック, 206
ヴィクトリア朝, 4, 6, 8, 11, 12, 23,
　37, 38, 39, 40, 41, 43, 44, 45, 47,
　51, 55, 57, 59, 104, 113, 116,
　121, 125, 128, 134, 139, 140,
　141, 142, 143, 152, 153, 159,
　168, 204, 206, 214, 230, 233,
　235, 261, 265

エ

英国国教会, 11, 102, 104, 105, 107,
　263
『エグザミナー』, 87, 88, 89
エステラ, 128, 129, 130, 131, 132,
　134, 135
エッジワース, 2, 3, 112
江藤　淳, 242, 248

281

オ

「オウルダムの機織り」, 90

『大いなる遺産』, 6, 127, 128,
　　133, 134, 135

オーエンソン, 99, 100, 101, 108,
　　110, 112

オースティン, 3, 4, 18, 137, 140,
　　142, 143, 147, 148, 202, 229,
　　237, 247, 262

堕ちた女, 1, 2, 5, 27, 28, 33, 35,
　　37, 38, 40, 41, 42, 43, 44, 46, 70,
　　117, 118, 123, 147, 217

『オルノーコ』, 229

カ

カーライル, 51, 105, 214, 216

家族法, 263

家庭の天使, 46, 152, 153, 154, 156,
　　161, 204

カトリック教会, 11

『カニングズビー』, 103, 104, 110

家父長制, 119, 122, 147, 148, 201,
　　204, 206, 234, 241

神への奉仕, 152, 161

『ガリバー旅行記』, 243

看護活動, 153, 154, 155, 156, 158,
　　162

キ

貴族階級, 11, 19, 57, 101, 102,
　　103, 104

喜劇, 39, 175, 200, 237, 238, 239,
　　240, 241, 242, 244, 245, 246,
　　247

喜劇的表現技法, 7, 246

『北と南』, 6, 7, 99, 104, 106, 108,
　　109, 110, 112, 184, 185, 205,
　　206, 207

脅迫, 6, 114, 115, 116, 117, 119,
　　120

虚構性, 178, 179

キリスト, 11, 12, 23, 24, 56, 115,
　　122, 124, 143, 155, 157, 158,
　　162, 212, 215, 263

ク

『クランフォード』, 5, 7, 11, 18,
　　23, 24, 25, 40, 140, 144, 237,
　　238, 245, 246, 247

『克蘭弗』, 7, 250, 251, 254, 257,
　　258, 259

『クリスマス・キャロル』, 197

クリミア戦争, 152, 159, 160

「クロウリー城」, 199

クロムウェル, 100, 104, 105, 106,
　　107

偶像視, 134

グラッドストーン, 223
グレーシャン劇場, 172, 173, 174, 175

ケ

結婚, 4, 16, 17, 18, 19, 20, 22, 32, 33, 37, 38, 39, 42, 68, 99, 100, 101, 103, 104, 105, 106, 107, 109, 110, 112, 114, 119, 123, 127, 128, 129, 130, 131, 134, 135, 143, 147, 198, 199, 200, 202, 207, 208, 261, 263, 266
献身, 8, 115, 128, 152, 153, 154, 155, 156, 159, 161, 200

コ

コールリッジ, 57, 183, 185
黒人, 7, 211, 212, 213, 214, 217, 218, 221, 224, 229, 230, 231, 232, 234, 235, 236

国民小説, 6, 99, 100, 101, 102, 107, 108, 109, 110, 112
穀物法, 90, 92, 94, 95, 96, 98
コリンズ, 57
ゴシック, 7, 59, 140, 141, 142, 148, 168, 197, 198, 199, 200, 201, 202, 203, 204, 205, 206, 207, 208, 220, 221

ゴシック小説, 1, 140, 142, 146, 147, 148, 197, 198, 199, 201, 208
婚外子, 217, 263

サ

三角貿易, 223
挫折, 6, 101, 127, 128, 131, 132, 133, 134, 135

シ

自作農階級, 11, 17
シビル, 6, 99, 101, 102, 104, 108, 109, 110
シャーロット・ブロンテ, 3
『シャーロット・ブロンテの生涯』, 4, 28, 50, 54, 60, 139, 140, 145, 220
社会的養育活動, 159
社会の病弊, 123
修飾語句, 63, 64, 65, 66, 72
淑女, 5, 11, 12, 13, 14, 15, 16, 18, 19, 20, 21, 22, 23, 24, 37, 41, 46, 115, 178, 239, 241
自由放任主義, 122, 124
使用人, 3, 5, 14, 15, 19, 20, 21, 37, 38, 39, 40, 41, 42, 44, 45, 57, 59, 128, 134, 140, 143, 146, 231
ショウ, 211, 212

商人, 12, 22, 145, 225, 232

シルヴィア, 65, 66, 67, 68, 69, 70, 127, 128, 129, 130, 131, 132, 133, 134, 135, 136

『シルヴィアの恋人たち』, 5, 6, 63, 64, 65, 66, 67, 69, 70, 71, 72, 127, 128, 134, 135, 136

紳士階級, 11, 12, 14, 15, 16, 17, 18, 19, 20, 21, 23, 24, 116, 123, 128

『ジェイン・エア』, 29, 32, 34, 139, 140, 145, 262

ジェンダー, 4, 37, 115, 136, 140, 174, 178, 201, 204, 207

入水, 69, 70, 72, 116, 123

女性のゴシック, 7, 198, 201, 202, 206, 207

女性労働者, 37, 38, 40, 41, 42, 46

庶民階級, 18, 19, 20, 23

巡回裁判, 223

ス

水上教会, 227

スウィフト, 242, 243

崇高さ, 203, 204, 206, 208

スコット, 99, 102, 108, 109

ストウ, 7, 49, 213, 214, 216, 217, 218, 219, 220, 221

『スペクテイター』, 53

セ

清教徒革命, 104, 105, 106

セクシュアリティ, 204, 207, 269, 270

選挙法改正, 89, 114

専門職, 12, 14, 20

ソ

『ソファを囲んで』, 5, 49, 50, 51, 52, 53, 54, 55, 57, 58, 59, 60

タ

ターナー, 183, 184, 185

大衆, 103, 104, 168, 176, 215, 216

巽　豊彦, 5, 11, 25, 45

ダロウェイ, 34, 35

ダンカン, 228

男性性, 6, 128, 132, 133, 134, 176, 177

男性のみの連帯関係, 133, 134, 135

チ

父親不在, 271

父親的温情主義, 3, 122

チャーティスト運動, 104

嫡出子, 263

索 引

テ

テイスト, 167, 168
手紙, 6, 14, 17, 53, 56, 57, 71, 89,
　90, 91, 97, 113, 114, 116, 117,
　118, 119, 120, 121, 122, 123,
　124, 133, 134, 146, 169, 200,
　208, 212, 214, 215, 216, 217,
　221, 240, 267
鉄道, 55, 113, 114, 122, 123, 173,
　238
ディケンズ, 3, 4, 5, 6, 7, 38, 45, 46,
　51, 127, 141, 144, 168, 173, 175,
　197, 213, 214, 216, 217, 224,
　225, 230, 231, 234
ディケンズ夫人, 216
ディズレイリ, 99, 101, 103, 104,
　108, 109, 110

ト

匿名性, 114, 121
トッシュ, 128, 132
『トリストラム・シャンディ』,
　243
「鳥に飼われた歌う人間」, 91
トロロプ, 18
ドラブル, 8, 261, 262, 263, 269
奴隷制度, 7, 211, 212, 213
奴隷制廃止, 218, 221, 231, 234

ナ

ナイチンゲール, 6, 51
ナショナル・ポートレート・ギャ
　ラリー, 221
夏目漱石, 3, 237, 238, 247, 248
ナポレオン, 88
南北戦争, 211, 213, 214

ニ

ニューマン, 5, 11, 12, 17, 19, 22,
　23, 24, 25
妊娠, 30, 42, 116, 117, 217, 240,
　261, 263, 265, 266, 267

ノ

ノートン, 71, 212, 218

ハ

「灰色の女」, 199, 200, 201, 202,
　204, 207
『ハウスホールズ・ワーズ』, 53
白人奴隷, 217
ハビトゥス, 7, 167, 168, 172, 174,
　179
反穀物法協会, 89
反穀物法同盟, 87, 89, 90, 96
ハント, 6, 87, 88, 89, 90, 91, 92,
　93, 96, 97

285

バーク, 203

バーサ, 34

バートン, 171, 172, 225

バーボルド, 7, 183, 184, 185, 186, 187, 188, 189, 190, 191, 192, 193, 194, 195

「ばあやの物語」, 6, 137, 140, 142, 146, 148

「婆やの物語」, 201, 204

バイアット, 261

バンフォード, 87, 90, 96

パスリ, 28, 36

パリ, 17, 127, 174, 187, 211, 218, 219

ヒ

『碾臼』, 261, 262, 263, 268, 269, 270, 271, 272, 273

非国教会派, 185, 188

非嫡出子, 27, 263

ヒロイズム, 6, 152, 153, 158, 159, 160, 161, 162

比喩的表現, 63, 71

ビートルズ, 224, 262

ビルドゥングスロマン, 262

ピータールーの虐殺, 88, 96

ピール, 89

ピエルポント, 89

ピップ, 127, 128, 129, 130, 131, 132, 133, 134, 135

フ

フィリップ, 6, 66, 68, 69, 70, 127, 128, 129, 130, 131, 132, 133, 134, 135, 136

フィリップス, 110

フェミニスト, 159

フォックス, 88, 90, 92, 96

フォレスター夫人, 239

父権制社会, 13, 18

不在地主, 101

フレッチャー, 52

ブーシコー, 7, 167, 168, 169, 170, 176

ブロンテ, 4, 5, 6, 29, 32, 35, 45, 127, 137, 140, 141, 144, 145, 224

『ブリティッシュ・クウォータリー・レビュー』, 94

ブリテン島周遊記, 225

ブルデュー, 167, 168

プラグ・プロット暴動, 89, 96

分身, 34, 35, 117, 220

『文学評論』, 242, 245, 248

『文学論』, 7, 238, 247, 248, 260

ホ

ホーソン, 225

母性, 41, 204, 206, 269, 270

ホモソーシャル, 119, 132, 133

「奔放なアイルランド娘」, 99,
　100, 101, 103, 106, 110

マ

マーティノー, 4, 51, 229
「曲がった枝」, 63, 72
正岡子規, 237
『魔女ロイス』, 197, 202
「貧しきクレア修道女」, 201,
　202, 204
マティー, 14, 15, 16, 17, 18, 20,
　21, 22, 23, 240, 245
マンスリー・リポジトリ, 90
マンチェスター秘宝展, 219

ミ

三毛子, 242, 243, 244
未婚の母, 147, 202, 263, 268
水, 5, 59, 63, 64, 65, 66, 67, 68, 69,
　70, 71, 185, 228
ミルトン, 107, 192

ム

無垢, 28, 29, 30, 31, 203
無商旅人, 224, 230

メ

『メアリ・バートン』, 3, 6, 7, 27,

87, 88, 90, 92, 93, 96, 97, 99,
　167, 168, 171, 172, 176, 179,
　223, 263
メルヴィル, 7, 225, 227

ユ

郵政改革, 6, 113, 114, 118, 121,
　122, 124, 125
『ユドルフォの謎』, 7, 198, 202,
　203, 205, 206, 207
ユニテリアン, 1, 7, 11, 183, 185,
　188, 193, 197, 219, 234
夢, 31, 67, 68, 127, 128, 129, 131,
　132, 134, 135, 139, 142, 157,
　241

ラ

ライシアム劇場, 168
ラドクリフ, 7, 197, 198, 199, 200,
　201, 202, 203, 204, 205, 206,
　207, 208
『ラドロー卿の奥様』, 49, 52, 53,
　54, 55, 56, 57, 58, 183, 189

リ

リアリズム小説, 179, 205
リヴァプール, 7, 169, 177, 223,
　224, 225, 227, 228, 229, 230,
　231, 232, 233, 234, 235

リヴァプール内閣, 88
利己主義, 128, 130, 134, 135
「リジー・リー」, 27, 46, 193
リスペクタビリティ, 116, 117
「リビー・マーシュ」, 90

ル

『ルース』, 2, 4, 5, 6, 8, 27, 28, 33,
35, 36, 38, 40, 44, 46, 64, 65, 66,
69, 70, 71, 135, 146, 217, 262,
263, 266, 268, 270, 272

レ

歴史分析, 179
歴史小説, 1, 99, 109, 110, 112, 127
レデイ・バイロン擁護, 220

ロ

ロザマンド, 262, 263, 264, 265,
266, 268, 269, 270, 271, 272
ロスコー, 227
『ロビンソン・クルーソー』, 229
ロブソン, 49, 218
ロマン派, 27, 35, 197
『ロング・ストライキ』, 7, 167,
168, 169, 170, 172, 174, 176
ロンドン, 29, 49, 66, 94, 101, 103,
104, 106, 114, 116, 118, 121,
122, 123, 127, 129, 173, 174,
181, 197, 205, 216, 217, 224,
229, 261, 262, 263, 264

ワ

ワーヅワース, 183
『吾輩は猫である』, 238, 248
「私のフランス語の先生」, 7, 183,
185, 187, 188

創立 30 周年記念

比較で照らすギャスケル文学

2018 年 10 月 15 日 初版第 1 刷発行

  編 者 日本ギャスケル協会
  発行者 横山 哲彌
  印刷所 株式会社共和印刷

発行所 大阪教育図書株式会社

  〒 530-0055 大阪市北区野崎町 1 -25 新大和ビル 3F
  TEL 06-6361-5936・FAX 06-6361-5819
  振替 00940-1-115500
  email: daikyopb@osk4.3web.ne.jp
  Home Page: http://www2.osk.3web.ne.jp/~daikyopb/

ISBN 978-4-271-21056-6 C3098   落丁・乱丁本はお取り替えいたします。
本書のコピー、スキャン、デジタル化等の無断複製は著作権法上での例外を除き禁じられています。本書を
代行業者等の第三者に依頼してスキャンやデジタル化することは、たとえ個人や家庭内での利用であっても
著作権法上認められておりません。